A Library of Academics by PHD Supervisors

博士生导师学术文库

司马相如赋的美学思想与地域文化心态

李天道 著

中国书籍出版社
China Book Press

图书在版编目（CIP）数据

司马相如赋的美学思想与地域文化心态/李天道著. —北京：中国书籍出版社，2019.1
ISBN 978-7-5068-7193-8

Ⅰ.①司… Ⅱ.①李… Ⅲ.①司马相如（前179－前117）—汉赋—诗歌研究 Ⅳ.①I207.22

中国版本图书馆CIP数据核字（2018）第295276号

司马相如赋的美学思想与地域文化心态

李天道　著

责任编辑	甄云霞
责任印制	孙马飞　马　芝
封面设计	中联华文
出版发行	中国书籍出版社
地　　址	北京市丰台区三路居路97号（邮编：100073）
电　　话	（010）52257143（总编室）　（010）52257140（发行部）
电子邮箱	eo@chinabp.com.cn
经　　销	全国新华书店
印　　刷	三河市华东印刷有限公司
开　　本	710毫米×1000毫米　1/16
字　　数	287千字
印　　张	17
版　　次	2019年5月第1版　2019年5月第1次印刷
书　　号	ISBN 978-7-5068-7193-8
定　　价	85.00元

版权所有　翻印必究

目 录
CONTENTS

绪论　司马相如辞赋美学思想的现代阐释 ········· 1

第一章　"博学综理"：审美主体修养论 ········· 13
第一节　"洞明字学" ········· 13
第二节　趣幽旨深 ········· 16
第三节　阅历丰富 ········· 21
第四节　"博学于文" ········· 23
第五节　"读万卷书，以养胸次" ········· 31

第二章　"得之于内"：审美构思特征论 ········· 39
第一节　"得之于内"与"自得" ········· 39
第二节　"得之于内"与自然而然 ········· 42
第三节　"得之于内"与"自创" ········· 48
第四节　"得之于内"与自由创作精神 ········· 52
第五节　"得之于内"与"自娱" ········· 56
第六节　"得之于内"与个人主义文学精神 ········· 58
第七节　"得之于内"与理性意识的觉醒 ········· 61
第八节　"得之于内"与个性化追求 ········· 63
第九节　"得之于内"与生命体验 ········· 67
第十节　"得之于内"说与巴蜀地域文化 ········· 76

第三章 "苞括宇宙,总览人物":审美想象论之一 ·················· 80
第一节 "假称珍怪,以为润色" ·················· 80
第二节 心物交融,形神相彻 ·················· 82
第三节 下长万物,上参天地 ·················· 86
第四节 体物写志,神与物游 ·················· 89
第五节 思接千载,联类不穷 ·················· 92

第四章 "凭虚构象、架虚行危":审美想象论之二 ·················· 101
第一节 凭虚构象,气号凌云 ·················· 101
第二节 架虚行危,凌虚翱翔 ·················· 106
第三节 有无相生,抟虚成实 ·················· 117
第四节 "架虚行危"与黄老仙人观念 ·················· 119
第五节 "架虚行危"说的现代解读 ·················· 125

第五章 "忽焉如睡,焕然而兴":审美灵感论 ·················· 131
第一节 神游式的超越 ·················· 131
第二节 "焕然而兴"的审美表现特征 ·················· 138
第三节 "焕然而兴"说产生的条件及培养途径 ·················· 143

第六章 "弘丽温雅":司马相如赋的审美精神 ·················· 147
第一节 昂扬恢弘的气概和包容开放的审美精神 ·················· 147
第二节 高远宏阔的气度与圆满完美的美学精神 ·················· 163

第七章 "曲终奏雅":审美价值论 ·················· 174
第一节 "讽一而劝百" ·················· 174
第二节 失意与幽怨 ·················· 180
第三节 "显侈靡"与"彰君恶" ·················· 184
第四节 "风力遒劲" ·················· 188
第五节 传统政治教化观的当代意义 ·················· 191
第六节 "好文""刺讥",自成机杼 ·················· 194

第八章 中国地域文化与司马相如辞赋的艺术精神 ·············· 198
  第一节 地域文化与审美意识、艺术精神 ················· 199
  第二节 地域文化与文学艺术、审美特色 ················· 204
  第三节 地域文化与司马相如赋作的美学精神 ·············· 210

第九章 巴蜀地域文化与司马相如辞赋的艺术精神 ·············· 222
  第一节 巴蜀地域文化性格 ························· 222
  第二节 巴蜀地域文化特征 ························· 226
  第三节 司马相如赋作的艺术精神与巴蜀地域文化心态 ········ 236
  第四节 司马相如对巴蜀文化的影响 ··················· 254

参考文献 ····································· 259

绪论

司马相如辞赋美学思想的现代阐释

天府巴蜀,山清水秀,人杰地灵。数千年来,这里形成了独具特色的巴蜀文化,涌现出不少享誉全国甚至全世界的文学大师和美学大家。其中最早的一位,便是汉赋的代表作家和赋论大师——司马相如。

司马相如(约公元前179—公元前118),蜀郡成都人,字长卿,小名犬子,由于仰慕战国时期以完璧归赵、将相和衷而闻名于世的蔺相如,而改名相如。最初"以赀为郎",景帝时,为武骑常侍;后免官游梁,与邹阳、枚乘等同为梁孝王门客,著《子虚赋》。过了几年,梁孝王死,相如归蜀,琴挑临邛富人卓王孙寡女文君。文君夜奔相如,同归成都。因"家徒四壁立",与文君又回临邛,以卖酒为生,"令文君当垆,相如身自着犊鼻裈,与保佣杂作,涤器于市中"①。王孙以为耻,乃分给文君家童和财物。后来,武帝读了相如的《子虚赋》,大为赞赏,狗监杨得意又乘机推荐,于是武帝就召见了相如。相如乃改赋天子游猎之事,就是现今所传的《天子游猎赋》②。武帝大喜,任为郎。从此相如在宫廷任官,并深得武帝的信任。后相如出使"通西南夷",著《难蜀父老》一文,对沟通汉与西南少数民族的关系起了积极作用。晚年以病免官,家居而卒③。

辞赋创作滥觞于先秦,到西汉汉武时期,由于社会、时代发展的作用和统治者的提倡,以及丰厚的先秦文化的滋养,从而迅速兴盛起来。即如班固在《两都赋序》中所指出的,在武、宣之时,"兴废继绝,润色鸿业","言语侍从之臣若司马相如"等,"公卿大臣御史大夫倪宽"等,都醉心于作赋,他们都在那里"朝夕论思,日

---

① 司马迁:《史记·司马相如列传》。
② 或称《子虚赋》《上林赋》,《史记》《汉书》都视为一篇,而《文选》收入时则分为两篇,"无是公"以上为《子虚赋》,以下为《上林赋》。本书为了论述方便,仍依《文选》之称,只是指全篇时称为《天子游猎赋》。
③ 《史记·司马相如列传》。

月献纳","时时间作","孝成之世,论而录之,盖奏御者千有余篇,而后大汉之文章,炳焉与三代同风"①,所以钟嵘说当时是"辞赋竞爽"②。在此前后,辞赋名家辈出,涌现出了司马相如、扬雄、班固、张衡等所谓"四大赋家",还有许多颇有特色的其他赋家,其中尤以司马相如的成就最高。他是汉赋的奠基者,其辞赋作品千百年来一直为人们所传颂。武帝读了《大人赋》感到"飘飘有凌云之气,似游天地之间意"③;扬雄欣赏他的赋作,赞叹说:"长卿赋不似从人间来,其神化所至邪!"④他的《天子游猎赋》(即《文选》所谓的《子虚》《上林》赋)是后人作赋仿效的对象。因此,早在东汉,班固在《汉书·序传》中就称他为"辞宗",即辞赋创作的宗师。后来,刘勰在《文心雕龙·风骨》篇中说:"相如赋仙,气号凌云,蔚为辞宗,乃其风力遒也。"在《才略》篇中又说:"相如好书,师范屈宋,洞入夸艳,致名辞宗。"韩愈在《答刘正夫》中称"汉朝人莫不能为文,独司马相如、太史公……为之最"。鲁迅先生在《汉文学史纲要》中就将司马相如与司马迁放在一起作专节介绍,并指出:"武帝时文人,赋莫若司马相如,文莫若司马迁。"

　　同时,作为辞赋大师,司马相如不但创作颇丰,而且已相当充分地掌握了辞赋创作的审美规律,并通过自己的辞赋创作实践和有关辞赋创作的论述,对辞赋的审美创作与表现过程进行了不少探索,看似只言片语,但与其具体赋作中所表露出的美学思想相结合,仍可见其对赋的不少见解。应该说,他已经比较完整地提出了自己的辞赋创作主张。从现代美学的视域,对其辞赋美学思想进行阐释,无疑是有益的和必要的。

一

　　据《西京杂记》卷二记载,司马相如在答友人作赋的秘诀时说:"合綦组以成文,列锦绣而为质,一经一纬,一宫一商,此赋家之迹也。赋家之心,苞括宇宙,总览人物,斯乃得之于内,不可得而传。"这就是说,赋是要讲求文采和音调的。赋的文采犹如彩带铺陈,锦绣罗列,是非常华丽的;赋的音调如音乐的宫商相和,也是

---

① 班固:《两都赋序》。
② 《诗品序》。
③ 《史记·司马相如列传》。
④ 《汉书·扬雄传》。

十分动听的。但这些都不过是赋的表达方式而已,赋家之心,才是最重要的。赋家的心神之运,无限广阔自由,上可以苞笼宇宙,下可以总览人物,世间万物(包括人事)都可以被感受,被认识。但这是一种自得于心的东西,只能自己去体会而不能言传。

这段话无疑是其明确的辞赋创作主张,包含着极为丰富的赋学思想。所谓"赋家之迹",其论域涉及赋的叙事机制、符码组合、符码转换等审美表达方面的内容,而"赋家之心"其论域则涉及赋的创作心理过程中诸如审美想象、审美灵感、审美心境、审美创新等审美创作构思方面的内容。司马相如一方面强调了赋审美表达的丰富性,强调辞采的华丽和音韵的和谐,一方面强调赋的审美创作构思"得之于内,不可得而传"的"自得"性,极言创作构思中艺术想象的包容性和时空的无限性。

首先,司马相如认为,辞赋创作必须追求时空的完整性。所谓的"合綦组以成文,列锦绣而为质,一经一纬,一宫一商"的"赋家之迹",明确指出了辞赋审美创作中"经""纬"编织的空间性特征和"宫""商"组合的时间性特征。这就是说,从司马相如的论域看,辞赋创作必须要突显时空的审美整合性。他自己的创作实践也表征了这一审美论域,以《天子游猎赋》为例,赋中描摹云梦泽中的小山,从"其东""其南""其中""其西""其北"诸方位入手,呈现出了明显的空间审美完整性;记楚王游猎的程序是出猎、射猎、观猎、观乐、夜猎、养息,又呈现出明显的时间审美完整性。这种完整性从社会层面讲,是政治的一统性在赋家意识中的反映;从思维方式的层面讲,是原始思维的一种表现;从人的觉醒的层面上讲,是人类的理性觉醒在艺术上的反映;在人的个体意识尤其是主体意识中,空间和时间是没有完整性可言的,司马相如辞赋创作在铺陈方面对《诗经》的重大发展是对时空的完整性的追求。他的辞赋创作的时空完整性还表现在其超时空的审美意识上。他在创作《子虚赋》时,"意思萧散,不复与外事相关。控引天地,错综古今,忽然如睡,焕然而兴"。显然,"控引天地,错综古今,忽然如睡,焕然而兴",就是一种超越时空的审美意识。

当然,必须指出,司马相如辞赋创作中所追求及表现出的这种超时空审美意识仍然包含着理性色彩。即如刘勰在《文心雕龙·夸饰》篇中所指出的:"自宋玉、景差,夸饰始盛。相如凭风,诡滥愈盛,故上林之馆,奔星与宛虹入轩;从禽之盛,飞廉与鹪鹩俱获。及扬雄《甘泉》,酌其余波。语瑰奇,则假珍于玉树;言峻极,则颠坠于鬼神。至东京之比目,西京之海若,验理则无不验,穷饰则饰尤未穷矣!"所谓"验理则无不验,穷饰则饰尤未穷"就表明司马相如的超时空的想象与后来文艺创作中的审美想象有区别,它仍具有理性的包容,而非纯粹的艺术创作审美体验中的纯心灵飞跃。

其次,他认为,赋的审美表达应当华美,要讲究辞藻和文采,如同编织锦绣,要讲求声韵美和音乐美,如同宫商之协和。此即所谓"合綦组""列锦绣","文""质"兼顾,"经""纬"铺陈、罗列,"宫""商"相和、共鸣的"赋家之迹"。由司马相如的辞赋作品可以看出,他实践了自己的观点,讲究辞采、注意韵律,追求形式的华美。

"合綦组""列锦绣"指的是辞赋的铺写所达到的审美境界。"綦组""锦绣"见《汉书·景帝纪》后二年诏:"锦绣綦组,害女红也。"颜师古注引应邵说曰:"綦,今五彩属綷是也。组者,今绶纷绦是也。"一说綦为赤组,一种丝织带子,"经""纬"则指纺织品中的纵线与横线。《左传·昭公二十五年》云:"礼,上下之纪,天地之经纬也。"疏曰:"言礼于天地犹织之有经纬,得经纬相错乃成文。""宫""商"为古代五音中的前两音。《左传·昭公二十五年》云:"章为五声。"疏曰:"声之清浊,差为五等……入耳乃知。"司马相如在此以编织中的经纬相错说明辞赋创作中审美物象的安排必须注重条理,同时也规定了辞赋应注重铺排,应创构出便于上口的审美特性。

后来,陆机总结前人辞赋审美创作经验,发展了司马相如的这一论域,在《文赋》中说:"其为物也多姿,其为体也屡迁,其会意也尚巧,其遣言也贵妍。暨音声之迭代,若五色之相宣,虽逝止之无常,固崎锜而难便。苟达变而相次,犹开流以纳泉,如失机而后会,恒操末以续颠。谬玄黄之秩叙,故溷涩而不鲜。"强调辞赋创作在"为物"方面必须追求"多姿","会意"方面则应该"尚巧",语言表达应"贵妍","音声"应相互"迭代","五色"应"相宣",这就包括了司马相如赋迹说中的所有要点,完美地体现了"合綦组","列锦绣","一经一纬、一宫一商"的审美要求。

司马相如自己的辞赋创作就追求"一经一纬""一宫一商"的审美特征和繁艳、华丽的审美风格,以达到"綦组""锦绣"的审美要求。因此,司马迁在《史记·太史公自序》中评司马相如赋云:"《子虚》之事,《大人》赋说,靡丽多夸。"扬雄也认为,司马相如的赋"极丽靡之辞,闳侈钜衍,竞于使人不能加也"(《汉书·扬雄传》)。王充也认为:"以敏于赋颂为弘丽之文为贤乎?则夫司马长卿、扬子云是也。文丽而务巨,言眇而趋深,然而不能处定是非,辨然否之实。"(《论衡·定贤篇》)并且,汉代的"文章之士"还把汉代辞赋"铺采摛文"形式上的特点归结为"靡丽""弘丽""丽"。可以说,司马相如赋的审美表达应当华丽美艳,要追求辞藻和文采鲜亮艳丽犹如锦绣,要讲求声韵美和音乐美,如同宫商之协和的审美观念至此已初步形成。刘勰在《文心雕龙·诠赋》篇中说:"相如《上林》,繁类以成艳。"司马相如之后,崇拜他并以模仿他的赋作而名世的扬雄,由于受司马相如的影响,其赋作也是刻意追求形式的华美,力求与司马相如的"弘丽温雅"并驾。《汉书·扬雄传》云:"先是时,蜀有司马相如,作赋甚弘丽温雅,雄心壮之,每作赋,常拟之以为式。"扬雄辞赋作品中丽句比比皆是,正如刘勰所言:"自扬马张蔡,崇盛丽辞,如宋画吴冶,刻形镂法,丽句与深采并流,偶意共逸韵俱发。"① 班固《两都赋序》云:"故言语侍从之臣,若司马相如……刘向之属,朝夕论思,日月献纳。而公卿大臣御史大夫倪宽……太子太傅萧望之等,时时间作。或以抒下情而通讽谕,或以宣上德而尽忠孝……"说明从侍从之臣到公卿大臣,他们作赋的目的和动机非常明确。

司马相如辞赋创作应如"綦组""锦绣",以达到"弘丽温雅"的美学观点影响深远。他以后的辞赋创作在审美表达上尤其追求绚丽、华艳,而且辞赋家也常以锦绣作为譬喻,来表达自己审美创作所达到的审美风格和境界。如刘熙在《释名·释言语》中就指出:"文者,会集众采以成锦绣,会集众字以成词谊,如文绣然也。"陆机在《文赋》中也以"炳若缛绣,凄若繁弦"来描述这种审美风格。《世说新语·赏誉》认为:"著文章为锦绣,蕴五经为缯帛。"《文学》篇还叙孙绰言"潘(岳)文烂若披锦,无处不善"。《南史·颜延之传》载鲍照也以"若铺锦列绣,亦雕缋满眼"来评价颜诗。

在司马相如"合綦组""列锦绣",辞赋创作追求华丽、美艳审美意识的作用下,汉赋在审美表达上的主要特点是铺张、扬厉,辞赋家一般追求物色宏富、辞藻华艳,讲求语言的句式齐整,音调铿锵、节律鲜明。其时的大赋,几乎都如班固在《两都赋序》中所说的,是为本朝帝王"润色鸿业",以体现"众庶悦豫,福应尤盛"的治世功德,竭力夸饰山水之美。刘勰在《文心雕龙·通变》中批评说:"夫夸张声貌,则汉初已极;自兹厥后,循环相因;虽轩翥出辙,而终入笼内。"在中国文学史上,辞赋的发展对文学语言艺术的发展,有着不可磨灭的功绩。但某些辞赋家对语言华丽丰美的过分追求,流于"虚辞滥说","靡丽多夸",带来了两个方面的问题。一方面,语言过分繁复,生辞僻字堆砌太多,形成累赘,对读者造成知识上和

---

① 《文心雕龙·丽辞》。

心理上的障碍,反而降低了语言艺术的审美价值;另一方面,物色过分铺陈,词语过分雕琢,妨碍了辞赋家审美情趣与意蕴的表达,即使有所寓意,也被华辞丽语淹没,难以被读者体会。对于辞赋的这种缺点,班固在总结西汉赋的得失时就指出来了,他说:"汉兴,枚乘、司马相如,下及杨子云,竞为侈丽闳衍之词,没其风谕之义。"①司马相如在赋的创作上确实有刘勰所指出的那种缺点,但在理论上,他提出了"赋家之迹"的观点,强调辞赋创作的审美表达技巧,应该说是很有见地的。

二

司马相如对"赋家之心"问题的论述,在中国美学史上较早接触了文艺创作审美构思的问题,对文艺创作具有普遍意义,对后来陆机、刘勰等人论文艺审美思维有一定的启发作用。

所谓"苞括宇宙,总览人物,斯乃得之于内,不可得而传"的"苞括"和"总览"是要求作家对宇宙大千世界要有一个全面和整体的审美观照。"人物"系人与物的合称。所谓"宇宙",一指时空,《庄子·让王》云:"余立于宇宙之中。"《淮南子·齐俗》:"往古来今谓之宙,四方上下谓之宇。"司马相如《天子游猎赋》云:"流离轻禽,蹴履狡兽……捷狡兔,轶赤电,遗光耀,追怪物,出宇宙。"就提到"宇宙"一词。《汉书·司马相如传》载《上林赋》,颜师古注引张揖曰:"天地四方曰宇,古往今来曰宙。"随又驳之曰:"张说'宙',非也。许氏《说文解字》云:'宙,舟舆所极覆也。'"《史记·司马相如列传》载《上林赋》,张守节《正义》释"宇宙"二字时亦引《说文》驳张揖之说,与颜氏同。高步瀛《文选李注义疏》释《上林赋》中"宇宙"一词曰"上下四方曰'宇',就空间言;往古来今曰'宙',就时间言。此云'出宇宙''宇宙'则但指空间;故小颜、小司马皆不以张(揖)释'宙'字为然也。'宙'字从《说文》本义解,则'宇'字亦不推及上下四方。'宇'训屋边,本有下覆之义,故《鲁灵光殿赋》张(载)注曰'天所覆曰宇',则合'宇宙'字而为上下四方矣。"从这些材料不难看出,汉代的学者对"宇宙"一词的用法可分两派。道家学派的学者上承《庄子·庚桑楚》"有实而无乎处者,宇也;有长而无本剽者,宙也"的释义,以"宇宙"分指空间与时间。即如《文子·自然》篇云:"往古来今谓之宙,四方上下谓之

---

① 《汉书·艺文志》。

宇。"《淮南子·齐俗》篇的解释与此相同。作为蜀人,深受黄老与道家学派影响的司马相如,在其"苞括宇宙,总揽人物"中,将"宇宙"二字作为合成词,并列对举,以分指空间、时间。并且"苞括宇宙"正好和"控引天地"相联系,反映了汉代的天人同一观念。天人同一之说中的"天",是指包括整个人类在内的宇宙总体;作为某一个人,其身体的各个部位器官则又与天相应,所以又成了宇宙的一个缩影。

司马相如以"苞括宇宙""控引天地"鲜活、生动地描述了辞赋家审美创作中神思自由驰骋的状态。陆机吸取了他的这一美学观点,同时总结当时审美创作的经验,在《文赋》中进一步描述说:"其始也,皆收视反听,耽思傍讯,精骛八极,心游万仞。""浮天渊以安流,濯下泉而潜浸。""观古今于须臾,抚四海于一瞬。""笼天地于形内,挫万物于笔端。"这种以精微的思绪和宏大的物象为题材正是辞赋创作的突出特点,所以,李白认为,"辞欲壮丽,义归博达"(《大猎赋·序》)。即如《晋书·成公绥传》所指出的:"赋者贵能分赋物理,敷演无方,天地之盛,可以致思矣。历观古人未之有赋,岂独以至丽无文,难以辞赞;不然;何其阙哉?"又如刘熙载《艺概·赋概》所指出的:"赋家之心,其小无内,其大无垠,故能随其所值,赋象班形,所谓'惟其有之,是以似之'也。"王世贞《艺苑卮言》说得好:"作赋之法,已尽长卿数语。大抵须包蓄千古之材,牢笼宇宙之态……赋家不患无意,患在无蓄,不患无蓄,患在无以运之。"因此后代论者言作赋,其论域大都未能超出司马相如的"赋心"说。

同时,司马相如"乃得之于内,不可得而传"的"赋心"说的提出,和古代的"心学"不无关系。在中国古代论"心"的学说中,首应注意战国时期稷下学宫中的宋钘、尹文一派。《庄子·天下》篇云:"不累于俗,不饰于物,不苟于人,不忮于众,愿天下之安宁以活民命,人我之养毕足而止,以此白心,古之道术有在于是者。宋钘、尹文闻其风而悦之,作为华山之冠以自表,接万物以别宥为始。语心之容,命之曰心之行,以聏合欢,以调海内,请欲置之以为主。"可知这一学派之重"心",以为心乃行动之主宰,要求此心不为外物所蔽,强调"心"在思维过程中的微妙作用。之后,《管子》中的《心术》上下、《白心》《内业》四篇,有人认为就是宋钘、尹文一派的著作。《心术》上曰:"心之在体,君之位也。九窍之有职,官之分也……耳目者,视听之官也。心而无与于视听之事,则官得守其分矣。夫心有欲者,物过而目不见,声至而耳不闻也,故曰:上离其道,下失其事。故曰:心术者,无为而制窍者也。"认为"心之在体,君之位也",强调"心"对的人视听感官的主导作用,并提出了"无为而制窍"的"心术"说。

据《庄子·让王》篇记载:"中山公子牟谓瞻子曰:'身在江海之上,心居乎魏阙之下。'"这就是说,中山公子牟认为,"心"的作用极其微妙,"心"的思维作用可以超越时间和空间的限制,这对司马相如"赋心"说的提出,以及后来的文艺美学家畅论文心,影响巨大。《淮南子·道应》篇中全引其文,而在《淑真》篇中则作"身在江海之上,而神游魏阙之下",可见此"心"即"神",所以《文心雕龙·神思》篇首引《庄子·让王》篇中文以发端,且以"神"字名篇。

总之,司马相如"赋心"说的提出,表明他已经注意到文艺审美创作中心灵体验的重要性。

三

司马相如提出,辞赋创作必须要创作主体自己"得之于内"与"得之于心",即必须"自得"。所谓"自得",就是自我、自由、自在、自然,不必刻意为之,而必须是从实际生活中亲身得来的感觉和体验。这就是说,在司马相如看来,辞赋创作既要深思熟虑,又要自然兴发,乘兴随兴,自得自在,自得于心。要出自自性、自情、自心,出自本心、发自肺腑,依自力不依他力;同时,"自得"还有自娱、自乐、自言、自道的意思,即所谓"夫子自道",自得其乐。

司马相如"得之于内"说主张创新意识,这种思想影响深远。他之后,陆机就指出审美创作必须"谢朝花""启夕秀"。陆机在《文赋》中说:"或藻思绮合,清丽芊眠,炳若缛绣,凄若繁弦。必所拟之不殊,乃暗合乎曩篇,虽杼轴于予怀,怵他人之我先。苟伤廉而衍义,亦虽爱而必捐。"钱锺书解释这段话说:"若侔色揣称,自出心裁,而睹其冥契'他人'亦即'曩篇'之作者,似有蹈袭之迹,将招盗窃之嫌,则语虽得意,亦必刊落。"这就是说,在陆机看来,即便是作者苦心孤诣想出来的语意,倘若古人已经先说过,也要忍痛割爱。

刘勰也主张文艺创作贵创新,他在《文心雕龙·通变》篇中指出:"文律运周,日新其业。变则其久,通则不乏。趋时必果,乘机无怯。望今制奇,参古定法。"不断发展的文学规律,就是"日新其业。"这是刘勰对文艺创新意识的最可贵的认识,倒退是一条绝路,也不可能倒退。"日新其业"是客观存在的、必然的规律,而"通变"就是使文学创作能长远发展的必然道路。因此,刘勰鼓励作者大胆果敢地去创新,只要不忽略"有常之体"的基本原理,在"望今制奇"的同时,还应结合"参古定法",极分明地概括出了通变的出发点,要求从学古中创新。"变通者,趋时者也",从这里也可见,发展创新确是刘勰通变论的主要思想。刘勰虽以"师乎圣、体乎经"论文,却主要从文艺创作的角度,取其"衔华佩实"之义,其所本之道又非儒道,而是言必有文的"自然之道"。他不仅对纬书的"无益经典而有助文章"(《正纬》)予以肯定,更大力赞扬"自铸伟辞"而"惊采绝艳"(《辨骚》)的楚辞,其列论楚辞的《辨骚》为"枢纽论"之一,主要就是取"变乎骚"之义。这个"变",就指对儒家经典的变。楚辞由儒家五经发展变化而为文学作品,在刘勰看来,这并不违背儒家圣人的旨意。《征圣》曾明确讲到:"抑引随时,变通会适,征之周孔,则文有师矣。"既然随时适变是圣人之文的特点,既然要师圣宗经,当然就不能固守五经而无所发展变化。于此可见,刘勰强调征圣宗经,并非为了坚守儒道,不是为了复古倒退,从来没有要求作家照搬照抄"古昔之法",而是从文学本身的特征出发,注重于文学的发展新变。之所以借重于儒经者,主要是为了"矫讹翻浅",以图遏制"从质及讹"的发展趋势。不论哪个阶级的代表人物都不会为"古"而"颂古","好古"只是一种手段,最终目的是为了"今"。正如鲁迅所说:"发思古之幽情,往往是为了现在。"

受司马相如"得之于内"说的影响,刘勰论作家,非常重视作家在文学史上的通过"自得"所取得的首创功劳和独创的成就。屈原的《离骚》在辞赋中是首创的作品,在历史上是独创的现象。刘勰以前的人都未曾对其独创的特点予以评价,刘勰则指出它是独创的文学,在《辨骚》中说:"自风雅寝声,莫或抽绪,奇文郁起,其《离骚》哉!""气往轹古,辞来切今,惊采绝艳,难与并能矣。"此外,如《杂文篇》中谈到宋玉的《对问》、枚乘的《七发》、扬雄的《连珠》,都重视其首创的功绩。说宋玉之"始造《对问》"是"放怀寥廓,气实使之";说枚乘之"首制《七发》"是"腴辞重构,夸丽风骇",又说"观枚氏首唱,信独拔而伟丽矣";说扬雄之"肇为连珠"也是"覃思文阁,业深综述",又说"其辞虽小而明润"。相反,刘勰对模拟的作家作品总是否定多于肯定,这又从反面说明了他强调创新的主旨。刘勰在《辨骚》和《事类》等篇中指出扬雄基本上是一个模拟的作家,其作品大多是模拟的作品后,除了对他的少数篇章的某些表现和若干言论有所肯定外,对扬雄的为人和作品大都是否定的。如提到扬雄的为人时,他说"扬雄嗜酒而才算","彼扬马之徒,有文无质,所以终乎下位也"(《程器》);论及其作品时,则说"扬雄之诔元后,文实烦秽"(《诔碑》),"扬雄吊屈,思积功寡,意深文略,故辞韵沈膇"(《哀吊》),"剧秦为文,影写长卿,诡言遂辞,故兼包神怪"(《封禅》),"子云羽猎,鞭宓妃以饷屈原……娈彼洛神,既非罔两……而虚用滥形,不其疏乎"(《夸饰》),"雄向以后,颇引

9

书以助文"(《才略》)。

刘勰认为,文学创作"通变无方,数必酌于新声"(《通变》),即要凭着自己的气性才情,用今天的语言,创作当下的文艺作品。他反复强调"参伍以相变,因革以为功",就是告诫我们:继承必须革新,革新不废继承,因为"变则其久,通则不乏";惟其如此,文艺创作才具有永恒的艺术魅力。

四

司马相如所提出的"得之于内,不可得而传"还包含有"言不尽意"的思想。所谓的"赋家之心,苞括宇宙,总览万物,斯乃得之于内,不可得而传"中的赋家,就是指当时从事辞赋创作的诗人,可以引申为一切作家。"赋家之心"即指诗人辞赋创作中的心灵体验,"乃得之于内,不可得而传"即指这种审美创作中的心灵体验存在于心中,却不可知,只能意会,不可言传;实质上也就是说,心灵体验是一般的意识无法把握的,因此一般的语言也传达不出来。

同时,所谓"得之于内,不可得而传"云云,实际上是中国古代"言不尽意"思想的一种表述,探讨这种理论的源头,可以追溯到老庄和《易》学上去。《系辞》上说:"子曰:'书不尽言,言不尽意。'然则圣人之意其不可见乎?子曰:'圣人立象以尽意,设势以尽情伪',系辞焉以尽其言,变而通之以尽利,鼓之舞之以尽神。"这里提出的命题含义极为深广,牵涉到语言与思维之间的复杂关系,汉代《易》学偏重象数,因此《系辞》中的这一番话,正好给《易》学家们以提示,启发他们钻研《易》中的"象""意"问题。处在西汉初期的司马相如恰恰是受到哲学界的启示而提出了"赋家之心"这一难以用文字加以表达的问题。

司马相如在辞赋创作中得出"得之于内,不可得而传"的心灵体验观点不是偶然的,这里涉及到艺术表现中言语与它所要表现的审美体验之间的关系。如果说"言不尽意"在庄子那里的困难是指一般性的语言无法接近他所追寻的神秘的、飘渺的、"莫见其性""莫见其功"的"道"的话,那么,在诗人作家这里,"得之于内,不可得而传"及"言不尽意"的尴尬困境,是关联到如何用一般性的语言,来表现诗人作家的审美体验问题。司马相如以后,陆机在《文赋》中明确提出了"意不称物,文不逮意"的困难,并认为"非知之难,能之难"。刘勰在《文心雕龙·神思》篇也谈到"方其搦翰,气倍辞前,暨乎篇成,半折心始"的现象。应该承认,从常理说,语言与体验之间存在着"鸿沟"。语言的确是一般性、概括性的,黑格尔在《哲学史讲演录》中说:"语言实质上只表达普遍的东西;但人们所想的却是特殊的、个别的东西。因此,不能用语言来表达人们所想的东西。"当然,语言作为一种符号,它给人们带来很大的助益。特别在运用它来指称和推理的时候,它的确是一种有力量的东西,但是,它的一般性和概括性,又使它有时显得无能为力。例如"山",它是对一切山的概括,当我们面对中国湖南西部天子山的某个在云雾中奇特的山峰的时候,"山"这个词,连同其他一些同样是一般性的词,就很难传神地或精确地把它描写出来。若是用语言去表现诗人作家的审美体验,就更加困难了。卡西尔充分意识到了这一点,他说:"我们的审美知觉比起我们的感官的知觉来更为多样化,并且属于一个更高的层次。在感官的知觉中,我们总是满足于认识我们周围事物中的一些共同不变的特征。审美经验则是无可比拟的丰富:它孕育着在普通感觉经验中永远不可能实现的无限的可能性。"[1]这就是说,普通知觉由于它的单一性、有限性,与普通语言的单一性、稳定性还勉强可以匹配的话,那么审美体验的丰富和无限性,是普通语言无论如何也无法穷尽的。审美体验是人的一种"高峰体验",马斯洛说:"这种体验是瞬间产生的、压倒一切的敬畏精神,也可能是转眼即逝的极度强烈的幸福感,或甚至是欣喜若狂、如醉如痴、欢乐至极的感觉。"[2]诗人的体验也是高峰体验,当然也是无法言传的。司马相如认识到"得之于内,不可得而传",即"言不尽意"的困境这一点,是十分重要的。

第一,他清醒认识到审美体验的多样性、朦胧性、流动性和复杂性,不容易捕捉;第二,他清醒认识到一般语言的缺陷,必须想办法采取别样的语言策略,才有可能化解"言不尽意"的困境;第三,他清醒认识到解决"言不尽意"的困境,不仅仅是追求风格的含蓄偏狭问题,而是追求诗的美质的全局性的胜利。当然,司马相如只是认识到审美创作中的心灵体验必须"得之于内",而"不可得而传",他还没有做进一步表述。为此,后来刘勰在《文心雕龙·隐秀》篇则提出了"文外之重旨""义主文外"的思路。但这个语言表达与审美体验之间的鸿沟仍然没有填平,一直到司空图在《与李生论诗书》中提出"韵外之致""味外之旨"说,并将其归结为"全美为工",意思是诗要求整体之美,从而才使司马相如提出的"得之于内,不可得而传"的美学思想得以完善。

---

[1] 卡西尔:《人论》,上海译文出版社1985年版。
[2] 马斯洛:《谈谈高峰体验》,见《人的潜能和价值》,华夏出版社1987年版,第366页。

五

司马相如提出的赋的"心"和"迹"的关系问题,实际上就是辞赋审美创作的神和形的关系问题。在哲学上,先秦道家思想家早就提出了形神关系这个范畴。西汉中期,哲学上关于形神关系的观点启发了人们去认识文艺创作的审美表达和审美意象、审美境界营构的关系问题。司马相如论赋的"迹"和"心"的关系,也是这种认识的一个表征。司马相如认为,赋的审美创作,要求辞彩华茂,音调优美。但辞彩音调的和谐美艳只是赋的"迹",即审美表达与审美传达。任何事物,都有它的"迹",赋并不例外,外在的表达总是存在的,不能也不会没有。但任何事物,居于主导地位的是神而不是形,赋作为创作主体的审美构思的一种表达,更应该既重于人的心灵的表现,也重在"迹"的审美表达。

司马相如既注重"赋家之迹",又强调"赋家之心",正是兼顾了赋辞创作时审美表达与审美构思心灵体验的作用。赋的创作,首先有一个"赋家"心神独运,观照自然万物(即所谓"苞括宇宙,总揽人物"),任心灵飞跃,任想象自由驰骋,心随物转,物与心徘徊,以心接物的过程。在这个过程中,创作主体的情感志向得以激发凝聚。然后叙物言情,形之于文字,才有审美境界的构筑和文艺作品的存在。司马相如对这个过程的说明,看起来并不完整,也只谈到了"苞括宇宙,总览人物",但实际上,这就是应物斯感、感物兴怀、以心接物、物与心融,情感得以激发、凝聚,终于得到表现的问题了。同时,这种心灵体验与审美境界的构筑是"得之于内""得之于心"的,因此就"不可得而传",不像辞藻音调那样有形可见,有声可闻,只能融合在物色辞语中间,自然而然地流露出来。

总之,司马相如关于"赋家之迹"与"赋家之心"的美学论域,接触到了文艺审美创作过程中创作主体的心神运动、艺术构思与艺术表达,即艺术思维的问题,说明了主体的心神活动与"合綦组""列锦绣"审美表达中的重要作用,认为不能有所偏颇,也实际上表明了思想感情("心")如何通过语言辞藻("迹")来表现的问题。这些问题的提出,对后来的文艺家、文艺美学家都有极为重要的影响。

第一章

"博学综理":审美主体修养论

"苞括宇宙,总揽人物"的审美创作胸襟,离不开渊博、深厚的知识积累与创作视野。即如刘勰在《文心雕龙·才略》篇所指出的:"相如好书,师范屈宋,洞入夸艳,致名辞宗。"司马相如之所以能成为辞赋大家和一代宗师,除了天赋英才、才华盖世外,则和他后天勤奋学习所积累的广博知识,以及丰富的人生经验分不开。作为"西汉文章两司马"之一和汉唐文学的代表人物,司马相如才俊超群出众,与此同时,他更注重学问知识的积累。他勤奋好学,认为审美创作主体应加强后天的修养,努力增加自己的学识、丰富其知识积累,从而提高自己辨明事理、揭示审美对象深层意蕴的能力。据司马迁《史记·司马相如列传》记载,司马相如"少时好读书",司马贞《索隐》说他曾读过"七经",可见他接受过儒家传统的教育。司马相如20岁时,就已经满腹经纶,是一个诗文、剑术都非常精通的才子。青少年时期的他,踌躇满志、自视甚高,作赋"不师故辙,自擅妙才"(鲁迅语)。从司马相如的赋中可以看出,他胸怀宽广、眼光博大,思想开放自由,更有较强烈的历史感和现实感,能以历史、现实、人事为直接的观察、认识对象,注重对实际问题作具体的分析,不仅有自己独立的见解,而且论证充分,热情洋溢,很能显示出自己的个性特征。而这一切,都与他的勤学、博学有关。

第一节 "洞明字学"

明代文艺理论家谢榛说:"汉人作赋,必读万卷书,以养胸次。《离骚》为主,《山海经》《舆地志》《尔雅》诸书为辅。又必精于六书,识所从来,自能作用。若扬袘、戌削、飞襳、垂髾之类,命意宏博,措辞富丽,千汇万状,出有入无,气贯一篇,意归数语,此长卿所以大过人者也。"①就指出,司马相如之"所以大过人者",是与其学识丰富分不开的。可以说,广博的知识是司马相如辞赋创作得以成功的要素之一。作为一位与文翁同时代而卓有成就的蜀人,司马相如"好书",喜欢"师范"古人,兴趣广泛,极为注重学识修养。即如他在《天子游猎赋》中所说:"游乎六艺之囿,驰骛乎仁义之涂,览观《春秋》之林,射《狸首》,兼《驺虞》,弋玄鹤,建干戚,载云罕,掩群雅,悲《伐檀》,乐《乐胥》,修容乎《礼》园,翱翔乎《书》圃,述《易》道……"正由于他学识广博,知识积累深厚,才在语言文字、政论及政治活动、音乐美学等几个方面都具备了非常高的造诣。显然,这些方面的知识是他能成为一个彪炳于史册的大文学家的重要因素。

首先,司马相如赋作的成功多半得益于他的语言学功底。据刘勰《文心雕龙·练字》篇载,曹植曾指出:"扬、马之作,趣幽旨深,读者非师传不能析其辞,非博学不能综其理。"刘师培在《论文杂记》中也指出:"西汉文人,若扬、马之流,咸能洞明字学,亦能古训是式,非浅学所能窥。"司马相如具有极为深厚的语言学知识,"洞明字学",以擅长小学闻名于世,有小学著作《凡将篇》与《草木书》等,是中国早期杰出的语言文字学家。这对他娴熟的语言表达技巧显然大有裨益。司马相如所作大赋均采用了大量的字和词并在遣词造句上充分考虑到文章段落和对偶句间的音韵谐调。可以说他所撰写的大赋本身就是一部未加系统整理的字书和辞书。班固说:"史游作《急救篇》,李长作《无尚篇》,皆《仓颉》中正字,《凡将》则颇有出矣。"蒙文通先生认为所说指"《凡将》却有蜀地的新字,出《仓颉》之外"②,可见《凡将篇》中收入了当时蜀地的文字,对推动汉语言文字的发展,有其积极的意义。而《天子游猎赋》的不少段落,其词语运用都与《凡将篇》相同,如《天子游猎赋》之雕画天子苑囿物产之富:"于是乎蛟龙赤螭,鲠鳝螹离,鰅鳙鳍魠,禺禺魼鲉,揵鳍掉尾,振鳞奋翼,潜处于深岩;鱼鳖讙声,万物众夥,明月珠子,玓瓅江靡,蜀石黄磌,水玉磊砢,磷磷烂烂,采色浩旰,丛积乎其中。鸿鹄鹔鸹,鴐鹅鸀玉,鴐鶄鶂目,烦鹜鹓鶒,𪄳鷟鸡鸿,群浮乎其上。泛淫泛滥,随风澹淡,与波摇荡,掩薄草渚,唼喋菁藻,咀嚼菱藕……于是乎卢橘夏孰,黄甘橙榛。枇杷橪柿,亭奈厚朴,樗枣杨梅,樱桃蒲陶,隐夫薁棣,荅沓荔支,罗乎后宫,列乎北园。"这里所引近百文字,共罗列水族类9种,水禽类10种,果木类15种。他在《凡将篇》中对于

---

① 《四溟诗话》卷二。
② 《巴蜀古史论述》,四川人民出版社1981年版。

14

同类名词的排列,亦不过如此,如:"乌喙桔梗芫华,款冬贝母木蘗蒌,芩草芍药桂漏卢,蠡廉萑菌荈诧,白敛白芷菖蒲,芒消莞椒茱萸。"如果把他的赋作中名物罗列内容单独抽取出来,的确很难见出与《凡将篇》以类属编排文字有何区别。但是,他的赋作毕竟是经过艺术构思的结晶,是审美创作的物态化成果,存在于一定的艺术话语体系,具有审美的意义,与字书毕竟不可同日而语。

读司马相如的赋作,给人印象最为强烈的是其在状物叙事、言志抒情中,用字造语的怪异、重沓和同偏旁字的连绵堆砌而造成的陌生化效应。从当代的文艺理论来看,归根结底,文学艺术是语言的艺术;赋作为一代之文学,如果在当时并无所谓语言的魅力,显然不可能激发起一大批作家的创作激情并吸引住为数更多的读者,更不可能让萧统在辑《文选》、分别文学与学术的界限时,把赋列在各体之首。

从当时的审美意趣来看,汉代的人对辞赋的语言美感是极为欣赏的。如司马迁就在《史记·太史公自序》中说:"自孔子卒,京师莫崇庠序,惟建元、元狩之间,文辞粲如也。"在《史记·司马相如列传》中他又说:"无是公言天子上林广大,山谷水泉万物,及子虚言云梦所有甚众,侈靡过其实,且非义理所尚。"后来,班固在《汉书·艺文志》中也说:"汉兴,枚乘、司马相如,下及扬子云,竞为侈丽宏衍之辞,没其风谕之义。"他们都承认辞藻的"丽"是赋的特征。所谓的"侈靡""侈丽""淫丽",都是站在传统教化说的立场来看,这反而证明了以司马相如为首的汉代赋家语言艺术的突出;他们所批评的乃是赋在辞彩与事义之间,即语言的铺饰和讽谕的意义之间,前者掩没了后者。曹丕在《典论·论文》中说:"或问屈原、相如之赋孰愈?曰:优游案衍,屈原之尚也。穷侈极妙,相如之长也。然原据托譬喻,其意周旋,绰有余度矣,长卿、子云,意未能及已。"就指出司马相如赋作的审美特色是"据托譬喻,其意周旋,绰有余度",得骋辞之妙。

到晋代,左思《三都赋序》批评司马相如的《上林》与扬雄的《甘泉》等赋,认为:"考之果木,则生非其壤;校之神物,则出非其所。于辞则易为藻饰,于义则虚而无征。"挚虞《文章流别论》亦认为:"古诗之赋,以情义为主,以事类为佐。今之赋以事形为本,以义正为助……夫假象过大,则与类相远;逸辞过壮,则与事相违;辩言过理,则与义相失;丽靡过美,则与情相背。此四过者,所以背大体而害政教。"显而易见,其观点都是就"丽靡过美""与义相失""而害政教"而言,认为语言过于华丽。挚虞指出今人之赋"以事形为主",不同于抒写情志的古诗之赋;其文辞的烦省险易,亦由此分野,正是看到了以屈原《楚辞》为代表的抒情性文体和以司马相如赋为代表的描绘性文体之间在文体表现功能和语言风格方面的区别。值得注意的是，挚虞于"今人之赋"，并不反对形象的虚构和语言的铺陈、巧辩和丽靡；他要求赋家的，只是把握好度量，不能与事义情理相违，有害于政教。这样的观点，与汉人论赋，其精神实质亦颇相一致。

的确，由于司马相如具有丰富的语言学知识，在驾驭语言、运用语言方面炉火纯青，善于"以玮奇之意，饰以绮丽之辞"，"句之长短，亦不拘成法"，因而其赋作能突出地表现出规模壮阔、体制宏伟、气氛明朗、音节和谐、词汇丰富的审美特色。即如刘勰在《文心雕龙·丽辞》中所指出的："自扬、马、张、蔡，崇盛丽辞，如宋画吴冶，刻形镂法，丽句与深采并流，偶意共逸韵俱发。"这里就认为，扬雄、司马相如、张衡、蔡邕对骈偶已经达到"崇盛"的地步，而且下了"刻形镂法"那样的功夫。显然，这与司马相如所认为的辞赋创作应该"合綦组以成文，列锦绣而为质，一经一纬，一宫一商"的美学观点是一致的。也正由于此，所以他在创作中便能突出表现出对辞采、声偶的自觉追求，如《天子游猎赋》中"曳明月之珠旗，建干将之雄戟；左乌嗥之雕弓，右夏服之劲箭"；"击灵鼓，起烽燧；车按行，骑就队"等骈辞俪句就相当工整，纯粹是刻意追求所达到的艺术境界。而下面这段文字则更是"刻形镂法"了："撞千石之钟，立万石之虡。建翠华之旗，树灵鼍之鼓；奏陶唐氏之乐，听葛天氏之歌。千人唱，万人和；山陵为之振动，川谷为之荡波……"这里不仅是在着意追求对偶，而且也比较注重辞采的精美和声韵的和谐，在文章骈化方面迈出了很大的步子。

第二节　趣幽旨深

凭借其深厚的学识，以司马相如为首的汉代赋家曾经以极大的精力和热情投入赋的创作，就其表现域看，在辞赋创作意旨与意象范围的开拓、赋作语言的表达等方面都做了有益的探索，取得了前所未有的成就，赋也因此成为一代之文学。对此，只要将枚乘的《七发》与司马相如的《天子游猎赋》做一比较，就可以看出司马相如在驾驭语言方面的能力与其在辞赋创作方面所取得的成就。先看赋作的结构，《七发》全文虽由吴客与楚太子问答构成，其实却以吴客问病、吴客批评太子、吴客尽情铺叙七事为主要内容，而太子就像一具摆设的木偶，不是说"仆愿闻之"，就是说"仆病未能也"，没有变化，缺乏生气。当然有人会说这是采取诱导法的需要,吴客是诱导者,他肯定是积极主动的,而楚太子是被诱导启发的对象,只能是被动的听众。但是让吴客一个劲地说,毫无变化的语气真有点叫人厌烦,而这种程式化的结构也显得非常呆板。另外,第七件事"要言妙道",其实吴客什么也没说,太子却"霍然病已",显得非常突兀,叫人不解。从赋作的结构来看,它是不完整的。《天子游猎赋》的结构与《七发》虽相似却有了许多不同。他同样设二人式问答构成全赋,但子虚、乌有的名字不但带有更多的虚构与寄寓的作用,而且二先生的辩论是辞气锋发,机智圆转,非常精彩。首先以畋乐、打猎多少为话机,让子虚先生沾沾自喜开篇,同时也用子虚的乐来贬齐。虽然乌有先生对贬齐不服,但并不急于去驳斥子虚先生,而是故意让子虚先生尽情地去夸楚,其实夸楚就是尽显其失,以此来显示乌有先生的机智与狡猾。而子虚先生的聪明就在不先直接夸楚,而是先夸说齐王打猎,通过他的口把齐王那骄傲神气的样子活灵活现地表现出来,以此来贬齐,又以此来烘托楚王之猎。高明的地方不仅在此,还在再三贬抑自己是楚国鄙人,见识狭小,非常无知,只能言其小小者云梦,以此来夸耀楚国的苑囿,将其表现力扩大无数倍,这就是人们所说的以虚映实的方法。这种方法不仅能扩大其表现力,而且还能给读者以想象。

对于这一点,清代的刘熙载给了很高的评价,说:"相如一切文,皆善于架虚行危。其赋既会造奇怪,又会撇入窅冥,所谓'不似人间来'者,此也。"[①]子虚先生夸耀楚王在云梦打猎的盛况,完全压倒了齐王,但赋家并不就此打住,而是又掀起波澜。乌有先生这时开口了,却没有按照通常的逻辑夸耀齐的渤澥压倒楚国,而是先责楚使的无礼,再驳盛夸云梦的错误,不仅显侈靡,彰君恶,而且有伤两国之信义。已经把楚国贬之再三,斥之再三了,乌有先生还嫌不够,又意想不到地夸起齐来。但乌有先生夸齐与子虚先生夸楚不同,不是用繁笔铺陈,而是用简笔争胜,只说齐疆域的辽阔,"吞若云梦八九于其胸中,曾不蒂芥",对其中的物产只说"不可胜记,禹不能名,契不能计",这样写不仅达到了以虚映实的目的,而且又显手法的灵活。楚是正面实写,而齐是侧面虚写,而这种虚写又是以前面齐王畋于海滨和楚之云梦泽的夸耀为基础的,显示出全文内在结构的紧密。尤其末尾一笔"然在诸侯位,不敢言游戏之乐、苑囿之大;先生又见客",尤为高妙,以退为进,完全解了齐王之围,当然还为下面天子的游猎留下了余地。全文一波三折,跌宕起伏,辩者智趣毕现,热闹非凡,手法灵活多变,摇曳多姿。枚乘与其相比,则显然无论学

[①] 《艺概·赋概》。

力还是功力,都还不济。从赋的铺陈来看,枚乘的《七发》确实"极声貌以穷文",将音乐、饮食、车马、宫苑、田猎、观涛六事写得非常精细,但是这六事之间没有紧密的联系,层次感不分明,吴客叙述好像带有随意性。如音乐、饮食二事颠倒次序也可以,而车马、宫苑的位置互换好像更有道理些,因从天下之至到驯马驾车田猎显示出内在一定联系;田猎与观涛也可以互换,虽然观涛的作用是"发蒙解惑",但没有写出太子听后的变化,还是说"仆病未能",而田猎之事就不同,太子"阳气见于眉宇之间,侵淫而上,几满大泽",表示"仆甚愿从",这样从观涛的"仆病未能"到田猎的"仆甚愿从",再到要言妙道的"霍然病已",诱导的步骤更合理,更叫人容易理解一些。还有所铺陈的六事没有一个整体感,有时事与事之间似有重复之嫌。如写完音乐、饮食之后,写宫苑时又铺写音乐、饮食,而打猎完毕之后,也少不了写"旨酒佳肴,高歌陈唱"。虽然前面的铺写与后面的简写好像有着前后照应的关系,但究其实与宫苑、田猎之情景不符,而宫苑、田猎中的简笔又总感觉有点铺陈得不够。又如对山川草木的铺陈是放在宫苑一事中,没有与后面田猎之事统一起来,这样打猎的场景就非常模糊。另外就是具体对每一事铺陈时方位感不强、时间模糊。如宫苑中的山川草木等采用的是排比归类法,就不知这些东西是长在荆山之畔,还是在汝水、江湖之边,还是在虞怀之宫。

  关于田猎一事分三次叙写,打猎地点不明,时间也模糊。文中虽写有"冥火薄天",是否打猎的时间是从白天到夜晚,也不是太清楚;有"陶阳气,荡春心"这样的描写,如果说田猎是在春天,那么又不得不叫人怀疑,因为按古制,校猎一般在秋冬两季。还有大家历来称道的观涛一节,他分两部分来描写,第一部分按时间顺序写观涛之前、之时、之后,非常清楚,但问题出在后一部分,看起来好像想写江涛"似神而非神者"的三个特点,而后面的具体铺陈却没有围绕这三个特点来进行,如果把第二部分糅入第一部分的观涛之时里面,从水力到江涛,一一铺写,再到观涛后对人的审美效用,这样时间感更强一些。《天子游猎赋》以田猎为中心,几乎把《七发》中的六事全部包括进去,铺写得极有层次。先写云梦的环境物产,然后写打猎,打猎又分为壮士之猎与美女之猎,最后写在云阳台进食,而且每一层次都用"于是"二字作纵向推进。而横向罗列也细目诸全,言云梦,先总写"云梦者,方九百里,其中有山焉",然后分写其山势,其土色,其石质,接着又分写其东、其南、其西、其北四方之物产,在其南又细分其高燥与其埤湿,在其北又分其上和其下,极具条理和章法。正如司马相如自己所说的那样,"合綦组以成文,列锦绣而为质。一经一纬,一宫一商,此赋之迹也"。不仅铺写云梦是这样,就是写打猎过程也是如此。如写楚王与壮士田猎,先写打猎的装备,马车、旗帜、利剑、雕弓、劲箭、骖乘、驭手,一一写来;接着写追逐猛兽,射杀猛兽,田猎结果;再写楚王停下来观猎,整个过程清清楚楚,没有丝毫混乱。这与所摹写和雕画的场景与风物有关系,司马相如决不会依样画葫芦,而是经过苦心构筑,想落天外,使所摹写与雕画的场景、风物完全融入重新设置的情节结构中,这样,子虚言楚才能成为向天子之事过渡的一个铺垫,才能为新的审美意旨服务,《天子游猎赋》也才会结合得那么紧,成为一个不可分割的整体。

的确,司马相如辞赋创作的成功与他善于汲取前人创作经验分不开。《楚辞》的"气往轹古,辞来切今,惊采绝艳"①,很符合汉人的美学趣味和艺术追求,故"汉之赋颂,影写楚世"。但因为屈原的作品,毕竟是诗体,而汉代的辞赋,文体性质发生了变化,表现手法已有不同的要求。诚为刘熙载所说:"赋起于情事杂沓,诗不能驭,故为赋以铺陈之。斯于千态万状,层见迭出者,吐而不畅,畅无或竭。"②辞赋描绘、叙述内容的"千态万状,层见迭出",与其辞采的艳丽、繁复,当然也就不是《楚辞》可以比拟的。司马相如不仅仅师宗一家之长,而且取法甚广,可以说,正是对文学因子的综合吸取,加以创新,才使他将汉赋创作推向了极致。"枚、贾追风以入丽,马、扬沿波而得奇"的结果,乃是"才高者菀其鸿裁,中巧者猎其艳辞,吟讽者衔其山川,童蒙者拾其香草"③。刘勰说:"楚汉侈而艳",其实侈艳在《楚辞》,尚限于表现手法,而在汉赋,却已经成为文体的特征。所以严格地说来,在语言运用方面,应当是"艳"在《楚辞》,而"侈"在汉赋的。

从另一方面看,可以说,正由于司马相如是一位杰出的语言学家,具有丰富的语言学知识和深厚的文字功底,对语言的运用炉火纯青,遣词造句,驾轻就熟,因此,他的赋作突出地表现出一种语言美。在创作之时,他热衷于罗列具体名词,从而使他的赋作存在"同辞重句","半字同文"的"侈而艳"之美。

司马相如之所以偏好罗列名物,有诸多方面的原因,首先,是他热衷于物象与知识的细密编织,以求得描绘的图案化效果;其次,赋所担负的歌功颂德的社会功能与汉代统治阶层的好大喜功,又促使赋家尽力去状画山川、铺陈方物,以显示帝国的应有尽有;此外,赋的半口头文学性质,给赋家的诵读提供了炫耀口齿伶俐、

---

① 《文心雕龙·辨骚》。
② 《艺概·赋概》。
③ 《文心雕龙·辨骚》。

玩味声韵美感的条件，更促使他们于名物的罗列有更为着意的追求。然而，最为根本的还是他的语言学知识的丰富，和对文字和文字学的注重，以及在此基础上所形成的驾驭语言与词语运用的高超审美表达能力。

司马相如辞赋创作的成功，还得力于古代典籍的熏陶。蜀遭秦火，文字典籍未能得传，然蜀人好文则古已有记。《华阳国志·蜀志》称："（蜀）多斑斓文采……（蜀）与秦同分（分野相同，风俗相近），故多悍勇，在《诗》文王之化，被乎江汉之域，秦豳同咏，故（蜀）有夏声（华夏的语言音乐等）也。"据《四川通志》载，周穆王时，已有仙道李脱、李真多等在蜀修炼；成书于西周的《山海经》，据蒙文通《略论山海经》称，其中《海内经》四篇、《大荒经》五篇皆蜀人所作。春秋中期，鳖灵王蜀，必然带入荆楚文化，开明五世迁治成都，立宗庙，用荆乐，崇"五行"等是其明证。春秋后期，老子西行过幽谷，为关令尹喜著《道德经》，临别告曰："子行道千日后，于成都青羊肆寻吾"，说明"老学"入蜀。约在此期，又有蜀人苌弘明阴阳数术之学，传孔子曾就其问乐，为蜀中有记载的早期阴阳家和音乐家，并极有可能为此后落下闳天文历数一派的渊源。春秋末期，孔子弟子蜀人商瞿传《易》学于蜀。战国中前期，商鞅被刑，其师尸佼恐诛，逃亡入蜀，造论20篇6万余字，说明法家之术亦在蜀流传。《汉书·艺文志》：道家有《臣君子》二篇、《郑长者》一篇，班注云"蜀人"，"六国时先韩子、韩子称之"。商瞿、臣君子之流可能即严君平易数一派的渊源。据徐仁甫《司马相如与文翁先后辨》说，早蜀文化的繁荣与秦徙六国豪侠及其罪人入蜀，带入异地文化有重要关系。如卓氏、程郑一辈工商业者，发展了巴蜀的经济；吕不韦舍人多迁蜀，即有参与《吕氏春秋》的撰写者，是杂家之学传入蜀；嫪毐舍人"夺爵迁蜀四千余家"①，其中也有许多仕人，带入了大量的秦文化。在司马相如的作品中，多处引经据典，可见其曾熟读诸如《五经》《山海经》《庄子》《楚辞》等多种古籍，说明这些古籍在蜀早有传承。足见蜀在文翁前，并非蛮荒蒙昧之地，而早为文化繁荣的一方沃土，故能产生像司马相如这样的杰出人物。司马相如少好读书，学击剑，善鼓琴，学识渊博，文辞宏丽，仪态闲雅，行止雍容，堪称蜀地早期知识分子的杰出代表，又为蜀文化承先启后的关键人物。

---

① 嫪毐是战国末期秦国的假宦官，据《史记》记载，因与秦始皇母亲赵太后私通而倍加宠信，受封为长信侯，后来因发动叛乱失败而被秦始皇处以极刑，车裂而死。嫪毐的死党卫尉竭、内史肆、佐弋竭、中大夫令齐等20人枭首，追随嫪毐的宾客舍人罪轻者为供役宗庙的取薪者——鬼薪；罪重者4000余人夺爵迁蜀，徒役3年。

第三节 阅历丰富

丰富的人生阅历与人生经验是司马相如辞赋创作得以成功的要素之一。他阅历丰富,年仅20岁,即"以訾为郎",为武骑常侍,侍卫景帝。文帝时,梁王四次入朝。景帝即位后,梁王于前元三年、三年入朝,七年(梁王二十九年,公元前150年)又入朝,随从人员有齐人邹阳、淮阴枚乘、吴庄忌夫子等辞赋家。景帝不好辞赋,对他们没有注意,而司马相如见到他们却是喜出望外。司马相如因托病辞去侍卫景帝的职务,遂以游士的身份,做了梁国的一名宾客。梁王令司马相如与诸先生同游共处,做游士期间,他的创作欲望和才能自然地培育成长起来,写《子虚赋》,盛言齐楚两国国王奢侈田猎状况,借以讽谏梁王。又有《美人赋》,写司马相如与梁王对话,言己不好色之经历,以讽谏梁王。这都是游梁时的作品。

司马相如最初的理想和抱负并不在辞赋创作,而是在政治方面,即仕途上的通达。这可以从他"以訾为郎"离蜀初入长安,在"市门"的题字中看出来:"不乘赤车驷马,不过汝下。"①这几个字生动地表明了司马相如对进京抱有非常大的希望。但来到京城后,景帝并没有让他去管理国家大事,没有委他以重任去实现他出相入将的理想,而是任他为武骑常侍,让他侍从自己格杀猛兽。显然,这种角色与他原来把自己定位为"蔺相如"相差很远,于是,才将兴趣转到了他所喜爱的辞赋创作上来。他的创作道路也是从游梁时开始,到武帝时才达到创作高峰期。我们知道,在当时司马相如既没有蔺相如那样的出仕机会,也不可能像蔺相如那样从赵宦者令缪贤的舍人一跃而为诸卿之长,汉景帝更不可能像战国时的诸侯那样礼贤下士。可以肯定,在侍景帝的几年里,司马相如的内心经历过沉重的失落,但是如果没有新的希望,他是不会轻易地辞去这一官职的。而恰好带有战国"四公子"派头的梁孝王来朝,重新燃起了他的希望,于是他才下决心辞官游梁。游梁的目的显然就是为了把自己的才智奉献给诸侯王而能得到赏识与重用。然而,梁孝王是一位恃宠而骄之主,谋位汉嗣不成,就刺杀大臣袁盎等十余人,引起景帝的怀疑,又企图与朝廷对抗,这一切确实是司马相如产生怀才不遇之感的现实基础。枚乘与司马相如一样,曾同侍梁孝王,一样爱写辞赋,他的《七发》一般认为是谏劝

---

① 《华阳国志·蜀志》。

或讽谏吴王不要谋反的。枚乘在赋中以楚太子治病为由,以养生保寿为内容,用"要言妙道"暗寓政治上的安身立命,非常之委婉曲折,但是这篇赋的目的并没有被淹没,枚乘反而以此赋出名。而司马相如《天子游猎赋》的写作意图比《七发》更明显,在盛夸云梦之事后,借乌有先生之口直接批评"奢言淫乐而显侈靡","章君之恶伤私义","然在诸侯之位,不敢言游戏之乐,苑囿之大"①。这样的措辞、这样的见解放在一个身为宾客的文人身上,真有石破天惊之感。

　　司马相如还具有丰富的社会人生方面的知识。他是我国早期杰出的政治家。他的《喻巴蜀檄》和《难蜀父老》,情理充分,文辞明畅,实际上可以看作是两篇极具说服力的政论文。前一篇《檄》针对中郎将唐蒙为通夜郎开道,在蜀"发军兴制,惊惧子弟,忧患长老",即将发生地方动乱的情况,喻告安抚巴蜀人民"靡有兵革之事,战斗之患","发军兴制"之举,"皆非陛下之意",说朝廷本意乃是为开通西南夷地区,解决"道路辽远,山川阻深"的不便,因此,巴蜀人民无须惊恐不安。《檄》还说,地方应当服役的人或有逃亡、自戕者,皆非臣民应尽之责,是"死而无名""耻及父母,为天下笑"的事;作为臣民应当"急国家之难,而乐尽臣之道……"从事实、情理、利害诸方面晓喻巴蜀人民,明白剀切,致事态得以平定,夜郎道也从而得以略通。后一篇《难》则针对蜀中父老及朝廷大臣"通西南夷不为用"的说法据理加以批驳,从形势及道理上阐述了通西南夷对维护国家的统一,促进民族间的交流以及西南地区的共同发展与繁荣等方面的重要作用。相如受命在蜀为中郎将时,还深入到当时的邛、笮、冉、陇、斯榆等少数民族地区进行调查,奔走联络,使各族各部落都统一在朝廷的号令下,进而相互信任,拆除关隘,疏通道路。汉朝还于此设置都尉,领十余县(属蜀郡)。在此基础上,汉朝又与新开发的笮(今贵州中部)、邛都(今凉山彝族自治州)等加强了联系。在朝中,他还敢于上《哀二世赋》,以"持身不谨,……信谗不寤"的秦亡教训讽谏好大喜功的武帝,也堪称亢直之臣了。他还是我国早期的音乐家,善鼓琴,不仅技艺娴熟,且深谙音乐的感情表达作用,故能倚声传情,一曲《凤求凰》,即能深深地激发知音文君的慕悦之心。他和卓文君的爱情传为千古佳话。他俩是我国古代追求婚姻自由的一对勇敢带头人。他们还不耻劳作,敢于向当时的尊卑世俗观念挑战,更是难能可贵。相如对于音乐美学也是有相当理解的,从他的著作中不难觉察他在描绘和声调上均有对美的追求,最重要的是,他还是古蜀文化承先启后的关键人物。早期的巴蜀文化,大致

---

① 《史记·司马相如列传》。

可分为以实用科技为主的西北氐羌文化和以哲学、文学、天文数术为主的中原秦楚文化两个系统。前者突出地表现在农业、水利的发展,青铜冶炼、雕铸的工艺和陶、石器的烧制、琢磨、造型等方面;后者则突出地表现为黄老之学、天文数术之艺和辞赋文学之盛等方面。它们一侧重于自然科学领域,一侧重于人文科学领域,以后逐渐融合土著文化而发展。这种蜀文化的人文学部分为时最早,且在文字上反映出来而保留至今的,都是司马相如的那些作品。由于受黄老之学的影响,所以相如作品中有仙道思想,在《子虚》《大人》二赋中最易见其幽思玄远,故武帝读后"飘飘有凌云之气,似游天地之间意"。赋中所及天文历数之处亦不少,《封禅》之奏更可见数术杂入之迹。至于其启后之功,则正如班固所说:蜀"及司马相如游宦京师",而"文章冠天下"①。相如以其杰出的创作成就,极大地影响和带动了蜀文化的发展繁荣。稍后的文学家王褒,文学家、哲学家、语言文字学家扬雄诸人即可谓其继承者。其中,扬雄在哲学方面还有更为广泛和系统的论著。余如严光、李尤诸人,或在易道上有新解,或在文学上有继承,可谓蜀学代有传人。

第四节 "博学于文"

司马相如这种"好书",喜欢"师范"古人,认为丰富的学识能增强审美创作能力的观点,其思想渊源可以追溯到先秦。中国古代的思想家非常注重修养之法,即"为学之方",并对此进行了比较详尽的讨论,其中尤以儒家理论为代表。例如,在如何完善文化人格的问题上,孔子认为最高人格美是"仁",为了培养这样一种理想的道德人格,就需要"知",因而应该"博学于文,约之以礼"②,主张人们要"学文"以积累知识,提高思想认识,增进创作才能。孔子自己教学生也是要求首先学"文","子以四教,文、行、忠、信"③。据《礼记·经解》载,孔子云:"其为人也,温柔敦厚,《诗》教也;疏通知远,《书》教也;广博易良,《乐》教也;絜静精微,《易》教也;恭俭庄敬,《礼》教也;属辞比事,《春秋》教也。"这段话具体说明了"六经"之"文"对人的修养、才学、品性、情操等心理素质的陶冶作用,指出了学习传统文化

---

① 《汉书·地理志》。
② 《论语·雍也》。
③ 《论语·述而》。

的重要意义。《论语》一书中，还多处记载了孔子谈学习《诗》《书》《礼》《乐》对增强人们修养与能力的作用。就《诗》而言，孔子认为学习《诗》可以培养人的表达能力，"不学《诗》，无以言"①；学习《诗》可以匡正人们的思想，因为"《诗》三百，一言以蔽之，曰：'思无邪。'"②；学习《诗》可以增强人们的社会实际效益，"诵诗三百，授之以政，不达，使于四方，不能专对，虽多亦奚以为？"③总之，学《诗》"可以兴，可以观，可以群，可以怨。迩之事父，远之事君，多识于鸟兽草木之名"④。孔子的这种强调学习传统文化以丰富知识积累和完善道德修养的思想对中华民族注重道德，"以修身为本"的传统文化心理结构的形成具有深远的意义。可以说，司马相如辞赋美学思想强调通过"好学""师范"古人，增加学识积累以建构主体审美心理结构的观点，就是建立在儒家学说的这一理论基础之上。

在中国古代美学思想史上，司马相如以后，继承儒家的传统观念，较早注意到通过"积学"以积累知识、增强认识能力是造就一个优秀的审美创作主体的必要条件的是汉代的扬雄。据桓谭《新论·道赋》载："扬子云工于赋，王君大习兵器，余欲从二子学，子云曰：'能读千赋则善赋。'君大曰：'能观千剑则晓剑。'"⑤大量地阅读那些获得成功的文艺作品，可以提高审美创作主体的思想境界，健全其审美理想，优化其审美情趣，并增强其审美传达能力，完善其审美心理结构，以创作出优秀的作品。刘勰说："才为盟主，学为辅佐，主佐合德，文采必霸。"⑥天赋的"才力"是形成和发展审美创造能力的良好条件。但是，天赋的"才力"只是发展审美创作能力的生理素质，并非审美创作能力本身，同时，它也不是审美创作能力形成和发展的唯一条件。后天的影响，对审美创作能力的构成也极为重要，这之中，就包括"好书"与"师范"古人。只有把"才"与"学"很好地结合起来，相互促进以培养成杰出的审美创作能力，才能搞好创作，以创作出优秀之作。实践经验是人类创造活动的基础。人类的一切创造活动总是建立在已有的经验之上，审美创作活动也不例外。从本体论看，司马相如辞赋美学思想认为文艺审美创作是"言志抒情"的，是自然事物和社会生活作用于人的内心世界，从而引起人的情感波澜并使

---

① 《论语·季氏》。
② 《论语·为政》。
③ 《论语·子路》。
④ 《论语·阳货》。
⑤ 《全后汉文》卷十五。
⑥ 《文心雕龙·事类》。

之表现出来的结果。因此,要使审美创作获得成功,第一要素则是审美创作主体必须具有丰富的社会生活经验。而多读书,以增强学识,则是积累经验的重要途径。"人不能事事直接经验,事实上多数的知识都是间接的东西。"①多读书能使审美创作主体获得大量的间接经验,增强审美创作能力。刘义庆说:"殷仲文天才宏赡,而读书不甚广博。亮叹曰:'若使殷仲文读书半袁豹,才不减班固。'"②晋末诗人殷仲文极有天赋,然而却因为知识面过于狭窄,所以不能充分展示其创作能力,从而影响了其审美创作成就。由此可见,广博的知识对于审美创作是极为重要的。苏轼说:"书富如入海,百货皆有。"③作为精神产品和审美创作主体心态的物态化成果,前人的优秀作品内容是非常丰富的。通过读书"积学",可以培养创作主体认同意识,使创作主体自己意识到人类在情感生活上的相通和一致。《乐记》云:"正声感人,而顺气应之;顺气成象,而和乐生焉,倡和有应,回邪曲直,各归其分,而万物之理,各以类相动也。"宋濂说:"盖古人之于文,以躬行心得者著为言。"④通过"积学",可以使审美创作主体理解古人的"躬行心得者"与他人的内心生活,在"顺气应之""倡和有应"的审美体验的情况下,使自己的自我和他人的自我的界限在"万物之理,各以类相动"的情感之中逐渐消失,从而产生一种认同情感。故孔子说《诗》"可以群"。可以说,正是在这种思想的基础上刘勰才在《文心雕龙》中提出"积学以储宝"说,以强调指出创作主体应努力增加知识积累。他在《事类》篇中又说:"夫以子云之才,而自奏不学,及观书石室,乃成鸿采。表理相资,古今一也。故魏武称张子之文为拙,然学问肤浅,所见不博,专拾掇崔杜小文,所作不可悉难,难便不知所出,斯则寡闻之病也。夫经典沈深,载藉浩瀚,实群言之奥区,而才思之神皋也。扬班以下,莫不取资,任力耕耨,纵意渔猎,操刀能割,必列膏腴;是以将赡才力,务在博见,狐腋非一皮能温,鸡跖必数千而饱矣。是以综学在博,取事贵约,校练务精,捃摭须核,众美辐辏,表里发挥。"古代杰出文艺作品是"群言之奥区","才思之神皋",可以启迪人的审美思维,丰富人的审美情感,沟通人的审美意识,如果才力和学识兼善并美,就必定会在审美创作上取得突出成就。这里从创作主体的"才力"与"积学"的关系入手,讲明了学识广博对于审美创作的重要作用。

---

① 《毛泽东选集》第4卷,人民出版社1960年版,第264页。
② 《世说新语·文学》。
③ 《又答王庠书》。
④ 《朱悦道文稿后题》。

审美创作主体的"才"与"学"是相对应的。所谓"才",也就是创作主体的审美能力,是创作主体通过审美创作活动表现出的审美意趣和情感,以及感悟作为审美对象的客观事物中所蕴藉的审美意蕴的能力总称,或所谓属于创作主体所特有的智能结构。它包括独特的审美感悟力,丰富的审美想象力,审美创作的构思能力和迅速、准确的审美传达能力。班固《离骚序》中说:"汉兴,枚乘、司马相如……可谓妙才者也。"这里的"妙才"与张戒在《岁寒诗话》中评价韩愈时提到的"才气"说,就包含有这种含义:"大抵才气有余,故能擒能纵,颠倒堀奇,无施不可。"刘勰在《文心雕龙》中谈到创作主体的审美智能结构及其修养时,非常注意创作主体的"才力""才气"。他在《神思》篇中说:"神思方运,万涂竞萌;规距虚位,刻镂无形。登山则情满于山,观海则意溢于海;我才知多少,将与风云而并驱矣。"就指出才力不同的创作主体,对同样作为审美对象的自然景物的感悟和由此而激发起来的情思与想象会有深度和广度的不同。才华横溢的创作主体,可以驰骋想象,让心灵自由飞翔,在无意识中让自我情愫于冥漠恍惚中自由飘逸,进而于思潮激越澎湃、意象落英缤纷、踊跃而来之中,挥洒自如地完成审美创作。刘勰肯定了"才"的先天禀性,认为"才有天资","才自内发",同时又强调后天的"学""习""识""见"。创作主体的知识积累、生活积累与审美经验的积累,来源于直接经验和间接经验,即来源于自己亲自的经历、见闻,所受的教育和所读的书本。作为一个创作主体要想在审美创作中"写物图貌"①,正确地摹写"雕画"社会现实生活,"体物写志",表现自己在审美体验活动中的生命感受与心灵震荡,揭示宇宙自然的生命真谛,丰富的知识积累是非常重要的。当然,后天修养的"学""习""识""见",必须要与先天禀赋的"才""气"结合起来,以构成独特的智能结构,从而才能创作出既有"才",又有"学"的优秀隽永之作。

必须指出,作为个体的创作主体,其"才"与"学"又是不同的,存在着差异现象。刘勰在《文心雕龙·事类》篇中指出:"有学饱而才馁,有才富而学贫。学贫者,迍邅於事义;才馁者,劬劳于辞情。"知识积累丰富、学识广博,是审美能力构成的基础,由此,才气就有了纵横驰骋的条件,才可能达到能纵能擒,上天入地,氤氲磅礴,神游心越,控引天地,错综古今,作品的审美意蕴才能具有极大的包容性,才能包括宇宙,总览人物。审美创作活动中,"才"与"学"的作用是不同的,书读得少,学识浅薄的创作主体,在审美感悟与审美理解上,也即"体物写志"、用事明理

---

① 《文心雕龙·诠赋》。

上,常常会遇到障碍;而才气不足的人,在审美传达与表述上遣词达情方面多感吃力。所以刘勰说"属意立文,心与笔谋,才为盟主,学为辅佐"。审美创作中,在"心"与"笔"的共同谋划之中,主体的才力起着主要作用,学识则起着辅助作用,如果创作主体既有先天异禀又有后天的努力学习,才力与学识兼善并美,就必定会在审美创作活动中取得突出的成就。故而刘勰在《事类》篇中接着说:"主佐合德,文采必霸,才学偏狭,虽美少功。"也就是说,创作主体才力高学识富,创作上必然有成就,如才疏学浅,虽然有小巧,但绝难成大器。创作主体先天所禀赋的才气与后天学习所积累的知识紧密结合在一起,两者相辅相成,在主体的智能结构构成中才具有极为重要的意义。可以说,才与学是主体智能结构构成的决定性因素,所谓"文章由学,能在天资。才自内发,学以外成"。内在的天赋禀性"才"与外在的后天积累"学"互补、互进,丰富了主体头脑中的信息贮存,增殖了形象记忆、观念记忆,提高了审美感悟力、审美创造力和审美表现力,从而充实并提高了主体的智能结构。这样,才能"一朝综文,千载凝锦",创作出传世的隽永之作。所谓"千载凝锦"的杰作,当然是与那些"连篇累牍,不出月露之形,积案盈箱,唯是风云之状"的作品不同,它们都是遵循"本乎道,师乎圣,体乎经,酌乎纬,变乎骚"[①]的审美原则创作出的"视之则锦绘,听之则丝簧,味之则甘腴,佩之则芬芳"的有色、有声、有味的杰出审美作品。

现代审美心理学的研究表明,人的审美心理结构与智能结构的构成的确存在先天的禀赋,具有遗传因素。如皮亚杰就认为在人的智能结构的建构、沉淀和智力的发展中,生理遗传因素也起着重要的作用。其中包括感官生理反射能力、神经系统、大脑细胞的反应、思维功能的生理遗传传递;手的灵活性和效应系统表征作用的生理遗传传递及其所形成的自动化的行为反应等。遗传传递使人具有对刺激的适应性、组织性这两个基本倾向与基本功能,因此,我们在探讨审美心理结构与智能结构的建构、积淀时,也应看到遗传的作用。如审美感官系统、神经系统、大脑皮层系统及其组织功能的遗传,对简单刺激物审美感觉力的遗传,审美效应系统功能的遗传,气质的遗传,求知、求美欲望的遗传等,都为审美心理活动和审美心理结构与智能结构的建构、积淀提供了不可或缺的生理机制和基本的物质保证。所以,广义地说,审美心理积淀既包括后天的审美实践经验、心理能力的积淀、贮存和凝聚,又包括先天的生理机能的遗传和沉淀。但是,在审美心理结构与

[①] 《文心雕龙·序志》。

智能结构的积淀中,遗传的作用毕竟是有限的、局部的。对于审美的深层心理内容如具有社会性、理智性的审美知、意、情内容和复杂的审美联想、想象、移情、意志等审美心理形式,只能通过后天的实践加以积累、总结和通过学习、训练加以继承和扬弃,却不能通过先天的遗传获得。同时,这种审美的生理机制、心理机能的遗传,并非从人类一产生就已经存在,而是经过人类长期的、共同的生活实践、审美实践的逐步积累起审美经验,生成审美能力以后,才逐步积淀、贮存于人的大脑而一代代遗传下来,并且逐步转化为区别于动物本能的人所独有的具有社会性的本能——审美的而非一般的生理机制和特定的心理机能。后来由于人的生活实践经验、审美实践经验的不断积累和发展,尤其是艺术活动的发展,艺术经验、艺术产品的沉淀、凝聚,人的审美感官、神经系统、大脑机能和审美感觉力才愈来愈健全、发达和具有敏感性,从而才形成了人的新的审美的本能和新审美心理的积淀。所以这种本能的遗传、丰富化以及局部审美感觉力的遗传、积淀,归根结底仍然是人类长期实践经验不断积累、凝聚的结果,最终仍是被审美实践活动决定的。

　　历代心理学指出,个人与全人类、个体与群体、现实与历史是不可分割的统一体。个人总是生活、实践在群体之中,个人的审美生理机制总是体现了人类共同的生理功能,个人的审美心理总是打上了人类的、群体的、民族的、阶层的、时代的烙印,并随着人类历史的发展、实践的发展而发展。现实总是历史的继续、延伸,而历史又是在现实中得到某种程度的凝聚和折射,或以新的方式加以再现。人类从原始时代就开始的审美、创造美的实践,经过无数人,无数次的反复、印证、总结、补充、修正,日积月累地积累了丰富的审美经验,形成了各种各样的审美观念、审美情趣、审美理想,锻铸了日益发展的审美、创造美的能力。这些审美意识和能力既逐步地沉淀、积聚为由相对稳定的文化心理素质、价值体系、思维方式所整合而成的文化心理结构,并逐步分化、衍生为人的内在审美心理结构;又以物化的形态沉淀、凝聚于各种具有审美特质的精神和物质产品之中,使这些产品成为人类审美心理结构外化的结晶品,并成为人类、民族、阶级文化结构的组成部分。当这种人类内在的审美心理结构和外化的结晶品逐步形成和丰富化以后,它又以既定的文化结构、文化心理结构和审美心理状态,改造着人类的本性,制约着后人的审美心理活动和心理结构的建构与积淀。

　　一方面,前人历时性的审美心理活动和创造活动改造了人的审美生理功能,锻铸了人的审美感受力、大脑思维能力、手的灵活性和审美感受的表征功能,使人具有了审美的感官、审美的大脑和审美的效应系统。而这种既定的审美生理功能又可以通过遗传传递给后人,成为后人的某种本能,成为后人个性结构的先天因素、遗传因子,并为后人的审美心理活动和心理结构的建构、积淀提供既定的审美生理机制。另一方面,前人历史积淀下来的文化心理结构、审美心理结构虽然呈现为一种内在的心理状态,但它有向外扩散的效应特征,因为人有自我表现的需求,有心理交流的欲望和能力。当人在进行审美或审美创造的活动时,总要通过语言、表情、动作、创造成果等符号、媒介或教育、训练、传授等方式,将自己的审美感受、审美态度、审美观点、审美经验以及创造的产品等,自觉或不自觉地传递给他人,传授给下一代,潜移默化地或突发地影响后人,从而为后人审美心理结构的建构和积淀提供适宜的氛围和必要的条件。同时,前人历史积淀的文化心理结构、审美心理结构物态化以后所创造的结晶品——各种具有审美特性的精神产品和物质产品,以及由它们构成的既定文化结构,更是作为文化的遗产、民族的传统呈现于后人的面前,成为后人学习、认识、继承、内化的对象,并制约着后人的认知方式、审美观念、审美选择、审美评价,成为后人在内化中进行心理结构建构、积淀的现成条件和物质基础。如历史积淀下来的将理性消溶于感性之中的文艺审美作品,各种具有审美价值的历史古迹,就是今天每个个体的审美对象。它们既使今人从那些感性的形式中把握其理性的内容,又在内化过程中促进了今人审美心理结构的建构与积淀;至于前人总结审美与审美创造经验的理论著作,其中的观点、方法,则成了今人审美心理结构建构、积淀并使之理性化的现成历史资料和某种规范。

以往人类群体的历史积淀之所以可以被今人所继承,并成为今人审美心理结构的建构、积淀的基础,从本质上说,就在于古今人类、个体与群体的生活实践、审美实践以及审美需要、审美经验,具有历史的连续性、继承性与共同性。今人不能离开前人,割断历史,个人不能离开群体、民族、阶级。今天每个个体审美心理结构的共时性建构和历时性积淀,既是他自己从事审美实践、创造美实践的结晶体,又是以往人类审美心理历史积淀的延续,是吸取前人、群体的经验、成果、精华而凝聚成的鲜花。在今人的心灵中总是不同程度地沉积着前人的灵魂,在个人的审美心理结构和智能结构中总是凝聚着全人类、群体的精神成果。正因为如此,所以今天每个个体审美心理结构和智能结构的建构、积淀中,才具有了人类的,历史的内容,才有了群体、民族、阶级的共同特征。

故而,司马相如辞赋美学思想认为,通过"好书"与"师范"古人不但可以使审美创作主体通过一种体验取得认同意识、丰富情感、增强才力,而且能够使其获得大量的事例和史料,扩大创作的素材范围,并且,前人作品中的言辞熟语,也可供借鉴。就包容的审美意旨与审美意象来看,古代的诗文名著,没有哪一部优秀作品所包容的审美意旨与审美意象不是丰富多彩的。比如《诗经》,据《毛诗类释》的统计,其中出现的谷物24种,蔬菜38种,药物17种,草类37种,花果15种,树木43种,鸟类43种,兽类40种,马的异名27种,虫类37种,鱼类16种。所以孔子教人学《诗》,认为从中可以"多识于鸟兽草木之名"①。又如《红楼梦》这本辉煌巨著,其中翰墨之诗词歌赋、制艺尺牍、爰书戏曲以及对联匾额、酒令灯谜、说书笑话、无不精善;技艺则琴棋书画、医卜星相、及匠作构造、栽种花果、蓄养禽鱼、针黹烹调、巨细无遗;人物则方正阴邪、贞淫顽善、节烈豪侠、刚强懦弱及前代女将、外洋诗女、仙佛鬼怪、尼僧女道、娼妓优伶、黠奴豪仆、盗贼邪魔、醉汉无赖、色色俱有;事迹则繁华筵宴、奢纵宣淫、操守贪廉、宫闱仪制、庆吊盛衰、判狱靖寇;以及讽经设坛、贸易钻营、事事皆全;甚至寿终夭折、暴病亡故、丹戕药误及自刎被杀、投河跳井、悬梁受逼、吞金服毒、撞阶脱精等事,亦样样俱有,可谓包罗万象,囊括无遗。而曹雪芹的这种如海大之才,也不是一日之功,显然这种呈现全靠他知识渊深,见闻广博。由此亦可见,审美创作主体心理结构中的"才力"与学识应"表里相资""主佐合德",因为是"经籍深富,辞理遐亘。皓如江海,郁若昆邓。文梓共采,琼珠交赠"②,"有第一等襟抱,第一等学识,斯有第一等真诗"③。前人的优秀审美作品具有丰富的营养,审美创作主体应坚持学习,"读万卷书",广闻博见,"以养胸次",始能增强其才气,创作出不朽之作。马克思指出:"人们之所以有历史,是因为他们必须生产自己的生活,而且是用一定的方式来进行。这和人们的意识一样,也是受他们的肉体组织所制约的。"④创作主体的审美心理结构的形成也是这样一个历史的过程。一方面主体对前人所创造的审美对象(文艺作品)加以扩大、发展,同时又对自己内在的自然(生理的、心理的)加以充实丰富,通过"读万卷书,以养胸次",使自己的审美心理结构得以构成和完善。由于每个人过去的审美实践经验都作为一种审美的成果保留在人的头脑中,因此,每个人都必须具有自己独特的审美心理结构与智能结构。可以说,包括司马相如在内的每一个取得辉煌

---

① 《论语·阳货》。
② 《文心雕龙·事类》。
③ 沈德潜:《说诗晬语》卷上。
④ 《马克思恩格斯选集》第1卷,人民出版社2012年版,第24页。

艺术成就的作家、诗人、画家、音乐家,在形成自己独特的审美心理结构与智能结构之前,都曾"师范"古人,从前人所创造的艺术成果中吸取过营养。而他们创造的艺术审美作品从根本上说又是对前人所创作的作品的扩大、突破和发展。例如,在司马相如的赋作出现之前,古典诗歌已经经过历代诗人的努力而走过1000多年的历程,到司马相如的手中时,古典诗歌的艺术美已被发展到了"不可凑泊"的程度。可见正是司马相如本人,最善于从前人所创造的艺术美中吸取营养,以"好书"丰富自己的审美心理结构,因而能够在审美创作中达到艺术的顶峰。

从中国古代美学思想发展史来看,历代文艺美学家对创作主体的学识积累都极为重视,继司马相如之后,陆机在《文赋》中指出,审美创作主体应"咏世德之骏烈,诵先人之清芬,游文章之林府",始能"慨投篇而援笔,聊宣之乎斯文"。对创作主体学识积累的强调则可谓不遗余力。之后,唐代韩愈等不仅重视审美创作主体的道德修养与知识积累,还具体论述了学习的方法途径。如柳宗元认为:"读百家书,上下驰骋,乃少得知文章利病。"①就指出应该从前代优秀之作中学习艺术表现技巧。宋代黄庭坚强调指出:"胸中有万卷书,笔下无一点尘俗气。"严羽在《沧浪诗话·诗辨》中亦指出:"博取盛唐名家,酝酿胸中,久之自然悟入。"认为学识积累是审美创作主体感兴触发的重要条件。元代方回主张"胸中贮万卷书,今古流动,是惟无出,出则自然"②。明代董其昌论画也重视"读万卷书,行万里路"③。清代吴雷发、李沂等则认为"读书"有助于艺术主体"才"与"识"的提高。李重华则把"读书"与"养气"并举,认为是建构主体审美智能结构的两个重要方面。

第五节 "读万卷书,以养胸次"

丰富的学识能健全创作主体的审美心理结构。就审美创作活动过程中的具体心理因素而言,包括情操、情感、感知、想象、理解等都能从学识积累中获得培养与提高。

首先,丰富的学识能使审美创作主体从先贤著作中陶冶情操,并培养其健康

---

① 《寄杨京兆凭书》。
② 《跋遂初尤先生尚书诗》。
③ 《画禅室随笔》卷二。

的审美情趣与理想。"陶铸性情，功在上哲。"①从先贤著作中，审美创作主体可以学习效法其政治教化、事迹功业和个人修养方面的思想，以砥砺品行，颐养性情，从而获得精神气质、旨趣境界上的升华。此即所谓"政化贵文之征""事迹贵文之征""修身贵文之征"②。换句话说，就是读书积学能使审美创作主体得到进入创作活动之前所必需的政治、伦理、历史知识，并在情操上得到培养。刘勰在《文心雕龙·宗经》篇里说："三极彝训，其书言'经'，'经'也者，恒久之至道，不刊之鸿教也。故象天地，效鬼神，参物序，制人纪；洞性灵之奥区，极文章之骨髓者也。……自夫子删述，而大宝咸耀。于是《易》张《十翼》，《书》标'七观'，《诗》列'四始'，《礼》正'五经'，《春秋》'五例'。义既极乎性情，辞亦匠于文理；故能开学养正，昭明有融。然而道心惟微，圣谟旧绝，墙宇重峻，而吐纳自深。譬万钧之洪钟，无铮铮之细响矣。"古代的经典著作能够反映"三极"（天、地、人）的恒常之"至道"，它们是人类（由其卓越的圣人所代表）精神活动创造出来的产品。"象天地，效鬼神，参物序，制人纪，洞性灵之奥区，极文章之骨髓者也。"是说圣人撰著的经典是在考察和把握宇宙万物的相互关系及其演化过程的基础上去认识和规范人类社会关系的，而且特别突出洞悉人类精神活动领域的奥秘的重要意义。学习这些经典著作，自然能使"开学养正，昭明有融"③，从中获得陶冶。

如前所说，司马相如辞赋美学思想这种强调丰富的学识积累是完善审美创作主体的道德情操与提高其思想境界的观念，深深地扎根于中国传统的社会文化有关心理智能结构建构的思想基础之上。中国古代，宗法伦理道德观念在意识形态方面占统治地位，因此，重人伦、重道德、重修己之道，强调以礼节情，提倡人格的自我完善，构成传统文化有关心理智能结构建构思想的主流。这和西方不同，在西方，"中世纪只知道一种意识形态，即宗教和神学。"而古代中国，汉武帝"罢黜百家，独尊儒术"的结果，使儒家学说中的伦理道德思想影响深广，中国古代哲人认为"意诚而后心正，心正而后身修"，修身是完善道德，培育高尚情操的根本，故"自天子以至庶人，壹是皆以修身为本"④。在这种传统文化心理智能结构建构思想的支配之下，中国古代审美心理学思想极为重视审美创作主体的人品及其人格精神，历来就有"诗品出于人品""文如其人"的说法，认为"作诗必先有诗之基，基即

---

① 《文心雕龙·征圣》。
② 《文心雕龙·征圣》。
③ 《文心雕龙·宗经》。
④ 《大学》。

人之胸襟是也。有胸襟然后能载其性情智慧,随遇发生,随生即盛","心正则笔正"①。审美创作主体的道德情操愈高洁,作品的审美价值也就愈大。程颐说:"孔子曰:'有德者必有言。'何也?和顺积于中,英华发于外也,故言则成文,动则成章。"②屠隆则认为:"稗官小说,萤火之光也。诸子百家,星燎之光也。夷坚幽怪,鬼磷之光也。淮南庄列,闪电之光也。道德楞华,若木之光也。六经,日月之光也。"③审美创作主体的道德情操、人品是艺术作品审美的主要来源和构成要素,主体的品格才识是审美创作得以开展的首务和前提,"士之致远,先器识而后文艺"④。元代揭侯斯说:"学诗者必先调燮性灵,砥砺风义,必优游敦厚,必风流蕴藉,必人品清高,必精神简逸,则出辞吐气自然与古人相似。"⑤而研阅前人艺术杰作则是培育审美创作主体品德情操的最好途径。唐陆龟蒙说:"我自小读六经、孟轲、扬雄之书,颇有熟者。求文之指趣规距无出于此。"⑥欧阳修也说:"学者当师经。师经必先求其意。意得则心定,心定则道纯,道纯则充于中者实,中充实则发为文者辉光。"⑦又说:"《易》之《大畜》曰:'刚健笃实,辉光日新。'谓夫畜于其内者实,而后发为光辉者,日益新而不竭也。故其文曰:'君子多识前言德行以畜其德。'此之谓也。"⑧强调指出审美创作主体应通过"积学",使内心充实辉光,品德操行高尚。因为"诗非一艺也,德之章,心之声也"⑨,所以典范的艺术作品可以极大地提高审美创作主体的思想境界与气质精神,陶冶其道德情操与品德修养,从而增强其审美能力和创造能力。

其次,丰厚的学识能增强审美创作主体的审美感知能力。"吹万不同,听其自取"⑩。大千世界,自然景物总是色彩斑斓,万千气象,审美创作主体写什么,不写什么,总是带着一种强烈的主观意识,"伫中区以览玄,颐情志于《典》《坟》"⑪。"好书""师范",古人博览群书,积累知识,既能培养创作主体的道德情操与审美

---

① 薛雪:《一瓢诗话》。
② 《二程集·河南程氏遗书》。
③ 《鸿苞节录》卷六《六经》。
④ 裴行检语,引自《旧唐书·王勃传》。
⑤ 《诗学指南》卷一。
⑥ 《复友生论文书》。
⑦ 《答祖择之书》。
⑧ 《与乐秀才第一书》。
⑨ 赵孟坚:《彝斋文编》卷三。
⑩ 贺贻孙:《陶邵陈三先生诗选序》。
⑪ 陆机:《文赋》。

创作的兴趣和能力,还能培养其热爱人生、自然、人类的博大胸怀和崇高情感。在这种情感的支配下,审美创作主体在观察生活与评价生活时始能感受与把握住时代的脉搏和自然的节奏,从而创作出永恒的杰作。故梁肃认为:"事之博者其辞盛,志之大者其感深。"①王士禛也说:"夫诗之道,有根柢焉,有兴会焉……本之风雅,以守其源;溯之楚骚、汉魏乐府,以达其流;博之九经、三史、诸子,以穷其变;此根柢也。"又说:"根柢原于学问,兴会发于情性。"②毫无疑问,审美创作主体的感知与一般人是有差别的。一般人往往只能爱美、感受美,只能从一些美的事物或行为中,得到某种愉快与满足,而审美创作主体却能够从美的事物和生活中,发现和领略到为一般人所感觉不到的艺术情趣。但是,审美创作主体的感知活动也不是某些人所认为的自始至终都是自觉的,受预定概念支配的,也并非自始至终都是不自觉的、排斥理性,或者可以自动达到理性的。司马相如说得好,审美创作是主体"得之于内,不可得而传"的,审美创作兴感性活动不是孤立的、静止不变的,而是自身充满矛盾,与理性因素往返流动、相互转化的活动,是由不自觉到某种自觉,最后和理性相互融合统一的。刘勰说:"是以诗人感物,联类不穷。流连万象之际,深吟视听之区,写气图貌,既随物以宛转,属采附声,亦与心而徘徊。"③宇宙万物无所不包,无所不容,然而"志"之所向,使审美创作主体总是有选择地"观物取象",心"随物以宛转",物"亦与心而徘徊",从而抒写与表现自己的情志。在审美创作兴感性活动中,创作主体总是"迁乎爱嗜,机见殊门","各任怀抱,共为权衡"④。这里的"爱嗜"与"怀抱"显然离不开"积学"的熏陶与潜移默化的影响。读书少,学识浅,则会造成思想境界低,感知能力差,从而影响创作。魏庆之说:"僧祖可作诗多佳句。如'怀人更作梦千里,归思欲速云一滩','窗间一榻篆烟碧,门外四山秋叶红'等句,皆清新可喜。然读书不多,故变态少。观其体格,亦不过烟云、草树、山川、鸥鸟而已。"⑤就指出如果审美创作主体知识面窄,感知能力有限,则会给作品带来社会生活内容贫乏、没有思想深度等缺陷。从反面强调了"好书"与"师范"古人对增强创作主体审美感知能力的重要作用。

再次,深厚的学养能开拓审美创作想象的领域,提高创作主体的审美想象力。

---

① 《周公瑾墓下诗序》。
② 《带经堂诗话》卷三。
③ 《文心雕龙·物色》。
④ 萧子显:《南齐书·文学传论》。
⑤ 《诗人玉屑》卷十。

审美创作想象活动是在艺术感知的基础上,创作主体对已有的表象进行加工改造。从而创造出新的形象,即"第二自然"的心理过程。它可以"苞括宇宙,总览人物"①。它能突破时间与空间的限制,"寂然凝虑,思接千载;悄焉动容,视通万里"②。司马相如所谓的"控引天地,错综古今"与陆机《文赋》中所谓的"精骛八极,心游万仞"就形象地描述了审美创作想象的丰富性与广阔性。然而,审美创作想象力的形成也离不开丰富的学识积累。我们可以从产生审美创作想象所必需的"物"与"心"等两个条件来审视这一观点。司马相如说,赋家之心可以"苞括宇宙,总览人物"。这里的"宇宙"与"人物",也就是刘勰所说的"思理为妙,神与物游"③中的"物"。显然,"宇宙"与"人物"中包括丰富的知识经验和多姿多彩的现实生活内容。丰富广博的知识经验能使审美创作想象有一个宽广的活动天地。唐岱说:"画学高深广大,变化幽微,天时人事,地理物态,无不备焉……欲识天地鬼神之情状,则《易》不可不读;欲识山川开辟之峙流,则《书》不可不读;欲识鸟草翠木之名象,则《诗》不可不读;欲识进退周旋之节文,则《礼》不可不读;欲识列国风土关隘之险要,则《春秋》不可不读。大而一代有一代之制度,小而一物有一物之精微,则《二十一史》、诸子百家不可不读也。胸中具上下千古之思,腕下具纵横万里之势。立身画外,存心画中,泼墨挥毫,皆成天趣。读书之功,焉可少哉!"④审美创作主体只有通过广泛阅读,大量地吸取知识经验,使"宇宙""人物""天时人事,地理物态"上下千古之思,都以信息的形式作为丰富的各式各样的表象储藏在大脑之中,以待生活中的某件事、几句话,或一种现象的际遇的触发,才能展开丰富的审美创作想象活动,使"腕下具有纵横万里之势"。自然,审美创作想象离不开现实生活经验,审美创作想象如果远离生活,就会成为"灰色"之物,只有与常青的生活之树相依为命,审美创作想象才会是具体而开阔、新奇而活跃的。因此,丰富的生活阅历,以及多种多样的生活经验,会使审美创作主体的想象力游刃有余,运用自如。但是,个人的生活毕竟是有限的,更多的生活经验还是来源于"好书"与"师范"古人。唐岱说:"古人天资颖悟,识见宏远,于书无所不读,于理无所不通,斯得画中三昧,故所著之书,字字肯綮,皆成诀要,为后人之阶梯,故学画者

---

① 司马相如语,见《西京杂记》。
② 《文心雕龙·神思》。
③ 《文心雕龙·神思》。
④ 《绘事发微》。

宜先读之。"①李日华也认为："绘事必须多读书,见古今事变多,不狃狭劣见闻,自然胸次廓彻,山卅灵秀,透入性地时一洒落,何患不臻妙境?"②从另一方面讲,产生审美创作想象必不可少的"赋心"之"心",乃是指创作主体的情感。审美创作想象离不开情感推动,"遗情想象,顾望怀愁"③,"神用象通,情变所孕"④。审美创作想象与科学创造想象不同,其区别在于科学创造想象主要受理解力的支配,而审美创作想象则受情感的统帅。只有情感炽烈,才会使审美创作主体兴致勃勃,在饱满的创作激情促使之下,进入到一个艺术的幻境,创作出永恒不朽之杰作。因此,情感愈激越,想象力则愈强,势不可遏的想象总会伴随着高昂激越的情感。而丰富的学识积累则是增强其审美情感的必要途径。真德秀说:"渊明之学正自经术中来,形之于诗,有不可掩。荣木之忧,逝川之叹也。贫士之咏,箪瓢之乐也。食薇饮水之言,衔木填海之喻,至深痛切。"⑤就指出陶渊明诗中所表现的"至深痛切"之"忧""叹"等情感乃是来自于"好书"与"师范"古人,"夫《诗》《书》稳约者,欲遂期志之思也"。古代的传世之作或"盖自怨生",或将"天地万物之事,可喜可愕,一寓于书"⑥,故"可以涵养性情,振荡血气",激发人的情感,从而增强审美创作主体的想象能力。

此外,丰富的学识积累还可以提高创作主体的审美理解力。所谓审美理解力,是指审美创作主体在感知的基础上,对社会人生、自然万物的意味或艺术作品应表现的旨趣及其内容的理解能力。这种理解力总是渗透于审美创作活动中的感知、想象、情感等心理因素之中,并与之融汇成一体,构成一种非确定的、多义性的认识。在审美创作活动中,审美理解力具有极为重要的作用,以刘勰《文心雕龙》审美心理学为代表的中国古代审美心理学思想历来就重视创作主体的"才""识""胆""力",其中尤以"识"为主,"识驭才"是传统的美学思想。叶燮说:"大凡要人无才则心思不出,无胆则笔墨畏缩,无识则不能取舍,无力则不能自成一家。"又说:"大约才、识、胆、力,四者交相为济,苟一有所歉,则不能登作者之坛。四者无缓急,而要在先之以识。使无识,则三者俱无所托。"⑦所谓"识",实际上就

---

① 《绘事发微》。
② 《墨君题语》。
③ 曹植:《洛神赋》。
④ 《文心雕龙·神思》。
⑤ 《跋黄瀛甫拟陶诗》。
⑥ 韩愈:《送高闲上人序》,《昌黎先生集》卷十二。
⑦ 《原诗》内篇。

是指审美创作主体通过"好书"与"师范"古人而形成的审美理解力。

审美理解力的形成并非与生俱来,它主要取决于后天的学习与培育。吴雷发说:"笔墨之事,俱尚有才,而诗为甚。然无识不能有才,才与识实相表里,作诗须多读书,书所以长我才识。"①"好书",大量地阅读古代优秀的艺术作品,是启迪审美创作主体思维,增强其审美理解力的重要途径。刘勰说:"才有天资,学慎始习。"②"才自内发,学以外成。"③审美创作主体只有刻苦读书学习,始能加强其理解力,从而才有可能将其内在禀赋的有利条件转化为真正的创作才能。此即所谓"将赡力才,务在博见"与"酌理以富才"。努力学习,博学多思,可以丰富和增长审美创作主体的审美理解力。古代优秀之作中的生活经验与艺术经验是异常丰富的,其中有许多可资借鉴吸取的内容。吸收这些,可以使审美创作主体在思想方法上受到训练,从而更有利于洞察世态人情,通达人事物理。故徐祯卿认为:"昔桓谭学赋于扬雄,雄令读千首赋。盖所以广其资,亦得以参其变也……古诗三百,可以博其源,遗篇十九,可以约其趣,乐府雄高,可以厉其气;《离骚》深永,可以裨其思。"④由于审美创作的主体与主要对象都是人,要写出与表现出人的心灵,因而,审美创作构思活动不是纯粹的理性认识,也非纯感性的本能的无意识活动,而是不断地使感性向理性飞跃,并使理性因素渗透、溶化于生动的感性形象的内容和形式之中的结晶。换句话说,即在审美创作构思中,必须要有内在理性的支持与配合。但是,这种支持与配合又并不是明显地出现在审美创作构思的意识活动之中。因此,严羽说:"夫诗有别材,非关书也;诗有别趣,非关理也。然非多读书,多穷理,则不能极其至。"⑤其指出审美创作活动虽然"非关书""非关理",但是书理教养的影响却早已深入到审美创作主体用以观物察世,识人想事的方法与习惯之中,也只有这样,才能使创作主体洞幽察微,于审美观照中体悟到生活的真谛。陆游说:"学不尽其才,识者为太息。"⑥朱熹也认为,审美创作主体要"以至敏之才,做至纯功夫"⑦。他们都对"才""学""识",即创作主体的审美传达力、审美理解力与学识之间的关系做了精辟的论述,强调学识积累对建构审美创作主体智

---

① 《说诗菅蒯》。
② 《文心雕龙·体性》。
③ 《文心雕龙·事类》。
④ 《谈艺录》。
⑤ 《沧浪诗话·诗辨》。
⑥ 《剑南诗稿·文章》。
⑦ 《朱子语类辑类》卷五。

能结构的重要。

　　以上我们对司马相如辞赋美学论域所涉及到的有关创作主体的审美智能结构与审美创作过程诸心理因素的建构等,进行了一些论述和解读,正如我们在文中多次强调指出的,以司马相如的辞赋美学思想看来,审美创作主体智能结构的建构还离不开直接的生活经验,对此,这里将不再进行专门论述。

第二章

"得之于内":审美构思特征论

要获得审美创作的成功,既要"好书""师范"古人,同时更要有自己独到的发现和创新。"得之于内"说,就是司马相如提出的有关辞赋审美创作构思必须要"自得"方面的一个命题。其论域涉及独到的构思心态和创新意识等方面的内容。

所谓"得之于内",载于《西京杂记》卷二。有人向司马相如请教作赋的秘诀,司马相如说:"合綦组以成文,列锦绣而为质,一经一纬,一宫一商,此赋之迹也。赋家之心,苞括宇宙,总览人物,斯乃得之于内,不可得而传。"这里所谓的"赋家之迹"指赋的审美表达,"赋家之心"指赋审美创作构思。司马相如一方面强调赋的审美表达的丰富性,强调辞采的华丽和音韵的和谐,一方面强调赋的审美创作构思"得之于内,不可得而传"的"自得"性。所谓"得之于内",将司马相如的创作实践和有关辞赋创作的论述结合起来看,就是辞赋创作既要深思熟虑,又要自然兴发,乘兴随兴,自得自在;要自得于心,即自己要有心得体会;要自娱自乐,自言自道,即所谓"夫子自道",自得其乐。

第一节 "得之于内"与"自得"

"得之于内"所谓的"得",意为得到、获得。《说文》云:"得,行有所得也。"《玉篇》云:"得,获也。"同时,"得"又有晓悟、了解、满足、控制的意思,如《礼记·乐记》云:"礼得其报则乐。"郑玄注:"得谓晓其义。"而"得之于内"的所谓"内",其本义为"入"。《说文》云:"内,入也。"桂馥义证云:"凡得外入为内。"这里的"内",意为内心。《论语·里仁》云:"见贤思齐焉,见不贤而内自省也。"由此可见,所谓"得之于内",即首先主张创作主体应确有所得,含化于心。就其创作实践来看,司马相如作赋喜欢"以琢炼之劳,吐以匠心之感",主张精雕细刻,认真推敲,这点可以通过司马相如与枚皋辞赋创作的比较来看。司马相如与枚皋是西汉武帝时两位著名的辞赋家,《汉书》卷五十一对他们有如下记载:"(皋)为文疾,受诏辄成,故所赋多。司马相如善为文而迟,故所作少而善于皋。皋赋辞中自言为赋不如相如,又言为赋乃俳,见视如倡,自悔类倡也……凡可读者百二十篇……不可读者尚数十篇。"司马相如和枚皋作赋,一个以质取胜,一个以量擅长,据《汉书·艺术志》记载,司马相如赋29篇,枚皋赋120篇,数量上相差悬殊。司马相如作赋精益求精,甚至呕心沥血,据《西京杂记》卷二记载:"司马相如为《上林子虚赋》,意思萧散,不复与外事相关。控引天地,错综古今,忽焉如睡,焕然而兴,几百日而后成。"司马相如是位风流倜傥的西蜀才子,创作《天子游猎赋》时恰值风华正茂的年龄,是创造力最旺盛的时期;尽管如此,他还是冥思苦想,废寝忘食,历尽艰难才最终完成。枚皋则不同,"上有所感,辄使赋之,为文疾,受诏则成,故所赋者多。"枚皋作赋几乎是不假思索,下笔成文,这就难免粗制滥造、敷衍了事。司马相如赋少而枚皋赋多,但是,提起文学史上的辞赋作家,许多人了解司马相如,而根本不知道枚皋。司马相如的主要辞赋都流传下来了,枚皋的辞赋至今却荡然无存。大浪淘沙,历史对待这两位赋作者还是公正的。钟嵘《诗品》在评论谢灵运的诗歌时称它"颇以繁富为累",并且具体分析了造成这种弊病的原因:"嵘谓若人兴多才高,寓目辄书,内无乏思,外无遗物,其繁富宜哉!然名章迥句,处处间起;丽典新声,络绎奔会。譬犹青松之拔灌木,白玉之映尘沙,未足贬其高洁也。"谢灵运才思敏捷,又感慨良多,容易触景生情,睹物起兴;因此,他的诗歌创作速度快,缺少精雕细刻。他的诗有名言警句,但又显得枝蔓过多,如果他能写得慢一些,仔细推敲,那么,他的诗就会多一些挺拔的青松,少一些丛生的灌木;多一些无瑕的白玉,少一些灰尘泥沙。过分追求诗歌创作的高速度,成为谢灵运作品瑕疵的重要原因。在中国文学史上,宋代的杨万里,清代的乾隆皇帝,他们所写的诗都超过万首,但是,真正在文学史上大放光彩的不是他们,而是只有几百首、甚至只有几首诗歌流传下来的李白、杜甫、王之涣等人。由此可见,能否永垂不朽,不是由作品数量决定的,而在于作品所具有的水平,所达到的高度。

其次,从司马相如的创作实践来看,他认为,辞赋创作中,"赋家之心"的引发必须自然兴发,乘兴随兴,自得自在,自得于心。清代神韵派诗话作家王士祯在《渔洋诗话》卷上曾说过这么一段话:"越处女与勾践论剑术,曰:'妾非受于也,而忽自有之。'司马相如答盛览曰:'赋家之心,得之于心,不可得而传。'云门禅师曰:'汝等不记己语,反记吾语,异日裨贩我耶?数语皆诗家三昧。'"这里所谓的"得之于心",就是"得之于内",也就是"自得"。这种"自得"思想,包含以下几方面的含义。

第一,"自得"有出自自性、自情、自心的意思,即辞赋创作应出自本心、发自肺腑,依自力不依他力。

第二,"自得"有自由、自在、自然之意,不是刻意为之,必须是从实际生活中亲身得来的感觉和体验。

在司马相如看来,赋的写作与构思应以创作主体自身的内在觉悟为原动力,不应依靠自身以外的力量。作赋的过程,是创作主体自身通过心物契合情景交融的意境观照自我心灵的过程。古人常说"诗乃心声""诗主性灵",这种心声、性灵,即诗人自己的内心世界、精神旨趣。因此,若想从前人的故纸堆或时贤权威那里乞求法宝,以他人的"心声"代替自己的"心声",终究会一无所得。文学史上,不少诗人正是吃了这种苦头才幡然彻悟的,只有"自得"才是诗歌创作的唯一出路。如南宋著名诗人姜夔在《白石道人诗集自序》中说:"近过梁溪,见尤延之先生,问余师自谁氏?余对以异时泛阅之作,已而病其驳如也。三熏三沐,师黄太史氏,居数年,喋不敢吐。始大悟学即病,故不若无所学之为得,虽黄诗亦偃然高阁矣。"与姜夔同时代的杨万里在《荆溪集自序》中也谈到自己的体会说:"予之诗,始学江西诸君子,既又学后山五字律,后又学半山老人七字绝句,晚乃学绝句于唐人。戊戌作诗,忽若有悟,于是辞谢唐人及王、陈、江西诸君子皆不敢学,而后欣如也。"杨万里和姜夔之所以能在今天的文学史上独树一帜,可以说正是从"自得"中来。无论是"以健笔写柔情"的白石诗,还是新鲜活泼、幽默风趣的"诚斋体",都是他们"自悟自修"的产物;反之,如果他们抱住前人不放,就不能有独特成就。袁枚在《随园诗话》卷四中说:"大概杜、韩以学力胜,学之,刻鹄不成,反类鹜;太白、东坡以天分胜,学之,画虎不成,反类狗。佛云:'学我者死',无佛之聪明而学佛,自然死矣。"为什么"学我者死"呢?因为在学他人的时候,已经失去了自己。从这点出发,受禅学影响极深的明代诗学理论家袁宏道也极力反对"从人脚跟转"。他说:"宏实不才,无能供役作者,独谬谓古人诗文,各出己见,决不肯从人脚跟转,以故宁今宁俗决不肯拾人一句。"[①]显然,司马相如"得之于内"说所主张的正是袁氏"宁今宁俗"也不依他力的一种可贵的"自得"精神。清人柯振岳《论诗》诗说:"陶冶性灵归自得,剙垂堂奥各精神。我生若有江淹笔,不把浮光貌古人。"由此可见,

---

① 《与冯琢庵师》。

坚持"自得"的诗人也正是在自己创造的诗歌境界里陶冶性灵、观照自己的精神世界的。南宋最伟大的诗人陆游也曾经经历了一个由"乞人残余"到"天机云锦自在我"的写诗过程。在《九月一日晚读诗稿有感走笔作歌》中,他说:"我昔学诗未有得,残余未免从人乞。力屡气馁心自知,妄取浮名有惭色。四十从戎驻南郑,酣宴军中夜连日……诗家三昧忽见前,屈贾在眼元历历。天机云锦用在我,剪裁妙处非刀尺。"陆游这首诗可说是对"自得"理论最具体的笺释。

其一,它说明诗歌创作不是从向外求学,即"乞人残余"得来,而是靠自己体会得来。

其二,所谓"得之于心"并非自己闭门造车、暗中摸索所得,而是实际生活给予自己新鲜而独特的感受。

司马相如既具有纵横家的个性特征,又具有浓厚的入世思想,想轰轰烈烈,干一番经国大业,以实现儒家的道德理想。辞赋创作则提倡创新,主张"自得"说,要求另辟蹊径,独立门庭,以引起世人注视,以利于广结天下文林俊杰,来共传济世之道。此外,他也是为了创造一个崭新的艺术美的境界,他所主张的"得之于内""得之于心",就是追求独创之品的表现。的确,汉代能文的人很多,但写得好的人却很少,而司马相如、司马迁、刘向、扬雄却是当时文苑中最享盛名的巨擘。如果他们平平常常,"与世沉浮,不自树立",那么就不可能撰写出垂范后世的杰作。可见,司马相如之所以提倡"自得",正是他自我树立的表现。

第二节 "得之于内"与自然而然

"得之于内"与"得之于心"的"自得"说,要求审美创作构思的发生与审美境界的构筑必须任情尽兴、自由自得、自在随心、"以天合天"、心物交融,以最终实现"控引天地,错综古今""忽焉如胜,焕然而兴"的审美境界。这也是中国美学的基本精神,其根本特征是心源和造化之间的相互触发、互相感会。但与此同时,受中华异质文化的制约与影响,中国美学更强调、要求审美创作构思中主体应虚廓心胸,"不复与外事相关",去"苞括宇宙,总览人物",与物悠游,以心击之,随大化氤氲流转,与宇宙生命息息相通,随着心与物、物与心的相互交织,最终趋于"天地""古今"群体自我一体贯融,一脉相通,以实现心源与造化的大融合。故而中国美学强调"以天合天""目击道存",要求审美主体走进自然山水之中,以自然万物为撞击自己心灵、激发审美创作欲望与冲动的重要契机和产生灵感兴会的渊薮,去心游目想、寓目入咏、即事兴怀。

关于自然万物的生命属性,在道家哲人看来,天地万物都是由"道"所生,"道"和天地万有之间只不过是一与多、无与有的关系,道因自身的圆满丰盛而创育天地万物,天地万物则因个体的有限而要求回归于作为生命本原的道体之中,这就是"归朴返真""复归其根"的过程。而这种循环往复,无有止息的复归又是自在自为、自然而然的。春秋代序、日出日落、花开花谢、叶黄而陨、草荣草枯、花草树木、鸟兽虫鱼、江河湖泊、白云舒卷、春风轻拂,等等,都不需要人为的因素而自由自在地运动变化、生生不息,故而,审美活动中,主体只有效法自然,自然无为,才能使自己与自然浑然一体。

基于此,在中国传统美学"天人合一"美学精神作用下的"自得"说所规定的任情尽兴、自由自得、自在随心、"以天合天"的审美境界创构方式有两种:第一种是追光蹑影,蹈虚踏无,就是"凭虚构象,气号凌云""架虚行危,凌虚翱翔""神游象外";第二种则是"目击道存""寓目辄书"。《老子》说:"大音希声,大象无形。"[1]这里的"象"是虚灵的,所谓"无状之状,无物之象"[2]。有象但是没有形,可见"象"实际上是没有其物,没有其形的,而是"心意"突破景象域限所再造的虚灵、空灵境界。正因为是虚灵的,所以通于审美境界。庄子就继老子"大象无形"说而提出"象罔"这个哲学概念。庄子认为仅凭借视觉、言辩和理智是得不到"道"的玄奥境界的,必须"象罔"才能得之,所谓"乃使象罔,象罔得之"[3]。庄子标举的"象罔"境界在有形无形、虚与实之际。成玄英《疏》云:"象罔无心之谓。""象则非无,罔则非有,不皦不昧,玄珠(道)之所以得也。"宗白华进一步加以阐释说:"非无非有,不皦不昧,这正是艺术形相的象征作用。'象'是境相,'罔'是虚幻,艺术家创造虚幻的境相以象征宇宙人生的真际。真理闪耀于艺术形象里,玄珠的烁于象罔里。""虚幻的境相"可以说正好是"大象无形"中"象"的最恰当的解释。"以天合天"是在激荡中心灵自由飞跃,向更高层次上的升华,是心与象通,心灵与意象融贯,意中之象与象外之象凝聚,审美心态与宇宙心态贯通。庄子把这种审美境界创构活动称作"独与天地精神往来"[4],显然,这也就是司马相如所谓

---

[1] 《老子》四十一章。
[2] 《老子》十四章。
[3] 《庄子·天地》。
[4] 《庄子·天下》。

的"得之于内""得之于心"。刘勰则称此为"独照之匠,窥意象而运斤"①。"独"是就心而言,是指一种超越概念因果欲望束缚,忘知、忘我、忘欲、忘物,"物我两忘,离形去智","胸中廓然无一物",以"遗物而观物"的纯粹观照之主体;"天地精神"与"意象"相同,就"象"而言,都是指超越一般客观物象的永恒生命本体,是自然万物所具有的共通的自然之"道(气)";主体意识和共通的自然之"道"又具有深层的共通,即宇宙意识与生命意识的同构。作为主体的个体是小宇宙、小生命,作为客体的宇宙万物则是大宇宙、大生命,"以天合天"则是以小宇宙、小生命融于大宇宙、大生命。也正因为这样才促使了物我互观互照的生命共感运动和心灵飞跃。

可以说,"得之于心"说所规定的"得之于内,不可得而传","苞括宇宙,总览人物"审美境界的构筑方式就是通过"天人合一",即浑然与万物同体,浩然与天地同科,是循顺自然,玄同物我。即如孙绰《游天台山赋》所指出的,是"浑万象以冥观,兀同体於自然"。"冥观"之所谓"冥",李善注云:"冥,昧也。言不显视也。""兀同体於自然。"用邵雍的话来说,则是"以物观物",是"以我之自然,合物之自然"②。在这种审美境界的创构中,主体自由的心灵深深地潜入宇宙万物的生命内核,畅饮宇宙生命的泉浆。

"得之于心"说所规定的"得之于内,不可得而传","苞括宇宙,总览人物"的审美境界创构方式中的"凭虚构象,气号凌云""架虚行危,凌虚翱翔"与"神游象外"的哲学依据主要是先秦道家"齐物我""一天人"的人生论,同时,它也受中华异质文化传统思维方式的制约。"神游""秉心"就是庄子所谓的"游"与"逍遥"。"逍遥"一词在先秦的其他典籍中也曾出现,例如,《诗经·郑风·清人》云:"二矛重齐,河上乎逍遥。"《离骚》云:"折若木以指日兮,聊逍遥以相羊。"但这些地方的"逍遥"都是安闲自得的意思,与形体的彷徨徘徊相关。而庄子"逍遥"与"游"则是指超越感官与形体的纯精神的逍遥,常与"心"字连用,属于心灵的逍遥与遨游。如《庄子·应帝王》说:"予方将与造物者为人,厌,则又乘夫莽眇之鸟,以出六极之外,而游无何有之乡,以处圹垠之野。"《庄子·逍遥游》说:"乘云气,御飞龙,而游乎四海之外。"《庄子·人间世》说:"且夫乘物以游心,托不得已以养中,至矣。"《庄子·德充符》说:"不知耳目之宜,而游心乎德之和。"所"逍遥"与"游"的地方

---

① 《文心雕龙·神思》。
② 林希逸:《庄子口义》。

是"四海之外""无何有之乡""圹垠之野""德之和",都是超脱于世俗、形体的,没有束缚的自由的精神境界。可见,庄子所谓"逍遥"与"游"的实质就是让精神在玄远旷渺、无穷无尽的宇宙大化中飘逸遨游,以获得心灵的慰藉。不难看出,属于中国古代美学的庄子美学所表述的这种游心于无穷,与天地同流,与万物同化,以返回生命之根,偕道而行的思想,正是"以天合天"的审美境界创构方式之一的"凭虚构象,气号凌云""架虚行危,凌虚翱翔"与"神游象外"说的美学依据。即如我们已经指出的,中国传统美学所推崇的这种审美境界创构中通过"凭虚构象,气号凌云""架虚行危,凌虚翱翔"与"神游象外",以楔入审美对象深层的生命结构和自我内心深处的潜在意识,从而深切地体验到审美对象之"神"的心灵体验方式是建立在中国古代"天人合一"的思想之上的。"最高、最广意义的'天人合一',就是主体融入客体,或者客体融入主体,坚持根本同一,泯除一切显著差别,从而达到个人与宇宙不二的状态。"人与天都是"气"化所生,以"气"为生命根本,"有人,天也,有天,亦天也"①。自然万物不是人以外的外在世界,而是人在其中的宇宙整体,人与自然之间的关系是融合统一、同质同构的,因此,可以相交相游。在审美创作构思中,则可以通过"凭虚构象,气号凌云""架虚行危,凌虚翱翔"与"神游象外","以天合天",以主体之生气去神合万物之神气,在"神合气完"中,达到主客体的浑融合一。即如张怀瓘所指出的:"幽思入于毫间,逸气弥于宇内,鬼出神入,追虚捕微,则非言象筌蹄,所能存亡也。"②汤显祖也认为:"心灵则能飞动,能飞动则下上天地,来去古今,可以屈伸长短生灭如意,如意则可以无所不知。"③在"凭虚构象,气号凌云""架虚行危,凌虚翱翔"与"神游象外"式心灵体验中,创作主体精神的自由活动可以来无踪去无影,上天入地,茹古孕今,能打破时空限制,其"飞动""无所不知""生灭如意",似"鬼出神入",使思绪纵横驰骋,意象纷至沓来。显而易见,这一切活动的思想基础是和"天人合一"的审美意识分不开的。

的确,"得之于内"说所规定的任情尽兴、自由自得、自在随心、"得之于内,不可得而传","苞括宇宙,总览人物"这种极具中华民族特色的审美境界创构方式与受异质文化影响以生成的中国人传统的审美思维方式分不开。我们知道,按照传统的审美观念,天地之间存在着一种无形的"大象"、希声的"大音"和无言的"大

----

① 《庄子·山木》。
② 《书断》。
③ 《序丘毛伯稿》。

美",它"得之于手,而应于心,口不能言"①,是一种最高的抽象的存在,只能意会,不可言传。审美主体只有"听之以气",需"乘天地之正,御六气之辩"②,在无古无今、无死无生、无形无迹、无穷无尽、无失无得、无喜无忧的心理状态中,摆脱时空限制,屏绝尘世的一切矛盾纠纷,通过"神与象通"和"神游象外",去与"造物者为人,而游乎天地之一气"③,"以天合天",始能进入一片虚廓、静谧的审美境界,体验到"大象""大音"与"大美",获得和谐、恬悦的审美感受。《庄子·田子方》中"解衣盘礴"的故事对画家顺应自然,一任心灵自由飞升的审美活动的具体描述,实际上就是审美创作中通过"神与象通"和"神游象外","以天合天",以获得宇宙生命与艺术真谛所应保持的精神态势。因此,我们认为,正是这种受中华民族文化心理结构,即在异质文化制约与影响下形成的对"象"外之"意"的审美追求决定着中国人传统的审美情趣,并规定着中国人传统的审美思维方式,从而对"得之于内"说所规定的"以天合天"审美境界构筑方式的产生与形成以直接影响。

"得之于内"说所规定的任情尽兴、自由自得、自在随心、"以天合天"审美境界构筑方式则突出地表现在心物的交融上。是的,在受中华异质文化制约与影响下形成的"天人合一"、人与自然都由"道""气"所化育,在同源同构的生命意识的作用下,中国美学强调人必须与天认同,认为人与自然、本质与现象、主体与客体的浑然统一的世界中,人始终处于核心的地位。同时,受道家"以天合天""以合天心",以及"乘物游心"审美意识的影响,中国美学非常推崇一种刹那以求永恒的审美境界的途径,即袁守定所说的"触景感物,适然相遭,遂造妙境"④和恽恪所说的"灵想之所独辟"⑤。概括地说,这也就是受中华异质文化规定的中国美学经常所标举的"目击道存"与"应物斯感"直觉了悟审美体悟的方式。

引发"得之于内"说所规定的任情尽兴、自由自得、自在随心、"以天合天"审美境界创构活动的契机是"感物心动",强调"情以物兴,物以情观"⑥,要求审美主体必须以当下的观物为审美体验活动的起点,走向自然,去感物起兴,"以天合天"使"天人合发",从而在我与物、主体与客体的相通相应中领悟天地之精神、造化之

---

① 《庄子·天道》。
② 《庄子·逍遥游》。
③ 《庄子·大宗师》。
④ 《占毕丛谈》卷五,《谈文》。
⑤ 《南田画跋》。
⑥ 《文心雕龙·物色》。

玄妙。可以说，由"感物"使当下之"景物"与主体之"心目""磕著即凑"而达到的心境相合、情景相融、意象相兼，是中国美学努力追求的一种审美极致。它既体现出审美主体进行心灵化加工的双向同质同构的精神活动；同时，又规定着主体审美心理时空的构筑必须以当下景、眼中物触发情志，直观外物，自然兴发，瞬间即悟，以进入"以天合天""以合天心"的审美境界，并深切地体验到审美对象中所蕴藉的生命之"道"，从而在审美创作活动中举重若轻地营构出审美意境。这种营构审美境界的途径也就是庄子所说的"以天合天""目击道存"①。

"得之于内"说所规定的"苞括宇宙，总览人物""控引天地，错综古今"中所谓的"宇宙""人物""天地""古今"得以生成的"道"和"气"相同。它主宰着自然万物、宇宙天地和人的生命与存在，体现着宇宙的活力和生机。老子说："道冲而用之或不盈，渊兮似万物之宗。"②戴震也说："气化流行，生生不息，是故之谓道。"③在审美活动中，主体只有走向生活、走进自然，去以目观眼见为感发审美冲动的重要推动力，于遇景触物的瞬间，促使兴会爆发，迅速沉潜到自然宇宙与社会人生的生命底蕴中，用心灵拥抱整个宇宙，去体悟那总是处于恍惚窈冥状态的生命本原之"道"，目击之、心入之、神会之，才可能容纳万物，辨识万物，综合万物，进而从整体上把握到那种"元气未分""气化流行，生生不息"的"万物之宗"，以进入物我合一的亲和、陶然、温馨的审美境界。在这种审美境界中，人的心灵自得自由、自适自在地"逍遥"于天则之中，深刻地体验着人的心灵的高蹈和人生真谛的突然悟解。在我们看来，这也正是在中华异质文化制导下，传统美学所标举的"顿悟"的一种表现形式，是乘兴随兴，自得自在，豁然开朗的审美极境。

"得之于内"说所规定的"苞括宇宙，总览人物""控引天地，错综古今"，审美境界创构过程中所谓的"览于有无"、以"所闻见而言之"④的美学思想为道家哲学"目击道存"。而"目击道存"中的"目击"，又称"即目""寓目""应目"，就是要求审美活动应遇景起兴，即目兴怀。它强调直接的审美感悟，注重具象的感悟呈示，重视具有强烈感知效果的审美体认或审美感兴；认为对审美客体的"目击"式审美感悟，以及通过此而构造起的生机勃勃的审美意象是营构审美境界的直接源泉。

"得之于内"说所规定的"苞括宇宙，总览人物"审美境界的营构活动特别注

---

① 《庄子·应帝王》。
② 《老子》四章。
③ 《孟子字义疏证》。
④ 《天子游猎赋》。

意从日常生活的细微小事中得到审美启迪,从对自然万物的悠然游览中获得超然顿悟,其审美心态突出地表现为一种自得性。它强调无心偶合,不期然而然。天地自然中,作为审美对象的山水景物,变化无穷,万象罗列,美不胜收,既有高山峻谷,千峰万嶂,晴岚烟雨,激流飞瀑;更有杜鹃红艳,春兰幽香,松鸣泉笑,山鸟啼啭。它们或给人凌云劲节慨当以慷之思,或给人以春意盎然心旷神怡之想。步入自然山水之中,或"仰观碧天",或"俯瞰绿水",放眼落霞云海,以眼与心去追寻美的踪迹,探求美的造型,体悟美的韵律和节奏,领略美的风致和情味,通过直观,以了悟自然景物中所蕴藉的宇宙生命的微旨。

在"得之于内"说所规定的"苞括宇宙,总览人物"美学精神作用下,"以天合天""目击道存"审美境界营构中所表现出的自得心态看似水镜渊渟,冰壶澄澈,而实地里则真气弥满,空旷虚明的心灵空间蕴藉着活泼的生意跃迁。在此心理基础上,审美主体始能够于短暂、神迅的瞬间,如"兔起鹘落"以体认感悟自然山水那种活跃生命的传达,捕捉天地精神与美的精灵——"道"。

第三节 "得之于内"与"自创"

有无新意、是否具有独创精神,是司马相如"得之于内""得之于心"的"自得"说又一基本审美内涵。欧阳修《六一诗话》引梅尧臣语云:"诗家虽率意,而造语也难,若意新语工,得前人所未道者,斯为善也。"要求作品立意新颖,不能人云亦云,要具有独创性。"意新"是就创作主体要表现的审美意旨与审美情趣而言的,"语工"则是就艺术表达、遣词造句而言。可见,所谓"得之于内""得之于心"其规定的独创精神应包括审美感受的独特和艺术表现的新颖。据《国语·郑语》记载:史伯曾提出"声一无听,色一无文"的主张,可算最早发现艺术新奇性审美特征的记录。王充在《自纪》中指出:"饰貌以强类者失形,调辞以务似者失情。"强调"文贵异,不贵同"。刘勰在《文心雕龙·体性》篇中指出,创作主体在进行创作构思时,都"各师成心",故而,其作品的风格也应"其异如面",反对风格的单一,提倡风格多样化,要求作品应具有独创性。韩愈则进一步提出"唯陈言之务去"[1]的主张,要求艺术表现应具有创新性。无论中外古今,强调艺术的创新和独特性是共同

---

[1] 《答李翊书》。

的。托尔斯泰在《艺术论》中指出:"只有传达出人们没有体验过的新的感情的艺术品才是真正的艺术作品。"契诃夫也说:"如果这个作者没有自己的笔调,那他绝不会成为作家。"①他们针对作品的思想感情和表现手段指出,新颖性是文学的重要审美特征。鲁迅也说:"诗歌、小说虽有人说同是天才则不妨所见略同,所作相像,但我以为究竟也以独创为贵。"②凡是成功的艺术品,都显现着艺术家对于美的独特感受和他们的个性特征,都具有艺术表现的独创性。艺术创新在文艺作品成功的诸因素中,占有重要的地位。

在继承的基础上,富于变化发展是"得之于内"说的主要规定性内容。陆机在《文赋》中说:"收百世之阙文,采千载之遗韵,谢朝华于已披,启夕秀于未振。"对于"谢朝华于已披,启夕秀于未振",唐大园《〈文赋〉注》云:"上句是务去陈言,下句是独出心裁。"陆机以花为喻,指出古人已用之陈言旧意,像早上已开过的花朵一样应谢而去之;古人未述之新意新词,则如未发之花,尽可取而用之。所谓"朝华"与"夕秀"是包括文意和文辞两个方面的,陆机主张两方面都应有革新变化,只有不断创新的艺术才具有生命力。时代前进了,就需要适应当时的具体情况,符合变化了的新要求。陆机在《文赋》中指责当时文病说:"或藻思绮合,清丽芊眠。炳若缛绣,凄若繁弦,心所拟之不殊,乃暗合曩篇。""藻思绮合",既包括艺术构思和形象塑造,又包括词采、音律;"所拟不殊",指形象描写的问题。陆机在这里是本着"谢朝华""启夕秀",要求具有创新精神的审美批评标准来反对抄袭、雷同之作的。

要"得之于内""自得于心""自得",以创作出具有极高艺术价值的杰作,既要有雄放的气魄和富瞻的才华,同时,更要有勇于创新的精神,锐意开拓,与时俱进,增强审美创作的创新意识。这就要求创作主体应因时而为,不断加强自身修养,只有这样,才能与时俱进,有所创新;并且,要发挥主观能动性,善于观察矛盾,抓住创新变化的最佳时机,不循定法,才能真正做到与时俱进。生生不已、与时俱进的观念传统,造就了中华民族"天行健,君子以自强不息"③的民族精神传统,构筑了中华民族不断进取的内在精神力量,也是中华民族繁荣发展的不竭动力。正因为中华民族具有与时俱进、生生不已的民族精魂,故而在汉唐以至清朝中期,其经

---

① 《契诃夫论文学》。
② 《不是信》。
③ 《周易》。

济、科技、军事、文化等综合实力曾长期位居世界前列。但是由于清朝后期的统治者闭关自守,没有坚持民族优良的精神传统,拒绝学习世界先进的科学技术和制度,在近代以来,我们落后了。这也从反面说明,只有与时俱进、不断创新,才能保持自己民族成为"可大可久"①千年不衰的伟大民族。文艺创作与文化建设一样,只有发扬生生不已、与时俱进的传统精神,勇于探索,努力创新,与时俱进,才能取得突出成就。更新审美创作理念,发扬传统文化重"生"精神,坚持"得之于内""自得于心"的创新原则,是获得审美创作成功的关键。南朝梁著名作家沈约说:"周室既衰,风流弥著,屈平、宋玉导清源于前,贾谊、相如振芳尘于后,英辞润金石,高义薄云天。"唐代伟大诗人李白写道:"扬马激颓波,开流荡无垠。"还是鲁迅先生对司马相如的评价最为精准:"不师故辙,自摅妙才,广博宏丽,卓绝汉代。"所谓"振芳尘""激颓波""开流荡无垠""不师故辙,自摅妙才"就是对司马相如创新精神的推崇。中国哲人认为,"生生之谓易"。易的实质在于"生生",即产生生命,生生不已,而这正是天地之大德。作为五经之首的《周易》蕴含的文化哲学思想,是"自得"说强调创新理念的基石。当代学者梁漱溟把儒家的形而上学的要义总结为"宇宙之生",其核心是万物化生,生生不已;熊十力依据《大易》强调翕辟成变、肇始万物。本心不在宇宙万象之外,就在生生化化的事物之中。牟宗三发掘《周易》的刚健创生的胜义,强调中国哲学以生命为中心,2000多年来的发展,中国文化生命的最高心灵,都集中在这里。在5000多年历史文化长河的奔流中,中华民族形成了与时俱进、不断创新的哲学观念和美学智慧,造就了与时俱进、生生不已的民族精魂。作为蕴涵远古先民思维观念和后世观念发展源头的文本,中华民族在很早就确立了包括整个自然、社会、人生的生命状态,是一种不断变动、不断生成、不断创新、与时俱进的过程存在,而不是凝固僵化的实体存在物,"变"是整个《周易》的核心思想。中华民族古之学者认为世界运动变化的核心要义在于创新。《周易·系辞》上讲:"盛德大业至矣哉。富有之谓大业。日新之谓盛德。生生之谓易。""生生""日新"不仅是一种客观世界的哲学揭示,于是人道行事与审美创作的基本原则和德行依据。只有"生生""日新",与时俱进,才与客观世界的本然状态相符,才是发挥主观世界的必然本性。就文艺审美创作而言,则才能激发出自己的思想才智,使自己独具只眼,取得杰出成就。

"得之于内"说还规定在艺术表现上必须富于变化创新,"不可得而传"。落

---

① 《周易》。

实到具体作品,则要求其审美结构和情节发展应该生动曲折,富于变化。就小说和戏剧而言,则规定其情节必须新奇曲折,要"将三寸肚肠直曲折到鬼神犹曲折不到之处,而后成文"①,要使读者和观众在不知不觉中被变幻莫测的情节所吸引,和剧中人一同喜怒哀乐。只有做到情节婉转曲折,欲擒故纵,新奇巧妙,出人意料,使形象表现得异常突出动人,才能使作品获得永久的艺术价值。而就抒情性强的诗歌而言,则规定其必须表现出情感变化的跌宕多姿,从而达到引人入胜的境地。据《旧唐书·杜甫传》载,杜甫曾用"沉郁顿挫"来评价自己的诗作。"沉郁"是指感情深沉、含蓄;"顿挫"则指诗歌内在的审美情感运动的波澜变化和音律上的抑扬起伏。总的来看,"沉郁顿挫"指诗作中蕴含的情感是自然的流露,却又"若隐若见,欲露不露,反复缠绵"②,给人以千回百转的意味。杜甫诗中有"文章曹植波澜阔"③,"凌云健笔意纵横"④之句,以"波澜阔""意纵横"评价别人或自己的作品,都是指作品中情感变化上的波澜起伏。杜甫被称为"集诗之大成者"⑤,为"千古诗人之首"⑥,除了诗歌中强烈的人文关怀外,艺术表现上富于变化创新也是一个重要原因。但是,情节的曲折和审美情感运动的起伏又必须自然而然,这就是叶燮所谓的"变化而不失其正"。叶燮认为,优秀的诗作"其道在于善变化",但接着又说:"变化岂易语哉?"⑦强调应做到如苏轼所说的"如万斛源泉,随地而出"⑧,孕变化于自然,只有这样,始为佳作。金圣叹也强调情节的变化应自然,应"无成心之与定规""自然异样变换"。在他看来,"自然异样姿媚"也就"自然异样高妙"⑨。只有既符合自然,又具有无穷变化、新意迭出的作品,才具有极高的审美价值和永久的艺术魅力,才能令人百读不厌,回味无穷。

总之,新颖的题材、独创的主题、起伏的情感、曲折的情节,是"得之于内""得之于心""自得"说的主要内容。

---

① 金圣叹:《两厢记》二本一折批文。
② 陈廷焯:《白雨斋词话》。
③ 《追酬故高蜀州》。
④ 《戏为六绝句》。
⑤ 秦观语,见《杜诗详注附编·诸家论杜》。
⑥ 叶燮:《原诗》。
⑦ 引文见《原诗》。
⑧ 《原诗》上篇。
⑨ 引文见《西厢记·读法》。

第四节 "得之于内"与自由创作精神

"得之于内"说强调了审美构思活动中所规定的自由创作精神。中国美学极为推重审美活动中的自由阐释,提倡"各言其志""辞必己出""成一家之言"。刘勰《文心雕龙》一书中在《风骨》篇之后紧接着是《体性》篇,显然,两篇之间的思路具有连续贯通之处。在《风骨》篇中,刘勰特意提到曹丕《典论·论文》中"文以气为主,气之清浊有体,不可力强而致"的命题,而《体性》一篇又将他所总结的八种风格的发生机制归结为"功以学成,才力居中,肇自血气"。这样,其最终确认的"风清骨峻,篇体光华"的理想风格,按理就必须有"体性""血气"的内在源泉。显而易见,这里已经再鲜明不过地揭示出,元气清浊论正是其理论基础。与此同时,《文心雕龙·风骨》云:"意气骏爽,则文风清焉。"又云:"相如赋仙,气号凌云,蔚为辞宗,乃其风力遒也。"而《文心雕龙·体性》云:"是以贾生俊发,故文洁而体清。"倘若不是偶然,则刘勰论风骨清俊时特意列举这两个人——贾谊与司马相如,就值得考察一下了。

刘熙载在《艺概·文概》里说:"贾长沙、太史公、《淮南子》三家文,皆有先秦遗意。"司马迁《史记·屈原贾生列传》云:"自屈原沉于汨罗后百有余年,汉有贾生,为长沙王太傅,过湘水,投书以吊屈原。"又云:"是时贾生年二十余,最为少,每诏令议下,诸老先生不敢言,贾生为之对,人人各如其意所欲出。"又云:"太史公曰:'余读《离骚》《天问》《招魂》《哀郢》,悲其志。适长沙,观屈原所自沉渊,未尝不垂涕,想见其为人。及见贾生吊之,又怪屈原以彼其材,游诸侯,何国不容,而自令若是。读《鵩鸟赋》,同死生,轻去就,又爽然自失矣。'"不难看出,在司马迁的心目中,一方面,屈原与贾谊是命运相共的,是以同列一传;另一方面,司马迁通过"太史公"语,传达了这样的思想信息:屈原以及贾谊对屈原的理解共同构成了一种意义,它正是司马迁所要阐释的人生价值和人格理想所在。刘勰在《文心雕龙·体性》中讲的是"贾生俊发,故文洁而体清"。这里之所谓"清",当然有"清""浊"识别之义,不过,在"体性"层面上,又必然有英发峻爽的精神意向,也就是一种超越于俗常的胆魄、见识和意志。其在秦汉大一统之后的时代,贾谊凭吊屈原而发出"历九州而相君兮,何必怀此都也"①的感叹,司马迁撰屈、贾合传亦单独点明"游诸侯,何国不容"的主题,这样的见识,再与"诸老先生不敢言,贾生为之对,人人各如其意所欲出"的胆量相结合,分明已将所谓"俊发"的精神气质导向追求自由的思想境界了。思想个体的自由,个体思想的自由,思想言说的自由,言说思想的自由,一言以蔽之,刘勰所谓"意气峻爽"包括意志的自由驰骋与思想的自由阐释,而背后则是自我价值的充分实现。

的确,司马相如"得之于内""得之于心"的"自得"说洋溢着一种自由的气息,具有丰富的自由美学精神。所谓自由,是人天生的摆脱奴役、不受羁绊、不受制约的倾向。它是人类所具有的一种普遍性的追求,不同文明的人类都表现出了各自对自由的理解和向往。从先秦开始,中国人就对自由进行探讨,形成了自己的自由传统。作为儒家的代表人物,孔孟并不否定人的自由,孔子相信人有意志自由,可以确定自己的人生目标。说:"为仁由己。"②又说:"我欲仁,斯仁至矣。"③孟子认为在不同的价值目标之间,人有选择的自由。说:"鱼,我所欲也,熊掌亦我所欲也;二者不可得兼,舍鱼而取熊掌者也。生亦我所欲也,义亦我所欲也;二者不可得兼,舍生而取义者也。"④孔孟在承认人自我决定和选择的自由的基础上,积极倡导通过道德修养所达到的道德和超道德的自由。孔子说自己"七十而从心所欲,不逾矩"。⑤ 所谓"从心所欲,不逾矩",是指人通过学习,通过生活积累和品格修养,可以达到自身的欲望、行为与社会完全协调,因而能很自主地做他所应做的事,而不违反道德律。这是一种道德自由。拥有这一自由的人,他所做的都是符合道德的道德行为。孟子主张"天人合一"的自由,说:"尽其心者,知其性也;知其性则知天矣。"⑥在他看来,人通过修养,把握自己的天赋本性,就能达到"上下与天地同流""万物皆备于我"⑦的境界。达到这个境界,一方面会使人觉得摆脱了一切外在的束缚,人的精神获得了空前的自由和解放;另一方面会使人感到自己不仅是社会的一员,而且是宇宙的一员,从而更加自觉地进行道德行为,而无须勉强自己,克制情欲去服从道德律令。这既是一种超道德的自由,也是一种道德自

---

① 《鵩鸟赋》。
② 《论语·颜渊》。
③ 《论语·述而》。
④ 《孟子·告子上》。
⑤ 《论语·为政》。
⑥ 《孟子·尽心上》。
⑦ 《孟子·尽心上》。

由。孔孟阐扬的主要是这种道德和精神方面的自由,后来的儒家哲人基本上承袭了这种取向。如明王阳明崇尚"洒落"的自由,说:"君子之所谓洒落者,非旷荡放逸、纵情肆意之谓也,乃其心体不累于欲,无入而不自得之谓耳。"①这指的是人的心灵摆脱对声色货利的占有欲和以自我为中心的意识,所达到的超越限制、牵扰和束缚的解放的境界,是一种精神上的自由。从孔孟到宋明理学,正统儒家的自由观大致就是如此的。由于这类自由的最大敌人是个人私欲,人放纵自己的私欲就会丧失自由,成为私欲的奴隶,沦为禽兽。所以,在传统的儒家看来,要拥有这方面的自由,就必须克制个人私欲。从孔子的"克己复礼"、孟子的"寡欲",到宋明理学家的"存天理,灭人欲",所有的心性工夫,针对的都是个人欲望。由于现代自由所凸现的是给予人的欲望、利益及其行动更多肯定和空间的现实自由,应该说正统儒家的自由观与现代自由相去甚远。

在中国传统中,道家思想具有更多的自由色彩。老子在政治上倡导无为,要求统治者限制自己的作用,实行不干涉政策,给予人民顺其自然而为的自由。他相信人民的自发性,认为让人民拥有顺其自然而为的自由,会产生良好的社会后果。他说:"我无为而民自化,我好静而民自正,我无事而民自富,我无欲而民自朴。"②这里的"我"显然指的是当政者。老子的这一自由观既有回归原始简朴时代的蒙昧主义性质,也蕴涵着让人民有更大的自主性,允许个人自由发展的现代精神。庄子一方面像老子那样要求统治者奉行不干涉政策,给人的现实自由留出社会空间,另一方面又感觉到人在现实中的自由是相对的且极为有限,于是标榜逍遥游的绝对自由。他在尊重人的本性与多样性的基础上肯定人的现实自由,认为人的禀性不一,如果不加尊重,即使好心好意,也会酿成灾祸。他说:"凫胫虽短,续之则忧。鹤胫虽长,断之则悲。故性长非所断,性短非所续,无所去忧也。"③他主张"天放",希望人能像野马一样,按照其自然禀性,无拘无束,自由生活。为了维护这一自由,他甚至主张不治之治,而走向无政府主义,说:"闻在宥天下,不闻治天下也。"④"在宥"就是听其自然,不加干涉的意思。应该看到,庄子主张的这一自由并不是我们今天所讲的每个人发挥自己的聪明才智,自由发展、自

---

① 《王阳明全集》卷五,上海古籍出版社1992年版。
② 《老子》五十七章。
③ 《庄子·骈拇》。
④ 《庄子·在宥》。

由竞争的自由,而是摆脱政教束缚,回到大自然中,"含哺而熙,鼓腹而游"①,无知无欲,自由自在,自得其乐的自由。庄子所标榜的逍遥游的自由是一种比儒家"天人合一"的自由更空灵的精神自由。他说列子可以乘风而飞,已经够自由逍遥了,但"犹有所待"②,还须依赖于风。这种自由还是相对的、有条件的。他真正追求的是无待的不受任何现实条件规定、束缚、限制的自由。这是一种出世的、绝对超越的自由境界,是人的心灵"乘云气,骑日月,而游乎四海之外,死生无变于己"③的自由。他把达到这一境界的人,称为"至人""圣人""神人""真人""大宗师",由此可见这一自由在他心目中的地位。他看到人在现实中受到种种条件的制约,因而就在想象、幻想和神秘的直觉中去寻找和拓展自由。不过,庄子逍遥游的自由尽管闪烁着自由的光芒,但它毕竟不是现实的、社会的自由,不属于现代自由的范畴。

中国古代思想中也不是没有一点现代意义上的自由观念,司马迁认为人们凭借自己的能力,自由追求经济利益,满足自己的欲望的行为合乎自然。他说:"人各任其能,竭其力,以得所欲,"是"道之所符""自然之验。"(《史记·货殖列传》)只要给人民经济上的自由,就能带来农工商业的全面发展,而无须政府的指导和"发征期会"。"故待农而食之,虞而出之,工而成之,商而通之,此宁有政教发征期会哉?"(《史记·货殖列传》)这一思想与西方自亚当·斯密以来的经济自由主义观念几乎没有什么区别。

人的现实自由与绝对的君主专制、严格的等级秩序以及禁欲主义的道德相对立;后者越是强化,前者越遭遏制。传统的中国人一般只是在君权衰落和政府奉行无为之治的政策时,才拥有某种现实的自由,如在先秦、汉初和魏晋时期,但这种自由缺少保障。由于秦以后,专制主义的大一统是中国传统社会的主要特征,因此人的现实自由长期受到政治上的压制。如从文化的视角看,中国人的现实自由则遭受过两次大的压抑,一次是两汉"独尊儒术",儒家纲常名教的强化;另一次是宋明理学"存天理,灭人欲"的道德禁欲主义。然而物极必反,两次压抑都导致了自由观念的勃兴。如两汉之后出现的"越名教而任自然"的道家式的对自由的追求,和宋明理学之后兴起的以李贽为代表的、具有更多现代精神的对自由的

---

① 《庄子·马蹄》。
② 《庄子·逍遥游》。
③ 《庄子·齐物论》。

追求。

司马相如还维护人的情感自由,反对一味的道德约束。在情理问题上,传统的观念主张以理节情,以理制情,其经典说法是:"发乎情,止乎礼义。"(《诗大序》)片面强调社会伦理道德对人的情感表现的规范和抑制。在情感生活领域,司马相如更是冲破礼教束缚、大胆追求爱情的自由。他倾心于卓文君,便不顾一切,与其私奔。他主张婚姻自由,因为自由婚配,符合《易经》上说的"同声相应,同气相求,同明相照,同类相招,云从龙,风从虎,归凤求凰"①。这是对传统"父母之命,媒妁之言"的一种否定。20世纪伟大的科学家爱因斯坦曾说,科学的发展,"需要另一种自由,这可称为内心的自由。这种精神上的自由在于思想上不受权威和社会偏见的束缚,也不受一般违背哲理的常规和习惯的束缚"②。这其实是指思想的自由。

第五节 "得之于内"与"自娱"

"得之于内"、自得,还包含自得其乐、自娱自乐的意思。《史记·司马相如列传》载:"临邛令前奏琴,曰:'窃闻长卿好之,愿以自娱。'"这是就明确提出了"自娱"说。司马相如在《天子游猎赋》里也云:"泊乎无为,澹乎自持……胹割轮淬,自以为娱。"《古文苑》载有扬雄《逐贫赋》,内有"子云自序"云:"不汲汲于富贵,不戚戚于贫贱,家产不过十金,乏无儋石之储,晏如也。此赋以文为戏耳。""以文为戏"就是以文自我调侃,自娱自乐。张衡《归田赋》表达厌恶官场、归隐田园的愿望,其中有句"于焉逍遥,聊以娱情",意谓借笔墨来遣兴自娱。可见,自司马相如始,文人已明确认识到文学的"自娱"功能。魏晋是文学自觉时代,一方面高度评价文学的价值和意义,认为是"经国之大业,不朽之盛事"(曹丕《典论·论文》);另一方面开始明确提出文学"自娱"说。陶渊明《五柳先生传》说五柳先生:"常著文章自娱,颇示己志,忘怀得失,以此自终。""衔觞赋诗,以乐其志。""五柳先生"实为作者的化身,赋诗著文与饮酒一样,只是自娱,而不是为了"荣利""得失"。陶渊明的"自娱"说对后世影响甚大,《世说新语·栖逸》注引《续晋阳秋》谓戴逵

---

① 李贽:《藏书·司马相如》。
② 许良英等:《爱因斯坦文集》第3卷,商务印书馆1979年版。

"不乐当世,以琴书自娱,隐会稽剡山"。《恶书·王坦之传》记载,谢安喜好音乐,居丧期间也不废伎乐。王坦之劝阻他,他回信说:"仆所求者声,谓称情义,无所不可为,聊复以自娱耳。"以琴书自娱,以音乐自娱,是广义的文学"自娱"。南朝以来,文学"自娱"说时显时隐,一脉不断。

"得之于内"的"自娱"心理不只是文学作品的功能,也不只存在于文学阅读和接受过程中,它存在于文学活动的各个环节、各个层面。作者的文学生活首先是"自娱"的,他们在没有创作之前即已接受了"自娱"观念,带着这种"前理解"进行创作,创作意图和目的即是"自娱"。进入文学创作过程中,也是"自娱",构思、雕画、摹写、夸饰、虚拟、写志状物等,皆是"自娱"。整个创作过程皆是精神"自娱"活动。

"得之于内,不可得而传"的文学创作是"自娱",创作意图十分明确,这种情况不是以先入之见强加给古人的,古人多有亲身体验。曾巩《齐州杂诗序》云:"虽病不饮酒,而间为小诗,以娱情写物,亦拙者之适也。"①苏轼说:"某平生无快意事,惟作文章。意之所到,则笔力曲折无不尽意。"②又《答毛滂书》中谓作文是"闲暇自得"。晏几道《小山词·自序》说词的作用是"析酲解愠","为一笑乐"而已,说"试续南部诸贤绪余,作五七字语,期以自误"。理学家邵雍常以作诗自娱,《安乐窝中诗一编》云:"自歌自咏自怡然。"③

可见,在"得之于内,不可得而传"的审美创作观念中,文学创作只是自己闲暇自适生活的反映,是一种悠然自得的精神创作活动,一种闲雅的个人生活方式。文学不是求功名之具,亦不必示人传世。"得之于内,不可得而传"的文学创作是"泊乎无为,澹乎自持","自以为娱",是一种精神愉悦活动,创作过程即充满快感,是自娱过程,不只是成品(文学作品)才能自娱。

"得之于内,不可得而传"的审美创作是"意思萧散,不复与外事相关""忽焉如睡""泊乎无为,澹乎自持"的"自以为娱",文学阅读、欣赏和接受也是"泊乎无为,澹乎自持","自以为娱"。陶渊明《五柳先生传》中说五柳先生:"好读书,不求甚解。每有会意,便欣然忘食。"陶醉于读书的快乐,得到精神上的愉悦,这便是读书的目的。陈师道《咸平读书堂》云:"近事更汉唐,稍以诗自娱。"④倪瓒《玄文馆

---

① 《曾巩集》卷十三。
② 何薳:《春渚纪闻》卷六,《东坡事实》,中华书局1983年版。
③ 《伊川击壤集》卷九。
④ 《后山诗注》卷十。

读书》说:"讽吟古人书,怀澄神自怡。"①李贽《读书乐》诗写道:"读书伊何?会我者多。一兴心会,自笑自歌。歌咏不已,继以呼呵……歌哭相从,其乐无穷……怡性养神,正在此间。"读书可得到感情上的宣泄,获得精神上的快感。袁中道《白苏斋记》说袁宗道"取文酒以自适"②;蒋如奇、李鼎辑《明文致》,亦仅供"案头自娱"。

第六节 "得之于内"与个人主义文学精神

司马相如所提倡的"得之于心""自得于内"的"自得"说包含有强烈的自我意识和个人主义文学精神。这种自我意识和个人主义文学精神用道家哲人的话语来表述就是"自然"。司马相如以老庄道家一脉所代表的中国式的个人主义对人道主义的改造,成就了他独树一帜的不拘礼法、大胆冲决一切的人格。老庄道家式的自我意识和个人主义文学精神在司马相如身上得到了体现与张扬,成就了他"辞宗"的地位,使其辞赋创作在汉代赋作中达到了巅峰。

"人类的尊严"是一种梦想和崇高的理想主义。过于"文"化的文化的理想前途是从"巧辩矫饰"中退避出来,重新回到简朴的思想和生活里,而过于严肃的世界又必须有一种活泼的"智慧和欢乐的哲学以为调剂"。从其人生道路与精神境界看,司马相如少时好读书,喜击剑,羡慕蔺相如的为人风范,更原名犬子为相如,可见其自视甚高。后来他以赀为郎,事孝景帝,为武骑常侍。"相如好书,师范屈宋,洞人夸艳,致名辞宗"③,而景帝不好辞赋。时梁孝王来朝,游说之士邹阳、枚乘、严忌等皆从,相如见而悦之,因病免,游梁,数岁,作《子虚赋》。后梁孝王卒,相如归家,因临邛令会卓文君,琴挑文君,与其自由结合,并携其私奔。其举可算惊世骇俗。婚后生活拮据,他又"自著犊鼻裈",夫妻二人开酒店,让文君当垆,自己涤酒市中,旁若无人。可见,其行事不拘执,喜欢自由怀想,自由行事,自由自在,自由创造,追求现实现世的享受,并将此置于超拔的感觉生活与高蹈的精神生活之上,具有强烈的自我意识和个人主义精神。

① 《元诗选·清閟阁稿》。
② 《珂雪斋集》卷十二。
③ 《文心雕龙·才略》。

<<< 第二章 "得之于内"：审美构思特征论

个人主义在司马相如的思想中占有重要地位，他在《难蜀父老》中曰："盖世必有非常之人，然后有非常之事；有非常之事，然后有非常之功。非常者，固常人之所异也。""且夫贤君之践位也，岂特猥琐龌龊，拘文牵俗，循诵习传，当世取悦云尔哉！"显然，这里所谓"有非常之功"，不"猥琐龌龊，拘文牵俗，循诵习传，当世取悦"，与"常人"相异的"非常之人"，就是喜欢特立独行、自由自在，具有强烈的自我意识和个人主义精神的人。

在中国传统文化中，儒、墨、道诸家都认识到了个体与群体、自我与他人之间密不可分的社会关联，他们都认识到个体自我是出发原点，无论是"立人""达人""兼爱利他"，还是"不利天下""不取天下"，都必须是从一己之我出发，"立人""达人"是从"己立""己达"开始的；"兼爱利他""不利天下""不取天下"等的主语仍然是"我"。他们都不同程度地意识到了个人的"人类性"，即任何个体都具有社会性。儒墨都讲国家天下，道家虽然讲个人与殊相，但他们仍然深刻地认识到在同一个体上，仍有"社会"意义上的"我"的一面。儒家采用仁义礼制，墨家采用兼爱非攻，道家采用"贵己""为我"，具体方案虽然迥异，却在目的上殊途同归——救治"世道人心"。就理想的"群体"而言，儒家的群体是君臣有分，夫妇有别，长幼有序的讲等差的群体；墨家的群体是"兼"而无"别"的群体；道家的群体是个人发展的群体。就理想的"个人"而言，儒家是为仁义礼制而生存的个人；墨家是利他而生的个人；道家则是为自我而存在的个人。而就总体意义上的"效果史"理解而言，"儒家追求社会秩序，墨家爱好社会平等，道家讲究个人自由"[1]。

显然，司马相如这种强烈的自我意识和个人主义精神与上述中国本土思想资源中的"个人主义"观念分不开，必然受老庄道家思想中的"个人"与"自我"观念的影响。这一点，应该是毫无疑义的，问题只是在多大程度上对老庄道家之个人观念接受与改造。老庄道家标举自主、独立的人格精神，"举世誉之而不加劝，举世非之而不加沮"[2]。他称举至人、神人、真人的人格风范，因为他们都是超越经验世界的特立独行之士，他们不汲汲于功名，不孜孜于利禄，不奔走于权贵之门，不计较个人的荣辱毁誉，达到了古代中国文化中个性主义的巅峰。鲁迅在《文化偏至论》《破恶声论》《摩罗诗力说》等早期论文中，就是将个人主义作为整部人生意义系统、整个社会发展的真正起点与归宿的："立我性为绝对之自由者……个性

---

[1] 朱哲：《先秦道家哲学研究》，上海人民出版社2000年版，第163–164页。
[2] 《庄子·逍遥游》。

59

之尊,所当张大。"就是对老庄道家之个人主义观念的"重新发现"与发展。

除了对个体人格的独立与自由的尊崇之外,老庄道家之个人主义观念的另一重要内涵在于对"万物各听其异"的"个体多样性"的推崇。鲁迅在《汉文学史纲要》中引述《庄子》中的几段话,意在做庄子"其文则汪洋捭阖,仪态万方,晚周诸子之作,莫能先也"的论据,其中有一段《庄子·齐物论》中的话,颇能说明老庄"万物各听其异"的主张。在这段话中,强调在经验世界中,万物应该有一个统一的是非、正误尺度,并在此标准下趋同于"天下之正色";而王倪则主张万物应各听其异,天下根本就没有作为统一尺度的"正色",如果要勉强以一种尺度去统一各种不同的对象,结果只会导致无尽的纷争。都表达了他对"同""一"的警惕。显然,"得之于内""得之于心",主张"自得"的思想是与老庄道家的"万物各听其异"主张相似、或者接近的。

崇尚自我的司马相如对自己的个性的认知是切合实际的,据《史记·司马相如列传》载,他在个人的生活选择中,虽"进仕宦",但"未尝肯与公卿国家之事,称病闲居,不慕官爵"。最后,他干脆"病免"于家,断然拒绝了升官晋爵的机会,这样才有可能保持其文人的个性,才有可能保证个人的言说不被群体的话语洪流淹没。但是这种与实践的疏离并不能成为他坚守纯粹个人主义立场的保障,相反,实践品格的缺席某种程度上还会导致思想立场的松动甚或瓦解,因而,才有他死后"遗札书言封禅事"。

当然,作为中国早期的杰出政治家,司马相如的群体意识还是极为浓重的,他的《喻巴蜀檄》和《难蜀父老》,实际上就是两篇说理充分、情文并茂的政论文。在朝中,他还敢于上《哀二世赋》,以讽谏好大喜功的武帝。这种从个人到群体的"自由"转轨,实不难从道家文化中寻找到答案。从个人到群体的转轨,实与道家文化的逻辑构成不相冲突。因为老庄道家崇尚个体,关注自我,但也并非视自我为脱离社群存在的孤独个体。实际上,他们深谙二者之间不可脱却的密切关联。先秦道家既讲"重己""贵我",无名、无功、无己,"隐居不仕"、寄寓田园,也讲一毫不取,"功盖天下""化贷万物",爱民治国,"乐俗""安居","利他不争","从俗""从令",等等。这就为个体从个人关怀走向对社群乃至天下的关怀预置了通道。另外,道家讲"天地与我并生,万物与我为一",这就视"个人"与"天地""万物"为无等差、无障碍的存在,从而为个人融入社会消除了观念上的樊篱。再者,老庄道家的"齐家物""一人我""无彼此"等相对主义哲学观念与思维方式,亦没有在个人与社群之间坚守各自的不可逾越的边界,从而为二者的自由出入发放了通行证。

个人主义文学精神在司马相如的赋作中多有体现,所谓"绝殊离俗""其小无内,其大无垠",凭虚构象而意象生生不息,"似不从人间来者"。在中国古代的文化观里,儒、道并非两个对立的系统,而是一种互补型的文化结构。儒家是庙堂的、主流的哲学,道家是世俗的、江湖的哲学;中国人性格中的基本因素,如"老成温厚""遇事忍让""消极避世""超脱老滑""和平主义""知足常乐""幽默滑稽""因循守旧"等,大多都是儒、道的糅合;"道家的浪漫主义,它的诗歌,它对自然的崇拜,在世事离乱时能为中国人分忧解愁,正如儒家的学说在和平统一时做出的贡献一样"①,这就从文化功能的角度等齐了儒、道两家学说。

总之,顺其自然,自由地舒展自己的性灵,以富于个体性的感受贴近生命的历程,或者不羁于樊篱,做一个奔放的情感流浪者与生活的歌咏者,等等,却又无一不是"性灵"中人,无一不富于个人主义的美。这是司马相如所倡导的"得之于心""得之于内"的"自得"说的深层美学内涵。

第七节 "得之于内"与理性意识的觉醒

"得之于心""得之于内"的"自得"说的提出,还表明了人的理性意识的觉醒。我们知道,以司马相如为首的汉代赋家强调辞赋创作必须"得自于心""得自于内",表现在具体的创作中,在铺陈叙事方面是对时空的独特的完整性追求。司马相如在《答盛览作赋书》中说:"合綦组以成文,列锦绣而为质,一经一纬,一宫一商,此赋之迹也。"这明确地指出了汉赋的"经""纬"编织的空间性特征和"宫""商"组合的时间性特征。以《子虚赋》为例,写云梦泽中的小山,从"其东""其南""其中""其西""其北"诸方位入手,呈现出了明显的空间完整性;记楚王游猎的程序是出猎、射猎、观猎、观乐、夜猎、养息,呈现出明显的时间完整性。这种完整性从社会层面讲,是政治的一统性在赋家意识中的独特反映,从思维方式的层面讲,是原始思维的一种个性化表现;从人的觉醒的层面上讲,是人的理性觉醒在艺术上的表现。

以司马相如为首的汉代赋家在辞赋创作时所追求的时空完整性还表现在其

---

① 林语堂:《中国人》,郝志东、沈益洪译,学林出版社1994年版,第67页。

超时空的意识上,但这种超时空仍然是理性的、个性化的。刘勰在《文心雕龙·夸饰》中说:"自宋玉、景差,夸饰始盛。相如凭风,诡滥愈盛,故上林之馆,奔星与宛虹入轩;从禽之盛,飞廉与鹪鹩俱获。及扬雄《甘泉》,酌其余波。语瑰奇,则假珍于玉树;言峻极,则颠坠于鬼神。至东京之比目,西京之海若,验理则无不验,穷饰则饰尤未穷矣!"研究汉赋和文学理论史的人好引用《西京杂记》中的一段话来证明汉赋的想象特征:"司马相如为《上林》《子虚》赋,意思萧散,不复与外事相关。控引天地,错综古今,忽焉如睡,焕然而兴。"这种超时空的想象与后来文学创作中的想象有着本质的区别,它在实质上应属于理性的包容,而非纯粹艺术创作中感性化的审美移情。

关于以司马相如为首的汉代赋家辞赋创作中在描绘性上力求完备的整体性特征,似乎已无需举例。就其叙事特征来看,汉赋继承了先秦散文的描绘性传统,并予以极大发展,使之具有了新的特质。汉赋无论写自然还是写人事,都不惮其烦,将其堆砌罗列,甚至不惜创造新字,以求完备。这种堆砌罗列在今人看来不仅毫无美感,甚至会令人大惑不解,但在当时却是一种历史的需要,是汉代理性强大、包容一切的气魄的显现。司马相如所谓的"赋家之心,苞括宇宙,总览人物,斯乃得之于内,不可得而传也"的作赋秘诀表明这种包括宇宙,总览人物的理性精神已经内化为赋家的审美需求,与《诗经》之"赋"的理性之美一脉相承。

以司马相如为首的汉代赋家在辞赋创作所表现出的文体上的类型化其实质是对"人类"与"物类"的理想化,时空上的完整化其实质是人的规范化,描绘上的整体化其实质是人的理性的强硬化。诸种汉赋的美态均是以人类的理性为基础的,在其各自的本质上都是对政治本体的体认和乐感。

以司马相如为首的汉代赋家创作出的汉赋之美的本质与汉赋的社会功能是互为表里的。前人多批评汉赋"歌功颂德""劝百讽一",并举出赋家自己也认为作赋是"壮夫不为"的"雕虫小技""自悔类倡"等,但这都不能抓住汉赋社会功能的本质,往往是以现代人的眼光来要求古人。实际上,汉赋基本的社会功能仍然延续了《诗经》开创的传统,是集宗教、道德、艺术、政治乃至科学于一体的一种文化形式,例如汉宣帝就认为,"辞赋大者与古诗同义,小者辩丽可喜",既有"仁义讽喻"之大功用,又可增加"鸟兽草木"等知识(《汉书·王褒传》)。如果说《诗经》是使初民以混沌的经验感受秩序化、形式化、意义化的话,那么,汉赋则是对《诗经》的社会功能的强化和极端化。例如,《上林赋》写天子归来观赏歌舞的场面,不正是《诗经》中"大雅""颂"中的某些篇章的极端演绎吗?所谓"极端",是指《诗经》中以众人为主体,而在汉赋中则变为帝王一人独乐,这正是政治本体化时代的表现。

以司马相如为首的汉代赋家创作出的汉赋的历史形态也是很复杂的,这里仅以散体大赋为代表。由上所述可以确定,汉赋由其渊源上的"理性之美"到其历史形态上的对政治本体的乐感,正是其自身内在审美特质的必然发展道路,"理性之美"的内部已经孕育着对政治本体的乐感的胚胎,而对政治本体的乐感又是"理性之美"的禁锢与僵化。这与人的理性觉醒的进程和人类社会的符号化的进程是相吻合的。汉代以降,人们已经意识到人的理性的觉醒开始走向了自己的对立面,于是,人的感性的觉醒就在孕育之中,终于在魏晋六朝时期爆发出来,为人类的感性之美找到了丰富的形式,由此带来了另一种艺术形式——诗歌的繁荣。然而,魏晋六朝人的觉醒仅仅是人的个体意识觉醒,而不是以自然人性论为基础的具有近代意识的人的主体意识的觉醒,这种觉醒直到明中叶才出现。在这两次人的觉醒之间,作为对魏晋六朝个体意识觉醒的深化,对明中叶主体意识觉醒的启示,出现了以苏轼为代表的情感本体化的时代潮流,在文学艺术上的主要表现则是宋词的繁荣与雅化。这又是一个听起来十分遥远,实际上却十分切近现实的漫长的故事。

第八节 "得之于内"与个性化追求

"得之于内""得之于心"的"自得"说的提出,表明了司马相如对个性化高度自觉的追求。孔子早就说过:"有言者不必有德。"①这是从言与德的关系上讲的,虽未必有指责"有言者"的意思,但应是对文人"不护细行"之责的源头。汉以后,对文人"不护细行"的指责颇为流行,唐宋两代尤为明显,如唐骆宾王,《旧唐书》本传载其"落魄无行,好与博徒游……坐赃左迁临海丞,弃官而去";崔颢,史称"有俊才,无士行"②;王昌龄"以不护细行贬龙标尉"③;顾况"以嘲诮能文","为宪司

---

① 《论语·宪问》。
② 《旧唐书·崔颢传》。
③ 《旧唐书·王昌龄传》。

所劾,贬饶州司户"①;元稹"素无检操"②;李商隐"与太原温庭筠、南郡段成式齐名,时号'三十六',文思清丽,庭筠过之,而俱无持操,恃才诡激,为当途者所薄,名宦不进,坎壈终身"③;周邦彦,史称其"疏隽少检,不为州里推重"④;柳永"喜作小词,然薄于操行"⑤;陆游为范成大参议官,"以文字交,不拘礼法,人讥其颓放,因自号放翁","晚年再出,为韩侂胄撰《南园阅古泉记》,见讥清议"⑥,等等,都是很明显的例子。

　　从孔子、孟轲、董仲舒到朱熹,儒家思想自身的发展,随着时代的变化,兴衰起落、吸纳变革,逐渐成为整个封建社会的统治思想,并渗透到社会的每一个角落。儒家思想中的一整套伦理道德、礼义名分观念,始终是统治阶级用以巩固政权、维系人心、规范人们言行的理论武器。"君君、臣臣、父父、子子"⑦,不得僭越;"君臣、上下、父子、兄弟,非礼不定"⑧,"非礼勿动"⑨;"男女有别"⑩"男尊女卑"⑪,不准违犯;"不登高,不临深,不苟訾,不苟笑"⑫,一切都要循规蹈矩、恪守不违,否则,即使像曹操这样一位曾主张过"夫有行之士,未必能进取;进取之士,未必能有行",故任人重在取其材而不论其"负污辱之名,见笑之行"⑬的很通达的人物,为了维护其统治,也会以不孝为名将孔融杀掉。南朝统治者虽多信奉佛教,但儒家思想仍是其统治思想,儒家的伦理道德仍须遵从,帝王仍借以维护统治秩序,士人皆不得违犯⑭。诸如司马相如、扬雄、孔融、潘岳以及王昌龄、元稹、温庭筠等,这些被指责为"不护细行"的文学之士,或有媚上之嫌,或有另辟蹊径以求升迁之意,或有傲诞不羁之行,或有违碍名教礼仪之举,恰恰在政治上不利于封建统治秩序

---

① 《旧唐书·顾况传》。
② 《旧唐书·元稹传》。
③ 《旧唐书·李商隐传》。
④ 《宋史·周邦彦传》。
⑤ 《苕溪渔隐丛话后集》卷三十九引,《艺苑雌黄》。
⑥ 《宋史·陆游传》。
⑦ 《论语·颜渊》。
⑧ 《礼记·曲礼上》。
⑨ 《论语·颜渊》。
⑩ 《礼记·丧服小记》。
⑪ 《晏子春秋·天瑞》。
⑫ 《礼记·典礼上》。
⑬ 《三国志·魏书·武帝纪》。
⑭ 周一良:《两晋南朝的清议》,见《魏晋隋唐史论集》第2辑,中国社会科学出版社1983年版。

的维护,违反了儒家出处进退的名节,在生活上唐突了儒家的伦理道德,那就自然免不了生前受人侧目,仕途不尽如人意,死后还要被以成败论人的史家书上一笔。

人们常说风格是作家成熟的标志。当一个作家通过"得之于内""得之于心",在创作上有了自己的独特风格时,就意味着他在一个相当长的时期内,已经将艺术人格建构的自觉性提升到了较高的层次。我们说的这一环节主要就是在这个相当长的时期内进行的。此时,作家固然并不忽视人格建构中应该注意到的其他方面,但更多的、更集中的是关注怎样才能把被自己解析与重组了的社会基本人格,在艺术实践中相对地稳定下来,并使其更具个性化。这种高度自觉地追求个性化,有利于作家在更深层次上发现自我、完善自我,把自己的现实人格与所期求的价值联系起来。这里关键在于艺术实践本身的个性化,北魏祖莹说"文章当自出机杼,成一家风骨,不可寄人篱下",其意就是要求作家敢于根据自我特性,从事创作上的探索,闯出属于自己的新路,绝不可在不能独成一家的路子上走到底。为此,作家在自己的艺术实践中应该特别注意:(1)发挥自己的专长。袁枚在《随园诗话》中告诉作家要有所"专",不要"夸多而斗靡";要有所"长",应该"善藏其短"而使"长乃愈见"。他把作家艺术实践有无专长问题,仅仅归结到方法和人品上去,而没有注意与作家自身的特性的联系,似有所偏。其实,一个作家有什么专长是与其审美能力、审美气质、审美需求和审美兴趣有着极内在的联系的。这种联系常在创作的起始阶段不为作家所自觉,往往是其即将步入创作成熟期时才顿然醒悟的,我们要突出强调这种联系,就是要让作家尽早明白艺术实践个性化的重要性。试将袁枚和赵翼关于李白少排律的评论相比:前者认为造成这种现象的原因是诗人"善藏其短",后者则认为是诗人"不屑束缚于格律对偶,与雕绘者争长",而并非是其"短"。为了说明自己的观点,赵翼还举出了李白不少诗句为证,并进一步指出李白在"有对偶处,仍有工丽,且工丽中别有一种英爽之气,溢于行墨之外"。[①] 赵翼把李白创作上的专长看成是诗人对自身特性自觉的把握,是颇有见地的。实践表明,作家对自身特性自觉得早,而且比较准确,他的艺术实践就有可能较快地个性化;这种个性化了的艺术实践,自然会愈来愈强化作家的创作个性,并将其独成一家的优秀因素相对稳态化。陆游在这方面的体会是深刻的,他在68岁时写了一首对后人极有启迪的诗《九月一日,夜读诗稿有感走笔作歌》,说明诗创作既要有丰富的现实生活作为创作的根底,又要如同屈原、贾谊那

---

① 《瓯北诗话》。

样深识自我。就是基于这样的认识,陆游才不无感慨地说:"世间才杰固不乏,秋毫未合天地隔。"人间杰出的诗人多的是,如果不懂得"天机云锦用在我",那就差之毫厘,失之千里了。他在《上辛给事书》中更明确地强调道:"文之不容伪也,故务重其身而养其气。贫贱流落,何所不有,而自信愈笃,自守愈坚,每以其全自养,以其余见之于文。文愈其喜,愈不合于世。"为了使文不伪,作家要"自信愈笃,自守愈坚",即使其文因此而"愈不合于世",也不必为畏。可以肯定地说,作家若在其艺术实践中真的做到了陆游所讲的这些,他的专长必然得到发挥,艺术实践也必定是个性化的。(2)力破自己的偏见。作家在努力使自己的艺术实践个性化的过程中,其求异心理常常促使自己与他人比较,在比较中显示自己的特点。这种求异心理是作家追求鲜明的创作个性和自我的艺术价值的动力,不可缺少。特别是在这种动力的作用下,作家创作过程中的精力神情旺盛,常常会出现一个"黄金时期"。"生气远出,不著死灰。妙造自然,伊谁与裁。"①正是作家此时创作的总体精神特征。所谓"伊谁与裁",是说作家尽力把文本写得比较完善,致使他人无可挑剔。作家创作的"高峰体验",也大都集中在这个时期。然而鼎盛的"黄金时期"具有二重性,它既标志着作家步入了创作的成熟阶段,也对其敲响了万不可故步自封的警钟。因为创作危机常就潜伏在这个关口。而也确有作家在这里失足,即忘记了反思自己,陶醉和满足往往使他们陷入了重复自己的泥淖而不能自拔。更其甚者则形成偏见,"划地为牢",把求异心理蜕化为固守自我,不再去创造、发现、飞跃和进取,走向了艺术实践个性化的绝境。文学史上的这种现象提醒作家们,在追求艺术实践个性化的过程中,要不断地关注自己创作发展变化的轨迹,要对自身的创作始终有一个清醒客观的把握,这样才有可能经常保持百尺竿头,更进一步的欲求,使求异心理与远大抱负结合起来。力破偏见还有要求作家对其个性化的艺术实践保持冷静审视态度的意思。南宋词人吴文英,"少好文词,不攻举子业,故未得志于场屋"。他写了不少哀时伤世的篇什,诚如刘永济在《微睇室说词》中所言:"梦窗是多情之人,其用情不但在妇人女子生离死别之间,大而国家之危亡,小而友朋之聚散,或吊古而伤今,或凭高而眺远,即一花一木之微,一游一宴之细,莫不有一段缠绵之情寓乎其中,又能于极绵密之中运以极生动之气。"这可说是吴文英坚持为情造文所展示出的独特个性。然而他过分地用典饰情,有时不免晦其本意而流于生涩。对于自身艺术实践中的这一缺点,吴文英就

---

① 司空图:《二十四诗品·精神》。

缺乏应有的审视态度,倒是王国维在《人间词话》中一语破的地指出他"写景之病","在一'隔'字"。这个"隔"字相当深刻地道出了作家的创作,不论是求新追异也好,还是显示自己独特个性也罢,其创作心态都必须以同现实人生和自我感受的"不隔"作为条件。这种见解有利于纠正作家追求个性化方面的盲目性和自足性。

杰出作家毕生都在关注自己艺术人格的建设,努力使之趋于完善。"我之为我,自有我在。古之须眉,不能生在我之面目;古之肺腑,不能安入我之腹肠。我自发我之肺腑,揭我之须眉。纵有时触着某家,是某家就我也,非我故为某家也。天然授之也。我与古何师而不化之有?"①这是艺术人格建设达到较高境界的表现,而这种境界的实现,无疑是要经过创作主体不间断地长期奋斗的。凡成功的有震撼力的作品,必然熔有创作者独特的生命体验。所谓生命体验,主要是指对人生内容的身心所历,而且是刻骨铭心的,浸透血泪的,是以自己全部生命去接受和拥抱的。这样,创作者奉献给世人的,才远不只是生动的文字、流畅的线条、丰富的色彩、悦耳的旋律、美妙的造型,等等,而更重要的是引人共鸣的心声,是关于人生命运的沉思或美好企盼。

可以说,无论哪种文艺样式,也无论是表现什么样的内容,归根到底都离不开创作者经历并体验过的人生,不能缺少创作者"得之于内""得之于心"的心灵世界映照。一个文艺家最深切同时也最容易熔于创作中的体验,通常不是在热热闹闹和左右逢源之时的获得,更多是在一段寂寞中独行的长路上,通过对生活的细细咀嚼和消化而生成。因此,它可能酿成一种强烈的情绪和独具慧眼的判断,使主体觉得负有一种使命,或得到一种特殊的悟性,成为创作的动机,并进而体现在创作内容、创作风格上。创作成为他们心路历程和生命意志的形象化体现;他们自身已是其作品的一部分。

第九节 "得之于内"与生命体验

"得之于内""得之于心",身心俱注的生命体验是形成个性鲜明、意味丰富的情感积累,和创作冲动的必由途径。

---

① 《石涛画语录》。

无论是文艺家还是其他人,其最真切最具有个性色彩的情感,总是生成于自己身心俱注的体验,而且这体验愈切近、愈深刻,留下的情感记忆就愈深切难忘。反之,未经身心投注体验的情感表露,情感性评判,容易人云亦云,随人悲欢,流于平庸。至若再有意作伪假饰,那即更成为鄙俗了。对于作家和艺术家来说,情感积累是他们进行"艺术生产"的重要资本,所以,在生命体验方面便自然对其又有非同一般的要求。要求他们对生活许以更多的真诚,给予更多的关切,接受更多的磨砺,包括餐风饮露的奔波,相濡以沫的柔情,扶危济贫的义气等;还要求他们对世事人生有特殊的敏感,随时敞开心灵的门户取得与外部世界的感应互通,获得独具情性的新发现。香麝生于脐下,灵珠得之蚌腹,可为艺术精品产生的写照。严肃而无情的创作规律甚至要求优秀的作家、艺术家的造就,必须面临深渊,体验苦难,置于巨大灾难和不幸之中冶炼常人难以企及的情感珍品和生命冲动。贝多芬曾在生活的底层苦苦挣扎,使他直接从痛苦的体验中汲取灵感;曹雪芹晚年"举家食粥"而告贷无门,对于不幸人生体验之深切沉痛,生生化作其创作的骨血。

"得之于内""得之于心",经身心俱注的生命体验而获得的审美感受,往往更具有丰富的内涵和艺术的资质。作家艺术家固然可以通过多种方式和途径获得创作材料与创作启示,但相比之下,还是自己全身心体验过的人生,更真切难忘,更形神俱悉、气息近人,也更容易实现美感的升华。"纸上得来终觉浅,绝知此事要躬行",古人对此已有深刻体认和觉悟。

通常看来,作家艺术家进入创作时的构思基点、情感态度、想象能力、审美倾向,以至艺术追求等,在很大程度上都要受制于他的心理定式。文艺家的心理定式,特别是其间对于创作影响较为直接的审美感受和审美判断,形成于长时期的过程性建构。主要营构途径便是主体亲历的人生体验,即可能是从其童年时代便开始奠基建立,包括幼年时的家庭濡染、父母影响,以及其后人生经历中的种种必然和偶然的遭遇,还有社会的、时代的、民族的、地域的、自然的条件对其生命的折射。这一切以整合的方式十分有力而固执地在作家艺术家的精神世界起着这样和那样的引导、制约作用,甚至会影响到一个文艺家的创作基调、风格,乃至于艺术生命。

尽管文艺家也可能在创作中表现其并未直接体验过的事体情境,但要做到"即或根本没有",也无碍情态神韵的真实,终究还得以体验过的世事人生做参照,做依托,以体验中所获得的底蕴丰富的审美感受做导引。特别是创作冲动和艺术灵魂,非有过心的震颤而不可得。司马相如是一代才子,但他代失宠的陈皇后作

《长门赋》,之所以能将居于深宫永巷之中的失宠皇后那种愁闷悲思的情怀写得委婉曲折、深切动人,也恰有其自身仕途失意、遭际不遂的切身体验和特定心境的借移。

通过"自得"所获得的深切的生命体验容易增强创作的崇高感和神圣感。真正的作家和艺术家是格外看重自己经过深思熟虑而形成的信念和经长期的人生体验而铸就的人格力量的。他们的那种浸透了生命意味的个人体验和至高无上的时代良知,会酿成强烈的艺术宗教情绪,并以无可比拟的赤诚去缔构他们的艺术世界。作家艺术家由对于世事人生的大觉悟,到审美感受的崇高感和文艺创作的神圣感,都与其深切的人生体验关系极大。特别是童年时代的缺失或其后人生旅途上坎坷不幸的苦难经历,更容易磨砺出文艺家崇高的人性,激发起强大的创作动力。

屈原的作品可以说充满了满腔的怨愤和失意之悲,情绪极为激切、鲜明。他在《离骚》中直抒失志之悲:"怨灵修之浩荡兮,终不察夫民心。""惟党人之偷乐兮,路幽昧以险隘。""椒专佞以慢慆兮,樧又欲充夫佩帏。既干进而务入兮,又何芳之能祇。"奸佞小人受到宠幸,高洁之士遭受冷落,一腔忠奋无以伸展,屈原的苦闷和哀伤不可遏止地反复迸发。一腔的郁闷和哀怨、千般的失落和伤感倾泻无余,全篇读来令人情致摇荡。《史记·屈原贾生列传》载:"屈平疾王听之不聪也,谗谄之蔽明也,邪曲之害公也,方正之不容也,故忧愁幽思而作《离骚》。"司马迁明确指出屈原作品中强烈的哀怨和失意之悲:"屈平正道直行,竭忠尽智以事其君,谗人间之,可谓穷矣。信而见疑,忠而被谤,能无怨乎?"在《天问》中,我们同样可以感受到屈原的失望和愤懑。在一声声追问中,我们仿佛看到茫茫宇宙天地间诗人孤独失意、伤心长叹的身影。正如蒋骥所说:"其意念所结,每于国运兴废、贤才去留、谗臣女戎之构祸,感激徘徊,太息而不能自已。"[1]屈原之后的赋体作家也继承了抒发情志的传统,宋玉的作品就包蕴了强烈的"悲士不遇"的伤感。宋玉的创作时期是由楚辞而至汉赋的一个过渡阶段,其作品更多的是抒发个人的悲愁与不遇的情绪。他在《九辩》中吟道:"坎廪兮贫士失职而志不平。"汉初文学多是这类楚辞体文学,贾谊是其代表。他的《吊屈原赋》秉承的仍是这种抒情传统。在作品中,贾谊对屈原表达了深切的同情。其实,这种情感又何尝不是他失志的幽怨与自我伤悼呢?由此,我们可以看到:失志之悲与幽怨之叹的情感抒发已经成为辞

---

[1] 《楚辞余论》卷上。

赋写作的传统,这种情感对历代文人均具普遍性。陆游《哀郢二首》慨然而叹:"《离骚》未尽灵均恨,志士千秋泪满裳。"黄任的《读楚辞作》亦云:"无端哀怨入秋多,读罢《离骚》唤奈何。"那种深沉悲壮的人生失意和伤情之叹得到了后世无数正直文人士子的精神认同。故而鲁迅在《汉文学史纲要》中说屈原的作品"其影响于后世之文章,乃是或在三百篇之上"。这里的"影响",不仅指艺术成就的影响,更是指这种精神情感上的共鸣。辞赋这种传统情感的抒怀机制,怎能不影响汉代大赋的创制者呢?在揣摩前人的作品时,这种幽怨之情与失意之悲是很容易触动文人那颗敏感而多情的心灵的。

司马相如也必定受到过这种情感取向的影响,并在其创作中加以展现和抒写。在其宏大壮美的《子虚赋》《上林赋》中,我们可以明显地看到:在绚丽耀眼的外衣之下掩藏着一双幽怨之眼、一个失意之魂。赋作中满是子虚、乌有、亡(即无)是公之言(即所云乃空洞虚无之词)。既然光彩的言辞是虚空的,那么真实的存在是什么呢?当然是作者深隐的那一腔幽怨和怀才不遇的失志之悲了。值得注意的是,在《子虚赋》《上林赋》中,这种真实的意绪被司马相如以一种烂漫的笔触加以表达,一定程度上掩盖了他的怨情和忧伤。他的言辞太过华美和繁复,使人们还来不及细察其中的滋味就已经迷失在炫目的光艳之中了。我们可以说,司马相如以其斑斓多彩的才华成功地掩饰了他的悲叹而迎合了帝王之心。然而,只要顺着传统辞赋的情感抒发脉络细细品读,我们便不难臆测司马相如幽深的情怀。如此解读,司马相如的怨愤和失意也就不可抑制地从他的潜意识中、从他的笔下无声地淌了出来。

我们再来分析汉人对辞赋的喜好及解读辞赋的心理取向。众所周知,在汉代,诵读辞赋蔚然成风,朱买臣即因向武帝讲解《春秋》和楚辞而得到提拔;汉武帝曾令淮南王刘安为《离骚》做注解;汉宣帝"征能为楚辞九江被公,召见诵读"。有汉一代的文人皆以作赋为能,《后汉书》记载,连贵族妇女也主动参与到了这种社会风气中来。汉人为何对辞赋一往情深?帝王的喜好姑且不究,诵读辞赋除了可以带来实际的利益外,还能培养高雅的情趣;更为重要的一点,就是汉代士子可以借助赋体的铺排渲染来痛快淋漓地抒写才情与志趣。传统辞赋的情感取向使他们的人生情怀有了一种依归。汉初的社会经济并不活跃繁华,统治者不能有足够的财力来支持物质享乐,其兴趣也并不在文化事业方面。刘邦曾一度鄙薄与轻侮文人,后来的汉景帝也不好文学。在此种情况之下,文人充分展现的机会可谓大大减少,这于文人而言是很大的失落;即便有汉武帝那样喜好文学的帝王,使一部分文人可以凭借文学才能而得到任用,可幸运儿毕竟是少数,何况进入仕途,其志未必便可实现。他们当中更多的是沉沦下僚,穷愁一生。于是,楚辞中那些抒发失意情感的文字自然能够引起士人的情感共鸣,引发出对自身遭际的感喟,心中的抑郁和悲怨亦可在辞赋的吟诵与创作中得到缓释。在这种心态中进行创作,作家岂能不倾吐或明或暗的心中隐痛?说汉人的赋作只是为润色鸿业而作,似不太可信。司马相如生活在一个"楚风"浓郁的社会之中,楚辞那种迷离彷徨、幽怨哀思的情调,岂能使一生颇多坎坷的司马相如无动于衷呢?他又怎能完全游离于屈原、宋玉、贾谊浓重的失志之悲而毫不动容?时代的普遍审美心理、士子们普遍的不遇遭际,岂能让相如熟视无睹?与他同时代的司马迁、董仲舒、班固也多愤懑郁结,志向、才能不得施展,纷纷以赋宣泄失意之叹。董仲舒有《士不遇赋》,司马迁有《悲士不遇赋》等。敏感而多情的相如,自身就具备了浪漫多情的禀性。他生于"天府之国"四川,那里优越的自然条件,富足的社会经济,较少受到儒家规范的约束,养成了他注重审美的直觉感受和天马行空的奇情异想以及热情奔放的浪漫个性。性情的毕露,社会的因素以及文人的普遍遭际,使司马相如感而多怨的意绪不可能不在其文学作品中有所抒发。《长门赋》中那股浓浓的失意和哀伤显得如此婉转而又缠绵,令人为之黯然神伤!以《子虚赋》《上林赋》论,子虚所炫耀的宫廷奢华之美,乌有所宣扬的君德之厚,都不是司马相如所赞成的,而是一种普遍的社会习尚。司马相如描绘的是一种理想的社会蓝图,而这一点是汉代的君主们无法识之、赏之并进而实践之的。在司马相如看来,大汉天子上林苑的富庶、靡丽虽然压倒了齐、楚二国游猎之盛,但一切奢华享乐都会成为虚幻,国家的强盛与君主的道德精神不足以表达他的理想政治。如此说来,相如的失意和哀怨不是很正常吗?至于天子读此赋"大悦",可能是赋作从某种角度迎合了他的享乐和颂美期待的心理罢了。

　　以自身的遭际而言,司马相如可谓饱尝了"士不遇"的失意滋味。最初,司马相如以赀为郎,在汉景帝周围任武骑常侍,随从天子狩猎,但相如意颇不自得,很有一种失意之感。于是,他以病为由辞官而去,客游于梁,作了梁孝王门下的食客。在此期间,他作了《子虚赋》。梁孝王卒,司马相如回到了四川,过了一段闲居的生活。后蒙汉武帝召举,司马相如乃作《上林赋》献之。两篇作品的写作相隔了十年之久。这么长一段时间,司马相如都是郁郁不得志的。得到天子之召,虽因感激而多溢美颂赞之词,但长期不得志的怨愤也难免有所流露。也许相如自己都没有觉察到,但这种深隐的潜意识仍不自觉地在赋作中有所显露。司马相如虽一度得到信任出使西南夷,但不久便受到弹劾而失官,后作《哀二世赋》。其文通过咏史抒发对历史兴亡的感慨,其中的感伤更是不言而喻。他作《大人赋》以讽汉武帝好仙之意,文中有云"必长生若此而不死兮,虽济万世不足以喜","乘虚亡而上遐兮,超无友而独存"。虽有长生,却无益于世,又有何喜呢?自己活得太久,往日朋友已逝,孤独无友,唯有自己独存,长生又有什么意思呢?委曲婉转地表达了自己抱负不得施展的失意感和孤独无友的哀怨之情。中国文人历来就有自比弃妇的传统,他们往往通过自拟弃妇来抒写失意之悲与幽怨之情。司马相如的《长门赋》正可如此解读。他假托一位失宠嫔妃的口吻直抒幽怨情怀,美人容妍而被弃与文士有才而不见用何其相似:那位佳人盛装以待君王,却迟迟不见君王的车辇幸临,她登兰台以望其行踪,却只见浮云四塞,天日窈冥。她绝望了,于是援雅琴以寄愁思,琴声宛转凄凉,令闻之者悲伤流泪。据《文选》载,赋前有序云:"孝武皇帝陈皇后……别在长门宫,愁闷悲思。闻蜀郡成都司马相如天下工为文,奉黄金百斤……因于解悲愁之辞。"不管此赋是否为陈皇后而作,其中的悲愁之情都是显而易见的。试想,如果没有作者的真情实感,何以能够写得如此摇荡人心、动人魂魄?相如晚年一直闲居茂陵,未被起用。他的一生虽有显达荣耀之时,但总的说来失意的时候居多。这样的人生际遇,怎能不让他发出悲怨之音?司马相如把文学视为一种生命的寄托,表现出了强烈的生命意识和追求个体人生价值的实现,把文学创作视为一种人生寄托,以精美的辞章去实现表达情感的目的,达到了词美情真的效果。可以说,司马相如大半生的失意遭际奠定了其文学作品悲怨的情感基调。和司马相如同时代的司马迁"看到了伟大的文学家和文学作品常常是在怀有崇高的正义感和远大理想的志士仁人同非正义的、黑暗势力的尖锐冲突中产生的"[1]。和同代的东方朔、枚乘等一批辞赋作家不同,司马相如谏说、论事,宗旨严正,具有强烈的社会责任感,"垂空文以自见"。所谓"空文"是指一种隐约的批评和批判,它在很大程度上是司马相如借以自我实现的方式。司马相如怀有一种高远的理想,而这种理想在现实中却不得伸展,于是失意与幽怨油然而生。司马相如身上兼具了明显的战国策士的遗风,他对社会现实的关注,对君主的时时进谏,意不自得便免官他就,均表现出了很强的独立精神。因此,他的失意与忧愤就会如屈原的怨愤一样不可遏止地爆发出来。由于社会、政治、文化以及其他方面条件的变化,文人的志向、才能难以施展,愤懑感伤郁结于心,纷纷以赋宣泄胸中

---

[1] 李泽厚、刘纲纪:《中国美学史》第1册,中国社会科学出版社1984年版,第504页。

的不平,这就构成了司马相如式的幽怨。这种情怀的抒发到了两汉时期更是汹涌奔腾,蔚为大观。在极端铺张的文学创作中,在巨丽宏肆的文风中,司马相如让一股不可遏止的失意与幽怨如地下泉水悄然流荡。读其赋作,透过他那华美的字里行间,我们能够在不知觉的状态中感受到他的失落与孤独,倾听到他在洪钟大吕乐声中那一丝幽深的叹息,看到他那划过纸张流出颂扬之歌的笔尖上的一缕愤激的震颤和顿滞!司马相如这种"意有所郁结,不得通其道"而"欲遂其志之思"的主体精神,就是一种反作用于社会压抑的主体精神。在司马相如涵盖历史而又超越现实的思想和言语的世界里,自由与真理互相支撑着塑造出不朽的精神个体。作为独立的言语者和思想者,司马相如留给后人的不仅是文章,更是人格。如果我们在两汉风骨的与世抗争性和人格独立性中,一旦抽去了司马迁言下所谓"自遂其志""垂空文以自见"的自我实现意志,抽去了司马迁以"隐约"相阐释的讽谏意识,那么司马相如赋式的思维自由和意气风发,还有什么积极的美学意义呢?当再次品味司马相如创作的华美乐章时,我们可以看到,独立的思想者,就在于敢于用大于现实的思维方式去思考历史和现实。"大于现实",就是在价值的选择上不随同于现实,也不屈从于现实,当然,也不因个人意气而嫉恨于现实。司马相如并不是一个单纯依附统治者的、完全失去了自身独立性的文人。他在作品中表现了作赋的良苦用心:一方面力图以炫人眼目的宏丽文辞极力夸饰雄阔宏大的场景,来博取好大喜功的汉武帝的欢心;另一面又在无以复加的夸饰中寄寓委婉含蓄的讽谏意图和深沉的情感隐衷。所以,读相如赋作,除了欣赏其中展现的西汉盛世气概的壮阔之音,更应该聆听千百年封建社会文人们细长的叹息。古代士人的宦达是和统治者的权力联系在一起的,汉代文学对历史机遇和个人命运的关系作了形象的展示和精辟的注解,成功者固然有成功的喜悦,失败者难免有落魄的感慨。在抒发人生的失意和抑郁之情时,虽然表达了创作主体的幽怨和不满,但罕有悲观失望的没落情调。司马相如的作品正体现了历史上升时期的这种创作特点和风貌。同时,我们在解读司马相如一类文人的作品时,还应看到其中所保留的某些儒家精神的内核,尤其是关注现实的政治热情和批判现实的清醒意识。司马相如的代表赋作皆是针对帝王的奢侈靡费等有感而发的,虽"广陈虚事,多构伪辞",但仍是"欲以为法戒"[1],"以著述当谏书"[2],充满了浓重的现实性和批评

---

[1] 曾巩:《说苑序》,见向宗鲁:《说苑校证》,中华书局1987年版。
[2] 谭献:《复堂日记》卷六。

精神。这种精神到了东汉文人的诗赋中日益强烈,而且更具有深度、广度和力度。

西汉时期的文人一方面对现实世界予以充分肯定,另一方面又幻想到神仙世界去遨游,以分享那里的欢乐。《大人赋》便是在这种风尚中产生的。许多作品出现了人神同游、人神同乐的画面。然而,后来道教的兴起和佛教的传入并没有使东汉文学走向虚幻,相反,它按照自己的规律向前发展,作品的现实性反而得到了进一步强化。总之,西汉时期的社会风尚、学术思想、传统辞赋的情感表述,以及司马相如自身的士人思想和人格的渗透,都给予了其文学创作以较大的影响。由此解读作家及其作品,我们可以感受和领悟到其中蕴藏的更深层次的精神和意义。文艺家对于生活体悟愈深,融情愈浓,对于文学或艺术的使命也往往愈看得神圣高远,愈有可能实现个人命运与人类命运的融通。同时,也只有在如此境界上的创作,才有可能表现出人类命运的共同性,真实而深刻地传达一个时代的苦难或欢愉,表达一代乃至几代人的心灵渴求。后人面对这部作品,就会对那个时代、那个环境产生深刻的理解。

在以上对"得之于内"说的探究和分析中,已使我们意识到:身心俱注的生命体验对于人生是重要的,尤其对于文艺家来说,更是一种不可等闲视之的资本。

生命体验作为一种特殊的实践活动,对于任何个体说来,都可能有自觉和非自觉之分,甚至居于自觉与非自觉之间;其情境构成,有的是以主体为主动而生成的,有的则主要是由客观原因造成的,有必然,也有偶然,其情况是极为复杂多样的,仅就形成原因和条件也难以一一准确尽述。结合大量优秀文艺家的人生历程和艺术实践经验以及"自得"说的规定内容,可以得出以下几点意见。

第一,保持赤子之心,敞开自己的心灵世界,以极大的真诚乃至全部生命去接受和拥抱生活,任情尽兴、自由自得、自在随心、"以天合天",以主体独具的性情与自然环境交接吐纳、感应沟通,直至达到物我同一、物我两忘之境,以感受得到生活的本真,体验得到万物的天趣。李白与自然直接"交流",便觉得"暮从碧山下,山月随人归";"山花向我笑,正好衔杯时"。杜甫与花鸟"相通",故有"感时花溅泪,恨别鸟惊心"的奇绝体认。他们与一花一草、一山一水,以至辽远无垠的天体交朋友,无隔无碍,托兴不浅。

第二,注重以审美的态度,任情尽兴、自由自得、自在随心、"以天合天",去感应外物,体认世界,同时实现对主体自身身心态势和生命时空的精神开拓。这一点与上述的"童心结构"相关,但又更讲求在社会化实践中,强化自身精神世界的开垦和校正。

没有实用性的社会实践活动,人的身心和整个生命体就不可能现实地生成、存在和发展,但如果只有实用性社会实践而没有精神性的特别是审美实践活动,人的身心、人格和整个生命体就很容易被自身的现实硬壳(特别是利益关系)所圈围。所以,自觉的审美实践活动对于成人是需着意强调的,即人们还必须通过利用身外的自然与身内的自然,创造一种审美的现实时空与心理时空,不断唤醒和拓宽身心的更大自由。这对以创造精神产品为己任的文艺家来说,是尤为重要的。他们须以丰富的审美期待视界和出色的审美感受能力,去面对并身心俱注地体验身外的自然。

生活中的美不是实验和探索出来的,而是存在于发现之中。"发现"意味着主体以自己的整个身心面对世界,接纳对象。文艺家的身内的自然应该是色彩的世界,是情感的世界。在其生命体验中,世间的一切,无论是天空,是海洋,是树木,是花草,甚至是一个光斑,一根线条,一串水声,都是有生命的,有感情的。"浮云游子意,落日故人情",这是诗人的发现。画家石涛观山即常常达到"山川与予神遇而迹化也"的境界。

第三,保持个性的全真至美,涵养独特的敏悟能力和一种真诚的品格,既能以极大的宽容和敏感接纳外在的世界,还能随时进入凝神入定的反观内视。这里突出的是一种沉静中的"投入",包括主体的性灵和生命意志。

所谓全身心的体验,绝非一般化的参与和经历,它要求主体更多时候不能随着人潮走,追着热点闹,而格外需要独处静察、咀嚼消化,需要静下心来,在寂寞中独行。哪怕是体验热闹,同样需关掉其他窗户,只领受生活本身的启发,而绝不是急匆匆地入伙。这样才不至于风随影从或浅尝辄止,可能获得属于自己独具的鲜活的体验。唯其如此,当一个文艺家与别人对话时才有了自己的声音,自己的意味。被称作诗书画三绝的郑板桥曾颇有感触地说:"趣在法外者,化机也。独画云乎哉?""法外"之趣达到"化机"之境,则非有独特的体验与发现不可。他在同一段文字中即记下了自己从审美体验到艺术体现的过程:"江馆清秋,晨起看竹,烟光、日影、露气,皆浮动于疏枝密叶之间。胸中勃勃,遂有画意。其实胸中之竹、并不是眼中之竹也。因而磨墨展纸,落笔倏作变相,手中之竹又不是胸中之竹也。"[①]总之,郑板桥笔下之竹是他自己体验到和发现了的竹的风姿,竹的精神。

从文艺家获得生命体验和审美发现这方面看,个性鲜明与"心灵的勤奋"(狄

[①] 郑板桥:《板桥题画诗跋集》。

德罗语)较之行动的广涉和腿脚的勤快更为重要。没有个性就没有艺术的灵气和生命,这其实从文艺家的生活——生活体验中即已见出。一个作家或艺术家若是个圆形人物或中庸之士,耐不住孤独和寂寞,面对纷扰多变的大千世界,察言观色,审时度势,患得患失,随着热热闹闹的人流涌来涌去,惯于倾听,疏于体悟,大街上的道理已占满了脑海,热闹中透着的陈腐空气已使感应的神经钝化,那么,自然很难体验到独特的东西,同时也就必然不可能构建起属于自己独有的艺术世界。所以,历来卓越的文艺家都将保持个性的全真至美和涵养独特的敏悟能力,视若第一生命。他们宁愿让历史烙上自己的个性风姿,而决不愿使自我沉沦于平庸的腐朽空气中。

第四,做大众间普普通通的一员,沉到社会生活的下层,不断用自己颤抖的心灵去感知、体验;情感上与平民大众保持一致,有勇气以自己的良知和良心直面人生。

"自得"说强调文艺家要保持童心、个性,要有独具性灵的审美感受能力,但这不是说可以遗世独立、顾影自怜,也决不是要远离烟火、清虚超拔,反之,具纯真的童心、执着的个性追求和独绝的审美能力,只有投注于对世事人生——特别是对苦难的人生的关切和体验之中,才能得到充分的展示并有所作为。杜甫的《又呈吴郎》写得十分通俗,但却格外感人,以至千古流传。诗云:"堂前扑枣任西邻,无食无儿一妇人。不为困穷宁有此,只缘恐惧转须亲。即防远客虽多事,便插疏篱却甚真。已诉征求贫到骨,正思戎马泪盈巾!"没有至深至切的体验和理解,难有此言。童心、爱心、诗心与民众之心自然合一,这正是优秀文艺家的品格、情怀。

为此,文艺家就必须到普通民众的生活中去,设身处地地感受、体验,与他们忧患与共、休戚与共,不惜个人因此招致生活的困顿和苦难——一个选择了文学或艺术的人,就需要甘于备尝人生艰苦,付出一己功利上的牺牲。

事实表明,只有与时代、民众共命运而又是用自己心灵歌唱的作家艺术家,只有吮吸丰富生活川流而获得创作血气、筋脉与骨力的作品,其发出的光和热才能照亮生活并温暖人心,才可能有强大的震撼力。在这方面,已故中国当代作家路遥即以自己的人生和创作实践,做出了生动而有说服力的注释。

第九节 "得之于内"说与巴蜀地域文化

司马相如所主张的"得之于内"说及其审美的敏感能力离不开巴蜀地域环境

第二章 "得之于内"：审美构思特征论

的影响。巴蜀之地的"四川为一完美之盆地"，"冬季寒风不易侵入，故水绿山青，气候特为和暖"，四川又是富饶的天府之国，有平原、高原、丘陵、山地、草地等地理景观及不可胜数的物产资源，形成巴蜀人多斑采文章；尚滋味；好辛香；君子精敏，小人鬼黠；多悍勇等特点。其中"尚滋味""好辛香"属饮食文化，"多斑采文章"等与楚人浪漫之风和"九头鸟"精明强悍性格气质颇为相近。蜀地山川雄伟，名山大川风光和壮阔的气势，巴蜀风情融合楚文化更显瑰丽色彩和奇幻想象。自古文人皆入蜀，且入蜀后往往诗风为之一变。"蜀门去国三千里"，环绕的奇山峻岭阻隔了封建的正统文化，使巴蜀人的个性自由不羁，从司马相如到陈子昂、从李白到苏轼等皆具相同的文化气质——放浪形骸、不拘礼法、崇尚自然、张扬个性、独抒性灵及瑰丽文采、奇幻想象等，巴蜀地域的楚文化特征颇有"自然界的结构留在民族精神上的印记"①。

　　司马相如的创作与庄子"法无贵真"和"原天地之美"的思想追求一脉相承。其热情奔放、神思飚发、自由不羁、个性张扬等可见庄子的神髓；其纵横的才气、豪放的气势、宏大的气魄又颇得苏东坡的神韵；那瑰丽奇幻的抒写又受着屈原的浸润；司马相如的赋作虽接受了中原文化的影响，但故乡传统文化的渊源仍显而易见。司马相如对自然的礼赞与崇尚大自然原始活力的楚文化、巴蜀文化紧密相通，荆楚——巴蜀文化因子赋予了司马相如赋作内在的生命力。司马相如赋作的主要意象——山川、树林，贯穿着楚文化山川、树神崇拜的原型，象征着青春、生命、力量及自由、和谐、宁静，积淀着民族文化的深层结构。可以说，司马相如推崇"自得"说，是与其放诞风流、张狂不羁的个性特征和形成其个性特征的巴蜀地域文化精神分不开的。汉时的蜀郡，尤其在西汉前期，其文化仍比较落后。至"景武间，文翁为蜀守，教民读书法令"，这里才出现了一些文化气象。而所谓"风雅英伟之士命世挺生"，"司马相如游宦京师诸侯，以文辞显于世"，从梁国归来，并且与临邛巨富卓王孙之女卓文君成婚，则是文翁在蜀立学以后的事。可见，其个性特征的形成，与文翁大量引入中原文化，兴学成都分不开。这以后，巴蜀之地的读书人受到很大的震动和激励，于是"慕循其迹，后有王褒、严遵、扬雄之徒，文章冠天下"。因此司马迁才认为，蜀地文化的发达，究其因，乃系"文翁倡其教，而相如为之师也"②。

　　司马相如具有一种强烈的大胆冲决创新进取意识的个性特征。他在《难蜀父

---

① 丹纳：《艺术哲学》。
② 班固：《汉书·地理志》。

77

老》中说:"盖世必有非常之人,然后有非常之事;有非常之事,然后有非常之功。夫非常者,固常人之所异也。"可以说,他自己就是一个"固常人之所异也"的"非常之人"。他喜欢张扬个性,狂狷鬼黠、张狂不羁、倜傥风流、自由放诞。据司马迁《史记·司马相如列传》记载,相如"少时好读书,学击剑",同时,由于"慕蔺相如之为人,更名相如"。他还当过游说之士,"客游梁",与邹阳、枚乘等"诸生游士居数岁";他在《难蜀父老》中说:"盖世必有非常之人,然后有非常之事;有非常之事,然后有非常之功。夫非常者,固常人之所异也。"

他既具有纵横家的个性特征,又具有浓厚的入世思想,想轰轰烈烈,干一番经国大业,以实现儒家的道德理想。辞赋创作则提倡创新,主张"自得"说,要求另辟蹊径,独立门庭,以引起世人注视,以利于广结天下文林俊杰,来共传济世之道。此外,他也是为了创造一个崭新的艺术美的境界。他所主张的"得之于内""得之于心",就是追求独创之品的表现。的确,汉代能文的人很多,但写得好的人却很少,而司马相如、司马迁、刘向、扬雄却是当时文苑中最享盛名的巨擘。如果他们平平常常,"与世沉浮,不自树立",那么就不可能撰写出垂范后世的杰作。可见,司马相如之所以提倡"自得",正是他自我树立的表现。

据《汉书·地理志》谓巴蜀人"未能笃信道德,反以好文刺讥,贵慕权势",这在班固笔下是贬词,但确实道出了巴蜀民风的特点。正为不能笃信道德,故巴蜀人多任情而作。可以说,强调任情适性既是巴蜀之民风,也是巴蜀文人的特点。任情适性,就是强调情感的自由表达和身心的自然愉悦,就是强调为文的真情、率直、流畅。证之古代巴蜀文学史,不难见出此特点。司马相如、扬雄、陈子昂、李白等都是显例。司马相如本为汉景帝武骑常侍,景帝不好辞赋,相如常郁郁。时梁孝王来朝,其属下邹阳、枚乘、严忌皆善辞赋,相如见而悦之,遂称病免官,游梁,为梁孝王门下客。放着皇帝的近侍不做,去当诸侯王的门客,旁人看来,此盖有悖仕宦之道。但相如为悦己者容,投奔梁孝王,只为一适情而已。至于琴挑文君、夤夜私奔,更是只能在"未能笃信道德"的蜀地才会有的壮举。嵇康,这位魏晋名士,越名教而任自然的领袖,其《高士赞》对相如表达了敬佩和赞美。文云:"长卿慢世,越礼自放。犊鼻居市,不耻其状。托疾辞官,蔑此卿相。乃赋《大人》,超然莫尚。"[1]其实无需再举例,只此一家已能说明问题。对其他文章而言,"不得已而言"是"得乎吾心",也就是要表达出内心的真情实感。在《太玄论·上》中,苏洵

---

[1] 《全三国文》卷五十二。

说:"言无有善恶也,苟得乎吾心而言也,则其词不索而获。""不索而获"就是汩汩滔滔,自然成文。在苏洵看来,《易·系辞》《春秋》《论语》这些著作皆为作者"思焉""感焉""触焉"而得,更何况抒情达意的文章呢?苏洵又说:"方其为书也,尤其为言也;尤其为言也,尤其为心也。"这显然是来自于扬雄的"心声""心画"的影响。《文心雕龙·原道》云:"旁及万品,动植皆文:龙凤以藻绘呈瑞,虎豹以炳蔚凝姿;云霞雕色,有逾画工之妙,草木贲华,无待锦匠之奇。夫岂外饰,盖自然耳。"强调自然为文,就是要情动于中而后形于言。司马说自己的赋作"得之于心,不可得而传","得之于内"其实就是对自然为文,"不得已而言"的最佳诠释。任情适性一方面是要求表达真情,另一方面是要求顺从、满足人的正常欲求;反之则是矫情戕性。

强调为人的任情适性,强调为文的抒写真情,是巴蜀文学的鲜明特征,也是司马相如赋学思想的突出内容。同时,有鲜明独特的人格个性,方有自标一格的文风。而独特的个性特征的形成又与特定的地域文化的影响分不开。司马相如主张"赋家之心,得之于内,不可得而传"就与巴蜀士人的奇异特行有关。自汉迄宋,巴蜀多一流作家,这些作家无一不以鲜明风格引起文坛注目。"务一出己见,不肯蹑故迹",不只是苏洵一人的个性而是整个巴蜀士人的群体特性。盖巴蜀本为西南夷,夷风的存留,山多水多、相对隔绝的地理环境,远离王权中心的疏离状态,都适宜培养个性的张扬。"女娲补天""蜀犬吠日",两个成语,一褒一贬,但都鲜明地折射出巴蜀人的个性。"未能笃信道德"、狂傲自放、好奇逐异,成为蜀风的标志。检诸载籍,此类文字处处可见。司马相如之"大丈夫不坐驷马,不过此桥",扬雄之淡泊自守,陈子昂之碎百万之琴,李白之使高力士殿上脱靴,薛涛之歌伎身份,苏涣之拦截商旅、劝人造反,苏舜钦之以伎乐娱神,张俞之数征不就,等等。自然,人格个性不等同于文学风格个性,但文学风格却可折射出人格个性。巴蜀士人的奇特异行与巴蜀文学的奇风异彩是有内在联系的。

总之,人总是生活在特定时空之中的。特定时空所铸造的地域文化,既受该地域诸环境的制约和影响,又同时会成为该地域的文化原型、文化范型,使生活于其中的人们自觉或不自觉地受其浸润、制约、影响。以此,巴蜀文化中的两汉先贤意识,杂学特色,异端色彩,切人事、重抒情的个性,尚节气、重操守、务出己见的蜀人士风,与三苏文学创作及文艺思想的形成具有密切的关系。

第三章

"苞括宇宙,总览人物":审美想象论之一

据《西京杂记》记载:"司马相如为《上林》《子虚》赋,意思萧散,不复与外事相关,控引天地,错综古今,忽然如睡,焕然而兴,几百日而后成。其友人盛览,字长通,牂牁名士,尝问以作赋,相如曰:'合綦组以成文,列锦绣而为质。一经一纬,一宫一商,此赋之迹也。赋家之心,苞括宇宙,总览人物。'"《淮南子·齐俗训》云:"古往今来谓之宙,四方上下谓之宇。"因之,"苞括宇宙"也就是指在赋家审美创作构思的想象活动中,能够超越时空。时间是无始无终,空间是无边无际的。刘勰在《文心雕龙·通变》中也认为"楚汉侈而艳"。这里所谓的"侈",有多、大、广的意思。如《庄子·骈拇》云:"骈拇枝指,出乎性哉,而侈於德。"陆德明释文云:"侈,郭云,多貌。"《集韵·纸韵》云:"侈,大矣。"《国语·吴语》云:"伯父秉德已侈大哉。"韦昭注云:"侈,犹广也。"同时,"侈"又有夸大、张大的意思,如《国语·吴语》曰:"以广侈吴王之心。"正是由于看出了以司马相如为首的汉代辞赋创作奇特、超现实、超时空的想象性,刘勰才准确地把握了《七发》"独拔而伟丽"、《洞箫》"穷变于声貌"、《两都》"雅赡"、《二京》"宏富"、《甘泉》"深玮"的特点。对这种特点,班固认识得也很清楚,他在《汉书·艺文志》中谈道:"其后宋玉、唐勒,汉兴枚乘、司马相如,下及扬子云,竞为侈丽宏衍之词。"这都充分说明,以司马相如为首的汉代辞赋家在辞赋创作中所追求的奇特、超现实、超时空的想象性艺术效果。

第一节 "假称珍怪,以为润色"

司马相如主张辞赋创作应充分展开想象,应"控引天地,错综古今""苞括宇宙,总览人物"。从其作品看,他的作品有一个基本的美学品格,即左思在《三都赋序》文中所指出的:"假称珍怪,以为润色。"所谓"假称"用今天的话来说就是艺术

创作的审美想象性和虚构性。

从表现对象看,司马相如赋作表面上是对现实世界的客观景物,如宫殿、园囿、山川草木等进行铺陈想象性的再现描写,但实际上是以审美想象手法表现自己构思中展开想象的羽翼,上天入地,超越时空,"苞括宇宙,总览人物",凭虚构想象所营构的艺术虚拟审美境界。在他的审美视野下,客观景物通过想象的加工,是有所选择和有所变形的,这可以从他的《天子游猎赋》等大赋中看出来。

据《西京杂记》载:"初修上林苑,群臣远方,各献名果佳树,亦有制为美名,以称奇丽"。其时,上林苑计有梨十、枣七、栗四、桃十、李十五、柰三、查三、椑三、棠四、梅七、杏二、桐三林擒十株、枇杷十株等,共约2000余种。但司马相如的《上林赋》并非一一再现这些名果佳树,而是根据赋作本身想象性的要求,"博引异方珍奇,不系于一也"①。赋中所提到的果木各类中有不少并非北地所产,如卢橘、荔枝、槟榔、黄柑、椰子等。更重要的是,《上林赋》中所提到的果木,无论是上林苑所原有的还是司马相如想象出来的都不是现实中的表象,而是一种熔铸进心灵体验的审美意象。它们"煌煌扈扈,照曜巨野",高达千仞,实叶俊茂,互相倚依,"旖旎从风,盖像金石之声,管仑之音",而且"视之无端,究之无穷"。展现在赋家眼前的上林果木已想象化、虚拟化为一种神奇而瑰丽的审美境界。

《上林赋》中的天子行宫也成为一种想象与虚拟世界的象征:"于是乎离宫别馆,弥山跨谷,高廊四注,重坐曲阁,华榱璧珰,辇道纚属,步檐周流,长途中宿。夷嵕筑堂,累台增成,岩突洞房,俛杳眇而无见,仰攀橑而扪天,奔星更於闺闼,宛虹拖于楯轩。"在司马相如笔下,这些宫殿的规模、形状、数量、色泽、功能都已成为一种力量和人物性格的外化现象,隐蕴着人类对自我力量的肯定和对自然力量的征服。这是对景物的想象性变形。最能代表《上林赋》想象性的是对时空所做的想象化构建,宋人程大昌已看到这点,他以为:"亡是公赋上林,盖该四海言之。其叙分界,则'左苍梧,右西极';其举四方,则曰:'日出东沼,入乎西陂','南则隆冬生长,涌水跃波','北则盛夏含冻裂地,涉冰揭河'。至论猎之所要,则曰:'江河为陓,泰山为橹',此言环四海皆天子园囿,使齐楚所夸,俱在包笼中。彼于日月所照,霜露所坠。凡土毛川珍,孰非园囿中物?叙而置之,何一非实!"②一座上林苑,实际是一个放大了的无边无际的想象化、虚拟化的艺术世界。

---

① 《史记索隐》引晋灼语。
② 《骚赋论》。

司马相如之后,扬雄、班固、张衡三人虽然对有意识地在作品中进行想象性、虚拟性艺术构建的相如赋作有过批评,以为作赋须"有补风规",但由于他们承袭相如大赋的表现手法,特别是受大赋这种独立的文体本身固有的艺术品格的制约,因而他们所作的大赋仍然表现出某种想象性和虚拟性。扬雄《羽猎赋》铺叙到能入水取物的越人时,说他能骑乘巨麟,出入洞穴,在水下漫游四方,甚至能用鞭子抽打洛水之神,令其给投水自尽的屈原、彭咸等人送食。他的《甘泉赋》写帝王宫殿则极言其高,上达天外,甚至"鬼魅不能逮,半长途而下颠"。这种铺写可谓"想落天外",非想象中的建构无以成其美。

班固一方面对长卿、扬雄等人的赋作给以"文艳用寡"[1]和"竞为侈丽宏衍之词"[2]的评价,另一方面又认为"斯事(指作赋)虽细,然先臣之旧式,国家之遗美,不可阙也"(《文选》卷一《两都赋序》)。在这种观念的制约下,他的《两都赋》依然秉承司马相如、扬雄大赋的"旧式",在不少地方进行了虚构处理。相比之下,张衡《两京赋》的虚构性要淡漠一些,作品的记实性有所增加。其中所铺陈到的人物和事大部分是历史事实。如"小说九百,终自虞初";"卫后兴于鬒发,飞燕宠于体轻"。而"丞相欲以赎子罪,阳石污而公孙诛",则是明指欲赎其犯法之子而反被武帝诛杀的公孙贺的真实之事。但张衡的《羽猎赋》仍然离不开艺术的想象,《文心雕龙》所引"困玄冥于朔野"就是突出一例。

不过,总的来看,司马相如赋作的艺术想象性与虚构性是非常明显的,他的赋作大都是"验理则理无可验,军饰则饰犹未穷"[3],是他观察到和体悟到的世界的想象化与虚拟化,体现了他主张的辞赋创作必须充分展开艺术想象,"赋家之心"应该"苞括宇宙,总览人物"的美学思想。

第二节 心物交融,形神相彻

司马相如"苞括宇宙,总览人物"的辞赋创作思想和中国古代的心物感应说分不开。中国古代哲人认为,人与自然万物都以"道(气)"为生命本原,人与自然万

---

[1] 《汉书·叙传》。
[2] 《汉书·艺文志》。
[3] 《文心雕龙·夸饰》。

物的关系是统一的,人来自自然,"实天地之心""性灵所钟""五行之秀";同时,人又是远远胜过"无识之物"的"有心之器",是宇宙的精神与智慧的最集中的体现。我们知道,既然能够"鉴周日月""写天地之辉光"的人与自然万物都同原共本,所以在中国人的思想意识深处,自来就存在着一种天人一源、物我一类、形神一统的观念。自觉地追求天人的契合、心物的交融与形神的相彻,这不但是司马相如所要求的辞赋创作审美境界营构中必须达到的终极目的,也是他所推崇的在辞赋创作审美活动中应该努力追求的最高审美境界。

文学艺术是创作主体的审美构思与审美想象活动的物态化,文学艺术的历史实质上是创作主体对于"宇宙""人物",即社会美自然美的领会、体验由萌生、发展到不断扩大、深入和精密化的审美活动构成。人的这种审美构思活动的进展处于一种客观的自然的历史进程。在文学发展的历史上,如果哪一位作家,凭着他的天才和劳动把这种自然历史进程由潜在的必然性变为物质的现实性,那么,他就会在文学发展的标尺上刻下自己的印记,并且他对这种自然历史进程推动作用的大小,也就决定了他所留下的印记的深刻和鲜明程度。司马相如就是在中国审美意识发展史上起了明显推进作用,从而在中国文学史上赢得了重要地位的一位作家。

司马相如真正开始了对自然界事物正面的、对象化的审美观照,体现了人们的审美视野由社会生活向外部自然环境的拓展。这在中国审美发展史上是具有开创性和标志性的。

在人类的蒙昧期,人们的意识当中,自然和社会是混沌莫辨的,因此,既谈不上对自然也谈不上对社会的独立的审美观照。进入文明期以来,随着社会斗争的激烈,社会生活的繁富,社会历史活动首先进入人们的审美领域。人们开始发现、感受、体验社会生活各个方面的美,并在作品中体现出来。以《诗经》为例,其中所反映的就有劳动创造的美,生活场景的美,狩猎活动的美,人物形象、神态、风姿的美以及更充分和大量的抒发主人公的性格和情感的美。但对自然山水的美,人们虽有所体察,却基本上处于审美意识的边缘,没有被正面置于审美观察的中心。如山川、草木、禽鸟、景观、物候等,只是被作为起兴的由头、比喻的对象运用。它们所构成的美的境界,只是作为社会生活的映衬才被感受、体验和表现。像"桃之夭夭,灼灼其华"(《诗经·周南·桃夭》)的繁盛热烈,只是与婚礼的热闹相映;"蒹葭苍苍,白露为霜"(《诗经·秦风·蒹葭》)的清爽悠远,只是与惆怅缠绕的情怀互衬;"昔我往矣,杨柳依依,今我来思,雨雪霏霏"《诗经·小雅·采薇》契合着人们的感伤;"风雨如晦,鸡鸣不已"《诗经·郑风·风雨》烘托着幽期密约的氛围。如此等等,都反映出当时的人们对自然山水只有不自觉的体验,并未形成独立的审美意识;相应的,自然环境也就没有成为正面的审美观照对象。

其后,屈原作品中对香草、林木、九嶷、洞庭的描绘,尤其是《橘颂》中对橘的刻画,无疑显示了对自然客体审美观察的深入,但其对自然万物的审美主旨仍然或是映托思绪的变化,或是寄寓某种情志,或是隐喻某种社会性现象;荀子的几篇赋,表面咏物,实为说理,谈不上审美意义;相传为宋玉所作的《风赋》,对风的观察与描写虽然生动而细致,形象而传神,但与其讽喻性内涵相比,重心仍然不在观照自然美上。

应该说,从表现域看,在赋作中描述自然山水,以《高唐赋》为其先声,而后以司马相如为首的汉代赋家所作汉赋为主体。之前赋家竭力描述自然山水之美,主要为了取悦于观赏他们作品的特定读者,如《高唐》赋极写巫山长江之美,是为楚襄王描述其父梦会高唐神女而作氛围铺垫,其"登巉岩而下望""中陂遥望""登高远望""仰视山巅"的描写,看起来好像聚天下山水胜景如一处,其实多半是想象虚构之辞,以收到惊心动魄的效果。

至枚乘《七发》,观涛一段,可以说在中国文学史上第一次通过描写雄奇瑰丽的自然景观使人在惊心动魄、目眩神摇的心理体验中感受到自然力量中蕴含的神奇壮观之美。但这只能说是人们的审美视野正面扩展到自然山水的初步阶段,人的审美意识延伸到新的范围的信息。

受此影响,在表现手法上,司马相如吸收了《高唐赋》的叙事特点,在《天子游猎赋》中就是以山川走向、江河湖泊分布、山岛洞穴等地理方位,作为全篇的结构方式,并以此总领起千奇百怪的奇异幻想,将它们纳入一个整体框架。它的叙事特征近于空间艺术,即按照东西南北四面八方的方位和顺序展开叙事,将许许多多神话片段连缀组合成一个宏大的叙事体系,创作构思及审美表达方式都是按照四面八方的方位和顺序展开穷形尽相的描绘。其《子虚赋》以楚子虚向齐王夸耀楚国900里云梦之广阔富饶,高山之险峻,江河之奔涌,皆从大处下笔;其《上林赋》亦是描写帝王花园上林苑之巨丽,描写苑中之水曰:"丹水更其南,紫渊经其北。终始灞浐,出入泾渭;酆镐潦潏,纡馀委蛇,经营乎其内。荡荡乎八川分流,相背而异态。东西南北,驰骛往来,出乎椒丘之阙,行乎洲淤之浦……"竭力夸饰山水之美。同时,他又吸取了枚乘的自然审美意识,用细腻笔触,雕画山水、人情,犹如一幅幅工笔山水画,达到了出神入化、浑然一体的境界,写出了人与大自然之间的相互依存、密不可分的关系,深化了传统的"天人合一"的自然观念。而出现在他的赋作中的自然山水还具有不同于后来诗文中的自然山水的美学风貌,特别是有别于唐诗宋词里的婉约娇媚而又优美和谐的自然山水,而表现出宇宙自然的野性、蛮荒、神秘和不驯服,气概恢弘,呈现出的是力的美,是野蛮的美,宇宙自然透露出其雄性气势和阳刚的壮美。在他的笔下,宇宙自然被人格化了,仿佛有了自己的生命和灵魂,仿佛都燃烧着生命的火焰,秉有了生命的灵性和活力。宇宙自然在那里或奔腾跳跃或呻吟呼号,或喃喃细语或咆哮暴虐,或汹涌澎湃或狂放不羁,显示出了一种久违的野性雄风,一种宇宙自然本身的强力和自由蓬勃的生命活力,同时也写出了人对宇宙自然的亲近和热爱,体现出了较强的生态意识。在这些赋中,不仅描绘了一种新的宇宙自然景观,展示了一幅幅壮美的图画,更主要的是深入揭示了人与自然环境的关系,或者说形象、生动地摹写了人与自然的关系。

因此,可以说,正是在司马相如的赋中,我们才真正看到山泽、川流、林薮、花木、鸟兽、宫观、苑囿等,皆作为审美对象化了的客体得到生动的表现。司马相如不但靠了"铺采摘文"的手段对客观事物的形态、色彩进行了"写物图貌、蔚似雕画"的描绘,收到"繁类以成艳"(见《文心雕龙·诠赋》)的效果,而且在许多地方通过丰富的想象、整齐而又有变化的节奏,"控引天地,错综古今""苞括宇宙,总览人物",表达出自然万物、宇宙大千、风云草木、鱼虫禽兽的音响、气势和动态,达到了"光采炜炜而欲燃,声貌岌岌其将动"(《文心雕龙·夸饰》)的审美境界。这样,司马相如的赋作就以其琳琅满目的物象、斑驳陆离的色彩、纷纭杂沓的音响,使人在炫目盈听之中感受到了宇宙大化富丽繁艳之美。这是司马相如在心物感应的审美构思活动中与自然景物进行沟通的心灵化、想象化的结晶。在此以前的任何文学作品中,我们都不曾获得过这样的审美感受。至此,在审美领域里,由于司马相如的开拓,使一片新的天地豁然展现在人们的面前,引得继起追踪者纷至沓来。正如萧统所说:"自兹以降,源流实繁,述邑居则有'凭虚''亡是'之作,戒畋游则有《长扬》《羽猎》之制。若其纪一事,咏一物,风云草木之兴,鱼虫禽兽之流,推而广之,不可胜载矣。"(《文选序》)

第三节　下长万物,上参天地

　　在这种"苞括宇宙,总览人物"的审美构思方式作用之下,司马相如的赋作第一次体现出人对宇宙世界整体性的审美观照,并在这种审美观照中表现出控驭外部世界的信心和力量。

　　这首先体现在他的赋作中再现对象的"博"与"富"上。在《子虚赋》《上林赋》中,他通过对具体的个别的"云梦之泽""上林之苑"的铺排描写,其实是把宇宙自然间的山川河流、虫鱼鸟兽、宫观台榭、音响美色等所谓"俶傥瑰玮,异方殊类,珍怪鸟兽,万端鳞萃",莫不毕集于墨端笔底。至如《大人赋》,则把笔触伸向远古传说、神话人物,笼括了想象中的天上世界。在此前的文学作品中,如《诗经》《楚辞》,以至贾谊、枚乘的篇章,虽对人世生活、幻想世界、客观景物,有局部、片段,一事一物、一草一木的描写,但都没有司马相如赋作中如此汇总式的胪列和总体性的再现。

　　其次,体现于他赋作中描写范围的"广"与"大"。如《上林赋》描写上林苑之广,"左苍梧,右西极,丹水更其南。紫渊径其北。终始灞浐,出入泾渭;酆镐潦潏,纡馀委蛇,经营乎其内,荡荡乎八川分流,相背而异态",等于说整个天下尽收其内了。《大人赋》中更写一个居于中州的"大人","宅弥万里"而"不足以少留",于是乎"载云气而上浮",由东至北,由南至西地畅游太空,"偏览八闳而观四荒",体验到"下峥嵘而无地兮,上寥廓而无天;视眩眠而无见兮,听惝恍而无闻"这样一个无限悠远广阔的境界。在先秦作品里,庄子设譬取喻时曾恣肆狂放地驰骋自己的想象,纵横家们曾铺陈夸张地渲染齐楚秦等煊赫的国势,屈原也曾抒发过自己登玄圃、叩帝阍的玄想,但谁也没有像司马相如这样把宇宙六合"万物众伙"作为审美的客体予以总体的观照和综括的表现。他的赋作生动、形象地体现了他所谓的"赋家之心,苞括宇宙,总览人物"审美构思活动。

　　再次,司马相如的赋作具有强烈的人文色彩,突出地显现出对于收入视野、终于笔端的万事万物皆具有一种"控引""错综""苞括""总览"、占有、支配、驱遣的力量和气势。在他的笔下,不管崇山大川多么雄奇,林木草卉多么名贵,禽鸟鳞介多么珍异,都是以一种被占有支配的形态而存在的。我们看他对狩猎场景的描写:那些貔豹、豺狼、熊罴、貙犴、野羊、罜麃、獬豸、白虎、封豕,在人们雷动猋至、星流霆击的追逐之下,无不一反其凶悍猛鸷之性,呈现出"穷极倦汛惊惮督伏"之态。不但现实的人间的事物如此,远古的天上的神仙也在任凭驱遣。《大人赋》中写大人"悉征灵圉而选之兮,部乘众神于瑶光。使五帝先导兮,反太一而从陵阳","使灵娲鼓瑟而舞冯夷","召屏翳诛风伯而刑雨师",都突现了作为统率万物的灵长的人的伟大的气魄和力量。

这种对客观外部世界作"苞括""总览"式总体性的审美观照以及观照中体现出来的信心和力量,实质上是在审美领域里对人的本质力量的感受、体验和发现。美的生成必须依靠人的审美活动去创造、去发现,离不开人的作用,审美活动的发生与进行是"由人心生",是"应物斯感",离不开创作主体的人的介入。我们知道,在中国传统美学思想看来,天地万物之中,人具有最尊贵的地位。即如《荀子·王制》所指出的:"人有气有生有知亦且有义,故最为天下贵也。"孔子也说:"天地之性人为贵。"(《孝经》)人和人类社会都是以气为本的天地自然长期衍化的结果,是整个宇宙的一部分。人与自然万物都是大化氤氲的元气所生成的,与自然万物有共同的物质本原,所谓"万物一气""天人一体"。同时,人又能通过自己的智慧和活动顺应、控制和掌握天地万物,"制天命而用之""聘能以化物"(荀子语),因而,人与自己之外的万物相比,是天地之间最为尊贵、最有价值的。"人下长万物,上参天地"①,"二气交感,化生万物,万物生生,而变化无穷焉,惟人也得其秀而最灵"②。人在天地自然中具有自身的独立性和能动性,故人能"参"天,通过主客体的交融互渗活动,以达到天人合一的宇宙境界。中国古代美学思想中这种认为人是万物中最灵最贵的思想对司马相如赋学具有很深的影响。因此,我们从其赋论中可以看出,虽然他也讲"自得",主张随心任情,但同时他更为重视审美创作活动的发生与进行中作为创作主体的人的作用,强调作为创作主体的人对天地、古今、宇宙、人物的"控引""错综""苞括"和"总览"。在这里,他着重强调了人在天地万物中的地位和创作主体在审美构思活动中的主导作用。的确,人是宇宙间一切事物中地位最特殊的,是天地的核心,"为五行之秀"。人具有思想感情、灵心妙识,由此始生成语言与文艺作品。从这里可以看出司马相如对中国古代美学思想所认为的人是万物中最灵最贵最神奇、最美的存在,也就是"有人才有美"的思想继承和改造。他不但吸取了这一思想的精髓并且把它引进到辞赋审美创

---

① 董仲舒:《春秋繁露·天地阴阳》。
② 周敦颐:《太极图说》。

作活动之中。可以说，正是在这种人为万物之灵、"天地之心"的审美意识作用之下，他才非常重视审美创作主体在辞赋审美创作活动中的地位，注重审美创作主体心理结构的建构。辞赋审美创作活动的目的是"感物吟志""体物写志""述行序志"；审美创作活动的生成则是心物交感的结果，是"情以物兴，物以情观"；而审美创作活动的进行则是主客体交融的过程，是心"随物以宛转"，物"与心而徘徊"。在这种主客体关系上，主体支配着客体，心主宰着物，是"从物出发"，又"以心为主"。人在美的生成与审美创作活动中占有核心的和主导的地位，因此，司马相如赋学思想极为重视创作主体的思想学识等智能结构的构成要素。

司马相如想象论这种对作为创作主体的人的主导地位的强调，反映了我国封建制度上升时期第一个稳定的封建大帝国，基于经济发达、版图拓展、物质丰富、国势隆盛刚形成的崇尚博大的时代精神风貌，显示了其时对人相对于自然、天道的主体地位的肯定的美学特色。同时，必须指出，西汉时期隆盛的国势及其在文化心理上所反映出来的时代精神特色并不是偶然形成、突然出现的，而是中华民族长期社会实践斗争的历史积累，是人类潜在的本质力量在长期的社会实践斗争中不断丰富、发展并逐步自我觉醒的积极结果。在鸿蒙初辟的原始时代，人类控制驾驭整个外部世界的潜在力量主要是从征服支配自然力的天真幻想中体现出来。随后，在中国随着宗法奴隶主专制制度及相应的天命神权观念的确立，人们虽然一方面在社会生产实践中创造着历史，一方面自身创造力量的自我意识却遭到否定和扼杀。其后，从春秋到战国，随着宗法奴隶主专制制度的瓦解和崩溃，人们对自身的创造力量开始有了自觉，于是有了以英雄观为表现形式的人道思潮的勃兴。经过这一时期极其尖锐、激烈、错综、复杂的社会实践斗争，终于诞生了汉代这个在中国历史上空前强盛的新型的封建大帝国，并且在其前期出现了经济的高度繁荣，物质财富的极大丰富。面对这样的社会现实，承续着先秦人文思潮的影响，这就造成了人们对自身潜在力量进一步的自觉，这就是以当时上层统治集团为代表的社会文化心理和时代精神倾向，对博大宏富的追求和能够"控引""错综""苞括""总览"、占有、支配外部世界的自得、自足、自豪和自信。司马相如生活在西汉政权发展的鼎盛时期，当然对这种社会心理和时代精神有强烈的感受，而他又是一个辞赋家，必然要把从时代、社会、历史所获得的感受转化为审美意识。这就推动他对人们自信能够主宰支配的客观外部世界作总体性的审美观照，并反过来通过这种观照赞扬和肯定能够主宰支配如此博大弘丽的外部世界的人的本质力量。

在中国审美发展史上,对客观世界做这样总体性的审美观照并借此肯定人的本质和本质力量,乃是第一次,这正是司马相如的赋作具有不朽美学价值的原因。

第四节 体物写志,神与物游

辞赋创作主体"体物写志"的创作构思活动,是通过"情以物兴","心"既"随物以宛转";"物以情观","物""亦与心而徘徊"的"神与物游"而完成的。我们说过,司马相如赋学思想的主流为强烈的天人合一宇宙意识所渗透,故而,在司马相如看来,审美创作的目的并非为个人得失,是要通过对宇宙自然生命的传达与对审美主体内宇宙奥秘的揭示,以表现审美主体于审美体验中所领悟到的人生哲理、历史意识和宇宙真谛。即如后来刘勰在《文心雕龙·宗经》篇中所指出的,古代圣人的经典著作是"象天地,效鬼神,参物序,制人纪,洞性灵之奥区,极文章之骨髓者也"。在刘勰看来,审美创作的要旨乃是以"文明"表"天地之心"。《神思》篇认为,审美创作应该达到"吟咏之间,吐纳珠玉之声,眉睫之前,卷舒风云之色",使"物无隐貌"的审美境界。故而,刘勰在《征圣》篇中"赞"曰:"妙极生知,睿哲惟宰。精理为文,秀气成采。鉴悬日月,辞富山海。百龄影徂,千载心在。"我们认为,审美创作活动中这种"妙极生知""鉴悬日月""吐纳珠玉""卷舒风云"审美境界的获得与"意象"的生成过程,也就是主体对宇宙精神的体悟和表现,以及主体自我实现的过程。目的是一个,然而要达到这一审美境界的方式和途径却有多种,其中,司马相如所强调指出的"控引天地,错综古今""苞括宇宙,总览人物"与"架虚行危"、凭空构虚的审美想象活动是两条最为主要的途径。这里先就前者来进行一些阐释和透视。

所谓"控引天地,错综古今""苞括宇宙,总览人物"在我们看来又可以分成两个层面:一是与"天地""古今""宇宙""人物"游,一是"忽然如睡,焕然而兴"的"神游"。我们知道,中国美学与古代哲学分不开,中国美学的许多范畴都是从哲学中引进的。司马相如提出的"控引天地,错综古今""苞括宇宙,总览人物"说也不例外,追溯起来,能"控引"天地,"错综"古今、"苞括"宇宙,"总览"人物的赋家之"心",也即古代哲人之所谓"思"与"心神""神明"。如《庄子·在宥》云:"解心释神。"《孟子·告子上》云:"心之官则思。"《荀子·解蔽》云:"心者,形之君也,而神明之主也。"《素问·灵兰密典论》云:"心者,君主之官也,神明出焉。"在古代哲学家看来,"心""思""神明"乃是人的思维器官,是人思想、意念、感情的通称。正由于这样,所以,后来刘勰吸收司马相如"赋家之心"能"控引天地,错综古今""苞括宇宙,总览人物"想象论的美学精神,将其概括为"神与物游"。这里的"神"与其"神思"中的"神"不同。"神思"中的"神",乃《易·系辞上》"阴阳不测之谓神"之"神",而"神与物游"中的"神"则为精神、心神,是《墨子·所染》"不能为君者伤形费神,愁心劳意"与《史记·太史公自序》"凡人所生者神也,所托者形也,神大用则竭,形大用则敝,形神离则死"中与"形"相依相托的"神"。由此,司马相如"赋家之心"能"控引天地,错综古今""苞括宇宙,总览人物"的心往神驰与刘勰"神与物游"的审美构思想象论的源头主要有两个:一是和古代哲学的宇宙意识有联系;二是和古代对人的身心关系的认识有联系。

我们先来看第一个源头。作为内涵极为丰富的美学范畴,这种能"控引天地,错综古今""苞括宇宙,总览人物"的"心""神"最初来源于中国古代哲人对宇宙世界本原及其变化发展原因的解释。在中国古代哲人看来,"心"与"神"之所以能上天入地、超越时空,能"身在江海之上,心居乎魏阙之下"主要是凭借"道""气"的作用。"道""气"是宇宙间万事万物所共有的生命本原,决定着万物自然的著变渐化与往来不穷,而"心""神""妙"则是这种生命本原作为在个体的事物中存在的体现。《易·系辞上》云:"知变化之道者,其中神之所为乎。"《荀子·天论》亦云:"列星随旋,日月递照,四时代御,其阳大化,风雨博施,万物各得其和以生,各得其养以成,不见是事而见其功,夫是之谓神。"自然万物的发展变化,日月星辰的运转周行,四时晦明的变更交替,烟雨晨暮,阴阳氤氲,和实化合,都是由于鸿蒙微茫的"神"之幻化。故而三国时韩康伯解释《易传·系辞上》"阴阳不测之谓神"一句,说:"神也者,变化之极,妙万物而为言,不可以形诸者也,故曰'阴阳不测'。"天地间的万事万物既相互对立又相互转化,其发展变化莫可形容,难以言传,皆神用无方,"神之所为"。"神"是宇宙的灵迹、天地的心源,因而也是渴望"通天尽人""参天地之化育"(石涛语),以妙合自然、畅我神思的中国艺术家所努力追求的审美境界。如宗炳就认为审美创作构思的最高境界是"目亦同应,心亦俱会,应会感神,神超理得"[①];刘勰则认为审美创作构思应追求"神思方运"之际"登山则情满于山,观海则意溢于海",要"目既往还;心亦吐纳"。在这种境界中,作为审美客体的自然万物中所蕴藉的"五常之精,万象之灵"、天地精神、神理奥

---

① 《画山水序》。

秘、美的意蕴与主体的审美情感、审美理想、生命意识相渗互应,完美融汇,从而形成梵我一如、物我一体、神应兴会、"苞括宇宙,总览人物"的高峰体验境界。在我们看来,这也就是司马相如所谓的"控引天地,错综古今",忽然如睡,焕然如兴,如癫如狂,如痴如醉,云蒸龙变,春交树花,造化在我的天机骏利、意象纷呈的审美发现与审美创造境界。

再让我们来看司马相如"赋家之心"能"控引天地,错综古今""苞括宇宙,总览人物"的心往神驰审美构思想象论之"心""神"的第二个源头。

美学之"心""神"还和中国古代心理学思想中的"心物""形神"论的影响分不开。"心"与"神",在中国古代心理学看来,就是人所具有的精神、灵魂。远古时代,人们普遍有一种灵魂不死的观念,认为身体是形,灵魂是神,人死则神存形消。古代中国也不无例外。一直到战国时期宋尹学派指出"精气"说,指出"凡人之生也,天出其精,地出其形","和乃生,不和不生"①,强调形神相生相合,才具有人的生命,明确指出精神必须依赖形体,形是神的基础,随形谢而消亡,始形成正确的形神观,并给中国古代文化思想带来了深远的影响。庄子就是基于心理学思想的形神论,本着"道""气"为天地万物的生命本原的思想,认为"精神"生成于道,而"形"则产生于精神,自然万物则依靠"形"得以相生、存在。精神决定并统帅着"形","抱神以静,形将自足","神将守形,形乃长生"②。由此,庄子进一步提出神重于形、神贵形轻的审美思想。而荀子则提出"形具而神生"的观念,认为"形"与"神"是相互依存、相互作用、不可分离的,它们之间存在着辩证统一的关系,"形"是"神"得以具体存在的物质基础,"神"则是"形"的生命和灵魂。它们中间不存在谁重谁轻、谁主谁次的关系。汉代《淮南子》的作者继承了庄荀的思想,指出:"形神气志,各居其宜,以随天地之所为。"③并且,在不否认"形"的作用的基础上,《淮南子》的作者进一步指出,没有精神的主宰与制约仅具形体躯壳,无异于丧失生命,故精神支配并决定着形体,但同时精神又依赖着形体。不但如此,在他看来,受制于形体和物质器官的精神,即"神",还具有巨大的能动作用。他说:"神则以视无不见也,以听无不闻也,以为无不成也。"④在"神"的作用下,人可"视无不见""听无不闻","为无不成"。

---

① 《管子·内业》。
② 《庄子·在宥篇》。
③ 《淮南子·原道训》。
④ 《淮南子·原道训》。

可见,司马相如"赋家之心"能"控引天地,错综古今""苞括宇宙,总览人物"的心往神驰审美构思想象论中的"心""神",正是指这种具有极大能动作用的精神;而这种"控引天地,错综古今""苞括宇宙,总览人物"、心驰神往、浮想联翩,所谓"神游"似的想象活动,就是指审美创作构思中,那种自由自在、洒脱超然、神奇飘逸和变化莫测、高标脱俗的精神构思活动,或谓"神思"活动。这乃是审美创作活动的第二层面。它是在"睹物""感物"的基础上打破了主体心灵结构原有的平衡,感物起情,因情起兴,而神思飞越,所展开的一种自由适意、超然拔俗的心灵遨游。"控引天地,错综古今""苞括宇宙,总览人物"中的"天地""古今""宇宙""人物",与"神与物游"中的"物",则和"物以貌求"中的"物"一样,是指"物象",或谓自然客观事物的外貌形象通过观象审美活动在主体头脑中存在的意中之象。郑板桥在谈到画竹的审美构思体验活动时,曾提出著名的创作构思三过程,即"眼中之竹","胸中之竹","手中之竹"①。由"眼中之竹"到"胸中之竹"的转换,就是"物以貌求"与"神与物游"中"以貌求"到"与物游"的转换过程。换句话说,就是"与物游"。而所谓"神与物游",则既是指审美境界营构活动中主体体验而后寄形骸之外,游神后穷变化之端的超然自由的审美心理状态;同时也指主体由眼前景物以为诱发审美想象的契机,由自己所观察到的万象罗立、纷纭复杂的景象"联类不穷",而生发出无数新奇独特的构想,感召无象,"纷哉万象,劳矣千想",变化不穷,并进而达到总括古今(包揽宇宙的"神游")而"神应思彻"的最高灵感境界的审美活动过程。

第五节 思接千载,联类不穷

具体分析起来:首先,"控引天地,错综古今""苞括宇宙,总览人物"规定了审美活动的开展必须从物出发。用刘勰的话说,就是审美想象活动的开展必须"窥意象而运斤",应既保持"物沿耳目",同时又表现为"思接千载""神通万里""思无定位""思无定契"。

在司马相如想象论所推举的"控引天地,错综古今""苞括宇宙,总览人物"、超然旷逸、"神应思彻"审美境界的创构活动中,受审美主体深层生命涌动所鼓荡的神思逸想离不开耳闻目睹的观象"睹物"活动中物我之间"心境相得,见相交融"审美关

---

① 《郑板桥集·题画》。

系的确立。是的,在司马相如看来,审美境界的构建,在本质上是一种心灵自由的活动。整个审美境界创构过程,则是控引"天地",错综"古今"、苞括"宇宙"、总览"人物"的心物相托感应,是"物色之动,心亦摇焉""物色相召、人谁获安",是"诗人感物,联类不穷""目既往还,心亦吐纳""情往似赠,兴来如答",是在物我、主客之间发生审美关系后,审美主体与审美对象在互联互动,互往互还,互吐互纳,互赠互答,感应沟通中所实现的双向审美变形、变化与整合的过程。这之中既包含着审美对象的审美变形,也包含着审美主体心灵境界中的情趣、想象和联想等审美变形以及这两种变形的整合。所以,万涂竞萌,规矩虚位,刻镂无形审美境界的构筑,主要表现为感性具象的心灵化和审美化。其中,审美主体穷形尽相,"窥情风景之上,钻貌草木之中",察微辨幽的"睹物""窥情""钻貌"起着极为重要的作用。

的确,司马相如所推崇的由"视之无端,察之无涯"(《天子游猎赋》)外在观照而使意有所触、心有所感并"控引天地,错综古今""苞括宇宙,总览人物"、天机骏发、心往神驰、浮想联翩、应会感神所营构而成的"万涂竞萌""物无隐貌""鉴周日月,妙极机神""神道阐幽,天命微显"的审美境界是一种超越之境。它是主体通过"控引"天地,"错综"古今,"苞括"宇宙,"总览"人物,使自我生命与客体生命的契合。它的创构需要"身在江湖之上,心存魏阙之下"似的心灵的跌宕徘徊、自由遨游,同时又离不开"视之无端,察之无涯"般的仰观俯察、观物取象。刘勰《原道》篇所说的"仰观吐曜,俯察含章",以及中国美学所谓的"仰则观象于天,俯则观法于地"[①],"仰观宇宙之大,俯察品类之盛"[②],"仰视碧天际,俯瞰绿水滨","俯仰天地间","一俯一仰之际,几与为诵"[③],等等,都是描述的"控引天地,错综古今""苞括宇宙,总览人物""神思方运,万涂竞萌,规矩虚位,刻镂无形"这种审美境界营构中的观照方式和想象活动。它一方面展示出自由想象、心灵飞跃的广阔天地;另一方面又揭示出它总是审美主体自身的生活经验和审美经验积累的产物,是审美主体长期审美实践的结晶。同时,正如我们所指出的,由于司马相如所推崇的这种审美境界的营构活动主要是主体的生命与天地自然生命之间的优游,是生命力的升腾与想象力的勃发,所以,它又是超现实、超时空的,具有强烈的超越性审美特征。

---

① 《周易·系辞下》。
② 王羲之:《兰序集序》。
③ 王夫子:《诗广传》卷二。

就司马相如"控引天地,错综古今""苞括宇宙,总览人物"的命题看,"联类不穷""万途竞萌"审美境界创构活动中的第一阶段应该是"视之无端,察之无涯",是"流连万象之际,沉吟视听之区",是"登山则情满于山,观海则意溢于海",是"窥情风景之上,钻貌草木之中"的审美直观。只有通过这种审美直观,方能实现心灵与物象之间生命的共通,使外在的审美观照转化为心灵的飞跃与洞见。我们看到,在司马相如的立场看来,宇宙自然中的万有实象都不是色彩迹线等所组成的无机物质实体,而是流转不居的有机生命形态。并且,当其在以"赋家之心"去"控引天地,错综古今""苞括宇宙,总览人物""以心求境""取境赴心"中进入审美关系,则已不是外在于人的物质实体和物理实象,而是被灌注了人的生命意义的晶莹的、大化流行的审美对象。因为即如黄侃在《文心雕龙札记》中所指出的:"以心求境,境足以役心,取境赴心,心难于照境,必令心境相得,见相交融,斯则成连所以移情,庖丁所以满志也。"在"流连""沉吟""窥情""钻貌""睹物"审美活动中,大自然和社会生活的万有形态,宇宙天地中无穷的自然物象和不息的生命勃动撞击着审美主体"意思萧散,不复与外事相关"的、宁静空明的心灵,促使主体心灵中涌起深层的活力,在专一凝神中动员起自己的审美经验、审美情趣、审美理想等去体察、印证对象的内在审美意蕴和外在审美形态,透过其表象去攫取美的底蕴。与此同时,在此基础上通过审美想象与自由心灵去穿越时空、古今,去洞见最精深的生命隐微和进行新的审美境界的构创。对于审美境界的构创,"视之无端,察之无涯"的外在观照作用于神思逸想至少有两种以上的功能:第一,胸备万物。刘勰说:"博见为馈贫之粮。""山林皋壤,实文思之奥府。"登临探索,饱游饫看,使宇宙自然中的千景万象"历历罗列于胸中",以获得对社会和芸芸万物的深切体察和体验,从而能使审美主体胸中磊落,自成丘壑。王夫之说:"身之所历,目之所见,是铁门限。即极写大景,如'阴晴众壑殊','乾坤日夜浮',亦不逾此限。"[1]是的,身所盘桓、目所绸缪能加深审美主体对生活底蕴和审美意旨的体认,增强主体对生活与自身的独特感受和发现能力,并进而能于感物兴怀的审美活动中促进主体生命力与创造力的升腾洋溢和心灵的活跃充实。第二,摇荡心旌。心灵空间的拓展与审美想象的展开离不开感物动心。所谓"睹物兴情""感物吟志"。只有"感物",才能"兴怀"。即如王士祯在《诗友诗传录》中所指出的:"当其触物兴怀,情来神会,要括跃如。"《乐记》也曾指出:"人心之动,物使之然也。"《物色》篇说:

---

[1] 《姜斋诗话》。

"诗人感物,联类不穷。"驰骛跃如的神思逸想离不开情感的推动,而情感的产生又离不开观物活动的触发。由"睹物""感物"而兴发的激情是"神游"的主要推动力。"联类不穷""万途竞萌"审美境界的创构活动是以"睹物"为出发点和基础,引发与风去并驰的神思,与鼓起超然飘逸审美想象的风帆的是观物有感而激荡于审美心胸中的真挚、强烈、深沉的情感运动。正如《乐记》所指出的,审美活动的生成"本在人心之感于物也"。陆机在《文赋》中也指出,审美活动的开展是"遵四时以叹逝,瞻万物而思纷"。所谓"挥毫当得江山助,不到潇湘岂有诗"[1]。"神应思彻""应会感神,神超理得"[2]审美境界创构活动中的浩荡之思、奇逸之想必须借助感事触物、即景生情为诱发契机。审美想象的飞翔总是与主体心灵深处波涛起伏的情感紧密相关,离开情感功能,审美想象则无法正常展开,审美境界创构中的心灵驰骋也会因此而受阻。所谓"神用象通,情变所孕"。康有为在《南海先生诗集自序》中指出:"凡人情志郁于中,境遇交于外,境遇之交压也瑰异,则情志之郁积也深厚。情者阴也,境者阳也;情幽幽而相袭,境娉娉而相发。阴阳愈交迫,则愈变化而磅礴……又有礼俗文例以节奏之,故积极而发:泻如江河,舒如行云,奔如卷潮,怒如惊雷,咽如溜滩,折如引泉,飞如骤雨。其或因境而移情,乐喜不同,哀怒异时,则又玉磬铿铿,和管锵锵,铁笛裂裂,琴丝愔愔,皆自然而不可以已者矣。"审美境界创构活动中,情数诡杂,浮想联翩,物态纷呈的时候,也是审美激情达到白热化的时候。情感炽烈,会促使审美兴致勃勃;在郁积深厚的审美激情推动下,主体才能进入"神思方运,万途竞萌""纷哉万象,芳矣千想"的审美极境,一心洞开,万象毕现,使自我的内在生命在"神游"中获得拓展。的确,"神游"是"睹物"的必然,"睹物"是"神游"的基础。"睹物"的结果必然会在主体的心灵空间引起震荡,使天地万物与主体心灵结构共同感应,物我、主客之间同条共贯,互参照,相互契合,并在此基础上通过审美视觉联想和神思活动,以激情去否则汇自然物象,陶染大千世界,从而于"妙悟自然,物我两忘"中使精神升华到无限的审美时空中去。

"控引天地,错综古今""苞括宇宙,总览人物"审美境界的创构活动,体现了司马相如审美想象论对天地自然奥运会精神的体悟特征。它要求审美主体依据"心游"这种心灵体验活动去领悟审美对象中的生命意蕴,以创造新的审美意象。它是以审美为人生的最高祈求,由物出发,由外在的即景即目激发情感升腾,开展

---

[1] 《陆游集·剑南诗稿》卷六十。
[2] 《画山水序》。

神思逸想的。这种审美境界的创构既是立足于心灵与万象浑化、物我同一、时空混整、表里贯通的"天人合一"这种审美本体观念的体现;同时又指向思绪万千、想象飞舞、自由驰骋、意象纷呈的生命运动。因而这一审美境界创构的特点是在感性自身中获得超越,既超越又不离感性。

其次,"控引天地,错综古今""苞括宇宙,总览人物"规定了超然旷逸、"万涂竞萌""应会感神,神超理得"审美境界的营构必须借助想象彩翼的飞腾。所谓"状情不状物,记意不记事,形容出造化,想象成天地"①。如前所说,司马相如审美想象论所追求的审美境界的创构是要开通心灵与物象之间的生命通道,是要"与天地精神往来"(庄子),使"神与物游",让主体的生命意识与宇宙意识同构。因此,在审美活动中,主体观照万物,心物之间应保持不即不离的心理距离,以便主体展开艺术想象,最后生成一个和谐的世界;并以个别表现一般,用局部显示全体,于有限中见无限的情与景合、意与象混的心灵境界。这种审美境界的创构,其本质仍归于想象,即如王夫之在《古诗评选》中所指出的:"想象空灵,故有实际。"而实际的审美境界的创构,又离不开"思接千载,视通万里"的空灵飘逸的审美神思。

"控引天地,错综古今""苞括宇宙,总览人物"还规定了审美体验活动必须在"睹物""与物""物沿耳目"的基础上展开"神游",以达到"忽然如睡,焕然而兴""神思畅通""万涂竞萌""应会感神"的审美境界。这种审美观念是有其美学思想根源的。如前所说,中国古代哲人认为,"道""气"是宇宙间万事万物所共有的生命本源,也是美的精义,决定着万物自然的蓍变渐化与往来不穷,而"控引天地,错综古今""苞括宇宙,总览人物""神思畅通""万涂竞萌"中所谓的"心""神"则是这种生命本原在个体事物中存在的体现。即如朱景玄《唐朝名画录》所指出的,审美活动是"妙将入神,灵则通圣"。张彦远《历代名画记》也认为,审美活动应该"穷神变,测幽微",应该"穷玄妙于意表,合神变乎天机"。和司马相如一样,他们认为,只有入神通圣,以穷尽宇宙大化的神变幽微,获得生命的奥秘,才能借审美境界的创构以表现人的心灵,传达宇宙的精神。故而,司马相如所标举的通过"控引天地,错综古今""苞括宇宙,总览人物""神与物游"以"应会感神",并以美的形式呈露冥冥中的超妙神韵的审美体验方式遂成为历代文艺家的审美理想,并形成深层民族的审美心理结构,汇合成民族审美心理源远流长的潜流,影响着中国人的审美趣味。

---

① 邵雍:《伊川击壤集》卷十八。

同时,我们说过,在中国古人看来,"神"又是人的精神。这种精神活动不受时间和空间的局限,无往而不至,可以认识和把握感觉所不能感知的事物。扬雄《法言·问神》云:"或问神。曰:'心'。请问之。曰:'潜天而天,潜地而地。天地,神明而不测者也,心之潜也,犹将测之,况于人乎,况于事伦乎!'人心其神矣乎!"这里就将"心"和"神"对举,认为"心"即"神",也就是一种精神活力。在司马相如审美想象论中,"心""神"即指包括审美想象在内的审美主理过程。如刘勰《文心雕龙》篇就指出:"心虑言辞,神之用也。""心虑"就是指一种审美心理活动,它主要是受"神"的作用。作为以审美想象为主的审美活动,它又被刘勰等美学家称作"神思"。宗炳《画山水序》就认为绘画这种审美创作活动应当"万趣融其神思"。刘勰为了强调"神思"在审美体验中的重要作用,在《文心雕龙》中专列《神思》篇。他说:"形在江海之上,心存魏阙之下,神思之谓也。文之思也,其神远也。故寂然凝虑,思接千载,悄然动容,视通万里……故思想为妙,神与物游。"在刘勰看来,"神思"这种审美体验活动是超越时空限制的,具有空间和时间的无限性。萧子显《南齐书·文学传论》也说:"属文之道,事出神思,感召无象,变化不穷。"在"神思"这种以审美想象为中心的审美活动中,主体自由的心灵上天下地,周流四极,可以吞纳山川,俯仰古今,在远近数万里,上下几千年间遨游。故而,刘勰认为,在"万涂竞萌","物沿耳目"审美境界创构活动中,主体要深入到宇宙自然的底蕴,去体验其内在之"神",以体物感神、神超理得,就必须借助神思逸想,以放之六合,敛之方寸的"乾坤万里眼,时序百年心"(杜甫)去神游于永恒中和宇宙里,以容纳万物、吞吐万物、融汇万物。进而经由"投刃毕虚,目中无全"的神应意会,将客观物象转化为主观意象,"浑万象以冥观,兀同体于自然",以达到物我一体,形越神超,应会感神,"登山则情满于山,观海则意溢于海,我才知多少,将与风云而并驱矣"的最高审美境界。杜甫诗云:"精微穿溟涬,飞动催霹雳"[1]。"溟涬"为天地初起之"气";"精微"则为鼓舞于天地之间,使其变化动静之"神"。宗白华先生解释说:"前句写沉溟中的探索,透过造化的精微机械;后句是指大气盘旋的创造,具象而成飞舞。深沉的静照是飞动的活力的源泉。"[2]是的,要创造出气韵生动,具有飞动的活力的审美境界,离不开"神远""视通"的神思逸想,必须通过"沉溟中的探索",通过神思这种自由的、不受时空限制的创造性审美想象活动,以超脱有限

---

[1] 杜甫:《夜听许十一颂诗爱而有作》。
[2] 宗白华:《中国艺术意境之诞生》。

的现实,"透过造化的精微机缄",深刻地领悟作为审美对象的自然万物内部蕴藏的"精致"之神。只有这样,才能达到"控引天地,错综古今""苞括宇宙,总览人物""大气盘旋""万涂竞萌",具象而成飞舞的心应神合审美境界。

在审美境界创构活动中,要达到"控引天地,错综古今""苞括宇宙,总览人物"的审美境界,致使"万涂竞萌""应会感神""物无隐貌",审美主体必须积极调动属于自身的、推动其精思逸想不受时空限制之"神"。这种"神"既是人类历史的积淀,又是作为审美主体的个体通过长期生活实践与审美实践所生成的特定的由审美需要、审美意趣和审美理想组合而成的一种意念系统,它往往超越意识的控制,不受时空的限制,活动自由,神奇莫测,能使主体"身在江海之上,心居乎魏阙之下,"①"居于室而见四海,处于今而论久远"②。即如《淮南子·览冥训》所描绘的:"夫目视鸿鹄之飞,耳听琴瑟之声,而心在雁门之间,一身之中,神之分离剖判,六合之内,一举千万里。"分离剖判的"神",可以使主体身在此而意在彼,可以超越主体自身所处的具体时空的局限,俯仰千载,纵横万里,弥于六合,还可以周流四极,超越物象,直接、神速地领悟到审美对象的深层意蕴。如前所说,现代审美心理学的研究表明,人的大脑的相应部位,系统地储存着大量的被多次知觉过的"刺激模式"所构成的表象,它在人的脑海中形成一种审美心理模式。当遇到一定的刺激,相应相感,则能唤起这种表象,通过神思逸想以组合并创造出带有新特点的审美意象。胡应麟说:"荡思八荒,游神万古,功深百炼,才具千钧,不易语也。"③就指出审美主体的"神思"之所以能够超越有限的时空,荡游"八荒""万古",在广袤深远的历史与宇宙中做永恒遨游,是与其平时积累分不开的。刘勰十分强调以往"积学""研阅""养气"等审美实践所形成的审美能力和创造能力对主体之"神"的培育作用。故而,他提出的"神与物游"命题中这种属于审美主体的"神"也可以看作是其所特有的一种合理的审美心理结构,或谓心灵空间。庄子说:"臣以神遇而不以目视,官知止而神欲行。"④虞世南说:"禀阴阳以动静,体万物以成形,达性通变,其常不主。故知书道玄妙,必资神遇,不可以力求也。"⑤在我们看来,这里所谓的"神遇"之"神",就是"控引天地,错综古今""苞括宇宙,总

---

① 《庄子·让王》。
② 《荀子·解蔽》。
③ 《诗薮》内篇卷五。
④ 《庄子·养生主》。
⑤ 《笔髓论·契妙》。

览人物"之神妙,其审美心态,也就是刘勰所标举的"神与物游""万涂竞萌""物无隐貌"中属于主体的"神"。它居于主体之"胸臆",能使主体在审美境界的创构中,"思接千载","视通万里","神驰八极","心怀四溟",获得透彻入神的心解"妙悟"。

再次,"控引天地,错综古今""苞括宇宙,总览人物"的命题体现了司马相如想象论以心为主,从物出发,心物交融,体物得神,天人合一的心灵体验美学特点。我们知道,司马相如所标举的最高审美境界是造化和心灵的凝合,是心"既随物以宛转",物"亦与心而徘徊",是"以心求境""取境赴心",并以此来揭示"万涂竞萌""思应神合"这种审美境界创构中的主客体关系。

在我们看来,司马相如这个美学命题至少包含有三层意思。

第一,所谓"控引天地,错综古今""苞括宇宙,总览人物"中的"天地""古今""宇宙""人物"的一个层面是就宇宙天地,万物自然而言。审美境界的构筑,从根本上说,毕竟是现实生活的折射和反映。五光十色的社会生活和自然景观,是一切形式的审美活动的源泉:只有心灵与物象、妙观与逸想、自然万物之神和审美主体生命之神的相摩相荡,交感互生才能最终实现人与宇宙的共通,达到"神应思彻"、天人合一的璀璨的最高审美境界。"物"是创构审美境界必不可少的客观条件。

第二,"控引""错综""苞括""总览"应该是针对审美创作主体而言,与审美主体的"心",和审美感受、审美想象等构思活动相关。它包括审美主体心灵合力方面的观察感受力、直观体悟力、想象创造力、理解分析力等心理要素。属于"以心求境""取境赴心"等生成与开展审美活动不可或缺的主观条件相关。"控引天地,错综古今""苞括宇宙,总览人物"的审美境界只能诞生于最自由、最充沛的"心"之中。

第三,"控引""错综""苞括""总览"强调了审美境界创构活动中主体的能动性和主导作用。在我们看来,司马相如认为,"控引天地,错综古今""苞括宇宙,总览人物"的根本目的并不在于把握自然万物的外在形态美,而在于通过神思逸想与自由的心灵去深得宇宙"妙机"之"微",去直接领悟其中的物态天趣,去体悟其中的"道",即宇宙自然的本体和生命本源。故而这种"控引天地,错综古今""苞括宇宙,总览人物"审美境域的达成实际上是心灵与"天地""古今""宇宙""人物"的契合,而不是"物"与"心"的简单相加,是主体使造化之秘与心匠所运,沉潜融汇,息息相通,最终心融于物、物融进心,心物一体,形神整合,浑然而入大化之境。唐人张璪曾经用"外师造化,中得心源"对这种审美创作构思体验活动中的主客体关系做了一个精炼的概括。宗白华先生吸收了这一审美观念,在《中国艺术

99

意境之诞生》中进一步发挥说:"意境是艺术家的独创,是从他最深的'心源'和'造化'接触时突然的领悟和震动中产生的,它不是一味客观的描绘,像一架照相机的摄影。所以艺术家要能拿特创的'秩序的网幕'来把住那真理的闪光。音乐和建筑的秩序结构,尤能直接启示宇宙真体的内部和谐与节奏,所以一切艺术趋向音乐的状态、建筑的意匠。""中国画家……直接在这一片虚白上挥毫运墨,用各式皴文表出物的生命节奏。同时借取书法中的草情篆意或隶体来表达自己心中的韵律,所绘出的是心灵所直接领悟的物态天趣,造化和心灵的凝合。"我们认为,"造化与心灵的凝合",也就是"心灵所直接领悟的物态天趣",因此,在司马相如看来,"天地""古今""宇宙""人物"与"控引""错综""苞括""总览"之"心""造化"与"心源"的地位并不是完全平等的。作为审美境界物化形态的艺术意境不是别的,可以说,它正是通过主体的"求"和"取""随物"和"与心",经过主体的"神与物游",由"心源"所熔裁、改铸和重新组合而成的"造化"。即如孟郊诗所云:"天地入胸臆,吁嗟生风雷。文章得其微,物象由我裁。"就司马相如想象论而言,审美境界的创构活动是主体自我心灵的升华和飞跃,所要达到的是向宇宙自然的整体生命"道"与"神"的投入和与自然万象契合无间的自由感兴。司马相如审美想象论所追求的这一"控引天地,错综古今""苞括宇宙,总览人物"的审美境域不是一片死寂的虚空,而是全幅生气流衍、鸢飞鱼跃的生命真境。因此,通过"控引""错综""苞括""总览"所熔铸的"物"不是"见山是山,见水是水"的杂陈物象,而是"洗尽尘滓,独存孤迥",在表里俱澄澈的一片空明中作虚灵化的表现。它是主体深刻感悟到的审美对象之"神"与主体自我之"神"的相互融合。我们曾经提及,在"天人同构共感"的深层宇宙观、自然观的支配之下,中国美学认为,天地之精神与人的生命意识是息息相通的,自然与人具有共同的本源与共同的结构。因而,司马相如认为,在"意思萧散,不复与外事相关"的审美静观中,主体可以化自然万物为生命,并融生命于自然万物,使创作主体的生命意识与宇宙意识相通相合。而审美境界创构中欲求天地万物中的风神气韵,则必须进一步"物以貌求,心以理应""遗物而观物",通过"意思萧索,不复与外事相关"超然飘逸的"神思",使"神与物游",并在"凝虑""悄焉"的心境中超越有限的现实,超越物象,在百虑腾飞、万象毕呈的兴会飙举中,使心物契合、主客相融,让主体自我的生命纳入宇宙,从而洞见宇宙,直视古今,体悟到宇宙的精神,并获得自己精神的自由,达到"控引天地,错综古今""物无隐貌""万涂竞萌"的审美境界。

第四章

"凭虚构象,架虚行危":审美想象论之二

受传统文化心理的影响,司马相如的辞赋审美思想极为注重主观体验,强调"得之于内,不可得而传"的心灵感悟,要求审美主体应在一种"意思萧散,不复与外事相关"的空明澄澈的审美心境中营构审美意象,在一种永恒超远的时空结构中"苞括宇宙""总览人物",以穷极宇宙的微旨。正是这种虚静空灵的审美态势,使司马相如审美思想在辞赋审美创作构思方面形成了"苞括宇宙,总览人物"与"架虚行危""气号凌云"、凌虚翱翔等两种主要的、极具民族特色的审美想象活动方式。前者强调"应物斯感""联类无穷",要求"睹物兴情",重视由所见而生发开去,认为审美创作主体必须感物起兴,以当下的观物为审美创作构思的契机,并由此以展开审美想象活动。对此,我们在上一章已经做过专门阐释和论述。而后者则偏重于"形在江海之上,心存魏阙之下",虽然生在当世,却可以悬想千载,洞古察今;尽管身居斗室,却可以臆测宇宙,上天入地,"凭虚构象","心生言立","穷于有数,追于无形","我才知多少,将与风云而并驱矣",要求从心灵出发而起浩荡之思,生奇逸之趣,是一种偏重于心灵构想的审美想象方式。

第一节 凭虚构象,气号凌云

据司马迁《史记·司马相如列传》载:"相如以'子虚',虚言也,为楚称;'乌有先生'者,乌有其事也,为齐难;'无是公'者,无是人也,明天子之义。故空藉此三人为辞,以推天子诸侯之苑囿。"这就是说,司马相如喜欢运用"虚言""空藉""乌有其事"和"无是人"等手法来"推"想"事""义",熔铸审美意象,表现审美意旨,营构审美境界。同时,从其赋作也可以看出,司马相如主张辞赋创作构思应充分

发挥创作主体的审美想象力,去"下峥嵘""上寥廓""视眩眠""听惝恍""乘虚无""超无友"(见《大人赋》),去"视之无端,究之无穷"(见《天子游猎赋》),以架虚行危,凭虚构象。如他的《大人赋》就通篇都是想象之辞,"世有大人兮,在于中州。宅弥万里兮,曾不足以少留。悲世俗之迫隘兮,揭轻举而远游。垂绛幡之素蜺兮,载云气而上浮。建格泽之长竿兮,总光耀之采旄。垂旬始以为幓兮,曳彗星而为髾。掉指桥以偃蹇兮,又猗抳以招摇。揽欃枪以为旌兮,靡屈虹而为绸。红杳眇以玄熐兮,猋风涌而云浮。驾应龙象舆之蠖略委丽兮,骖赤螭青虬之蚴蟉蜿蜒"。于是,这位大人"邪绝少阳而登太阴兮,与真人乎相求。互折窈窕以右转兮,横历飞泉以正东。悉征灵圉而选之兮,部乘众神于瑶光。使五帝先导兮,反太一而从陵阳。""历唐尧于崇山兮,过虞舜于九疑。""遍览八纮而观四海兮,揭度九江越五河。"入帝宫,登阆风,"呼吸沆瀣兮餐朝霞,噍咀芝英兮叽琼华。"从这种审美观念出发,因此他在辞赋创作中喜欢将神话、历史融合到描写对象之中,虚实结合,在一篇(一段)语言摹写中有铺陈,而更多的则是夸饰和架虚行危、凭虚构象的想象。如《子虚赋》对楚王校猎场面的描写:"于是乃使专诸之伦,手格此兽。楚王乃驾驯驳之驷,乘雕玉之舆,靡鱼须之桡旃,曳明月之珠旗,建干将之雄戟。左乌号之雕弓,右夏服之劲箭。阳子骖乘,纤阿为御。案节未舒,即陵狡兽,蹴蛩蛩,辚距虚,轶野马而辖騊駼,乘遗风而射游骐。"这里,专诸是古代吴国刺客,阳子是秦穆公臣,纤阿是传说中的善御者;干将、乌号、夏服分别是传说中的宝戟、名弓、劲箭;蛩蛩、距虚、野马、騊駼、遗风、游骐,都是神话或传说中的兽名。足见作者想象力的丰富。即如刘勰在《文心雕龙·夸饰》篇中所指出的:"相如凭风,诡滥愈甚。"又如刘熙载在《艺概·赋概》中所指出的:"相如一切文,皆善于架虚行危。"对其《大人赋》,扬雄曾批评说:"往时武帝好神仙,相如上《大人赋》欲以风,帝反飘飘有凌云之志。"(见《汉书·扬雄传》)刘勰在《文心雕龙·诠赋》篇中也指出:"相如赋仙,气好凌云。"当然,从传统讽谏的原则出发,"相如赋仙,气好凌云",正应了"劝百讽一"这句话,可谓适得其反。不过,若转换一个角度,能使人"飘飘有凌云之志"者,则正是相如赋仙之作善于想入非非,凭虚架危,规矩虚位,刻镂无形,抟虚成实,从而才给人以思逸神超、亦真亦幻、飘飘然生凌云之志的审美感受。

陈子昂在《修竹篇序》中批评"齐梁间诗,彩丽竞繁,而兴寄都绝";同时,形容东方虬的《咏孤桐篇》诗云:"骨气端翔,音情顿挫,光英朗练,有金石声。遂用洗心饰视,发挥幽郁。不图正始之音,复睹于兹,可使建安作者相视而笑。"长期以来,人们只在这段话中所谓的"兴寄都绝"处寻找微言大义,却忽略了其后半段的文辞意义。认真分析起来,这里所谓的"骨气端翔",与刘勰所指出的"相如赋仙,气号凌云"就有那么一些神秘而密切的联系。如果说"端"可以理解作刘勰所谓"结言端直"之"端直"的话,那么,"翔"就是对司马相如创作"赋仙"一类辞赋,任想象自由驰骋,"架虚行危""气号凌云"、凌虚翱翔的生动摹写。

司马相如认为,在辞赋创作构思中,"赋家之心",可以"苞括宇宙,总览人物"。"苞括宇宙"显然是极言艺术想象的审美包容性,具象地描述了艺术想象时空的巨大,以及艺术想象的自由驰骋。即如刘勰所指出的:"文之思也,其神远矣。故寂然凝虑,思接千载;悄焉动容,视通万里。"神妙的艺术想象可以不受时空的限制,一任心灵的羽翼,在辽阔无垠的宇宙中自由飞翔。刘勰以后,想象丰富奇特的诗人李白则用"俱怀逸兴壮思飞"来表述诗歌创作中想象的自由驰骋。"俱怀逸兴壮思飞"和陈子昂所谓的"骨气端翔",都是用飞翔的意象来描述艺术想象的自由驰骋。可见,从"相如赋仙"始,到陈子昂之作"方外十友"和李白被称为"诗仙",在中国古代特定的思想文化背景下,飞翔的意象因此而必然反映着道家或道教文化的信仰及心理,这一层意义是不言而喻的。

不过,这里需要说明的是,所有这些以飞翔意象来描述或解说艺术想象的超时空现象,最终都出自一种原因,那就是"文以气为主"的基本观念。深入分析曹丕《典论·论文》则会发现,其在文学创作与体气之间,引进了一个中介物——音乐:"文以气为主,气之清浊有体,不可力强而致。譬诸音乐,曲度虽均,节奏同检,至于引气不齐,巧拙有素,虽在父兄,不能以移子弟。"已有不少学者注意到,魏晋时期文学理论之所以好用音乐为喻,其根源还在前此元气之说[①]。"气之清浊有体"就意味着"道集于虚廓,虚廓生宇宙,宇宙生气,气有涯垠,清阳(扬)者薄靡而为天,重浊者凝滞而为地。清妙之合专易,重浊之凝竭难,故天先成而地后定"(《淮南子·天文训》)。这里的"清扬"与"重浊"之分,从深层观念上确定了元气清扬而飞翔的思维定式。由此,可以说,轻扬而飞翔、高引而升腾、意气峻爽是向上一路,慷慨激昂也是向上一路,凌虚飘缈,也还是向上一路,在这个意义上,审美想象的超时空性,最终也只能概括为令人振作奋发而使意气飞扬的审美想象,也就是司马相如所谓的"得之于内""架虚行危""气号凌云""骨气端翔"。一言以蔽之,"风清骨峻"之"行""凌""翔"也就是精神自由翱翔。独立的思想者,其最为难

[①] 张伯伟:《中国诗学研究》,见《略论魏晋南北朝时期音乐与文学的相互关系》,辽海出版社2000年版。

能可贵的精神,就在于敢用大于现实的思维方式去思考历史和现实。所谓大于现实,就是在价值选择上不随同于现实,也不屈从于现实,当然,也不因个人意气而嫉恨于现实。正因为作为独立思想者的超越意识要求创作主体决不因循于既定之价值标准,所以才有了创造性意义上的主观与客观的统一。尤其重要的是,司马相如作为独立的思想者,又是与其人格清浊的辨别意识相同一的。从这样的理解出发,司马相如的辞赋创作虽以类相从而丰富多样,但其审美想象的超迈,最终还在"虚廓"之"生气"上。

"架虚行危""气号凌云"、凌虚翱翔的想象活动与"苞括宇宙,总览人物"的想象活动是不同的,后者的"宇宙"与"人物"等,偏向于意象的显现,而"架虚行危""气号凌云"、凌虚翱翔的想象活动中的"架虚""凌云""凌虚"则象虚而物实,偏重于无中生有、虚中构实,追求在飘逸的用思中蹈虚逐无、抟虚为有,以创造意与象融的"金相玉式,艳溢锱毫"的杰作。它要求在不思不想、"寂然""悄焉"中,以"虚静"空明的心境洞见宇宙生命真谛,在精骛八极,心游万仞,神思方运中直视古今,达到无所不想其极的审美境界。"通"不是思绪的具体展开,而是心灵的自由飞跃,自致广大,自达无穷,也是深层生命意识的涌动;"枢机"方通,"关键"敞开,在无意识中让自我情愫飘逸到最渺远的所在,在追光蹑影,蹈虚逐无,"规矩虚位,刻镂无形"中完成审美创作构思活动。司马相如在写作《上林赋》《子虚赋》时,就出现"意思萧散","忽焉如睡,焕然而兴"的精神状态。受到这种诗情的鼓荡,他便快捷地完成了该赋的创作。

"架虚行危""气号凌云"、凌虚翱翔的想象活动和夸饰既有联系又有区别。刘勰说得好:"意翻空而易奇,言征实而难巧。"(《文心雕龙·神思》)创作构思中凭空想象,容易设想得奇特;语言太实在,则很难达到巧妙。艺术创作,离不开奇思妙想、异想天开。一般认为,想象是一种构思活动,夸饰是一种表达技巧。夸饰有时离不开奇妙的想象活动,例如说上林苑如何巨丽,和齐楚之国的园囿如何巨大,以至于"吞若云梦者八九,其于胸中曾不蒂芥",等等,就是借助于想象。但想象又不完全是夸饰,夸饰是以现实为基础的夸张增饰,想象则不受时间和空间的限制,"思接千载","视通万里","我才之多少,将与风云而并驱"(《文心雕龙·神思》)。"架虚行危""气号凌云"、凌虚翱翔的想象活动和"苞括宇宙,总览人物"不同;"苞括宇宙,总览人物"是依附于视听等感知觉的直观体验,是"宇宙"与"人物",即自然天地与社会生活给创作主体提供一个"联类不穷"的场所,一个"文思之奥府",创作主体在此"意思萧散","忽焉如睡,焕然而兴"向"物沿耳目""物无隐貌"、物我陶然相融、氤氲满怀的审美境界升腾;而"架虚行危""气号凌云"凌虚翱翔的想象活动则已经超越了这种境界,是在激荡中心灵自由飞跃,向更高层次上的升华,是心与象通,心灵与意象融贯,意中之象与象外之象凝聚,审美心态与宇宙心态贯通。

具体说来,司马相如辞赋创作中的"架虚行危""气号凌云"、凌虚翱翔的想象活动,就是指审美创作主体"疏瀹五藏,澡雪精神",通过"驰神运思"的心灵体验、神游默会以体悟宇宙万物间的生命内涵与幽微哲理,从而完成的"蹈虚逐无""抟虚成有"的审美构思虚拟想象活动。刘勰《文心雕龙·神思》篇说:"夫神思方运,万涂竞萌,规矩虚位,刻镂无形。登山则情满于山,观海则意溢于海;我才之多少,将与风云而并驱矣。"在《隐秀》篇中又说:"夫心术之动远矣,文情之变深矣,源奥而派生,根盛而颖峻。"在《养气》篇中说:"纷哉万象,劳矣千思。"从这些论述中也可以看出,司马相如"架虚行危""气号凌云"、凌虚翱翔的想象活动,其"架虚""凌云""凌虚"中所凭借的就是刘勰"规矩虚位,刻镂无形"的"神思"中所谓的"神"。这种"神"是指一种自由的精神。有时刘勰也用"神理",或者用"神道""神明""神气""千思""心术之动"等来表述。而所谓"规矩虚位,刻镂无形"的"神思",就是指审美创作主体于"从容率情,优柔适会"的空明虚静的心境中,一任自由平和之心灵跃入宇宙大化的节奏里,以"穷变化之端",去"穷于有数,追于无形""源奥而派生""神道阐幽,天命微显";在刘勰看来,"规矩虚位,刻镂无形"的"神思",是去体悟"道(气)"这种自然万物的生命本原,领悟宇宙天地间最为神圣、最为微妙的"大音""大象"以及"大美",从而表现为达到"万物为我用""众机为我运""寄形骸之外""俯仰自得""理通情畅"的审美境界的一种心灵体验方式。这种心灵体验方式的最大特色是"规矩虚位,刻镂无形",追虚捕微,抟虚为实,即如桓谭《新论》所指出的:"夫体道者圣,游神者哲,体道而后寄形骸之外,游神然后穷变化之端。故寂然不动,万物为我用,块然之默,而众机为我运。"又如嵇康诗《赠秀才参军》所云:"目送归鸿,手挥五弦,俯仰自得,游心太玄。"在我们看来,所谓"游神""游心",也就是"规矩虚位,刻镂无形"的"神思"中的"神通"。

在中国古代哲人看来,作为宇宙万物生命本原的"道",是不可能通过感知觉以把握到的。《文心雕龙·征圣》篇说:"天道难闻,犹或钻仰。"《文心雕龙·夸饰》篇说:"神道难摹,精言不能追其极。"创作主体要在创作构思活动中把握并领悟深藏于自然万物深层内核的"道"这种生命真谛,则必须借助于心灵。《文心雕龙·知音》篇说:"心之照理,譬目之照形,目瞭则形无不分,心敏则理无不达。"人凭借感知觉能把握客观事物的形状,而对蕴藉于形状之内的"理"也即生命本原"道"的把握,则只有依靠心灵之光的映照。"心敏则理达","神用则象通"。佛教教义云:"神道无方,触象而寄。"佛教所揭示的人生真谛就有如道家所谓的"天地有大美而不言""可得而不可见""可传而不可受"。"神道无方",它是宇宙自然生命节奏和旋律的表现,故不许道破,不落言诠,而是要将这种"神道"也就是人生真谛、宇宙之美,也即佛理即"神道"与佛像浑融一体,借助佛像以表现佛理即"神道"的庄严、崇高,及其生命奥秘,从而把佛教具象化、生动化,以产生巨大的感染力。因此,这种佛教效应并不仅仅限于对佛教塑像的敬畏,以及由此而来的顶礼膜拜;也不仅仅限于对佛理的图解。就佛理所揭示的人生真谛与宇宙之美来说,它还要指向更高处,即取"象"外之义。这是因为,佛家以超脱为旨归,不执着于物象,而认为"四大皆空,一切惟识",故贵悟不贵解,以"求理于象外"。这种象外之理,能启人深悟,但不易为言语所表述,人们只有凭借心灵的俯仰去追寻与体悟,于空虚明净的心态中让自己的"神"与象外之理汇合感应,从而使心悟到这种象外之理,也即宇宙间无言无象的"大美"。相传当年佛祖释迦牟尼在灵山聚众说法,曾拈花示众,是时众皆默然,唯迦叶尊者破颜而笑,默然神会。此即佛在心内,不在心外,故不假外求,不立文字,世尊拈花,迦叶微笑,只可意会,不可言传的"求理于象外"、假象以通神的典型事例。这种假象以通神,而神余象外的审美观念,在六朝绘画美学思想中较多。如宗炳强调"神超理得";谢赫则提出"取之象外";刘勰则吸收这种思想到文学审美创作中,提倡"思表纤旨,文外曲致""文外之重旨""义主文外""情在辞外"(《文心雕龙·隐秀》),并提出审美创作体验应"凭虚构象,气号凌云""架虚行危,凌虚翱翔"。正是受此影响,后来遂形成唐代诗歌美学思想中的"象外"说,如贾岛的"神游象外"、皎然的"采奇于象外"、司空图的"象外之象"、"超以象外,得其环中',等等。可以说,刘勰所提出的"凭虚构象,气号凌云""架虚行危,凌虚翱翔"说是中国审美心理学史上最早从审美创作的角度来对神象关系学加以论述的命题。

第二节 架虚行危,凌虚翱翔

具体分析起来,司马相如辞赋创作中任想象自由驰骋,"架虚行危""气号凌云"、凌虚翱翔的想象活动所规定的基本内容又可以分为"驰心于玄默之表"与

"神游象外"等两个层次。其第一个层次是"驰心于玄默之表"(《文心雕龙·隐秀》)。所谓"玄默之表",指极为沉静地深思,玄默:深沉静默;表,意为末端,形容思考深入。故而"驰心于玄默之表"又可以看作是"使玄解之宰,寻声律而定墨"(《文心雕龙·神思》)。"玄解之宰",意指懂得深奥生命真谛的心灵。它要求审美创作主体"游心内运",在"寂然凝虑""悄焉动容"中"驰心"于自己内心世界的深处,去沉思冥想,以参悟本心。《文心雕龙·情采》篇说:"心术既形,英华乃瞻。"《文心雕龙·隐秀》篇说:"心术之动远矣,文情之亦深矣。又意之士,务欲造奇,每驰心于玄默之表。"这些地方所谓的"心术""心术之动""驰心于玄默之表",在我们看来,也就是"游心内运"。萧子显说:"蕴思含毫,游心内运,放言落纸,气韵天成。"①李世民说:"收视反听,绝虑凝神。心正气和,则契于妙。"②他们都指出,创作主体在进行审美体验时,必须脱身而出,"绝虑凝神",在空灵明静的心境中审视、体验自己心中的意绪和情感。"心以求境","万涂竞萌";"收视反听","以意授于思","言授于意",反身内求,通过心灵的内运以反观无意中记忆下来的、潜移默化在"玄解之宰""玄默之表",即心底深处的意识,使那些先前有了的在心中活动的处于朦朦胧胧的表象,以及"被长期保存在灵魂中,长期潜伏着"的意识,"脱离睡眠状态"③,"锐思于几神之区"(《文心雕龙·论说》),"驱万涂于同归,贞百虑于一致"(《文心雕龙·附会》),从而在意识深层获得一种无上的喜悦和美感,"我才之多少,将与风云而并驱矣",以体悟一种平日苦思不得的人生哲理,使审美创作构思"枢机方通,则物无隐貌",进而达到"众物之表里精粗无不到,而吾心之全体大用无不明矣"④的最高审美境界。在刘勰看来,通过这些,创作主体则可以"规矩虚位,刻镂无形",从无而得有,因虚而见实,虚构出现实中不存在而又能表现现实的新颖独特的意象。可以"图状山川,影写云物"(《文心雕龙·比兴》),"高谈宫馆,壮语畋猎"(《文心雕龙·杂文》);创作出"腴辞云构,夸丽风骇"(《文心雕龙·杂文》)的审美作品;还能够以"虬龙喻君子,云霓譬谗邪",创作出"惊采绝艳,难与并能"(《离骚》)的杰作和"移山跨海之语""倾天折地之说"(《文心雕龙·诸子》)的神话。也就是说,通过"驰心于玄默之表"这样的心灵体验活动,促使自由心灵飞跃,创作主体就可以超越具体时空的束缚,上下千百载,

---

① 萧子显:《南齐书·文学传论》。
② 《唐太宗论笔法》。
③ 伍蠡甫:《现代西方文论选》,上海译文出版社1983年版,第185、186页。
④ 朱熹:《大学章句》第五章。

司马相如赋的美学思想与地域文化心态 >>>

纵横亿万里,大至整个宇宙,小至草木鱼虫;实则拟于万物,虚则悬测鬼神;显即雕镂山川,隐则洞烛幽微,任意驰骋,无比活跃,珠玉吐纳,风云卷舒。

所谓"入兴贵闲","架虚行危""凭虚构象""驰心于玄默之表""锐思于几神之区",让主体之"神"内"通"之先,创作主体必须"意思萧散""忽焉如睡""不与外事相接",以保证心灵的自由专一。即主体应该放松紧张的心理,清心静虑,"清和其心,调畅其气",使创作主体"无务苦虑""不必劳情",既为主体敏锐地捕捉自己心理细微变化的创造条件,又能够为心灵积极主动、兴奋活跃构筑出必要的心境。刘勰在《文心雕龙·神思》篇中说得好:"神居胸臆,而志气统其关键;物沿耳目,而辞令管其枢机。枢机方通,则物无隐貌;关键将塞,则神有遁心。是以陶钧文思,贵在虚静,疏瀹五藏,澡雪精神。"这种"贵在虚静"的审美心理势态,即使在创作构思的进程中也极为重要。《文心雕龙·神思》说:"方其搦翰,气倍辞前;暨乎篇成,半折心始。何则?意翻空而易奇,言征实而难巧也。是以意授于思,言授于意;密则无际,疏则千里。或理在方寸,而求之域表;或义在咫尺,而思隔山河。是以秉心养术,无务苦虑,念章司契,不必劳情也。"就强调指出"意思萧散""忽焉如睡""不与外事相接",保持宁静的构思态势在审美创作活动的重要作用。王昌龄说得好:"夫作文章,但多立意。令左穿右穴,苦心竭智,必须忘身,不可拘束。思若不来,即须放情却宽之,令境生。然后以境照之,思则便来,来即作文。"[①]现代审美心理学认为,在紧张的审美构思活动中,由于神经系统负责诱导规律的作用,使构思兴奋中心周围的神经活动受到抑制,从而导致主体思路的狭窄,并且在现时的思路之内又并没有问题的答案,因此,这时就应该放松紧张的构思,让周围处于抑制状态的神经区域恢复兴奋,这样一来,就可以保证有更多的相关记忆表象在无意识中活动,为兴会的到来提供信息。所谓"人闲桂花落,夜静春山空"。没有"人闲",就不可能体验到"桂花落"这种空灵静寂的审美意趣;同理,如果没有心境的静谧澄澈,也不可能体悟到似"春山"一样空灵透彻、精微神妙的意境。因此,要"驰心"到"玄默之表",沉潜到意识的底蕴,灵心内运,精思入神,以洞达天机,就得忘形忘骸,以进入无物无我的空明澄清的审美心境,才能在静静的反观内求中,促使潜意识活动,以再度唤起过去储存的种种带有内心情感的表象,获得妙悟心解。

要实现"架虚行危""凭虚构象""驰心于玄默之表""锐思于几神之区"还离不

---

① 王昌龄:《诗格》。

第四章 "凭虚构象,架虚行危":审美想象论之二

开"寂然凝虑","悄焉动容",疏通"枢机",开理"关键"。这种"寂然""悄焉",沉寂宁静,思考专一,梳理开通支配心灵自己飞跃的关键,使内心通畅,精神净化的心理活动,又称之为"秉心""率志",保养"玄神",资养"素气","清和其心"。"驰心于玄默之表"或谓"收视反听"又称"内视反听"。董仲舒说:"故聪明圣神,内视反听,言为明圣;内视反听,故独明圣者,知其本心者皆在此耳。"①《史记·商君列传》云:"反听谓聪,内视之谓明。""纷哉万象,劳矣千想",天地间万事万物是纷纭复杂的,千百度思考这些现象十分劳神,只有通过"秉心率志",即"内视反听",才能"知其本心"。刘勰在《神思》篇中说:"秉心养术,无务苦虑。"在《总术》篇中又说:"……因时顺机,动不失正。数逢其极,机入其巧,则义味腾跃而生,辞气丛杂而至。"由此可见,"收视反听"也就是"秉心养术"或"秉心率志",就是把外向的耳目等视听感官转化为内向,"秉心"以听自己的心声,观自己的心象,"因时顺机,动不失正",这样,"则义味腾跃而生",意象纷至沓来。从现代审美心理学理论的视角来看,"驰心于玄默之表"或谓"收视反听",则是要求主体通过心气平和的心境,使"理融而情畅""从容率情,优柔适合",以让自己的构思指向内心深处,注意接收来自潜意识的信息,让那些潜在的或半潜在于"玄解之宰"的意识在主体"率志委和","清和其心","使刃发如新,腠理无滞",气脉畅行无阻,"无扰文虑,郁此清爽"的细微精密的内省中涌现出来,于"义味腾跃而生","才英秀发,驭飞龙于天衢,驾骐骥于万里"(《时序》)"兴会"心理中,以帮助审美创作主体更加深入地认识自己幽邃的心灵。同时,主体亦只有通过"秉心养术""收视反听"来感悟生命奥秘,始可能在进一步的审美创作构思中,以更强烈的烙印着主体意识的情感渗透于客体之中,进而使客体幻化为主体,再由主体转变为客体。如金圣叹所描述的:"人看花,花看人,人看花人到花里去,花看人花到人里来。"(《鱼庭鱼闻》)。虚中也说:"心合造化,言含万象。且天地日月草木烟云,皆随我用,合我晦明。"②从而促成审美创作主体之"神"与审美对象之"神"经过"写气图貌,既随物以宛转;属采附声,亦与心而徘徊"的相互作用与相互融汇,以达到"焕然若兴"的审美境界。陆机在《文赋》中曾对这种审美心灵体验过程做过生动形象的描述,他说:"其始也,皆收视反听,耽思傍讯,精骛八极,心游万仞。其致也,情瞳昽而弥鲜,物昭晰而互进,倾群言之沥液,漱六艺之芳润,浮天渊以安流,濯下泉而潜浸。于是

---

① 《春秋繁露·山川颂》。
② 《诗学指南·流类手鉴》。

沉辞怫悦,若游鱼衔钩而出重渊之深;浮藻联翩,若翰鸟缨缴而坠曾云之峻。收百世之阙文,采千载之遗韵。谢朝花于已披,启夕秀于未振。观古今于须臾,抚四海于一瞬。"显然,陆机也推崇心灵体验,并且在这里,陆机的这段话可以说是对司马相如"架虚行危"、凭虚构象式审美体验的生动说明。他把审美创作构思活动中的"架虚行危"、凭虚构象、"驰心于玄默之表""秉心养术"式心灵体验分为相对的三个阶段:第一,"其始也",放松意识活动。"耽思傍讯",增强心灵的"穿透力",静思默会,"收视反听","秉心养术","率志委和","万虑一交",以促使主体精神的自由往来和心神的悠游驰骋。第二,"其致也",则是"枢机方通",心灵摆脱常规思想的束缚,自由搏击,在空明的心境中"秉心""游心",进行自我体验,并发现心灵的扩射,原来潜沉着的表象交互重叠,渐趋明晰,纷至沓来。最后,"沉辞怫悦"。以形象的语言,把在审美体验中的独特感受用物态化形式表现出来。从这段话中,我们也可以看到司马相如所推崇的"架虚行危"、凭虚构象这种审美体验的重要特点:即通过"意思萧散""忽焉如睡",在保持清明、虚静的心态中,让心灵超越现实时空,"寂然凝虑,思接千载,悄焉动容,视通万里",超越显在意识而进行的以"神""心"为主的遨游和自我体验。其中"意思萧散"与"忽焉如睡"对自我体验的实现起着极为重要的作用。

"架虚行危""气号凌云"、凌虚翱翔的想象活动是由主体的内在生命之力所释放的积极的艺术意绪,受自我"志气"的支配,有着强烈的自我意识。《神思》篇说:"神居胸臆,而志气统其关键;物沿耳目,而辞令管其枢机。"这里的"志气"就是创作主体的审美理想与审美情趣,是主体自我心灵的内质。刘勰之后,符载说:"遗去机巧,意冥玄化,而物在灵府,不在耳目。"①郭若虚也认为:"气韵本乎游心。"②审美体验中通过"情往似赠,兴来如答"所体悟到的审美对象的内在生命,实际上是由主体灌注进去的,并由此而使对象具有一种灵趣和生命。此即所谓"登山则情满于山,观海则意溢于海"。因此,在"架虚行危"、凭虚构象、凌虚翱翔式审美体验中,自然界的一花一石一草一木都能够成为审美主体,"物以貌求,理以心应""澄怀味象""游心极目""陶钧文思"的对象,并与"道(气)"相通。普洛丁说:"美是由一种专为审美而设的心灵的功能去领会的。"③又说:"只要一件事

---

① 《观张员外画松石序》。
② 《图画见闻志》卷一。
③ 《西方美学家论美和美感》,商务印书馆1980年。

第四章 "凭虚构象,架虚行危":审美想象论之二

物还外在于我们,我们就观照不到它,然而当它进入内在时,就会影响我们,但它只能是作为形式的内在才得以通过眼睛,否则怎能通过眼睛的窗口?"①这里所谓的"眼睛"则是指存在于审美创作主体心中的"内在的眼睛"和"内在感官",或阿瑞提所说有"申觉"。心理学的研究表明,人的大脑两半球可以产生"回忆表象"。在人们感知事物的过程中,在关事物的刺激作用在人们的第一信号系统内形成一定的暂时神经联系,因而,以后在条件刺激的影响下,特别是在词的直接影响下,人们的第一信号系统就可以把这种当时并未影响人们的任何分析器的事物形象创作出来。这就是"想象表象"。张载说:"若以闻见为心,则只是感得所闻见。亦有不闻不见自然静生感者,亦缘自昔闻见,无有勿事空感者。"②这里所谓的"昔闻见"就是"回忆表象";而"不闻不见自然静生感者",则是在"回忆表象"上所产生的"想象表象",或称"内在的眼睛"与"内在感官"。刘勰则称之为"玄解之宰""玄默之表",人们往往凭借它弥补见闻之知的不足。故张载说:"天下不御莫大其心,故思尽其心者,必知心所从来而后能。"③这也就是司马相如美学思想在强调"苞括宇宙,总览人物"式审美体验的同时,还提倡"架虚行危"、凭虚构象、凌虚翱翔式审美心灵体验的理论基础。既然"架虚行危"、凭虚构象、凌虚翱翔式审美体验是以主体为主,是主体将自然生命渗透到对象之中,去体悟审美对象的气足神完,"体物写志""宛转附物,怊怅切情",在灌注自我生命中发现对象的生命,"以心求境,取境赴心",从而达到主客一体的心灵活动,以表现"文外曲致""言外重旨""超以象外"、色尽情余的审美境界。那么,注重自我观照,通过自我观照以探求内心蕴藏的"真宰",使"博而通一,亦有助乎心力",以"综述性灵,敷写器象",强调主体应该对自己的心灵有一种"内窥力","驰心于玄默之表""秉心养术""收视反听""游心内运",就显得极为重要。只有依赖于无意识或"玄解之宰"中的表象,即"当时没有作用于感觉器官的对象和现象在头脑里产生的映象",它"是对过去的知觉进行加工和概括的结果",它的"生理基础是留在大脑两半球皮层上的过去兴奋的痕迹,在刺激物的影响下在大脑皮层上的神经联系恢复起来产生的映象"④。通过反身内求,"秉心率志",使这些潜藏在脑海或"玄解之宰"中的回忆表象,经过重叠而形成心理结构的再结合,不但了解它们的层次、侧面和方位等表层

---

① CH·L·H·Nibbrig:《美学史料读本》,西德 Suhrkamp 出版社 1978 年版,第 44 页。
② 《语录上》。
③ 《正蒙·大心篇》。
④ 波果斯洛夫斯基等:《普通心理学》,人民教育出版社 1980 年版,第 235 页。

111

关系,而且进而窥见其中的"潜在项",由此才能达到对生命意蕴的真正领悟。对这一心灵体验过程,司马相如以后的中国古代美学家又称之为"妙悟""心悟"和"入神"。王世懋说:"使事之妙,在有而若无,实而若虚,可意悟,不可言传。"①徐渭则说:"填词如作唐诗,文既不可,俗又不可,自有一种妙处,要在人领解妙悟,未可言传。"②项穆也说:"是知书之欲变化也,至诚其志,不息其功,将形著名,动一以贯万,变而化焉,圣且神矣。噫,此由心惜,不可言传。"③王士祯则运用禅宗所主张的"道由心悟"④,佛在心内,不在心外,因而应不假外求,不立文字,完全靠心解神领、顿悟成佛的思想来解释这种自我体验的审美活动。他说:"其妙谛微合,与世尊拈花,迦叶微笑,等无差别,迺其解者,可语上乘。"⑤这些见解和刘勰在《神思》篇中所说的"至于思表纤旨,文外曲致;言所不追,笔固知止。至精而后阐其妙,至变而后通其数。伊挚不解言鼎,轮扁不能语斤,其微矣乎"的观点一样,他们都认为"架虚行危""气号凌空"、凌虚翱翔、"驰心于玄默之表""秉心养术""游心内运""心视反听"这种"内窥力"在审美创作构思活动中具有极为重要的作用。

总之,在司马相如的赋学思想看来,审美创作主体通过"博学综理""洞明字学""趣幽旨深""博学于文"等生活的孕育和学识的积累,经过审美的追求和审美心理结构的强化,经过多次审美实践,使储存在内心深处的回忆表象不断积累和化分、化合,成为"嵯峨之类聚,葳蕤之群积""意态情性之所聚,天机之所寓,悠然不可探索者"⑥,然后才可能进入"架虚行危""气号凌云"、凌虚翱翔的想象活动,因而,在审美创作构思中,作为个体的创作主体,则应"秉心养术""锐思于几神之区""驰心于玄默之表""游心内运",反视内探,以使"味飘飘而轻举""驭飞龙于天衢,驾骐骥于万里",让内心深处掀起并涌现出"异代接武""古今合力"的表象波澜,通过此,"参伍以相变,因革以为功",以引发那种既是种族进化的沉积物,又是成为整合心理素质的遗传和延伸的"虽旧弥新",属于主体个体的"潜能"。如谢徽所指出的:"冥默觏思,神与趣融,景与心会,鱼龙出没巨海中,殆难以测度。"⑦刘勰在《文心雕龙·总术》篇中则说:"因时顺机,动不失正。数逢其极,机入其巧,

---

① 《艺圃撷余》。
② 《南词叙录》。
③ 《书法雅言·神化》。
④ 《坛经·宣召品》。
⑤ 《带经堂诗话》卷三。
⑥ 练安:《金川玉屑集》。
⑦ 《缶鸣集序》。

则义味腾跃而生,辞气丛杂而至,视之则锦绘,听之则丝簧,味之则甘腴,佩之则芬芳,断章之功,于斯盛矣。"心海或"玄解之宰"里这种"鱼龙出没""义味腾跃""辞气丛杂",有的是清晰意识,有的是潜意识,有的则是明而未融的半潜在意识。当这些被压抑、被埋没的"绵绘""丝簧""甘腴""芬芳",即潜意识或前意识,在"秉心""游心"中,被此时创作主体新的刺激模式激活过来,就会排着队,像开了闸的水一样涌出来,而"规矩虚位,刻镂无形","方其搦翰","暨乎成篇";而"吟思俊发,涌若源泉,捷如风雨,顷刻间数百言,落笔弗能休"①。此时此刻,主体"我才知多少,将与风云而并驱矣",以达到"凭虚构象,气号凌云""架虚行危,凌虚翱翔"式审美体验发展到最高潮时的豁然开朗的审美境界。

当然,所谓"架虚行危""气号凌云"、凌虚翱翔的想象活动,也并非是脱离现实的不着边际的虚玄想象,它需要"玄解之宰"中的回忆表象与自然物象为领悟生命真谛的源泉和起点。此即所谓"物以貌求,心以理应""拟容取心,断辞必敢"。但与此同时,"凭虚构象,气号凌云""架虚行危,凌虚翱翔"说更强调"神游象外",或谓"神思",要求传神写意,讲求超越感官,依靠心灵体悟,"使玄解之宰,寻声律而定墨,独照之匠,窥意象而运斤",去体验审美对象中所蕴藏的深厚隽永的审美情趣。正由于此,遂形成司马相如"凭虚构象,气号凌云""架虚行危,凌虚翱翔"说的第二个层次的内容。宗炳说:"应会感神,神超理得。"②司空图说:"超以象外,得其环中。"③徐祯卿说:"神越而心游"④。他们都注意到了"架虚行危""气号凌云"、凌虚翱翔的想象活动的这一特点。

应该说,"架虚行危""气号凌云"、凌虚翱翔的想象活动所凭借的"神",在先秦典籍中就已经出现了。《易·系辞》说:"知机其神乎。"《荀子·天论》也说:"不见其事而见其功,夫是之谓神。"由此可见,凡是"不见其事而见其功",即看不见,摸不着,却能确实知道其作用的一切自然的、社会的、思维的微妙深奥的活动,都可以称之为"神"。后来的刘勰就正是在这个意义上使用"神"这个概念来描述审美创作构思中,那种微妙奇特的"架虚行危""气号凌云"、凌虚翱翔的想象活动的。《神思》篇说:"文之思也,其神远矣!……吟咏之间,吐纳珠玉之声;眉睫之前,卷舒风云之色,其思理之致乎!"就指出了主体通过"神"这种自由的精神所进

---

① 《缶鸣集序》。
② 《画山水序》。
③ 《二十四诗品》。
④ 《谈艺录》。

行的"架虚行危""气号凌云"、凌虚翱翔的想象活动,是一种激荡、高妙的审美体验过程,"其神远矣"!它可以身在此而心在彼,由表及里。它能使主体不受身观限制,超越现实时空,停止感官知觉,凝神妙思,悠游于心灵所独创的时空之中。在时间上,主体的思绪可以一无阻碍地飘逸到最渺远的所在,悠游到过去、未来,在追光蹑影、踏虚逐无中完成审美创作体验活动;在空间上,主体的心神可以迥出天机,随大化氤氲游荡,窥见四荒八极,而意象纷呈。所谓"驱万涂于同归,贞百虑于一致"。宗炳曾提出"万趣融其神思"的命题来概括表述审美创作构思活动中心灵体验的特征。刘勰在《文心雕龙》中则立专篇来论述这一审美构思现象,把"神思"作为审美创作思想中的重要范畴来加以发挥和运用。所谓"神思",实际上就是"凭虚构象,气号凌云""架虚行危,凌虚翱翔"。这在审美构思中极为重要。作为"神游"的审美对象是宇宙万物,这是一个繁复多样、扑朔迷离、深邃广漠、奥秘混沌的世界。即如《诠赋》所指出的:"草区禽族,庶晶杂类。"同时,中国古代哲人认为,生成这一大化世界的生命本体是"道",而"道"即先天地而生的混沌的"元气"。人们必须凭借心灵的体验通过"心斋""坐忘",以整个身心沉潜到宇宙万物的深层结构之中,始可能超越包罗万象、复杂丰富的外界自然物象,体悟到那种灌注万物而不滞于物,成就万物而不集于物,是宇宙旋律及其生命节奏秘密、深邃幽远的生命之"气"(道),"触兴致情,因变取会",揭示这一统摄万事万物的宇宙精神。并且,从司马相如赋审美心理学所推崇的这种"凭虚构象,气号凌云""架虚行危,凌虚翱翔"审美体验的目的来看,就是要通过此以领会宇宙间"自然之道"的深刻意蕴,以描绘出自然万物在阴阳二气盛衰消长下生成、发展、转化、和谐的宇宙图式。这当然只能由心灵感悟,"凭虚构象,气号凌云""架虚行危,凌虚翱翔",即前面我们提到的刘勰在《文心雕龙·神思》篇所谓的"思表纤旨,文外曲致,言所不追,笔固知止。至精而后阐其妙,至变而后通其数,伊挚不能言鼎,轮扁不能语斤,其微矣乎!"故而只能采用所谓世尊拈花,迦叶微笑,不假外求,不立文字,只可意会,不可言传的"神游""秉心""驰心"式审美体验,从而才能体悟宇宙生命的本原,以达到"触兴致情,因变取会"的审美境界。

如上所述,司马相如赋创作中所体现出的"架虚行危""气号凌云"、凌虚翱翔的想象活动是一种心象活动,是刘勰《文心雕龙·神思》篇所说的"规矩虚位,刻镂无形"。通过这种凭虚构造、抟虚成实而熔铸成的形象,刘勰则称之为"意象"。《文心雕龙·神思》篇说:"使玄解之宰,寻声律而定墨;独照之匠,窥意象而运斤。"这里所提出的"意象"和上面所提到的"思理为妙,神与物游"中韵"物"不同,

第四章 "凭虚构象,架虚行危":审美想象论之二

它属于心灵虚象,是"胸中之竹"到"手中之竹"的过渡,起着将胸中之象化为手中之象的桥梁作用。意象的活跃能使抽象的精神获得生命的形式,即"象";同时又能够使客观现实成为心灵化的审美意蕴,即"神"。在情感的制约和心灵飞跃的作用下,"驱万涂于同归,贞百虑于一致",达到"神"与"象"的融会贯通,使"博而能一","以少总多,情貌无遗";这就是"架虚行危""气号凌云"、凌虚翱翔的想象活动。在这一心灵化体验过程中,所谓的"凭虚构象,气号凌云""架虚行危,凌虚翱翔"中的"虚",其中的实质内容应该是一种"神游场";"凭虚构象"中的"虚""象",即是指"大象"。"架虚行危""气号凌云"、凌虚翱翔的想象活动中的"意象",经过创作主体心灵的"独照",成为包含主体自我意识和审美情趣的审美意象。这种审美意象的生成可能受某一事物的激发,也可能是心灵的综合。它是在某种情感和情绪的激荡之下,从"架虚行危""气号凌云"、凌虚翱翔的想象活动中铸造出来的,故而,它既是意中之象,又是象外之意;它的象能通神,而又神余象外。从中透射出来的是一片明净洞澈的审美心境。这就是"文外曲致""言所不追"的"象外之旨"。可见"架虚行危""气号凌云"、凌虚翱翔的想象活动,就是融会贯通,"凭虚构象,气号凌云""架虚行危,凌虚翱翔",也就是"神"与"象"融会贯通、密合无间。神融汇于意象之中,意就是神的显现。而神熔化了象,给象以灵魂,使其生气潇注;象显现着神,神象浑融,是司马相如审美思想所推崇的审美构思体验的极致。

同时,凭虚构象,还离不开情感的灌注。即如刘勰所指出的,"抟虚成实"还得"情变所孕"。"神居胸臆,而志气统其关键","关键将塞,则神有遁心"。所谓"志气"是指属于主体的性气情志。审美创作体验是主体情志的自然流露,受其才力情志的支配。"凭虚构象,气号凌云""架虚行危,凌虚翱翔"之"凭虚"为主体心灵的表现,而情感则是人的心灵的内质,神的表现是由情感变化所造成的,主体的审美构思活动,包括感知、想象、理解,无不受情感的制约,故而主体的情志是审美创作构思中"凭虚构象,气号凌云""架虚行危,凌虚翱翔""神思方运"的"关键"。《文心雕龙·附会》篇也强调指出,审美创作构思"必以情志为神明"。

是的,"凭虚构象,气号凌云""架虚行危,凌虚翱翔"所谓的"凭虚"离不开"情变所孕"。所谓"情以物迁,辞以情发""情往以赠,兴来如答""谈欢则字与笑并,论戚则声与泣偕"。尽管"凭虚构象,气号凌云""架虚行危,凌虚翱翔"是"规矩虚位,刻镂无形",是"夸饰在用,文岂循检""言必鹏运,气靡鸿渐"(《文心雕龙·夸饰》),是"酌奇而不失其贞,玩华而不坠其实"(《文心雕龙·辨骚》),但它也需要

情感的伴随,需要"情变所孕"。在"凭虚构象,气号凌云""架虚行危,凌虚翱翔""神游象外"式审美体验活动中,主体要让自己进入纯精神领域,"秉心率志""驰心于玄默之表",去"游心于淡,合气于漠",就应当创造出一个平和宁静的心境,才能够让自己在"神游"中进入洞见宇宙,直视古今,游心于无穷,并达到无所不至其极的审美境界。这种超旷的态度,也是一种旷达之情。它是一种"寂然""悄焉""迹在尘壤,而志出云霄"的自由超脱情感。它来源于审美主体高尚的人格和对宇宙、社会、人生的深切理解,故也可以说是由此而采取的乐观豁达的人生态度。既然"凭虚构象,气号凌云""架虚行危,凌虚翱翔"式审美体验是一种心灵体验,一种神思,那么,即如朱自清所指出的:"所谓神思,所谓玄想之兴味,所谓潜思,我以为只是三位一体,只是大规模的心的旅行。"①那么,要促成"大规模的心的旅行",促成这种心灵体验的进行,就须得创作主体对现实人生具有一种乐观、超旷的情感态度,使形成特定的心境,以便心灵的自由往来。袁枚说:"诗如鼓琴,声声见心。心为天籁,诚中形外。我心清妥,语无烟火。我心缠绵,读者泫然。禅机非佛,理障非儒。心之孔嘉,其言蔼如。"②有什么样的情感,就有什么样的心境,并由此决定所应采取的审美体验方式。只有超越世俗物欲与生死痛苦的羁绊,在精神上与现实物质世界保持一种距离感,不粘不脱,不即不离,才能增强心灵的穿透力,通过"神游象外",使主体在精神上缩短与自然万物的距离,进而接触到宇宙大化的生命意蕴,最终使心灵的脉动与自然的律动和谐一致。

此外,这种"架虚行危""气号凌云"、凌虚翱翔的想象活动具有超越时空的无限广阔性。《神思》篇说:"形在江海之上,心存魏阙之下。"又说:"寂然凝虑,思接千载,悄焉动容,视通万里。"马荣祖说:"神游无端。"③都表明"神游象外"有时空上的无限性。通过"神游象外",主体可以在审美构思活动中"想入云霄之外,作者神魂飞越,如在梦中"④,"其境界皆开辟古今之所未有,天地万物,嬉笑怒骂,无不鼓舞于笔端,而适如其意之所欲出"⑤。它可以超出"常情""常理"之外,可以"凭虚""神游"于象外,以俯仰古今,上天入地,周流四极,而空灵超隽。杜甫诗云:

---

① 《朱自清文集》,第247页。
② 《小包山房诗集》卷二十。
③ 《文颂·神思》。
④ 李渔:《闲情偶寄》。
⑤ 叶燮:《原诗》内篇。

"乾坤万里眼,时序百年心。"①就形象地表明了"凭虚""神游"式审美体验,"超以象外"、变化开阖、出奇无穷的无限广阔性的特点。

但是,这种"架虚行危""气号凌云"、凌虚翱翔的想象活动虽然微妙难测,无所不思,无所不想,可是由于进行这活动的主体是人,因而"凭虚构象""神游象外""神游无端"也必然受人的生理、心理以及生活逻辑的制约。心理学认为,人具有社会属性,人的生理的机能、生理的需求,是社会人的机能和需求,与人的社会属性相关联。人的心理也是在不断的劳动实践中进行而成的,是人的内在的社会规定性,它必然影响并规定着人的生理机能和需要。审美活动是人自我实现的需要,当然也离不开社会的制约与规定。在审美创作构思中,主体的"凭虚构象,气号凌云""架虚行危,凌虚翱翔"与"神游象外"既超越生活,又扎根于生活。"精骛八极,心游万仞"的始动力是"应物斯感"。通过此,主体能动地创造着另一种生活,即"第二自然"。同时,它又受动于生活,必须遵从生活的逻辑。"神与物游",在"志气"的作用下,超越感官,去体悟生活的真谛与宇宙大化中所隐含的、内在的生命意义。这是"架虚行危""气号凌云"、凌虚翱翔的想象活动的又一个重要的、根本的特性。

第三节　有无相生,抟虚成实

司马相如"架虚行危"、凭虚构象的想象论,其思想生成的根源可以追溯到老子美学的"有无相生"论。在老子美学范畴系列中,"无"是同"妙""气""道""玄"等属于同一层次的。所谓"常无,欲以观其妙"的"无"是对"天地鸿蒙、混沌未分"之际的命名,为宇宙天地的本初形态,故"无"实质上又是"有"。同时,在老子生命哲学中,"无"和"道"又是相通相同的(《老子》二章),故而他又指出:"天下万物生于有,有生于无"(《老子》四十章)。所谓"有生于无",老子自己对此做了解释,他借用具体事物为喻,说:"三十辐共一毂,当其无,有车之用。埏埴以为器,当其无,有器之用。凿户牖以为室,当其无,有室之用。故有之以为利,无之以为用。"(《老子》十一章)车、器、室都由于形成了特定的空间才有其特定的作用。老子看到空虚不等于零,有形之物都离不开无形之虚,而后才有其价值,于是老子得

---

① 《春日江村》五首之一。

出了"有之以为利,无之以为用"的一般性结论。对此,王弼注解得极为精妙,他说:"有之所以为利,皆赖无以为用也。"世上的事情多与此相似。老子说:"大音希声;大象无形,道隐无名。"(《老子》四十一章)王弼注云:"物以之成,而不见其成形,故隐而无名也。"这也就是说,五音之成赖于希声之大音,众象之成赖于无形之大象。这也是以无为本的实例。推而广之,在无为与有为的关系上,无为为本,有为为用。老子说:"天地不仁,以万物为刍狗;圣人不仁,以百姓为刍狗。"(《老子》五章)通常人们只看到仁爱的好处,岂不知正是天地的自然无为,才成就了万物的生长繁衍,圣人的无为而治,才成就了百姓的自然发展;若是天地有意于仁,必不能遍仁,圣人有意于爱必不能遍爱,故无为方能无不为。通常人们喜欢居前,积财,争功,亲仁义,美忠孝,尚智巧,逐于强力,厚于生生,依于法令。老子认为这些都是本末倒置,其结果必然是适得其反,欲益之反害之;还不如采取居后、节俭、不争、尚朴的人生态度,处无为之事,行不言之教,这才是守母归根之举,而能真正进入人生极高境界,获得成功。

老子将道体与道用的辩证关系概括为"反者道之动,弱者道之用"(《老子》四十章)。换句话说,就是生活的真理存在于对立的相互依存和相互转化之中,大道的现实功能依赖于柔弱的阴性而发生作用。在这样一种主阴贵柔的思想指导下,老子形成了自己独特的逆向思维模式,其特点在一个"反"字上,看重事物反面的性质,善于在对立之中思考问题和解决问题。在老子看来,自然万物是相反相成的,看起来完全对立的事物,实际上是相得相依的。如"有无相生,难易相成,长短相形,高下相盈,音声相和,前后相随"(《老子》二章),这是一类共时存在的矛盾,失去一方则另一方即不存在。并且,物极必反,任何事物对立的两极都是相通的。一物之中包含着否定性的因素,当该物发展到极点时,否定性成分变为主导,该物便转化为自身的反面。如:"金玉满堂,莫之能守。富贵而骄,自遗其咎"(《老子》九章),"五色令人目盲,五音令人耳聋,五味令人口爽,驰骋田猎令人心发狂,难得之货令人行妨"(《老子》十二章),"企者不立,跨者不行。自见者不明,自是者不彰。自伐者无功,自矜者不长"(《老子》二十四章),"甚爱必大费,多藏必厚亡"(《老子》四十四章),"天下多忌讳,而民弥贫;人多利器,邦家滋昏;人多伎巧,奇物滋起;法令滋彰,盗贼多有"(《老子》五十七章),"祸兮,福之所倚;福兮,祸之所伏","正复为奇,善复为妖"(《老子》五十八章),"民不畏威,则大威至"(《老子》七十二章),"兵强则灭,木强则折"(《老子》七十六章),等等。在老子看来,否定性在事物发展和转化中起着决定性的作用,否定是内在的,当事物的发展失去控制时,否定便要逞其威风。既然对立事物总是向着自己相反的方向转化,那么为了达到正面的目标,就必须从反面入手,走迂回的路。如"圣人后其身而身先,外其身而身存"(《老子》七章),"曲则全,枉则直,洼则盈,敝则新,少则得","夫唯不争,故天下莫能与之争"(《老子》二十二章),"以其终不自为大,故能成其大"(《老子》三十四章),"将欲歙之,必固张之;将欲弱之,必固强之;将欲废之,必固兴之;将欲取之,必固与之"(《老子》三十六章),"道恒无为而无不为"(《老子》三十七章),"天下难事,必作于易;天下大事,必作于细。是以圣人终不为大,故能成其大"(《老子》六十三章),"合抱之木,生于毫末;九层之台,起于累土;千里之行,始于足下"(《老子》六十四章),等等。正是这些由反入正的一系列命题,构成了老子的事物间既相对立又相互汇通、相互统一的思想体系,其核心就在于从积极的方面正确运用事物转化和否定原理。老子已经看到,事物转化是有条件的,如果人能主动接纳它的否定因素,进行局部的及时的不断的自我否定,不使自身的行为失去控制,那么就可以使事物的否定性转化在自身内部进行,不会引起根本性的变化和异质性的丧失。事物的运动,最终都要回到当初的出发点,而这个出发点就是清虚渊深的大道。老子说"万物并作,吾以观复。夫物芸芸,各复归其根,归根曰静,静曰复命。复命曰常,知常曰明","知常容,容乃公,公乃全,全乃天,天乃道,道乃久,没身不殆"(《老子》十六章)。老子认为天地之间的万事万物,都是生生不已、不断发展变化的,其发展变化是"复",即向静态复归,因为有起于虚、动起于静,所以万物最后归于虚静,然后才能得生命真谛和人生的奥秘。人如果能知道"有""无"相生、"反"即是"正""虚""实"如殊途同归之理,则必然能够包容而无所不通,合于自然,同于大道,则可以超越个体生命的有限。不难看出,这里已经包孕着"架虚行危""凭虚构象"、虚实结合,乃为艺术之极境的意蕴。

第四节 "架虚行危"与黄老仙人观念

司马相如凭虚构象、"架虚行危"的想象论还与其时的"黄老"学与仙人观念分不开。汉代经学的发达,帝王的尊儒,表面上看来,好像是以儒家思想为代表的,可是事实方面却不尽然。因为汉代经学专注在训诂方面,所以真正的儒家思想中心却因之消沉,试看一代经学家,并没有在思想方面有所发明的。儒家思想消沉,道家思想就潜在地发展起来,甚至于表面上是经学,实则是道家思想掺杂在

119

其中。皮锡瑞在《经学历史》中指出:"汉有一种天人之学,而齐学尤盛,伏传五行,《齐诗》五际,《公羊》《春秋》,多言灾异,齐皆学出。《易》有象数占验,《礼》有明堂阴阳。"因此,方士神仙之说,在汉非常盛行(方士神仙之说之所以盛行,另一原因是汉代上下富庶,如武帝之徒,做了皇帝,还不满足,想做神仙;神仙之念起于帝王,方士之说因之而盛),信道的人也很多。武帝一生曾竭智尽虑地求仙觅道,这样的行为,却不知受了多少方士的欺骗。他和文帝、窦后、景帝、宣帝等都信"黄老"。主上在上倡导,于是学者、民间也多闻风响应。所以汉初"黄老"之学极盛。《汉书·淮南王安传》云:"亦欲以行阴德,拊循百姓,流名誉,拼致宾客方术之士数千人,作为《内书》二十一篇,《外书》甚众,又有《中篇》八卷,言神仙黄白之术,亦二十余万言。"

仙人思想是灵魂不灭观念发展到较高阶段的产物。最初的灵魂不灭是以祖先崇拜的形式表现出来,原始先民因恐惧死亡,而祈祷祖先让新生命不断到来,以维持整个聚落组织的存在。这是一种群体意义上对生命延续、生生不息的要求。进入阶级社会后,阶级分化、贫富差距的日益加剧使统治者越来越脱离民众,群体意义的"生"所涵盖的范围也越来越缩小,直至个人。"大概在(西周)穆王时,个人祈寿逐渐萌芽","到共王时典型的祈寿体例始称完备"。共王以降,向祖先祈请个人长寿渐成为贵族的习尚①。对生的关怀由群体转移到个人,是仙人观念萌发的前提。

先秦时期,大约在西周末年,在古人的观念中人间寿命开始与天神产生关联。到春秋晚期,这种关系在社会各阶层得到普遍建立,人们对生命终极来源的认识因之"从原先的祖神转到天"②。同时,我们注意到代理天掌管人间生死的专职神——"司命"出现了,洹子孟姜壶③、《周礼·大宗伯》《礼记·祭法》《楚辞·九歌》等都记载了对司命的祭祀,显示出司命地位的尊崇和信仰地域的广泛。

春秋时期,百家争鸣,培养了人们敢于质疑、敢于想象的创新思维,观念的更新速度大大加快。所以,洹子孟姜壶上记载齐侯"用璧、两壶、八鼎"等去巴结"大司命",而此后相去不足30年的齐景公则心驰神往地问晏子:"古而无死,其乐若

---

① 杜正胜:《从眉寿到长生——中国古代生命观念的转变》,载《(台湾地区)中央研究院历史语言研究所集刊》,第66本第2分,1995年。
② 杜正胜:《从眉寿到长生——中国古代生命观念的转变》,载《(台湾地区)中央研究院历史语言研究所集刊》,第66本第2分,1995年。
③ 时代约在齐庄公(公元前553年-公元前548年)。

何?"(《左传·昭公二十年》)从完全听命于天到试图摆脱天对生命的控制,意味着一次巨大的思想飞跃。要不是晏子从既得利益的角度反驳"无死",齐君的求仙实践想必不会晚到威、宣时期。

到战国时,仙人思想已颇具声势,其体系大致可理为两大脉络。

一是活人成仙术,包含服食药饵、行气导引、房中术等方术。这些方术主要受古老的物精观念的启示,试图获取多精的物品或设法将精聚少成多,并被人所吸收,从而达到成仙不死的目的。

服食药饵,就是寻找或制造出大量含精的物品以供服食。战国时期,"制造"这一途径尚不彰显,求仙者致力于"寻找"。最著名的范例是寻找不死药,此法流行于燕、齐地区。齐威王、宣王时,"使人入海求蓬莱、方丈、瀛洲",觅"诸仙人及不死之药",后来燕昭王也仿效之,但均"终莫能至"。原因是"三神山者,其传在渤海中,去人不远……未至,望之如云;及到,三神山反居水下。临之,风辄引去。"[1]

行气导引,即所谓"吹嘘呼吸,吐故纳新,熊径鸟申","此道引之士、养形之人、彭祖寿考者之所好也"(《庄子·刻意》)。行气,就是使人体器官与自然界相沟通,吸纳天地之精气,通过调理内息蕴于己身。导引,则与人们的动物崇拜观念很有关系,意在仿动物屈伸之法,求动物之神性而长寿,可能是受了《山海经》中"不死民"的启发。此不死成仙之技发展于楚地。

二是死后成仙构想,是在庄学"生死一体"思想的影响下产生的。

《庄子》内篇诸文对庄子之思想方法或证道功夫屡有点示,如"其神凝"(《逍遥游》)、"吾丧我"(《齐物论》)、"心斋"(《人间世》)、"坐忘"(《大宗师》)等。《大宗师》中还以大段文字对"古之真人"的特点做了详细陈述,并指出了由"外天下""外物""外生",至"朝彻""见独""无古今",而达"不死不生"的一系列修道功夫。此法所倡导的是一种"绝世离俗"的生活,要想不死成仙就必须离开人间世,"出六极之外,而游无何有之乡"(《应帝王》),所以,《楚辞·远游》也称成仙为"度世",即从"此世"过渡到"彼世"[2]。

庄子后学对"生死一体"进一步诠释,《达生》曰:"世之人以为养形足以存生,而养形果不足以存生,则世奚足为哉? 虽不足为而不可不为者,其为不免矣。夫

---

[1] 《史记·封禅书》,中华书局1959年版。
[2] Ying-shih Yu,"Life and Immortality in the Mind of Han China", Harvard Journal of Asiatic Studies, Vol. 25, 1964−65. 余英时:《中国古代死后世界观的演变》,见《中国思想传统的现代诠释》,台北联经出版事业公司1987年版。

欲免为形者，莫如弃世。弃世则无累，无累则正平，正平则与彼更生。"这里，认为生（养形）不如死（弃世），由生到死实际上是从"生的世界"到"更生的世界"，这种新的"度世"提法巧妙地化解了前一种提法无法证实的困境，将"死"解释为"更生""成仙"，就可以在现实生活中加以操作。把人们常识中的"鬼途"与"仙途"结合起来，把"死亡"作为"成仙"的一个中间环节，增强了新说的迷惑性和号召力。提出新说的庄子后学们可能已具有方士的身份，赖此以吸引更多的信众，而不愿走庄子那种孤芳自赏的道路。

据《史记》中《秦始皇本纪》和《封禅书》记载，秦始皇首次接触的仙人思想是28年东巡途中齐人徐市所呈的海上神山觅仙求药之方。对这一预先不曾料及的事件，始皇起初还抱有几分观望、怀疑的态度，"自以为至海上而恐不及"，但他对求仙产生了兴趣，还是"遣徐市发童男女数千人，入海求仙人"，结果"船交海中，皆以风为解，曰未能至，望见之焉"。望得见却拿不到，无意间挫伤了自信到狂妄的始皇的自尊心，越是不成功越要做下去，求仙活动从此一发而不可收。29年，秦始皇再次东巡，登芝罘，希望有所收获，又未果，令他对齐地方士大为失望。

齐地方士的不成功并没有让秦始皇意识到海上神山觅仙求药之方的不可行，所以，兜售同样仙人思想的燕地方士接踵而来。32年，始皇的第三次东巡，弃齐地而径奔燕地，来到渤海西岸的碣石，派燕人卢生求仙人羡门、高誓，又派韩终、侯公、石生求仙人不死之药。始皇此次寄予的厚望已非先前那种试试看的心态，"秦法，不得兼方，不验，辄死"，燕地方士不敢再用"风大船不能至"之类的借口来搪塞，而只好寻求其他方法来拖延时间。于是"亡秦者胡也"的谶语被捏造出来，挑起了一场秦对匈奴的战争。

到始皇帝35年，卢生仍然奉献不出不死仙药。这时候我们注意到仙人思想不同流派间开始相互交流。卢生所献的"真人方"，就套用了楚地不死成仙思想的一部分内容。他对始皇说："臣等求芝奇药仙者常弗遇，类物有害之者。方中，人主时为微行以辟恶鬼，恶鬼辟，真人至，人主所居而人臣知之，则害于神。真人者，入水不濡，入火不热，陵云气，与天地久长。今上治天下，未能恬淡。愿上所居宫毋令人知，然后不死之药殆可得也。"始皇遂不称"朕"，而自谓"真人"；又令200里咸阳宫以复道、甬道相连，帷帐遮蔽，使人莫知其所在。卢生要从仙人思想的其他流派中寻求缓兵之计，可见他对如何应付始皇的仙药之询早无良方。卢生是燕地方士的代表人物，他的黔驴技穷无疑反映了燕地方士的普遍困境和感受，因而，我们推测房中术也在这段时期被献给始皇。不久，燕地方士终于无计可施，为保命,卢生约同侯生逃之夭夭,标志着齐、燕不死药成仙思想实践上的破产。

在不死成仙思想中,一途是寻求不死药,已经屡次失败了;二途是房中术,效果也是遥遥无期;三途是行气导引,凝神忘我,苦修养精,却是秦始皇无法身体力行的。他实践楚地死后成仙思想正是这种情况下的无奈选择。

经秦始皇求仙实践的整合与导向,西汉早期的仙人思想进一步发生变化。仙人思想突破原来的地域和流派界限,交叉相融并外延,方式方法不断得到丰富和扩展。

汉初,不死成仙的各途径都有了新发展。在服食方面,明确了仙人的食物,李少君言"安期生食巨枣",这也是从以前的飘渺虚无向现实转变。

然而,不死成仙思想最为重要的变化还不是这些,而是在方士们深深染指政治的过程中所引发的政治思想的异化。史籍上明确记载方士干政是从秦始皇时代开始的。"燕人卢生使入海还,以鬼神事,因奏录图书,曰:'亡秦者胡也'。始皇乃使将军蒙恬发兵三十万北击胡。"(《史记·秦始皇本纪》)卢生献谶言的目的是通过挑动战争来分散始皇的注意力,以减缓始皇对他们求仙的督促。进入汉代,这种方士伪托谶言对政治活动施加影响的行为被继承下来。汉文帝对改正朔、易服色、敬神明之事感兴趣,就有鲁人公孙臣预言"汉当土德,土德之应黄龙见";又有赵人新垣平私做手脚,然后预言有人献"人主延寿"玉杯。武帝时,更有一批方士富贵至极,一时间"海上燕齐之间,莫不……自言有禁方,能神仙矣"。

司马相如显然受黄老思想中这种成仙观念的影响,并由此激发而形成了其"架虚行危""凭虚构象"、凌虚翱翔式的想象活动。如他在《大人赋》中就凭借超奇的想象,以昆仑山系为依托将神、仙之境分为四界:"西望昆仑之轧沕荒忽兮,直径驰乎三危。排阊阖而入帝宫兮,载玉女而与之归。登阆风而遥集兮,亢鸟腾而一止。低回阴山,翔以纡曲兮,吾乃今日睹西王母,皬然白首,戴胜而穴居兮,亦幸有三足鸟为之使,必长生若此不死兮。"对应起来,上界即"太帝之居""帝宫",为天神所居,在最高山的上方;中上界即"悬圃之山""三危",为天仙所居;中下界即"凉风之山""阆风",为地仙所居;下界即"昆仑之邱""阴山",为冥仙所居。西王母居于下界的"昆仑之邱",亦即"阴山"(《大人赋》)。"黄老"之说之所以能给司马相如的辞赋创作以很大的影响,第一,道家主自然,与文学有一息相通者。因为积极之士,大概都归入儒家而研究经学了,而像司马相如这样致力于文学的人,其心态是闲逸消散的,故其思想,易流入道家;反过来说,道家思想易与文学接近,因此道家思想盛行,自然给司马相如的辞赋创作带来了很大影响。第二,道家思想是超逸的,而像司马相如这样的文人,大都为失意之士(因为失意之士,易发为感慨之作——文学作品——而成一文学家),抑郁愤激,发为文辞,往往是出世的,故易与道家通。既与道学接近,当然受其影响也深了。第三,以上讲的,道家与文学接近而未及赋,为什么道家的影响不深入于散文或诗,而独使赋益臻昌盛呢?那是因为道家之学重阴柔,而赋乃是软性文学,因此相互关系,当然其互相影响,较散文和诗就来得大了。第四,另一方面,也即因为道家宗老庄,而老庄生于南方,司马相如生于斯、养于斯的巴蜀文化也属于南方,当然二者的学者、作者,思想方面,作品方面,自多影响。

并且,一般来说,中原文化重礼,以诗教为特征。荆楚重巫,以楚辞为圭臬。巴人"尚鬼信巫",以巫教为特征,蜀人重仙,以司马相如的《大人赋》和道教的羽化为特征。因此,相比较而言,巴蜀地区的神仙道化思想更为浓重。三星堆遗址和金沙遗址出土的诡异金、石人面相,战国蜀地青铜器上的仙人羽化形象,直到汉画像砖石上刻画的仙化形象,都充分展示了蜀人对于仙化的想象力。《华阳国志》说,鱼凫仙化,随王化去,化民往往复出。这就是蜀人仙化想象力的真实记载。司马相如《大人赋》云:"飘飘有凌云之气。"清代黄生认为"此盖借'飘'字轩音为先",通仙人之仙。仙化就是羽化。迁徙变化被称为仙,后来道教就借用了这个"仙"字,构成了"神仙"一词,仍含有迁徙变化的含义,但被提升为升仙羽化。鱼凫民本生长在平原上,受杜宇氏的压迫被迁到了山上,这个迁的过程就被想象为仙。后来仙化之民又回到平原,故"化民往往复出"。这里的鱼凫"化民"就是文献记载的具有仙化想象力思维的第一代蜀民。这一思维特征在道教里得到传承。蜀地能够成为道教的起源地,同这一思维是有渊源的。

总起来看,中原重礼化,楚重巫化,巴重鬼化,蜀重仙化,这是两种不同的文化想象力,由此而将巴蜀文化与其他地域文化区别开来。仙化思维特征体现在技巧、技术和物质因素上,也体现在价值、思想、艺术性和道德性等因素上,构成了巴蜀文化一个重要特征,就是"神"。神奇的自然世界、神秘的文化世界、神妙的心灵世界,这就是巴蜀文化2000年积累、变异和发展留下来的历史传统和历史遗产,构成了巴蜀文化的独特性,难怪西晋裴秀《图经》称巴蜀为"别一世界";唐代杜甫称巴蜀为"异俗嗟可怪";近代法国人古德尔孟游历四川,惊叹发现了一个可称为"东方的巴黎"的新世界;茅盾在抗战时期入蜀,赞其为"民族形式的大都符"……这些感叹正表现出中原人及其他地域人对于神秘的巴蜀的特殊感受。

仙人观念体现了中国人重生命的意识,对人有极大的诱惑力,尽管其中充满着枯燥无味的说教,但其神秘荒诞、上天入地的幻想,特别是其中有关长生之术,也给人展示了一种能超越现实时空的希冀,刺激了中国人的想象力,尤其是中国文人的想象力。而天资卓绝、想象力极为丰富的司马相如,自然免不了受其影响了。

第五节 "架虚行危"说的现代解读

从现代美学来看,想象是精神自由这一艺术禀赋在审美创作中的表征,通过想象能让人感受到思想漫游的亮光,领略到灵魂飞升的姿态。因为纯粹的审美创作活动不仅仅是要借助各种共识性的人生经验和历史常识,复制现实生存的客观秩序,拷贝历史记忆的外在表象,更为显在的是要通过必要的想象空间,凭虚构想,以诗性的审美质感,去揭开人们内心深处的自由欲望,展示人类的某些可能性生活,让人们在梦想中获得生存的智慧和力量,激励人们重返精神的高迈与圣洁。所以说"没有想象,便没有艺术"[1]。从某种意义上说,文学就是为了满足人自身梦想需要的。通过这种梦想,人们可以解除内心深处的现实焦虑;借助这种梦想,人能寻找到拯救苦难生命的勇气;怀抱这种梦想,人能踏上充满自由的未来之途。可以说,艺术审美活动就是一种梦想,就是通过司马相如辞赋创作所表现出的"凭虚构象、架虚行危"这种强劲的想象以实现人内心的自由冲动,展示人丰饶而广阔的精神景观,体现人灵魂的伟岸与不朽。对此,福克纳说得极为正确:"做一个作家需要三个条件:经验、观察、想象。"[2]尽管这三个条件在某种程度上可以相互弥补,但是却不能彼此取代;尤其是想象力,它是文学给人以诗性的力量并使人们超越庸常现实的重要保障,是体现一个作家精神深度及其艺术品位的核心素养。

的确,文学艺术是想象的产物,尤其是叙事性极强的汉赋,它的虚构本质决定了它必须依靠创作主体强劲的想象能力,才能使叙事话语真正地进入人类隐秘而广袤的精神领域,自由地展示人类种种可能性的存在状态。这也意味着,真正意义上的文学想象,并非只是一种话语表达的方式和手段,而是一种综合性的艺术创造形式或形象的思维活动。它不仅可以自由地挣脱人类理性的种种预设,带着

---

[1] 吴洪森:《存在与想象》,载《当代作家评论》,2000年第2期。
[2] 崔道怡、朱伟等:《"冰山"理论:对话与潜对话》,工人出版社1987年版,第100页。

明确的感性化倾向,而且呈现出很强的偶然性和无限的可能性。接受美学的代表人物之一伊瑟尔就认为:"想象总是趋于以某种略显弥散的方式、在稍纵即逝的印象中显示其自身,而这一方式或这些印象又阻碍着我们将其限制在一个具体而稳定的形式之中的努力。想象可能会突然地闪亮在我们的眼前,几乎就如行之无碍的幻觉,而后又以一种完全不同的形式消逝或溶散。这不啻说,想象就是一种变化多端的潜能,可以取得任何一种形式,条件是只要有相应的刺激物。"①卡尔维诺也说:"想象力是一种电子机器,它能考虑到一切可能的组合,并且选择适用于某一特殊目的的组合,或者,直截了当地说,那些最有意思、最令人愉快或者最引人入胜的组合。"②这些论述都在试图阐明,想象常常是以非固定、非理性的方式,呈现出人类思维无限广阔的可能性前景。它没有边界,没有终点,只要人类的心智足够强大,它就可以抵达无限丰富的奇异地带。因此,在文学创作中,只要拥有特定的话语情境作为必要的"刺激物",同时作家自身又具有深厚的理想情怀,想象就能有效地激活创作主体的潜在思维,引领话语向着生机勃勃的诗性境界飞翔。

那么,在具体的文学实践中,想象通常是在何种情境中得以激活的呢?按照伊瑟尔的观点,这一前提便是虚构。因为"虚构是一个意向性行为,也就是说,它具有一个认知的和意识的指向,目标是它无法描绘出其真意何指的某物"。而想象则是"在认识变得无能为力时它被调动起来发挥作用"③。所以,当虚构不断地摆脱现实镜像的干扰而进入叙事话语时,尤其是当它颠覆了客观逻辑的钳制之后,它便将话语引向某种不确定的叙事情境中。这时,如果作家拥有强劲的想象能力,那么,这种想象力便会自觉地通过虚构的桥梁,引导话语进入自由飞翔的领空,并朝着创作主体的审美理想不断挺进。与此同时,我们还必须看到,"作为一个被制导的行为,虚构的目标是这样的一种东西,它蕴涵有想象的需求,并因此将形式赋予想象,使之区别于幻想、投射、白日梦以及其他类型的空想,而在我们每日的经验中这类空想却通常都显现为想象"④。这也就是说,虚构在激活艺术想

---

① 金惠敏:《在虚构与想象中越界——(德)沃尔夫冈·伊瑟尔访谈录》,载《文学评论》,2002年第4期。
② 卡尔维诺:《未来千年文学备忘录》,辽宁教育出版社1997年版,第65、70、67、65页。
③ 金惠敏:《在虚构与想象中越界——(德)沃尔夫冈·伊瑟尔访谈录》,载《文学评论》,2002年第4期。
④ 金惠敏:《在虚构与想象中越界——(德)沃尔夫冈·伊瑟尔访谈录》,载《文学评论》,2002年第4期。

象的同时,还确保了想象在具体的话语行为中将是一种审美的存在,而不是空洞无果的幻想。文学文本作为一种话语实践的产物,有别于我们日常生活中的空想行为,就是由于它带着明确的艺术理想和审美目标,具有特殊的审美功能和认知功能,因此它是"产生于现实的、虚构的和想象的之间合三为一的关系。它是现实与虚构的混合,并由此而启动既定的与想象的两者的相互作用"[1]。伊瑟尔的这一分析,不仅明确地指出了现实、虚构与想象之间的内在联系和区别,而且也道出了想象在具体创作中的产生过程及其审美功能,即它能够在人类理性认知无法抵达的地方,借助虚构的刺激而被激活,从而呈现出许多无法替代的审美作用和意义。

想象的这一特殊作用,意味着它可以有效地突破现实真实对叙事话语的强制性规约,改变人们在通常意义上所遵循的真实逻辑,彻底地解放创作主体的精神空间,从而确保叙事严格地维护创作主体的内心真实,使作家的一切艺术理想和审美智性获得充分自由的施展,也使作品能真正地成为人类精神生活的生动表达。也就是说,想象一旦在叙事中获得解放,就会对客观现实及其逻辑秩序义无反顾地进行各种颠覆与改造,使叙事话语真正地返回到创作主体的内心之中,返回到人类纯粹的精神空间之中,成为作家内心秩序与审美理想的展示手段。事实上,已经有不少作家明确地意识到了这一点。一方面,他们旗帜鲜明地将"心灵真实"(余华语)作为自身的叙事哲学,以纯粹心灵化、精神化的审美追求来重构文学的真实内涵,强调作品的叙事必须膺服于创作主体个人的心灵真实以及对人类生存表达的有效性;另一方面,他们又在话语形式上彻底放弃经验性、常识性的思维逻辑,使叙事超越一切常识的状态,直逼种种奇迹般的可能性的存在状态,从而不断地将叙事话语推向广阔的、诗意的想象性空间。譬如,卡夫卡在《变形记》中让人变成了大甲虫,在话语形式上无疑是荒诞的,不符合常识性逻辑,但那只大甲虫依然带着格里高利的心理感受在活动。舒尔茨在《鸟》和《蟑螂》等短篇中让父亲不断地变成鸟和蟑螂,可是他们始终没有脱离父亲的精神,没有放弃父亲作为人的角色和心灵特征。余华在《现实一种》中让两个亲兄弟轮番进行相互残害,其手段之残忍、内心之平静、场景之触目惊心,也都明显地超越了人之常情。但是,它所折射出来的人物内在的恶毒、丧失理性的复仇欲,却有着血淋淋的真实。从话

---

[1] 金惠敏:《在虚构与想象中越界——(德)沃尔夫冈·伊瑟尔访谈录》,载《文学评论》,2002年第4期。

语表达方式上看,这些作品完全脱离了惯常的现实经验,可以说是一种想象获得空前自由后的叙事结果。它们在审美接受上可能让人觉得不可思议,但透过这种不可思议的叙事,我们又分明感受到他们对人的精神状态揭示的深刻独到和真切可信。这种真实,其实已完全超越了我们通常意义上的客观现实,是作家通过强劲的想象建立起来的某种艺术真实和心灵真实,使他们彻底地摒弃了以往的写实化叙事思维,而将人的精神空间作为整个小说的叙事主线,不断地将人物在心灵时间中活动的欲望和轨迹组合成故事文本,并使得话语在某种程度上完全沿着创作主体的想象进行自由的飞翔,人物也在过去、现在和未来的广阔时空中进行着纯粹的精神漫游。

由此我们也可以看到,要想使创作成功地穿越客观现实的真实幕墙,进入人物潜在的精神空间,作家就必须摆脱日常生活秩序的制约,重构一种人性深处的生存状态,一种更为潜在也更为丰茂的生命情态。而它的核心手段,便是依靠作家自身强劲的想象能力。对此,卡尔维诺也曾毫不含混地说道:"艺术家的想象力是一个包容种种潜能的世界,这是任何艺术创作也不可能成功地阐发的。我们在生活中经历的是另外一个世界,适应着其他形式的秩序和混乱。在纸页上层层积累起来的词语,正像画布上的层层颜料一样,是另外一个世界,虽然也是不限定的,但是比较容易控制,规划起来较少费力。"①卡尔维诺的这种"两个世界说",同样说明了艺术想象与现实世界之间的区别,并强调了想象在艺术创作中的核心作用。

创作主体的想象力在审美创作中具有极为重要的作用,通过想象可以重构内心世界的生存秩序,让叙事回到纯粹的心灵真实中来,从而体现创作主体独具匠心的审美追求。

在具体的审美创作中,这种情形则表现得更为突出。由于想象的存在原本就是一种可能性的存在,想象的叙事便是一种可能性的叙事。这也决定了想象性叙事是明确建立在心灵真实层面上的,是服从于创作主体内心的自由冲动。所以,在通常的话语表现形态上,它常常体现出作家对现实秩序的不信任,对存在状态的另一种怀想和呈求。也就是说,想象作为一种创造,它的鲜明特征以及重要的审美价值,首先就体现在怀疑之中——怀疑现实的真实,怀疑既定的常识,怀疑传统的经验。唯有在这种怀疑的前提下,作家才会产生对现实生存及其价值体系的

---

① 卡尔维诺:《未来千年文学备忘录》,辽宁教育出版社 1997 年版,第 65、67、70 页。

否定意愿,才会激发其对理想生存形态的强烈冲动,从而在强劲的想象中创造另一种审美的世界。

应该说,司马相如在辞赋创作中所表现出的凭虚构象、架虚行危的想象,实质上就是一种强劲的审美构想。在这种审美构想中,能让人看到创作主体对自然山川颠覆性或否定性的审美表达,看到创作主体必要的怀疑精神与对现实生活的改造热情。也正是因为这些,才充分激发出作为创作主体的司马相如内心的理想热情和诗性意愿。因此,在司马相如的赋作中,我们才看到了充满自由和梦想的叙事倾向和具有某种开拓性的审美品格。

可以说,一个拥有巨大想象能力的作家,从来都会对现实社会及其观念体系保持高度警惕,并不断地颠覆那些庸常的大众经验和生活常识,让叙事扎根于纯粹的精神世界中,使本来不存在的事物凸现出来,从而让叙事话语闪耀着独特的审美之光。事实上,很多具有先锋意识的作家,也正是借助这种强劲的想象能力,才得以打破种种既定的艺术圭臬,开拓出了属于自我的全新的审美领域。每一个作家的审美追求也许并不一样,话语风格也许各不相同,但是,他们在实现自身艺术目标的方式和手段上,都必须通过各种途径,彻底地打开自身的想象空间,在丰沛的艺术想象中建立种种新型的审美世界。只有通过强劲的想象,才能使叙事话语脱离客观现实的外在影响,有效地进入人类的内心领地;也只有通过强劲的想象,才能使作家在重构人类心灵秩序的过程中,再现人性深处的真实。

想象的本质就是自由,就是挣脱一切现实秩序对人类精神的羁绊,为恢复内心的自由表达而努力。它的创造性特征,也正体现在作家对人类精神世界的自由重构之中。没有对人类自由精神的强力推崇,没有对艺术自由禀赋的深切体察,作家便很难对那些超越于庸常现实的理想愿望产生强烈的冲动,想象力也便很难获得全面的解放。从另一方面说,文学艺术作为人类生命活动的一种特殊形式,它在揭示人类的存在真相、展露人性的潜在本质的同时,也是为了实现人类内心深处对自由本性的追求,实现作家对存在的各种可能性的勘探。"在艺术中,我们似乎一直存在于人类,永远地存在于人类。我们不受限制地自由往来。宗教使人向往上帝向往神,而在艺术中,我们就是上帝本身,我们就是全知全能的存在。因此,艺术想象就是一条通神之路,只有在艺术中,人类才真正获得了自由。"[①]没有什么比自由更为重要,尤其是在人类的一切艺术行为中,自由的表达以及对内心

---

① 吴洪森:《存在与想象》,载《当代作家评论》,2000年第2期。

自由的梦想与追求,从来都是艺术家们最为核心的审美目标。这种审美目标,与想象的自由本质无疑是不谋而合的。因此,吴亮曾说:"绝对的自由只有在想象中才能达成,它不必求助于经验,它纯粹是内心生活,纯粹是反经验的反现实的形式冲动。"[①]让人类的精神生活在想象中获得无拘无束的漫游,让叙事的审美话语在想象中获得生机勃勃的活力,并以此来解除庸常现实对人们心灵的挤占和盘压,消弭实利欲望对精神空间的掠夺和蚕食,这是一切艺术的内在理想,也是作家审美智性的重要体现。

事实上,只要看看那些优秀之作,我们就会发现,它们所体现出来的独具匠心的审美特质,深邃丰厚的精神内涵,灵性翻飞的艺术智性,在很多方面都是通过强劲的艺术想象,在高度自由的叙事语境中得以呈现的。从这些作品中,我们可以清楚地看到,正是强劲的艺术想象力,才使得它们从那些人们习以为常的历史、社会、人性中获得了异常独特的审美发现;正是强劲的艺术想象力,才使得它们拥有了他人无法重复的独创性,体现了作家对艺术自由的极力维护;也正是强劲的艺术想象力,才使得它们处处闪耀着浓郁的诗性气质,呈现出灵动自由的审美质感。遗憾的是,这种充满了艺术想象力的优秀之作并不是很多,而占据我们创作主流的,依然是那些满足于对现实生存表象进行简单复制或对历史史料进行记忆性重构的作品,依然是那些"有了快感你就喊"的"条件反射式"作品。我认为,作为多元艺术格局中的一种审美追求,这些作品同样有其存在的合理性空间,因此,重铸强劲的艺术想象力,就是为了从根本上激活创作主体的艺术智性,解除作家在叙事过程中的一切传统禁忌,使他们的艺术创作走向更为自由、更为广阔的审美空间,展示人类在存在境域中无限丰富的可能性景观,从而有效地改变我们当下文学极度平庸的创作面貌,使我们的文学能够真正地回到诗意性、开拓性、原创性的格局中,并使人们在心智上获得启迪,在灵魂上获得升华。

[①] 吴亮:《缺乏想象力的时代》,见林建法、傅任:《中国当代作家面面观》,华东师大出版社2002年版,第116-117页。

第五章

"忽焉如睡,焕然而兴":审美灵感论

据载,司马相如在创作构思《上林赋》《子虚赋》时,曾出现过"意思萧散","忽焉如睡,焕然而兴"的精神状态。受到这种诗情的鼓荡,他便快捷地完成了该赋的创作。究其实质而言,所谓"忽焉如睡,焕然而兴"的精神状态就是一种灵感现象,是对审美创作构思中灵感现象的一种生动形象的描述。后来的文艺理论家又将审美创作中这种"忽焉如睡,焕然而兴"的灵感现象表述为"兴会"。"兴会"说的产生离不开中国古代的文化土壤。由于中国古代文化的长期熏陶,则形成了中国人区别于西方重逻辑、重知解、重理性的崇尚自然、侧重感情、重视直觉、注重体验感悟的传统思维方式,影响中国古代美学,遂造成中国古代艺术家在进行审美创作构思时最喜欢采用两种审美体验方式,即目击道存、遇目辄书与神游默会、妙机其微,从而促使建构在此基础上的中国古代审美创作体验也具有两种形式。依据这一现象,从形态学的视角出发,我们将其所规定的中国传统审美创作体验活动分为直观感悟式和直觉体悟式。两种形态共存互补以构成中国古代体验论的思想体系,并体现着中国传统美学的民族特色。而司马相如审美创作中所出现的"意思萧散","忽焉如睡,焕然而兴"心理状态显然属于后者。

第一节 神游式的超越

"忽焉如睡,焕然而兴"所谓"忽焉"的"忽",意指"忽悦",亦作"忽荒""忽怳""忽慌",谓似有似无,模糊不分明。《老子》云:"是谓无状之状,无象之象,是谓忽悦。"贾谊《鹏鸟赋》云:"释智遗形,超然自丧;寥廓忽荒兮,与道翱翔。"扬雄《法言·序》云:"神心忽恍,经纬万方。"刘孝标《辩命论》云:"而其道密微,寥廓忽慌,无形可以见,无声可以闻。"所谓"焕然"的"焕",意指光彩四射、光芒闪耀、光明灿烂、光辉焕发。司马相如《大人赋》云:"焕然雾除,霍然云消。"所谓"兴",其本义为"起"。这里的"兴"其广义应为"有感""触景而得""感物兴情""感物兴想""感物兴诗"之"兴",意指"志兴""意兴""情兴""境兴""感兴""伫兴""乘兴""兴会""兴致",等等,核心在"兴"。所谓"兴者,情也"。挚虞《文章流别论》云:"赋者,敷陈之称也。比者,喻类之言也。兴者,有感之词也。"钟嵘《诗品序》云:"文已尽而意有余,兴也。因物喻志,比也。直书其事,寓言写物,赋也。"张戒《岁寒堂诗话》云:"目前之境,适与意会,偶然发于诗声,六义中所谓兴也。兴则触景而得……"阎尔梅《示二子作诗之法》云:"风、雅、颂、赋、比、兴,六义也……其间参差错落,连类生情,触兴而来,兴尽而止。是赋、比、兴三者,原散见于《风》《雅》《颂》之中,而兴尤灵通于赋、比之外。孔子所谓'诗可以兴'者,此也。兴,去音,而笺、注作平音,误矣。"黄宗羲《汪扶晨诗序》云:"昔吾夫子以兴、观、群、怨论诗。孔安国曰:'兴,引譬连类。'凡景物相感,以彼言此,皆谓之兴……自毛公之六义,以风、雅、颂为经,以赋、比、兴为纬,后儒因之,比、兴强分,赋有专属。及其说之不通也,则又相兼。是使性情之所融结,有鸿沟南北之分裂矣。"当代日本著名美学家今道友信认为"兴"是一种情感的"兴腾",是"垂直地面向超越者","直观事物的内核"。并且,他还认为孔子"诗可以兴"中的"兴",具有极为深刻的意义,是指一种"精神的觉醒"和对现实的"神游式的超越"[①]。可以看出,"兴"具有审美直觉的含义。在文学创作构思过程的各个环节,"兴"都发挥着重要作用。"感兴"是作家与现实的审美关系,诗人在即目所见现身所遭的自然景物式社会人事中受到感发,获得创作的激情与灵感。当他未曾获取这种激情与灵感时,他期待着、酝酿着、澡雪着心灵,经验着外物,这就是所谓"伫兴""养兴"等。而一旦获致了诗情与灵感,便"乘兴"而作,展开想象的羽翮,运用形象思维,"神与物游""凭虚构象,气号凌云""架虚行危,凌虚翱翔",以比兴,托兴、寓兴、寄兴等法,将自己的情思与感发这情思的外物融结一起,传达出来,便形成了具体作品,准确点说,是形成了作品的艺术形象和审美意蕴,形成了"有意味的形式"。而狭义的"兴",则专指"兴会",以表述审美创作构思中的灵感现象。灵感通常出现在思维高度紧张的间歇阶段,它往往伴随着强烈的精神亢奋而进入创作的迷狂。此时,作家的意识似乎不再受理智的支配,任凭"下意识"的推动,奇思妙想便奔涌而来;惊人妙语便不招而至,其才智似乎超出了平时能力的极限。这是绝大多数创作主体都曾亲身经历过的创

[①] 今道友信:《东方美学》第三章。

作迷狂。司马相如在写作《上林赋》《子虚赋》时,就出现过"意思萧散,不复与外事相关,控引天地,错综古今","忽焉如睡,焕然而兴"的精神状态,受这种诗情的鼓荡,他便快捷地完成了该赋的创作。

"忽焉如睡,焕然而兴"与"苞括宇宙,总览人物",需要从"宇宙""人物"出发,以"感物起兴""激发高兴"①"灵心妙悟,感而遂通"②,通过直观感悟而激发灵感来临的构思途径不同,它是通过"默(而)识(之)"(孔子语)、"坐忘""顿悟"等直觉体悟,即经由"内心观照",由无意识(包括潜意识和前意识)提供信息,以触发灵感活动的。这种通过类似庄子所谓的"听之以气"的"心斋"法而获得灵感体验的形态,我们称之为直觉体悟式。在中国古代美学中,则有"内游""灵想""真思"等称谓。廖融说:"积思游沧海,冥搜入洞天。"③创作主体在"积思""冥搜"的静观默识、沉思冥想中,以全副身心潜入到内心深处,"游沧海","入洞天",去体验那些往常无意间积累于心理积淀层里的被"忽略"和"遗忘"的回忆表象,驱遣并促使它们跳出冷宫,让它们给审美创作构思带来意外的激情和意象,使审美创作活动达到一种豁然开朗,心解神领,赏心怡神的境界,以获得灵感体验,完成审美创作构思的目的。这就是我们所谓的"直觉体悟式体验活动"。

与"苞括宇宙,总览人物",需要从"宇宙""人物"出发,以外师造化,触景动怀,感物起兴的直观感悟式体验活动相比,"内游"式"灵想"活动则更偏重于内心体验。它不以当下目见之客体为凭借和契机,去"控引天地,错综古今","随物以宛转",而是要求主体于"意思萧散","忽焉如睡"中充分发挥其"内视力",使"冥心游象外",以孕古茹今、通天尽人地神游恒常幽渺的大千世界、玄冥奥府,从而于冥漠恍惚中获得"兴到神会"的顿悟。张汝勤云:"学诗如学禅,所贵在观妙。肺肝剧雕镂,乃自凿其窍。冥心游象外,何物可供眺。空心散云雾,仰日避初照。旷观宇宙间,璀璨同辉耀。但以此理悟,而自足诗料。持以问观空,无心但一笑。"④这里所强调的"观妙""冥心游象外""无心"就是直觉体悟式体验活动,而"肺肝剧雕镂,乃自凿其窍""旷观宇宙间,璀璨同辉耀",即是通过"内游""灵想""观妙",从而促使潜意识活动,进而由平日积淀的回忆表象发出信息,由此触动的灵感闪现。

---

① 《图画见闻志》。
② 《图画见闻志》。
③ 《谢翁宏以诗百篇见示》。
④ 《宋诗纪事补遗》卷八十。

沈括说："书画之妙，当以神会。"①谢徽说："冥默靓思，神与趣触。"②他们都指出神游默会与静观冥想是获得审美创作灵感的重要途径。明人吴廷翰在《醉轩记》中曾对这种直觉体悟式体验活动过程做过一番极为生动的描绘：

> 吾每坐轩中，穷天地之化，感古今之运，冥思大道，洞览玄极，巨细始终，含濡包罗，乃不知有宇宙，何况吾身；故始而茫然若有所失，既而怡然若有所契。起而立，巡檐而行，油油然若有所得，欣欣然若将遇之。凭栏而眺望，恢恢然、浩浩然不知其所穷。反而息于几席之间，晏然而安，陶然而乐，煦煦然而和，盎然其充然，淡然泊然入乎无为。志极意畅，则浩歌颎然旅舞翩然，恍然、惚然然，不知其所以也！童子谓君曰："翁醉矣乎？"是时也，四大浃洽，三极混融，万物酣畅，六合浮游，若登太和之堂，坐玉烛之台，而翱翔乎极乐之国也！

这里所谓的"冥思""洞览"，与"息于几席之间"，使自己进入"晏然"，"陶然""煦煦然""盎然""淡然泊然"就是指那种属于内心体验与"内心观照"的直觉的静观默识与沉思冥想，而"四大浃洽，三极混融，万物酣畅，六合浮游"则是通过上面的直觉体悟，从而体验到的灵感爆发刹那间的审美境界的升腾。由此亦可以看出"内心观照"在审美创作构思中的作用。只有通过"意思萧散""忽焉如睡""茫然若有所失"，以彻底地摆脱感官的局限，从纷繁的外物纠缠中超脱出来，"内观本心"，始能达到精神的自由与超越，迎得灵感的来临。李重华说："意动而其神跃然欲来，意尽而其神渺然无际，此默而成之，存乎其人矣。"③袁枚说："惟思之精，屈曲超迈，人居屋中，我来天外。"④"默识"与"精思"是迎来"神跃"和似来自"天外"的灵感的一种重要心态。它能使创作主体身不离屋，即体验到心灵的触动，并于一种促使心理震撼的强效应中引来艺术精灵的飞舞和创作力的活跃。"忽焉如睡，焕然而兴"说所规定的这种注重创作主体的内心体验，强调静观玄览、神游默会与无中生有、静中追动的直觉体悟式体验活动，用朱熹的话说，就是"理一分殊"，"月印万川"。我们认为，这种灵感体验形态从本质上讲，就是一种直觉思维

---

① 《梦溪笔谈》。
② 《缶鸣集序》。
③ 《贞一斋诗话》。
④ 《续诗品·精思》。

方式。朱光潜先生说:"诗的境界的突现都起于灵感。灵感亦并无若何神秘,它就是直觉,就是'想象'(imagination 原谓意象的形成),也就是禅家所谓的'悟'。"①美国心理学家马斯洛则认为这种心灵特征是引起各种异常意识活动的一套技巧,通过"灵想默识"、静观冥想,能使直觉感受达到一个高度综合,使观照客体、主体情感、美的意蕴、生命哲理与审美理想相应契合,并达到完美融汇,从而形成"梵我一如"似的豁然贯通的"焕然而兴"的"高峰体验"。只有在这种瞬间兴会的灵感状态中,才能做到万象为宾、物我一体,也才能思绪潮涌,无往不至。直觉体悟式体验活动不要求创作主体似元代大画家黄子久那样"终日只在荒山乱石,丛木深筱中坐,意态忽忽,人不测其为何"②的方式以获得审美创作灵感;而讲究"守其神,专其一"③,于虚静空明的心理状态中"伫兴"以待灵感冲动的到来。它是创作主体的心灵"从对象的客观性相转回来沉浸在心灵的本身里,观照自己的意识"④,故必须摆脱感官的局限、静观默会。正如米友仁所指出的:"画之老境,每静室僧趺,忘怀万虑,与碧虚寥廓同流。"它属于"顿悟"似的冥想;审美创作主体必须沉冥入神,"穷元妙于意表,合神变乎天机"⑤,于深层的生命结构中,使内在的情感与天地真宰浮沉,再由兴会淋漓状态中一升化而出,经过一番静观默识的熔铸,以使含有模糊性的"顿悟"进入到晶莹澄澈的可视境地,从而完成审美创作构思。

这种类似"灵想""顿悟"的直觉体悟式体验活动虽然是"偶一触发""天机骏利",但是细加研析,也具有复杂的过程和内在层次。

首先,它要求创作主体既要去除物象,又要超越自我的形体与心智,以筑构出忘物、忘己、忘知、忘欲的审美心境,要"忘其肝胆,遗其耳目","堕肢体,黜聪明,离形去知",以达到"茫然仿徨乎尘垢之外,逍遥乎无为之业"⑥的心灵绝对自由自主的境界。只有这样,才可以通过"内心观照",以体悟到自己内心深处的那种生命意识,也即现代心理学所谓的心理积淀、无意识、回忆表象。由此,始可能获得神明般的大彻大悟;照亮心思,贯通心路,迎得灵感。张彦远说:"凝神遐想,妙悟自

---

① 《诗论》,第48页。
② 宗白华:《中国艺术意境之诞生》。
③ 《历代名画记》。
④ 黑格尔:《美学》。
⑤ 《历代名画记》。
⑥ 《庄子·大宗师》。

然,物我两忘,离形去智。"①黄虞龙说:"无物,故河山大地,以至虫鱼花鸟;都足供宾笔端。无人,故先秦两汉百家诸子,只是我寻常交往。"②所谓忘物,是指主体应超脱物欲的羁绊,控制并杜绝利欲之心,使"胸中洞然无物",以"沉浸到心灵合本身,观照自己的意识"③,所谓忘我忘知忘欲,则要求主体超越自我情欲,去顺应自然之势!刘禹锡说:"能离欲,则方寸地虚,虚而万景入。"④内心空明如镜,始可能玄览天地万物。因此,创作主体必须遗去机巧,意冥玄化,于静穆的直觉体悟中与宇宙生命的节律脉动妙然契合,获得生命的真谛,始能够进入灵感境界。

其次,在"控引天地,错综古今"直觉体悟式审美体验活动中,创作主体应在物我冥合的心态中获得兴会的到来。这里所谓的"物我合一",是指主体使储存在自己内心深处的意识经验和潜意识层的表象得到筛选加工和连贯融汇,让跃涌于心灵中的意象,由飘忽到稳定,由模糊到鲜明。只有这样,才可能从物我冥合的心境中获得灵感的降临。虞世南说:"澄心运思,至微至妙之间,神应思彻。"⑤主体的心灵与储藏于潜意识中的客体世界印象相互默契凑泊,从而感发志意,兴到神会。苏东坡曾借文与可画竹来给我们具体描绘这一灵感活动过程,说:"与可画竹时,见竹不见人。岂独不见人,嗒然遗其身,其身与竹化,无穷出清新。庄周世无有,谁知此凝神。"⑥"身与竹化",心身俱遗,物我两忘,主客体完全融汇为一,从现象世界进入神明般的审美直觉体悟的世界,以直接指向自己的内在生命。如《庄子·达生》篇中关于"佝偻者承蜩"和"梓庆削木为鐻"的寓言所描述的佝偻者。虽"天地之大、万物之多,而唯蜩翼之知";梓庆"斋以静心""未尝敢以耗气",甚至忘记自己的"四枝形体"一样,精一凝神,视而不见,听而不闻,保持自然自由的心境,以任审美创作的精灵率意而为,洒脱飘飞。中国古代哲人所谈的"体认""诚明之知""湛然之知"等,都不同程度地表达了他们对这一体知世界方式的认识。如张载就认为主体的"天地之性"中有"不萌于见闻",却能"合内外于耳目之外"的"德性之知"⑦。黄宗羲则根据体知活动途径的不同,分体验为两类,说:"丽物之

---

① 《历代名画记》。
② 《与客》。
③ 王国维:《文学小言》。
④ 《秋日过鸿举法师寺院便送归江陵引》。
⑤ 《笔髓论》。
⑥ 《书晁补之所藏与可画竹》。
⑦ 《正蒙·大心》。

知,有知有不知;湛然之知,则无乎不知也。"①这里所说的"德性之知"与"湛然之知"就是一种内心体验似的直觉体悟活动。宇宙万物的生命本原是流动于天地间的"气",气化为"道",太虚即气,气生万物,形气相化。气聚则有形可见,气散则无形而不可见。主体只要"斋明其心,清明其德"②,就能直觉地体悟到这种聚散无定,大化流行,生息不已的宇宙间的生命之"气";此即所谓"不听而聪,不视而明,不思而得,不行而至"。③ 耳目所接的见闻之知是有限的,德性之知则是无限的,能直达"太虚"永恒生命的本体。通过"内心观照"的"德性之知"所体悟到的生命元气,既是自然万物的生命源泉,也是审美创作的灵感之源。中国古代文艺家以取之不尽的宇宙元气作为审美创作构思的养料,就能胸罗万象,思应神彻,兴到神会,迎来兴会的降临和灵感的爆发。

这种类似"灵想""顿悟",被我们称之为直觉体悟式的体验活动相当于现代心理学所谓的"内视"。据英国美学家夏夫兹博里的看法,认为人生来就具有审辨善恶美丑的能力,即所谓的"内在的眼睛""内在的感官"或"内在的节拍感"④,故而人们能够直觉地进行审美体验。也就是说,人有一种不靠眼耳等感官,只凭一颗明澈的心灵去追踪、呼应、网罗意象,即兴体悟到灵感的意蕴,以促使灵感自行飞入脑海的内观能力。现代心理学的研究表明,这主要是因为人的无意识活动。因此,要照亮心灵空间,促使云水翻腾的灵感潮的来临,在进行审美创作构思中,创作主体必须"收视反听,耽思傍讯"⑤,以发挥自己的内观能力,去推动潜意识活动,灵感之光的迸发。"耽思傍讯"就是有意以平静空明之心去激发灵感的来临。这是因为无意识活动缺乏意志的推促,没有意识的监督,并且,它由心理底层意识域之下发出的已经成功的信息透过意识域限后往往会变得很微弱,所以稍有干扰都可能把它赶跑和将其窒息。故创作主体只有保持空灵澄澈、宁静平和的心境,才能于"神游默会"与静观冥想中体味到弥漫脑际的灵感潮气和隐隐的灵感潮鸣,从而于"意与冥通"之际"追虚捕微"⑥,以捕捉到"转瞬即逝"的灵感闪现。同时,依照现代心理学的研究,之所以会出现物我一体、兴到神会的灵感心理现象,是由

---

① 《宋元学案》《伊川学案》黄百家案语引。
② 王安石:《礼乐记》。
③ 王安石:《礼乐记》。
④ 《论特征》。
⑤ 陆机:《文赋》。
⑥ 张怀瓘:《书断》。

于人脑左右两半球具有让步倾向,虽然左半球主要管抽象思维,右半球侧重于形象思维,但其分工合作并非是固定机械的,当审美创作主体"思入杳冥"之际,分管形象思维的大脑右半球便会迫使分管抽象思维的大脑左半球失控,激越的情思就能把人带进"物我难分""物我一体"与"物我两忘"的境地,以引起深层生命意识的涌动,跃跃欲出,激情汹涌,不能自禁,从而引发"内心视觉',与"内心幻觉",并促使其交织活动,在"忽焉如睡"的无意识中让自我情愫于冥漠恍惚中自由飘逸。进而于"焕然而兴"的思潮激越澎湃、意象落英缤纷、驰骋而来之中,挥洒自如地完成审美创作。

第二节 "焕然而兴"的审美表现特征

从上述描述中不难发现,从"忽焉如睡,焕然而兴"灵感爆发瞬间的心理表现形态来看,"兴会""灵想""内游""思应神彻"的灵感活动具有以下几方面审美表现特征。

一、突发性

其发生带有一种冲动性和突发性。"焕然而兴"的兴会瞬间的到来常常是偶然的和不期而至的。往往有这种情况,你搜索枯肠、苦心焦虑地等待灵感潮的来临,然而,它偏不降临,在你不经意之中,却仓促间闯入,如长空闪电、电光火石般掠过人的脑际。王季友说:"如兔起鹘落,稍纵即逝。"[1]袁枚说:"千招不来,仓猝忽至。"[2]张问陶则说:"如梦如仙句偶成……奇句忽来魂魄动,真如天上落将军。"[3]他们都注意到兴会瞬间到来的偶然性和突发性,并对此做了形象、生动的描述。从现代审美心理学理论来看,这种灵感表现特征的形成和审美创作活动的主客体的动态性,以及主体的无意识活动分不开。在主体方面,潜意识活动与意识活动是相互转变的,新的心理结构则由此而不断组合、建构,因而需要加强其审美动力定型;从客体方面看,动荡不已的社会环境和自然环境,以及各种活动必然

---

[1] 《书画传习录》。
[2] 《续诗品·勇改》。
[3] 《论诗十二绝句》。

要不断地往主体脑海中输送信息,无论是清醒还是昏睡,总在不断地刺激主体的潜意识活动,并使之处于高能状态之中。这样,当这种高度激发状态再受到某种偶然因子的冲撞,便会于瞬息之间显现顿悟似的闪光。同时,当偶然因素消逝,或因其他心理活动的干扰使界路中断时,"兴会之期"便会即刻消失。

二、非自觉性

"焕然而兴"的灵感来潮是"来不可遏,去不可止"①,不受主体意识机构的直接控制。它总是"惚惚而来,不思而至"②,"先一刻追之不来,后一刻追之已逝"③,无论是"霍然有怀,对景感物"④,还是"霞想云思,兴会标举"⑤,其灵感之光的闪耀都是一种非自觉的意识活动,是"天机自动,天籁自鸣"⑥。袁宏道说:"久而胸中涣然,若有所释焉,如醉之忽醒,而涨水之思决也。虽然,试诸手犹若掣也,一变而去辞,再变而去理,三变而吾为文之意忽尽,如水之极于淡,而芭蕉之极于空,机境偶触,文忽生焉。"⑦指出了灵感潮涨落的不可捉摸和汹涌而来、倏忽而去的非自觉性特征。

现代审美心理学理论认为,之所以会出现这种非自觉性特征,乃是潜意识活动和审美创作的直观性使然。创作主体在审美创作构思中遇到了阻碍,苦思冥想之际,往往会受外界某一事物、情境所传递的信息的突然激发,引起潜意识中回忆表象的瞬间"同形同构",从而使暂时"遗忘"的信息迅速释放出来,并促使灵感如彩蝶般翩趾而至,使创作主体文思如潮,下笔不能自休。

三、迷狂性

"焕然而兴"灵感袭来后创作主体会进入"意思萧散","忽焉如睡"的迷狂状态。这种"意思萧散","忽焉如睡"的迷狂状态犹如清人张问陶《论诗十二绝句》中所描述的那样:"凭空何处造情文,还仗灵光助几分。"这首论诗诗揭示出诗人的创作迷狂的主要特征是强烈的感情冲动和意外的惊奇感、对于创作对象深度痴迷

---

① 陆机:《文赋》。
② 汤显祖:《合奇序》。
③ 许学夷:《诗源辨体》。
④ 袁守定:《占毕丛谈》。
⑤ 盛大士:《溪山卧游录》。
⑥ 包恢:《答曾子华论诗》。
⑦ 袁宏道:《行素园存稿引》。

和脑海中奔涌着的各种形象乃至幻象,陆机在《文赋》中说:"思风发于胸臆,言泉流于唇齿。纷葳蕤以馺遝,唯毫素之所拟。文徽徽以溢目,音泠泠以盈耳。"这就是创作主体在物我感应的机缘下,灵感袭来,创作冲动勃发的情状。此时创作主体胸中感情像潮水一样涌至,眼前万象竟萌,视通万里,耳边充溢着清越动听的乐音,全身心都沉浸在他所追逐的艺术情境之中,这就是伴随着情感冲动的创作迷狂状态。明人谭友夏在《汪子戊己诗序》中说:"夫作诗者一情独往,万象俱开,口忽然吟,手忽然书,即手口原听我胸中之所流。手口不能测,即胸中原听我手口之所止。胸中不可强,而因以候于造化之毫厘,而或相遇于风水之来去。"这段话不仅指出在灵感袭来时,诗人进入了"口忽然吟,手忽然书"的不能自已、诗兴勃发的迷狂状态,而且还指明了诗人的这种创作迷狂是"一情独往"之所致。在这种状态下,诗人的手口之所动,听凭"胸中之所流",而诗人心胸涌动的情感又得之于风水相遭之际,与自然造化相伴。谭友夏的这段话给我们以这样的启示:诗人的创作迷狂,乃是创作主体专注于特定对象而出现的高度兴奋而忘却自我的精神状态,最终进入了移我情于外物、物我合一的境界。从这一意义上来理解,中国古代文论所讲的"天人合一"的精神境界和"物我合一"的艺术境界,其中就包含着创作主体的创作迷狂状态在内。庄子的"至乐无乐"是一个哲学命题,其核心是强调清静无为、无知无欲,进入"天地与我并生,而万物与我为一"的主观精神与"道"合一的境界,它与庄子的文艺美学思想是相通的,而且直接影响了后世的"意境"理论。

　　灵感的迷狂状态中的幻想和夸饰既有联系又有区别。一般认为,灵感的迷狂状态中的幻想是一种心理活动过程,夸饰是一种修辞手法。夸饰有时离不开灵感的迷狂状态中的幻想,但灵感的迷狂状态中的幻想又不完全是夸饰。夸饰是以现实为基础的夸张增饰,灵感的迷狂状态中的幻想则不受时间和空间的限制,"思接千载","视通万里","我才之多少,将与风云而并驱"(《文心雕龙·神思》)。

　　此外,"焕然而兴"说还特别强调促成灵感产生的主体方面的因素,认为创作主体必须具有健全的审美心理结构,应有丰富的知识积累和生活积累。灵感来临的瞬间"遭际兴会"是和平时通过"好书""餐经馈史",以总结、学习、体验、领悟前人审美创作经验,熟读优秀杰作,以培养并提高自己的审美能力、审美趣味、审美理想,以及亲身参加审美实践,以积累审美经验等分不开的。只有这样,始能"霍然有怀,对景感物,旷然有会,尝有欲吐之言,难遏之意,然后拈题泚笔,忽忽相遭",此即所谓"得之在俄顷,积之在平日"①。是的,只有经过平日的努力,苦心竭虑,才能于蓦然回首之际,于"灯火阑珊处"发现自己为之"消得憔悴"的灵感闪光。皇甫汸对此说了一段很有启发性的话:"或谓诗不应苦思,苦思则丧其天真,殆不然。方其收视反听,研精殚思,寸心几呕,惰髦尽枯,深湛守默,鬼神将通之。"②社会生活与自然物象是灵感产生的根基、"兴会"的源泉,生活积累丰厚与思想情感积累丰富,才可能让潜意识经常处在一触即发之际,这样,当偶然间撞见适当的物象或思想的火花时,就会迎来"天机骏发"的"兴会"。当然,创作主体深厚、精深的审美创作经验也是非常重要的,否则就不可能捕捉到那稍纵即逝的灵感之光。

　　古代文艺理论家对创作主体的先天条件十分重视,他们最初认为进行创作必须要有天才的能力。《庄子·天道》篇载轮扁自述斫轮的甘苦说:"臣之斫轮,徐则甘而不固,疾则苦而不久,不徐不疾,得之于手而应之于心,有数存焉于其间,臣不能喻之子,臣之子亦不能受之于臣。"这是认为创作主体重天才的最初论述。孟子也是重天才的,他说:"梓匠轮舆,能与人规矩,不能使人巧。"(《孟子·告子》)到了汉朝,对于辞赋创作,司马相如的方法是"赋心",扬雄的方法是"赋神"。如何"赋心""赋神"? 却又是很神秘很玄的方法,一个人能否灵活运用,仍得靠天才。曹丕认为创作是"气"的表现,这个"气"是"不可力强而致"的,"虽在父兄,不能以移子弟。"曹丕把文分为奏议、书论、铭诔、诗赋四科,"此四科不同,故能之者偏也;惟通才能备其体。"③受曹丕观点的影响,葛洪一方面承认创作方法对创作的重要,另一方面又认为天才对创作也是不可或缺的。"夫才有清浊,思有修短,虽并属文,参差万品,或浩瀁而不渊潭,或得事情而辞钝,违物理而言功,盖偏长之一致,非兼通之才也。"④北齐颜之推也认为创作要有天才,学问则全靠功力,"钝学累功,不妨精熟,拙文研思,终归蚩鄙。但成学士,自足为人;必乏天才,勿强操笔"⑤。

---

① 袁守定:《占毕丛谈》。
② 《艺苑卮言》。
③ 《典论·论文》。
④ 葛洪:《抱朴子外篇·辞义篇》。
⑤ 颜之推:《颜氏家训·文章》。

四、独创性

"焕然而兴"的灵感是人类创造性思维的产物,它一般出现在创造实践过程中"得之于内""自得于心"的创造性和效力最高的一刻,所以,独创性是灵感思维最基本的属性。文艺创作活动需要运用形象思维,因而在艺术创造过程中所产生的灵感,总会伴随着鲜明而独特的艺术形象。形象独创性是艺术灵感的最鲜明的特征,在中国古代文论中,常常用"神化""妙悟""灵眼""灵手"等概念来说明灵感的独创性。如《西京杂记》记载扬雄评司马相如的赋说:"长卿赋不似从人间来,其神化所至耶?"严羽在《沧浪诗话·诗辨》中说:"大抵禅道惟在妙悟,诗道亦在妙悟……惟悟乃为当行,乃为本色。"金圣叹在评《西厢记》时说:"文章最妙是此一刻被灵眼觑见,便于此一刻被灵眼捉住。"这些都是指灵感的独创性特征而言的。

"焕然而兴"的灵感说,其形象独创性特征的规定性内容,一般都是与创作技巧、规程相比照而提出的,因此它常常与艺术理论中强调神似、反对形似,主张天然化成、反对人工雕琢的观点相关联。唐代李德裕《文章论》说文章"譬诸日月,虽终古常见,而光景常新,此所以为灵物也"。他在所作的《文箴》中也说:"文之为物,自然灵气。惚恍而来,不思而至。杼轴得之,淡而无味。琢刻藻绘,弥不足贵。如彼璞玉,磨砻成器,奢者为之,错以金翠,美质既雕,良宝斯弃。"这里就把"惚恍而来"的"自然灵气"即具有独创性的灵感同"杼轴得之"的轧轧抽思相对比,认为文章写作应该摒弃摹写古人和雕饰藻绘的做法,而要熔铸新意,如亘古恒悬的日月,"虽终古常见,而光景常新。"并把它视作"为文之大旨",体现了论者反对模拟形迹,提倡独创出新的文学发展观。明代的剧作家汤显祖承续李德裕的观点,对此阐述得更为明确。他说:"予谓文章之妙,不在步趋形似之间。自然灵气,恍惚而来,不思而至。怪怪奇奇,莫可名状,非常物得以合之。苏子瞻画枯株竹石,绝异古今画格。米家山水人物,不多用意。略施数笔,形象宛然。正使有意为之,亦复不佳。故夫笔墨小技,可以入神证圣。"(《合奇序》)汤显祖的观点与李德裕同旨,但他对灵感独创性的揭示,是从突破技艺常规而追寻意趣神色的创作主张中引申出来的。汤显祖戏剧理论的基本主张是强调作者一任性情所发,超轶格调之外,为了充分表达剧作的思想内容和艺术特色,而不受曲律的束缚。在这样的理论主张之下,必然重视作家的灵气,注重抒发性情而反对按字模声和步趋形似的因袭风气。其实不仅在汤显祖是这样,在文学批评理论上,凡是主张师心自用,独抒性灵一类观点的人,都必然注重性情与灵机的有机融合,强调任性而发,师法自然而音合天籁。这样的理论主张里面也必然包含着与灵感说相通的理论内容,如在明代李贽、三袁及清代袁牧的文学理论中,都不同程度地涉及到作家的创作灵感问题。以袁宏道为首的公安派倡导"独抒性灵,不拘格套",这是针对复古派而提出的富有创新精神的文学主张。然而他们所提倡的"性灵",其实质也就是一种即景生情的抒发,是情境偶触荡起的文思。用江盈科的话来解释,性灵"窍于心,寓于境。境所偶触,心能摄之,心所欲吐,腕能运之"(《敝箧集序》)。江盈科的解释可谓探得了性灵的本质。

第三节 "焕然而兴"说产生的条件及培养途径

"焕然而兴"的灵感的产生和培养以及获致灵感的条件主要包括三方面的内容。要使创作构思中能激发出"焕然而兴"的灵感现象,创作主体必须具有丰富的生活实践、艺术实践和学识积累。只有这样,才有可能触物生感,爆发出思想的火花。这是从创作主体的主观内在因素方面找出的灵感生成的原因。《答刘正夫书》说:"汉朝人莫不能文,独司马相如、太史公、刘向、扬雄为之最。然则用功深者,其收名也远。若皆与世浮沉,不自树立,虽不为当世所怪,亦必无后世之传也。"归根到底,人心之感于物为天机触发的契点,把灵感视为人们的创造性思维受阻而又一朝解悟的思维飞跃现象,因而就必然把作家平素蓄积的生活体验和学识经验作为灵感生成的先决条件,用古人的话说就叫作"有诸中"。古人对灵感与创作主体实践积累关系的揭示,早在先秦时期的庄子那里已萌其蘖。庄子论艺所提出的技艺神化说,注重完全天然的艺术而反对人为造作的艺术,他所讲的一系列寓言故事如庖丁解牛、轮扁斫轮、梓庆削木为鐻等,都贯穿着这样的思想。然而怎样才能达到这样的技艺效果呢?庄子认为要使人们虚静、坐忘以致"物化"的境界,才能"以天合天",即主客体物为一,这样的创作自然就和天工造化相一致了。庄子的这种学说,看似神秘玄奥,同时又带有排斥人们的能动认识和实践的意味,但是,它又从另一个角度说明神化的技艺来自于实践活动的积累,也就是主体驾驭客体的能力在反复的实践过程中逐渐演进而终臻神妙。如"佝偻承蜩"故事中的累丸致巧,"吕梁丈夫蹈水"故事中的日与水没,都讲出了神化技能出于实践练习的道理。庄子的技艺神化说并不是针对文艺创作而言的,而技艺的神化也并不指灵感现象,但是它所阐发的道理则与文艺创作中作家灵感突发现象的原理相通。神化技艺本是一种实际操作能力，而不是一种思维状态，它一经形成便具有恒定性，也不像灵感那样不可重复。但它与灵感的相通之处主要在于，它们都以实践活动的积累为生成的前提，就其本质属性而言，都是人们实践活动的质的提升和飞跃。正是基于这样的认识，所以我们认为庄子的技艺神化说，包含着对创作灵感的本质和产生根源的认识。后世的古代文论家对灵感本质的揭示，更明确地从它的实践属性方面，阐明了它与实践积累的关系，这样，就正确地抓住了灵感现象"长期积累，偶然得之"的本质属性，其实也就正确地指出了灵感产生的前提条件在于作家平素的内在积累。

　　作为作家创作灵感产生条件的内在积累，不仅包括"洞明字学"、趣幽旨深、阅历丰富、"博学于文"，包括他的艺术实践活动，而且还包括他的生活实践的积累。灵感现象之所以能在某一个作家身上发生，从内在生成因素方面来分析，它与该作家的个体生活史也有极密切的联系。因为人们的生活经历不同，所形成的生活积累也会影响他对客观事物的情感反应，同样作为信息源的外界事物，对于有不同生活经历的人来说，所能唤起的感受是不同的。因而发生在触物之际的创作灵感，并不是飘忽无根的不可测度的现象，而是作家所经历的客观生活以主观情感的方式在某种契机引发下的灵光闪现。对此，清人魏禧在《宗子发文集序》中的一段阐述说得十分清楚。他指出："人生平耳目所见闻，身所经历，莫不有其所以然之理，虽市侩优倡大猾逆贼之情状，灶婢丐夫米盐凌杂鄙亵之故，必留深思而叹识之，酝酿蓄积，沈浸不轻发。及其有故临文，则大小浅深，各以类触，沛乎若决陂地之不可御。"这里所谈的就是作家的生活积累犹如江河之水之蓄势待发，一旦临文，即触类生情，形成滂沛无滞的文思。我国古代诗话中曾记载不少"一字师"的故事。所谓"一字师"常常并不能以一字说明学问的高下，而取决于为师者的生活积累。据载，初唐诗人宋之问一次在杭州踏着月光游览灵隐寺，面对银光笼罩下的寺中殿阁和鹫岭偶发诗兴，不禁吟道："鹫岭郁苕峣，龙宫隐寂寥。"然接下来便难以为继，虽苦吟良久也未得佳句。这时走过来一老僧为他续作两句："楼观沧海日，门听浙江潮。"这两句诗把灵隐寺开阔的远景一下子给鲜明地展示出来，显得气象非凡，确为诗中警拔之句。然而我们能看出，这两句写的是灵隐寺的远景，而不是诗人眼前的景致。宋之问夜游灵隐寺，此时既看不到沧海日出的景象，也没有依门倾听江潮的生活体验，所以纵使他才高八斗也作不出这样的诗句；而寺中的老僧平素有这样的生活积累，才能脱口吟出如许佳联。

　　同时，创作主体的学识积累对灵感的激发具有先决作用。清人袁守定借用韩愈的话把这称作"有诸中",并且以"探珠于渊""采玉于山"为喻,说明诗人的创作灵感终归是诗人内在积学蕴思的光华闪现。

　　创作主体自身的自然生理条件也是制约灵感生成的重要因素,相对于主观精神条件而言,我们可以称它为主体物质条件。创作主体的创作状态与他的身心状态是相关联的,而创作构思中创作灵感的出现,对创作主体身心状况方面而言也是有规律可循的。因此寻找如何调适身心状态以利灵感闪现的规律,便是杰出的创作主体所毕力以求的目标。对这一问题的探求,最早可以溯源至庄子的"虚静"说。致虚静、守敬笃,是庄子所强调的认识"道"的途径和方法,它要求人们"心斋""坐忘",废止人的官能知觉而进入到无知无欲的空明状态,以虚静的状态来排除世俗尘杂的干扰,这样才能对至道进行观照,从而进入"大明"的境界。庄子把虚心静默地体悟宇宙万物的本质和规律作为认识客观外在事物的途径,使主体与自然相融为一,这样也就能够保持涵虚待物、专一而静的状态,有利于洞鉴事理、探赜发微。庄子的"虚静"说不是针对艺术创作提出的,但其原理则与艺术创作对作家摒除尘俗之想,专心凝虑在审美境界中展开想象的要求是完全一致的。那么创作主体创作伊始的沉思虚静的状态何以有利于驰骋神思、捕获灵感呢? 这个问题在梁代文论家刘勰那里,从原理上给予了相当科学的解释。刘勰认为,创作主体进行审美创作构思活动应当依循志意,顺乎自然,做到"率志委和",以使自己的文思"理融而情畅"。相反,如果一味地搜索枯肠而"钻砺过分",则就会"神疲而气衰",导致文思艰涩、窒碍难通。刘勰把创作构思过程中"率志委和"和"竭情殚虑"两种精神状态视为创作成败的先决条件,认为它们劳逸程度是悬差万里,所产生的效果也就有天壤之别。之所以会有这样的差别,刘勰指出其原因即在于一个人的"器分有限"。也就是说一个人的才分总会有偏长和限度,而精神活动的范围却是没有边际的。创作主体如果以有限的智力去强求超乎才分的文辞之美,这就如同庄子所说的有"以有涯随无涯"的困窘,势必会使自己"精气内销"而"神志外伤"。创作主体在审美创作过程中只有保持心气平和、神清气爽的状态,文思才不会壅滞。因此,创作主体应依循自身的生理规律,清和其心,条畅其气,培护一种旺盛的创作意兴。这样,创作主体不仅仅要孤身静默地去玄览或畅想,更主要的是要在生活中创造各种"逍遥"和"谈笑"的环境氛围。在这样的情境中,创作主体的创作意绪才能舒卷自如,创作灵感也才会频频闪现。这种在生活中逍遥情志、得意舒怀的调适身心,同胎息养生之术一样,都是养气的一种方法。创作主体的创作只有在意气高扬的情绪状态下,文思才不会受阻,这就为创作灵感的出现打开了通路,也就是说为灵感的产生创设了自然条件。

如前所述,灵感现象发生的前提条件是心物的契合,客观事物的感发作用是灵感生成的客观外在诱因,它不仅包括创作主体受自然景物的感召而触物生感,而且也包括创作主体面对各种社会生活情景而感事生怀。这样,古人就从自然景物和社会生活对创作主体心灵感发的角度,揭示出了灵感产生的客观外在条件。从理论上来阐述这一原理的,当以钟嵘的《诗品序》为全面而明确。钟嵘一方面指出"春风春鸟,秋月秋蝉,夏云暑雨,冬月祁寒"的四季景致,会感动诗人,生发诗情。另一方面,钟嵘更注重各种社会生活情境所感发的怨情对诗人创作欲望的催动作用,如"楚臣去境,汉妾辞宫,骨横朔野,魂逐飞蓬"等,它们以各种生活情状"感荡心灵",滋生灵感,形成了诗人创作的内在动因。但概括地说,作家不管是面对自然物色还是生活情景,创作灵感的引发,总要有一个主客观相融汇的契合点,那么,这个契合点也就是灵感产生的适时机缘,它所包藏的客观外在诱因即客观景物或生活情景在这里就成为灵感突发的主导因素了。

总之,"焕然而兴"的灵感现象是创作主体与客观外物机境偶触的产物,这是就其爆发的契合点而言的。作为灵感产生的条件,也必须具备主客体双重因素的原因,创作主体的主观精神因素和物质因素共同构成了灵感生成的内在条件;而自然景物的物色相召和社会生活的感荡心灵,则是激发创作灵感的外在条件,它作用于创作主体的耳目,调适其心境,使其焕发出高昂的创作情绪,从而为灵感的生成铺设了通途。

第六章

"弘丽温雅":司马相如赋的审美精神

从其表现域看,司马相如的赋作突出地体现出他的审美意趣,表现了他对一种美学精神的自觉追求和弘扬。

有学者认为,以司马相如为首的汉代赋家所创作的汉赋中显现出的美学精神是自然形成的。其实不然,作为一代文学,汉赋应该是以司马相如为首的汉代赋家刻意而为的,所表现出的审美旨趣,是创作主体有意识的追求。如司马相如就明确指出:赋的构思应该视野宏阔,想象超远,举凡自然景物、社会人物,都应纳入视野。所以在《上林赋》中,"左苍梧,右西极,丹水更其南,紫渊径其北",凡想像所及之物,无不写进赋中。而所谓"赋家之迹",则指赋的表达方式与审美风貌。司马相如认为,赋的审美风貌要追求华美,要讲辞藻,讲文采,如同编织锦绣;讲声韵,讲音乐美,如同宫商协奏。所以在《子虚赋》中,"曳明月之珠旗,建干将之雄戟;左乌号之雕弓,右夏服之劲箭"云云,对偶齐整,铺采摛文,无不用其极。由此也可见出,司马相如之追求赋的华丽,完全是出于一种自觉意识,发自对一种审美精神的向往。他的体物大赋铺采摛文的审美特征,是刻意所为,而绝非自然形成。正因为辞赋刻意追求辞藻的华美的审美意趣,从而其赋作才多呈现出"弘丽温雅""靡丽多夸"的审美特点,表现出"极丽靡之辞,闳侈钜衍,竞于使人不能加也"(《汉书·扬雄传》)的审美风貌。正是在这种背景下,才极为自然地形成了司马相如赋作独特的"巨丽"的审美意趣。而通过其赋作,考察其中蕴藉的审美精神,对深入解读、阐释其美学思想,无疑是极为有益的。

第一节 昂扬恢弘的气概和包容开放的审美精神

从司马相如的赋作可以看出,他认为辞赋创作应该表现出一种恢弘的气概和开放的审美精神。据《西京杂记》载:"司马相如为《上林》《子虚》赋,意思萧散,不复与外事相关,控引天地,错综古今,忽然如睡,焕然而兴,几百日而后成。其友人盛览,字长通,牂牁名士,尝问以作赋,相如曰:'合綦组以成文,列锦绣而为质。一经一纬,一宫一商,此赋之迹也。赋家之心,苞括宇宙,总览人物。'"《淮南子·齐俗训》:"往古今来谓之宙,四方上下谓之宇。"因之,"苞括宇宙"也就是指在赋家的笔下,时间是无始无终,空间是无边无际的。刘勰在《文心雕龙·通变》中也认为"楚汉侈而艳"。而侈有夸大、张大的意思,如《国语·吴语》:"以广侈吴王之心。"正是由于看出了赋家的这种恢弘的气概和开放的审美精神,刘勰才准确地把握了"相如赋仙,气号凌云""其风力遒"的审美特点。对这种特点,汉代的班固认识得也很清楚。他在《汉书·艺文志》中就曾指出:"其后宋玉、唐勒,汉兴枚乘、司马相如,下及扬子云,竞为侈丽宏衍之词。"这里就认为,以司马相如为代表的汉代赋家追求的是"侈丽宏衍"的审美风貌。因此,在他们笔下,首先就追求赋作体制的恢弘和意旨的包容性。如《子虚赋》和《上林赋》,在《史记》《汉书》的《司马相如传》中,都是合为一篇的,萧统编《文选》时,嫌其太长,才分成了两篇。

也正由于司马相如赋作气概的宏大和体制的巨丽,与司马迁的《史记》一样,都充分体现了大汉声威和当时昂扬的时代精神,因此,人们喜欢将司马相如和司马迁这两位文坛翘楚并称为"两司马"。可以说,自汉代班固论武帝得人,举凡"文章则司马迁、相如"(《汉书·公孙弘卜式倪宽传赞》)以来,历代论者即多以二人相提并论。如《北史·文苑序》谓汉自孝武之后,"扬葩振藻者如林,而二马王杨为之杰"。一代文豪韩愈也在《答刘正夫书》中称"汉朝人莫不能为文,独司马相如、太史公……为之最"。这种情况一直延续至"五四"以后。鲁迅先生的《汉文学史纲要》即将二人放在一起作了专节介绍,并指出"武帝时文人,赋莫若司马相如,文莫若司马迁",认为二人在"雄于文"和"不欲迎雄主之意"方面有相似之处。

一、司马相如赋恢弘的气概和开放的审美精神首先体现在赋的审美包容性方面,他的赋作具有极大的审美包容性,拓宽了辞赋创作的审美范围

司马相如赋作的包容性巨大,首先表现在体制的宏大上。班固说:"蜀有司马相如,作赋甚弘丽温雅,雄心壮之。"(《汉书·扬雄传》)又说:"枚乘、司马相如,下及扬子云,竞为侈丽宏衍之词。"(《汉书·艺文志》)"以敏于赋颂,为弘丽之文为贤乎?则夫司马长卿、扬子云是也。文丽而务巨,言眇而趋深。"(王充《论衡·定贤篇》)这里所谓的"闳""弘"都有大的意思,也都与"巨"的意思相近。

148

第六章 "弘丽温雅"：司马相如赋的审美精神

其次，这种包容性还体现在所表现的意旨和熔铸的意象弘大而宽广。司马相如的赋作篇幅弘大，这样，可以容纳的审美意旨与意象也必多而广。

作为战国末期才形成的一种新的文学体式，在司马相如之前，赋作的审美包容性还非常有限。就今天所能见到的作品看，当时只有荀子的《赋篇》、宋玉的《风赋》《高唐赋》《神女赋》《登徒子好色赋》，以及贾谊的《鵩鸟赋》《吊屈原赋》《旱云赋》和《虡赋》等十余篇，分别被后人归入"美丽""览古""鸟兽""天象"和"音乐"五类①，其中还包括有可能是后人伪托的那些作品。到了司马相如生活的景、武帝时期，辞赋创作的意旨与意象范围大大地扩展了。据不完全统计，这一时期共有13位作家的23篇赋作传世。除了司马相如的赋作之外，它们是邹阳的《几赋》《酒赋》(均见《西京杂记》)，孔臧的《谏格虎赋》《杨柳赋》《鸮赋》《蓼虫赋》(均见《孔丛子》)，羊胜的《屏风赋》(见《古文苑》)，公孙诡的《文鹿园》(见《西京杂记》)，枚乘的《七发》(见《文选》)、《柳赋》(见《西京杂记》)、《梁王兔园赋》(见《古文苑》)，公孙乘的《月赋》(同上)，路乔加的《鹤赋》(同上)，董仲舒的《士不遇赋》(见《艺文类聚》)，刘安的《屏风赋》(同上)，刘胜的《文木赋》(见《古文苑》)，刘彻的《悼李夫人赋》(见《汉书·外戚传》)和司马迁的《悲士不遇赋》(见《艺文类聚》)。这些赋作的意旨与意象类型在原有五类的基础上一下子增加了"器用""饮食""草木""鳞虫""室宇""言志""旷达"和"狩"八类，其绝对数已与南朝萧统编《文选》以意旨与意象分类而收赋15类相差无几。

据《汉书·艺文志》载，司马相如有赋29篇。今仅存《天子游猎赋》(《文选》分为两篇)、《哀二世赋》《大人赋》(以上见《史记·司马相如列传》)、《长门赋》(见《文选》)和《美人赋》(见《古文苑》)五篇。题材分属"畋狩""览古""旷达"和"美丽"四类，其中"畋狩"与"旷达"二类为其首创。另外有目可考的尚有《梨赋》(《文选·魏郡赋》注引)、《鱼葅赋》(《北堂书钞》引)和《梓桐山赋》(《玉篇·石郭》言及)三篇。这样，从司马相如赋作所涉及的审美内涵来看，已占了其时总数的一半以上。况且从作品的实际描述来看，司马相如的巨作《天子游猎赋》几乎包括了当时甚至以后辞赋创作的大多数常见审美内涵。它除了主要表现诸侯和天子的游猎活动外还对地貌山川、草木鸟兽、宫馆苑囿和音乐舞蹈等做了大量的描写，涉及面广。这些内涵有的已是当时辞赋创作的流行表达范围，如草木、鸟兽等；有的则在后代逐步发展成独立的审美表现类型，如宫馆、舞蹈等。因此可以毫

---

① 曹明纲：《司马相如对辞赋创作的贡献》，载《社会科学战线》，1987年第3期。

149

不夸张地说,司马相如辞赋创作的审美内涵几乎囊括了当时所有作家所涉猎的审美内涵。正是司马相如的这种卓越的创作实践,才使辞赋发展的第一个高潮在武帝时即呈现出令人炫目的绚丽色彩。

除了涉及面宽广之外,司马相如这种辞赋审美创作范围的包容性还体现在对旧的表达材料的翻新,和对新的审美创作意旨与意象的拓展与创新上。他的《天子游猎赋》虽然是赋"畋狩"类作品的第一篇,但其所表现的狩猎活动,在文学作品中却是一个古老的表达材料。与前人不同的是,这一表达材料到了司马相如手中,其内在审美包容量和寓意都大为充实了。

第一,它既详略有致地摹写"雕画"了齐君、楚王和天子三种规模不等、各具特色的狩猎活动,大大丰富了前人同类赋作中的有关内涵,而且还层次清晰地展现了这些活动所赖以进行的广大的自然环境,使整部赋作像一幅充满人与物、动与静互为依托、具有强烈立体感的油画。

第二,如果联系赋作的创作背景和赋作对诸侯逾制竞奢和天子纵乐无度的批判,也可清楚地看到它具有一种为以往赋作所不能比拟的鲜明的审美意旨。正是这种内在审美包容量的充实和寓意的扩大,才使狩猎这一古老的文学表达材料得以全新的面目出现在西汉的赋坛上。

与此相同,司马相如的《哀二世赋》与贾谊的《吊屈原赋》表面上同属"览古"或"吊亡"类作品,但司马相如完全摆脱了以往这类赋作在怀念亡人的同时诉说自己悲怨的惯例,巧妙地借了凭吊的机会,向耽于游猎的汉武帝重提一下秦二世因"持身不谨"而"亡国失执"的前辙,以期对这位正大展宏图的雄主有所劝戒。在此,司马相如并没有越出吊亡这一审美表达范围,而是对其进行了一番发掘和改造,从而拓宽了原有表达材料的审美包容性,其意义甚至比创立一种新的审美表达类型更为重大。《大人赋》在这方面也很突出,前人把它归入"旷达"一类,但从审美表达类型来说,似以"游仙"来加以概括更为确切。赋的这一审美表达材料来源于屈原的《远游》①,但司马相如的立意却与屈原完全不同。清方东树《昭昧詹言》认为《远游》系"屈子以时俗迫陋,沉浊污秽,不足与语,托言己欲轻举远游,脱屣人群,而求与古真人为侣"。相反,《大人赋》写大人恣游方内,超然尘外,却"以为列仙之传居山泽间,形容甚癯,此非帝王之仙意也"(《史记·司马相如列传》)。一个欲"与古真人为侣",有出世之意,一个却指出"西王母皬然白首,载胜而穴

---

① 有学者疑《远游》非屈原作,这里从王逸说。

处","必长生若此而不死兮,虽济万世不足以喜",有入世之愿。古人常以能于寻常表达材料中发掘出新的审美意旨,拓宽其表现域,为创作的不易之处;而司马相如对旧有表达材料所做的这些创新,正体现了他的恢弘气概和开放的审美精神。

第三,司马相如的赋作还以其叠床架屋或称作"堆砌"的特有的结构形式以显示其叙述对象的巨大、宏伟。《子虚赋》描绘楚云梦泽中的一座"小山",整段文字是由上下四方各方面的内容胪列、架构而成的。它像是一座由大小不太相等的石头砌成的高大城墙,又像是一幢由各种不怎么规整的板块粘合在一起的大楼,粗犷而雄伟。它是一个整体,但不是由一块巨石或一大板块构成的一个整体。在石块与石块之间,在板块与板块之间,"其""则""则有",就是连接石与石、板与板的泥线(而在一个大段与一个大段之间,常用的连词则有"于是""若乃""且夫""于是乎"等)。我们看到的这座山是立体的山,是从不同角度观赏到的山。这座山不仅高峻得蔽日亏月,而且幅员辽阔,"缘以大江,限于巫山",更有丰富的物产:各种林木花草,奇禽异兽。这样,就给受者一个强烈深刻的印象,这座山是高峻的大山。司马相如借子虚之口说它是云梦泽中的"小山",那么,云梦泽的大山更不知如何雄峻了! 而云梦泽不过是楚国七泽中"特其小小者",更见楚国苑囿的广大。

从整体结构看,司马相如创作的大赋不免显得粗犷朴拙,但从架构它的每一块"石头"和"板块"看,又无不纹理斐然。大赋描写"丽"的特征十分突出,所以批评它的人往往说"丽"得太过——侈丽、靡丽、淫丽;赞成它的人却说"辩丽可喜",足以娱人耳目。站在功利主义立场上来看"丽",常常只注意到它掩盖"讽"的一面,从美学的角度来看待"丽",则不能不承认它给受者带来了感观的愉悦。丽的表现是多方面的,而色彩的敷设则是华丽的一个方面。如《上林赋》就铺采摛文,体物叙事,运用大量华丽的语句,张扬文采,从不同的方面描写事物与场景,不厌其详、不厌其细,其云:"丹水更其南,紫渊径其北。"经过精心选择,创作主体选用了有色彩感的丹水和紫渊入赋,又云:"明月珠子,旳砾江靡。蜀石黄碝,水玉磊砢,磷磷烂烂,采色澔汗,藂积乎其中。鸿鹔鹄鸨,鴐鹅属玉,交精旋目,烦鹜庸渠,箴疵鵁卢,群浮乎其上,泛淫泛滥,随风澹淡,与波摇荡,奄薄水渚,唼喋菁藻,咀嚼菱藕。"又云:"夷嵏筑堂,累台增成,岩窔洞房,頫杳眇而无见,仰攀橑而扪天,奔星更于闺闼,宛虹拖于楯轩,青龙蚴蟉于东箱,象舆婉僤于西清,灵圄燕于闲馆,偓佺之伦,暴于南荣。醴泉涌于清室,通川过于中庭。盘石振崖,嵚岩倚倾。嵯峨磼礏,刻削峥嵘。玫瑰碧琳,珊瑚丛生,琘玉旁唐,玢豳文鳞,赤瑕驳荦,杂臿其间,晁采琬琰,和氏出焉。""雕画"细腻,错金镂彩,精细入微是华丽的又一种体现。如所

151

谓"华榱璧珰",李善注引韦昭曰:"华榱为璧,以当榱头也。"又云:"乘镂象,六玉虬。"李善注引张揖曰:"镂象,象路也,以象牙疏镂其车辂。六玉虬,谓驾六马,以玉饰其镳勒。"真是金碧辉煌令人应接不暇。至于描绘女乐的一小节文字,更是精工细笔,艳丽无比:"若夫青琴、宓妃之徒,绝殊离俗,妖冶娴都,靓妆刻饰,便嬛绰约,柔桡嫚嫚,妩媚孅弱。曳独茧之褕绁,眇阎易以恤削,便姗嫳屑,与俗殊服,芬芳沤郁,酷烈淑郁;皓齿粲烂,宜笑的皪;长眉连娟,微睇绵藐,色授魂与,心愉于侧。"这里先交代女乐的美丽举世无双,然后依次摹写其施粉黛,修鬓发,以及举止的轻柔,身段的苗条,神态的妩媚,服饰的奇特,步履的轻盈,体香芬芳浓郁,皓齿粲灿,笑靥可爱,娥眉细长,明眸含神,可用《上林赋》中所谓"丽靡烂漫"四个字来加以概括。

司马相如赋作恢弘的气概和张扬、开放审美精神的产生,原因是多方面的。

其一,与大一统的政治局面有着密切的联系。国家统一,版图广大,使汉人充满了自信和喜悦。篇幅比较狭小的诗、骚似已不足以表现大汉帝国的气象和魄力;早些时候产生的荀卿赋有类隐语,更显局促;表现贤人失志之悲为主的骚体赋情调又比较低沉,不足以再现汉人昂扬向上的气概,在大一统的政治背景下,以巨丽为美的大赋应运产生。

其二,汉代的物质文明为大赋提供了摹写、雕画的对象。汉初,采取"与民休息"的政策,到了文、景两朝,号称大治,武帝初期已经具有雄厚的经济实力。由于有经济作为基础,武帝大修宫室苑囿,拥有奇花异木、宝禽珍兽、广阔无比的上林苑,雕金错彩高耸巍峨的宫室建筑群,长安都城纵横交错的街衢、繁荣的商业活动,以及种种的欢娱逸乐,都使赋家大开眼界。司马相如赋作的种种摹写、雕画,不全是夸饰,却都打上了汉代物质文明的印记。经济发展,国力雄厚,军事力量也强大了,《史记·武帝纪》曾记载封禅盛典之前的一次武力巡边活动,骑兵18万,旌旗千里,行程1万数千里。

其三,从汉人审美情趣看,恢弘的气概和张扬、开放的美学精神也是其时代精神的生动显现。汉初作未央宫,萧何曾说"非壮丽无以重威",固然包含着功利目的,但恢弘与开放,确为汉代风尚。汉人的帛画、壁画、砖画,往往也体现以恢弘与开放为美的时代审美意趣,汉画的画面,往往不局限于一人一物、一山一水、或一花一鸟,画面容量之大、之奇丽,往往令人惊叹。1972年湖南长沙马王堆出土的西汉文物中有一幅彩绘帛画,画面上既有太阳、月亮、陆地、海洋,又有蟾蜍、玉兔和"嫦娥奔月"的场面,及蛇身人首的图像;有贵妇人拄杖缓行,还有三侍人紧随其后,又有强健的巨人手托重物。"从幻想的神话的仙人们的世界,到现实人间的贵族的享乐观赏的世界,到社会下层的奴隶们艰苦劳动的世界。从天上到地下,从历史到现实,各种对象、各种事物、各种场景、各种生活,都被汉代艺术所注意、所描绘、所欣赏。"这是一个"神话——历史——现实三混合的五彩缤纷的浪漫艺术世界"①。赋家的审美情趣和艺术家是相通的,司马相如在大赋的创作过程中,强调的也正是恢弘和开放两个方面,"控引天地,错综古今","苞括宇宙,总览人物"——将神话、历史、现实融汇到他的作品中,规模巨大、气势宏伟。"合綦组以成文,列锦绣而为质,一经一纬,一宫一商",极尽描绘、刻画、比喻、夸张、铺陈之能事,五彩缤纷、琳琅满目。

特别值得一提的是,司马相如赋作的开放性还体现在表现域的精细和周到。他以一个文学家和才子特有的敏感和细致的观察力,视域既开阔又细微、深入,在辞赋作品中首先表现了封建时代失宠皇后的悲惨命运和缠绵的感情。《长门赋》被后人归入"美丽"一类,其实只要稍加比较,便不难看出这篇作品与收入此类的其他赋作大都描写女子的美貌不同,它所表现的不是陈皇后外表的天生丽质,而是反映其退居长门之后内心的孤寂悲哀。因此完全可以认为司马相如是我国古代文学史上第一个倾注同情于表现"宫怨""闺情"的作家,他的创作使辞赋成为首先反映这一具有深刻社会内容的表达材料的文学样态。

作为个体的创作主体,其审美创作表现域,往往是显示其对社会生活观察体验的广狭深浅和文学创作能力高低的标识。鲁迅先生曾以"自摅妙才,不师故辙"②来形容司马相如的文学成就,无疑是非常准确的。

二、司马相如赋恢弘的气概和开放的审美精神还体现在辞赋创作的审美表达手法的多样与新颖方面,他的赋作丰富了辞赋创作的审美表达手法

首先,善于运用铺陈与夸饰手法很好地体现了这种恢弘的气概和开放的审美精神。铺陈是赋叙事的基本手法,挚虞《文章流别志论》云:"赋者,敷陈之称。"《文心雕龙·诠赋》云:"赋者,铺也;铺采摛文,体物写志也。"在《诗经》中,赋与比、兴并称,是一种表现手法,有铺叙的意思。而赋作为一种文体,虽然也很强调铺叙,但这种铺叙是"铺采摛文"的铺叙,而与《诗经》通常的叙事有较大的差别。

---

① 李泽厚:《美的历程》,文物出版社1981年版,第77-79、80页。
② 《汉文学史纲要》。

也就是说赋体的叙事离不开文彩,离开文彩的叙事不具备赋体的特征。司马相如所说的"合綦组以成文,列锦绣而为质,一经一纬,一宫一商,此赋之迹也",就是这种叙事理念。在他看来,赋既像经线和纬线编织的锦绣,又像五音(宫商为五音中的两种音,代指五音)组合的音乐。编织与组合,在赋这种文体中则表现为纵向与横向的铺陈。刘熙载说:"赋兼叙列二法:列者,一左一右,横义也;叙者,一先一后,竖义也。"(《艺概·赋概》)所谓"一先一后",是时间的先后,为纵、为竖;而所谓"一左一右",则是空间的左右,为横。司马相如所说的"文"指文彩,"质"是指艺术形式上的质,即质地,它是"文"所赖以依存的基础。例如织一幅中国大好河山图,用上等的丝织物作面料(即"质"),上面再用各色丝线去刺绣(即"文"),也就是所谓"锦上添花"。① 汉赋的叙事,无论是纵是横,是时是空,都非常讲究文彩。

纵向的叙事是以时间先后为序来进行叙述,有较明显的叙事成分。横向的叙事给受者最深的印象是空间感(立体感)。就一篇大赋(或其中一部分)来说,往往是前后上下、东西南北中的层层铺叙,例如《子虚赋》雕画云梦泽中的那座"小山"运用的就是这种写法。横向的铺陈,另一种方式是以类相从,排列很多同类的东西,并分门别类加以刻画;或者找出许多同一类型的形容词来进行描绘。如《上林赋》铺叙香草、果实;《子虚赋》对人物服饰仪态的刻画描写。纵向与横向的铺陈,往往在一篇大赋中同时运用,经纬交织、宫商相间、时空交错,宏大而有气魄,更兼琳琅满目,《子虚赋》《上林赋》无不如此。

夸饰就是夸张增饰,司马相如等汉赋家,极尽夸饰之能事。因此,刘勰批评司马相如为首的汉代赋家,说:"故上林之馆,奔星与宛虹入轩;从禽之盛,飞廉与鹪明俱获。及扬雄《甘泉》,酌其余波,语瑰奇则假珍于玉树,言峻极则颠坠于鬼神。至《西都》之比目,《西京》之海若,验理则理无可验,穷饰则饰犹未穷矣……此欲夸其威而饰其辞,事义睽剌也。"从刘勰所举诸例看,恰好说明夸饰是汉大赋一个很重要的特点。《上林赋》云:"离宫别馆,弥山跨谷","奔星更于闺闼,宛虹拖于楯轩。"又云:"背秋涉冬,天子校猎","椎蜚廉,弄獬豸";离宫别馆多而高,甚至连流星都落到房子里,长虹都拖到栏杆上,天子秋冬打猎,捉到许多珍禽奇鸟,甚至连神鸟飞廉和凤凰都捕获了。刘勰谈到夸饰的效果时说:"至如气貌山海,体势宫

---

① 龚克昌:《汉赋——文学自觉时代的起点》,见《汉赋研究》,山东文艺出版社1990年版,第346页。

殿,嵯峨揭业,熠耀焜煌之状,光彩炜炜而欲燃,声貌岌岌其将动矣。莫不因夸而成状,沿饰而得奇也。"(《文心雕龙·夸饰》)夸饰,往往能化静为动,化平淡为奇特,使描写对象具有极大的吸引读者的力量。通过夸饰,使本来就已经具有恢弘与开放特点的都市、宫室、苑囿更显得恢弘而华丽。

辞赋创作的审美叙事方式归根结底是一个"铺"字,但正如清人刘熙载所说:"铺,有所铺,有能铺。"(《艺概·赋概》)司马相如在"有所"和"有能"方面均表现出独步一时的杰出才华。应该说,作为辞赋创作叙事手法的典型特色,铺陈夸张手法在司马相如的作品中表现得尤为突出。诚如上文所言,《子虚赋》与《上林赋》取材宏富,境界阔大,凡自然界中的一切,莫不欲罗诸笔端,形于纸上。但这些头绪纷繁、门类众多的意象通过创作主体"权衡损益,斟酌浓淡。芟繁剪秽,弛于负担"(《文心雕龙·定势》)的创作构思,却被安置得井井有条,层次清晰。从整篇赋作来看,时空结合、虚实相间、详略有致而富于变化,是其叙事铺张的几个显著特点。作品由子虚应邀与齐君共猎入手,先陈猎后向乌有先生炫耀云梦与楚王之猎,继以乌有先生闻言之余的诘难、反驳,引出亡是公的议论,末则以二人谢罪收结。事情发展的前后次序十分清楚,由此构成贯穿全文内容的时间纵线。其写诸侯天子的花园和狩猎也有条不紊。如叙云梦,先以"方九百里"概言之,然后以质地分言山、土、石,以方位分言东南西北,并于南北二处又细别高燥与卑湿、其上与其下四层,对云梦的地理环境作了多角度、多方位的描述。又如状天子校猎,先以"于是乎背秋涉冬,天子校猎"总起,接着对车饰仪仗、纵猎场面、所获之丰和猎者之乐、游宴歌舞等层层铺写,由此组成全文内容的空间横线。《天子游猎赋》正是由这样的纵线和横线彼此交织起来的一幅锦缎,它以恢弘饱满的内涵和开放绚丽的风貌呈现在人们的面前。

然而在这种"权衡损益,斟酌浓淡。芟繁剪秽,弛于负担"的编织中,亦不乏机智灵巧的跳跃。如作品为了表现楚国可供游猎之地的广大,先让子虚介绍自己曾为"宿卫十有余年,时从出游",然于楚王后园"犹未能遍睹",接着又在具体描述云梦之前,谓"臣闻楚有七泽,尝见其一……盖特其小小者尔,名曰云梦"。在此,作者虽然没有对楚王后园与除云梦外的楚国大泽做任何实际描写,但它们的无比广袤却已给人留下了深刻的印象。这是由大处、虚处着手,再辅以对小者云梦的摹写,使赋作的意旨与意象营构虚实相间,以小见大。反之,赋作又在描述上林中的园林宫馆设施之后,以"若此者数百千处,娱游往来,宫宿馆台,庖厨不徙,后宫不移,百官具备"的虚写,将已实言的事物无限放大。故前人称司马相如赋"善于架虚行危","既会造出奇怪,又会撇入窅冥,所谓'似不从人间来'者,此也"(刘熙载《艺概·赋概》)。

以往一些文学史在论及司马相如这篇赋作时,往往以对云梦摹写与雕画的一段为例,以为其铺张过甚,太费言辞。其实从整篇赋作所要表现的意旨来看,这种摹写与雕画是完全必要和颇为精要的。试想,司马相如如果真像后人所指责的不知剪裁,一味堆垛的话,那么他就应该对楚王的后园、楚国的七泽一一加以铺写,其结果篇幅和文辞就远远不止我们今天所看到的这些。与其叙事虚实并施互为补充的,是赋作对具体事物的描述详略结合。

从总体情况看,赋作写园囿和狩猎都是齐略、楚详,天子更详。具体地说,在子虚吹嘘了一通云梦和楚王的游猎之后,齐臣乌有先生为了争而胜之,按理应对齐的情况再做一番更详细的夸耀,但作品却仅以"吞若云梦者八九于其胸中,曾不待芥"一语兜转,不仅以少总多,而且出奇制胜。又同为详写,其言云梦仅300余字,言上林却三四倍于此。这样既符合描写对象的实际身份,同时又使文章详中有略,略中见详,避免了陈陈相因、平铺直叙的弊病。

《天子游猎赋》在铺写中的虚实相间、详略有致突出地体现了它富于变化的特点。并且,赋作同样是摹写、雕画园囿和狩猎,齐、楚与天子三种情况无一重复,各具特色。楚王的狩猎颇具南国情调,与齐王猎队"割鲜染轮"的北方粗犷作风显然不同,而天子校猎的华贵从容,优游自得,显然又不是二诸侯国君所能比拟的。同时,与对楚国和天子的苑囿狩猎的描写都连贯一气不同,赋作于齐国则是先言其出猎,后写其环境,且在二部分内容中插入对楚的描写,极见开合变化的艺术匠心。司马相如在这篇赋作铺张时所表现出来的这些高度的艺术技巧,一直为后代许多作家所倾羡和仿效,但正如明王世贞所指出的那样,其"材极富,辞极丽,运笔极古雅,精神极流动。长沙达到这种水平有其意而无其材,班张潘有其材而无其笔,子云有其笔而不得其精神流动之处"(《艺苑卮言》),历史上还很少有人能真正达到这种水平。

其次,善于运用虚构与象征手法更好地增强了这种恢弘的气概和开放的审美精神。作为一种审美表达手法,虚构在辞赋创作中很早就被采用了。宋玉《高唐赋》就善于"假设其事,风谏淫惑";《登徒子好色赋》则善于"假以为辞讽于淫";枚乘《七发》"假立楚太子及吴客以为语端"(皆见《文选》李善注)。其中所谓"假设其事""假以为辞""假立楚太子及吴客"等,都指虚构。但这时虚构的运用在辞赋创作中尚处于不自觉的低级阶段。这表现在人物设置大多仅限于二人,如宋玉赋中的宋玉和楚王,贾谊赋中的主人和鵬鸟,枚乘赋中的楚太子和吴客。而且二人中大多有作家本人在内,多少带有诸子散文中语录体的形迹,并且情节安排也比较简单。多限于主客之间的一问一答,显得比较机械和呆板。枚乘赋试图打破这种格局,结果却导致简单的多次重复。只有宋玉《登徒子好色赋》稍有例外地写了登徒子、楚王、宋玉和章华大夫四人的对话,但人物之间缺少紧密的联系,结构也很松散,缺少必要的前后呼应。司马相如却不然,他"以'子虚',虚言也,为楚称;'乌有先生'者,乌有此事也,为齐难;'亡是公'者,无是人也,明天子之义。故空藉三人为辞,以推天子诸侯之范围"(《史记·司马相如列传》)。从司马迁的这段话中,不难看出司马相如在运用虚构这一审美表达手法时,已经完全进入了自觉阶段,而且水平也大为提高。他把人物设置由前人的二人改变为三人,将二人固定的主客关系改变为根据情节发展的需要,三人互为主客,从而显示出极大的灵活性,这是一。同时,其虚构的人物在身份上也完全摆脱了先秦经籍中记载人物对话的那种指实性,从人物的命名即明确地显示出作品的虚构性质,从而使其更具有文学创作那种来自现实却又不必处处为其所限的典型意义,这是二。

再次,在情节安排方面,《天子游猎赋》则更具有前人难以企及的巧妙构思。它首叙楚使子虚应齐君之邀参加狩猎,猎后向齐臣乌有先生夸耀起楚国云梦的广大,楚王出猎的险盛,并以"亡是公在焉"为后文设下伏笔。接言乌有先生听了子虚的吹嘘之后,一面指责其"奢言淫乐而显侈靡",一面自己也不禁奢谈齐可猎之地"吞若云梦者八九于其胸中,曾不蒂芥",企图争而胜之。末写天子代表亡是公"听然而笑",盛言上林的巨丽和天子出猎的壮观,并以天子的幡然悔悟表示了对诸侯逾制和耽乎游乐的不满。最后以"二子愀然改容",避席而退作结。其构设之完整,情节之起伏,挽合之紧密,在汉代甚至在历代赋作中都是罕见的。前人曾称"其空中设景布阵最虚眇阔达,前后一气,嘘吸回薄,鼓荡如大海回风,洪流隐起,万里俱动,使人目眩而神傥"(《古文辞类纂》引张廉卿语),实非虚誉。

设置人物和安排情节是虚构的重要内容,司马相如在这方面做出的可贵努力,反映出他比当时任何赋作家都自觉地运用了文学创作的这一必要手段;而他所达到的水平,也为后代众多作家所难以企及。这给公元前2世纪的中国文坛带来了异样的光辉。

司马相如赋作所采用的虚构手法有两种,一是前面谈到的凭虚架危,即凭空想象;一是虚实相间,即由此及彼的联想。如司马相如在《天子游猎赋》中对上林所做的雕画摹写,就是虚实结合、真真假假、亦幻亦真、亦虚亦实。历史上的上林苑本是秦代的一个旧苑，汉代虽经武帝广为扩建，其范围据《史记》《汉书》和《三辅黄图》等书记载，东南至宜春、鼎湖（皆宫名，在今陕西蓝田县南塬）、御宿（今今西安市长安区南）、昆吾（今蓝田县东北），傍终南山而西，至长杨、五柞（皆宫名，在今陕西周至县东南），北绕黄山（今陕西兴平市马嵬镇北），濒渭水而东，其方圆也不过300里左右。但在司马相如笔下，由楚国子虚应邀与齐君共猎入手，对具体事物的雕画摹写虚实并施，通过想象，虚实相间，将其现实的景况加以艺术想象，从而其地"左苍梧，右西极"，"日出东沼，入乎西陂"，"南则隆冬生长"，"北则盛夏含冻裂地"，域界广大无限；加之果木繁盛，荔枝卢桔与山梨酸枣并茂，禽兽毕集，沈牛麈麋，穷奇象犀，骆驼与鸿鹄、鹔鸨共游，真是幅员辽阔，物产丰庶。因此，自司马迁谓其"多虚词滥说"以来，多有指责其摹写失实者。如晋左思《三都赋序》以"相如赋上林，而引'卢桔夏熟'"为例，言其"于辞则易为藻饰，于义则虚而无徵"。宋沈括也在《梦溪笔谈》中力辨"八川分流，……东注太湖"之诬。惟有宋人程大昌曾首先对此提出不同看法，他认为："亡是公赋上林，盖该四海言之。其叙分界，则'左苍梧，右西极'；其举四方，则曰'日出东沼，入乎西陂'，'南则隆冬生长，涌水跃波'，'北则盛夏含冻裂地，涉冰揭河'。至论猎之所及，则曰'江河为阹，泰山为橹'，此言环四海皆天于园圃，使齐楚所夸，俱在包笼中。彼于日月所照，霜露所坠，凡土毛川珍，孰非园圃中物？叙而置之，何一非实！"这就是说，司马相如在作品中所描写的上林虽以现实中的"周袤三百里"的范围为原型，但它表现的却是"该四海而言之"的广大领域。换句话说，司马相如对上林所做的摹写，采用了艺术创作中的联想手法。

所谓联想，是指由一个事物想到另一事物的心理过程。联想又分相似联想和接近联想，后者是依据接近率，即依据事物之间在时空上的接近而构成的联想。我们在司马相如这篇作品中所看到的，正是这种接近联想所唤起的"无限作用"。那些高山大川，丛林巨木，那些珍禽怪兽，奇花异卉，那种弥山跨谷的离宫别馆，那种铺天盖地的纵猎场面，都使读者的感觉印象远远超出了史书记载的那个上林苑的狭小范围，它的作用不仅足以包笼为子虚所夸的"方九百里"的楚国云梦一泽，而且也足以容存为乌有先生所称的"吞若云梦者八九于其胸中，曾不蒂芥"的齐地，其是普天之下，何处不及，何物不备。

联想手法的运用，再加上构想与虚构使司马相如的赋作既具有称扬天子享有四海的政治意义，同时又显示出一种前所未有的宏大气魄，一种同当时汉王朝所拥有的版图同样阔大的境界。这种艺术处理的效果无疑是非常成功的，它体现了

<<< 第六章 "弘丽温雅":司马相如赋的审美精神

文学创作源于现实又高于现实的本质特点。尽管在很长的岁月中人们由于所处环境的种种限制,对其产生了许多误解,但它毕竟在经、史学占有统治地位的夜空中,显露出文学独立发展的一抹晨光。

最后,善于雕画摹写使司马相如赋作的这种恢弘的气概和开放的审美精神得到更加生动的显现。司马相如的赋作在叙事方面一向以擅长摹写著称,如《天子游猎赋》摹写水势云:"荡荡乎八川分流,相背而异态。东西南北,驰骛往来……汩乎混流,顺阿而下,赴隘陕之口。触穹石,激堆埼,沸乎暴怒,汹涌澎湃,滭弗宓汩,逼侧泌㴋,横流逆折,转腾潎冽,滂濞沆溉;穹隆云桡,宛潬胶戾,逾波趋浥,莅莅下濑,批岩冲壅,奔扬滞沛。临坻注壑,瀺灂损坠,湛湛隐隐,砰磅訇磕,潏潏淈淈,湁潗鼎沸,驰波跳沫,汩汩漂疾,悠远长怀,寂漻无声,肆乎永归。然后灏溔潢漾,安翔徐回,翯乎滈滈,东注太湖,衍溢陂池。"摹写山形云:"崇山矗矗,崔巍嵯峨,深林巨木,崭岩参差。九嵕巀嶭,南山峨峨,岩阤甗锜,摧嶉崛崎,振溪通谷,蹇产沟渎,谽呀豁閜,阜陵别坞,崴磈嵔廆,丘墟崛𡸓,隐辚郁垒,登降施靡,陂池貏豸,沇溶淫鬻,散涣夷陆,亭皋千里,靡不被筑。揵以绿蕙,被以江蓠,糅以蘼芜,杂以留夷。"在他的笔下,自然界的山川千姿百态,展示出它们的所有魅力:阔大、雄奇、险奥、壮美。其摹状纵猎之盛大云:"河江为阹,泰山为橹。车骑雷起,殷天动地。先后陆离,离散别追,淫淫裔裔,缘陵流泽,云布雨施。"描摹舞乐场景云:"车骑锡起,殷天动淫淫裔裔,缘陵流奏陶唐氏之舞,听葛天氏之歌;千人唱,万人和,山陵为之震动,川谷为之荡波。"那声势,那画面,直如天风海涛,鼓荡吹拂,席地而来。除了这种大场面的渲染涂抹外,司马相如还善于以极细致的笔触,时时点缀出一些充满情趣的景物。如其写水中珍禽:"汎淫泛滥,随风澹淡,与波摇荡。奄薄水渚,唼喋青藻,咀嚼菱藕。"写林中猱猿:"长啸哀鸣,翩幡互经。夭矫枝格,偃蹇抄颠。逾绝梁,腾殊榛,捷垂条,掉稀间。牢落陆离,烂漫远迁。"不仅神态宛然,而且洋溢着诗情画意。司马相如这种巨细皆妙、涉笔成趣的描写,既充分吸取了前人的创作成果,同时又经过自己的努力,将辞赋创作"拟诸形容""象其物宜"的本色大大地充实和发扬了,同时,充分地体现出其赋作恢弘的气概和开放的审美精神。

值得注意的是,司马相如不仅善于描绘现实中的各种景物,同时也善于拟写幻想中的神仙世界。他的那篇《大人赋》即以通览八荒、使神役仙的奇异色彩,吸引了汉武帝,使他读后大悦,竟"飘飘然有凌云之气"。

然而司马相如在描写方面最杰出的贡献是他首次以细腻委婉的抒情笔墨,着意刻画了人物复杂而微妙的心理。在这方面,《长门赋》即是一个范例。赋中摹写

159

退居长门的陈皇后云:"廓独潜而专精兮,天漂漂而疾风。登兰台而遥望兮,神怳怳而外淫……雷殷殷而响起兮,声像之车音;飘风回而起闺兮,举帷幄之襜襜……下兰台而周览兮,步从容于深宫……以哀号兮,孤雌跱于枯杨。日黄昏而绝望兮,怅独托于空堂。"在此,司马相如通过对陈皇后一些行动、感觉和环境的客观描写,充分揭示了人物由渴望而产生种种幻觉并最终陷入绝望的痛苦心情。作品接下去写道:"悬明月以自照兮,组清夜于洞房。援雅琴以变调兮,奏愁思之不可长……左右悲而垂泪兮,涕流离而纵横……忽寝寐而梦想兮,魂若君之在旁。惕寤觉而无见兮,魂廷廷若有亡……"这种如泣如诉的形象摹写,是感人至深的。相传陈皇后曾因此赋而复宠,虽非史实,但至少说明这篇作品具有一种撼人心扉的艺术魅力。司马相如将辞赋体物入微的传统手法,用来刻画人物的心理状态,抒写她们的思想感情,这不能不说是一种极有意义的创举。它既显示出赋的形象摹写除了体物记事以外尚有更宽广的用武之地,同时也预告了抒情作品将有一个更辉煌的发展前景。

总之,司马相如辞赋创作的艺术表现手法是多种多样的,这使得他的赋作放射出前所未有的光彩,也更好地体现出其恢弘的气概和开放的审美精神。

三、司马相如赋恢弘的气概和开放的审美精神还体现在辞赋创作的以"巨丽"为美的审美意趣方面

关于司马相如以"巨丽"为美的审美意向,前人早就注意到了。

以司马相如为首的汉代赋家的这种追求,曾遭到后世不少学者的非议。连讲究"通变"的刘勰也指出:"《七发》以下,作者继踵……莫不高谈宫馆,壮语田猎,穷瑰奇之服馔,极蛊媚之声色。甘意摇骨体,艳词动魂识。虽始之以淫侈,而终之以居正。然讽一劝百,势不自反。"[1]认为"楚艳汉侈,流弊不还"[2]。到了现代,汉大赋这种特性受非议更多,甚至被有些人请出了汉代文学的殿堂。其实这样做实在是忽视了汉赋追求以"巨丽"为美的合理性,忘记了汉大赋是为了充分适应汉代的社会而产生、而存在的,是为了满足汉代人的审美追求而存在的。

这种追求以"巨丽"为美的合理性,我们只能从历史发展中去找原因。因为

---

[1] 《文心雕龙·杂文》。
[2] 《文心雕龙·宗经》。

"文变染乎世情,兴废系乎时序"①,"每一时代的美都是而且也应该是为那一时代而存在,它毫不破坏和谐,毫不违反那一时代的美的要求。"②汉代,作为秦以后又一个大一统的时代,它的疆域比秦时更加广阔,"东西九千三百余里,南北一万三千余里,有户一千二百多万,口五千九百五十多万。"③临御这个大帝国的统治者,一开始就是踌躇满志的。据《史记·高祖本纪》载,高祖七年,韩信叛乱未平,平城大败,时局动荡,国力维艰。而此时萧何建未央宫,"周回二十二里九十五步五尺,街道周回七十里,台殿四十三,池十三,山六,门闼凡九十五"。④"上见其壮丽,甚怒,谓何曰:'天下匈匈,劳苦数岁,成败未可知,是何治宫室过度也!'何曰:'天下方未定,故可因以就宫室。且夫天子以四海为家,非壮丽无以重威,且无令后世有以加也。'上说,自栎阳徙都长安。"⑤"无令后世有以加",就是汉代人建筑上追求的标准。历文景至武帝,汉之国力达到了鼎盛,此时的统治者,"累廊台恐其不高,弋猎之处恐其不广。"⑥甘泉宫与建章宫,其雄峻壮丽,力压未央。上林苑扩建后的规模之大,更是令人惊诧。上林本秦旧苑,扩建后,南傍终南,北滨渭水,周回300里。内有离宫70,能容千乘万骑。这位皇帝不但在建筑上张扬大的气派,而且行动上也是这样。他的一次择兵耀武的巡边,竟动用了18万骑兵,行程1万余里,旌旗飘扬1000余里。正是因为他喜爱大的东西,大的气魄,所以他读了《子虚赋》后,大加赏叹,恨不与司马相如同时。读了《大人赋》,竟觉得飘飘有凌云之气,甚至还特意让人为他讲"大言"⑦。从以上的事实中可以看出,汉代人追求大的东西,以"巨丽"为美的审美观,可称得上波振于上,风流于下了。

四、司马相如赋作所体现出的这种恢弘的气概和开放的审美精神与巴蜀地域文化的影响分不开

巴蜀地区具有厚重的原始宗教的神秘氛围,鬼气浓重,从而造成了以司马相如为首的巴蜀文人离经叛道、胆大妄为、标新立异、无所顾忌、敢想敢为、敢说敢干的审美进取精神。自古以来,这里的文人就敢于取法异域,大胆锐利地进取开拓。

---

① 《文心雕龙·时序》。
② 车尔尼雪夫斯基:《生活与美学》。
③ 《汉书·地理志》。
④ 《西京杂记》。
⑤ 《汉书·高帝记上》。
⑥ 《汉书·东方朔传》。
⑦ 《史记·封禅书》。

他们泼辣果敢、勇往直前、放言无惮地否定批判、敢于冲破僵化的传统观念,具有张狂、反叛的审美意识。这一反叛精神促使他们在现代文化思潮中多次扮演"时代先锋"的角色。

以司马相如为首的巴蜀文人自古以来就具有开创精神,"首开风气"的开拓前进,还不断掀起一次又一次的反叛传统的审美风潮。他们泼辣凌厉,特别能够求新逐异,更愿意显示自己年轻气盛的一面,善于自我否定、自我更新。恃才傲物的巴蜀文人也层出不穷,作为商代长江流域城市文明和青铜文化的杰出代表,三星堆宏阔的古城、辉煌的青铜文化孕育了巴蜀文化开放的审美精神。从青铜文化来看,三星堆青铜合金技术、铸造工艺和青铜制品种类均有十分鲜明的特点,达到了相当成熟的水平。身居内陆盆地的三星堆文明绝非封闭型文明,它不但与中原的文明和中国其他区域文明有着这样那样的联系,而且还发展了与亚洲其他文明古国的关系,证明它是一支勇于迎接世界文化浪潮冲击的开放型的文明。

同时,以司马相如为首的巴蜀文人还具有素朴敦厚、尚义言孝、锐勇刚强的审美精神,巴蜀民族文化重祭祀、喜歌舞、自然任性、率直豪放、勇敢尚武,民风淳朴厚重。显然,生于斯长于斯的巴蜀文人不能不受其影响。

的确,以司马相如为首的巴蜀文人自古以来就具有既务实创新又灵活机变、异端叛逆、幽默鬼黠的审美精神。司马相如以后,陈子昂有骋侠使气,李白"天子呼来不上船",雍陶自负"矜夸",苏舜钦"塞若傲世",苏辙有"狂直"之名。从古到今,巴蜀文人就敢于突破传统,离经叛道、标新立异,自创一格。除了首开风气,巴蜀文人也灵活善变,不断地自我调整以求适应时代的发展,反映在巴蜀学术思想史上,便涌现出了大量关于"变化"的论述,清末廖平学术思想的"六变"最是有名。为了适应时代的变迁和西方文化的冲击,廖平的论域不断翻新,一变再变,他自己也引以为荣,不无得意地说:"为学须善变,十年一大变,三年一小变,每变愈上,不可限量,所谓士别三日,当刮目相待也。"[1]曾任四川学政的张之洞就此评述说:"蜀中人士聪明解悟,向善好胜,不胶已见,易于鼓动,远胜他者。"[2]当巴蜀式的求新逐异逐渐成为一个普遍的事实时,实际上就意味着传统礼教的松弛已经构成了这一地域的特异的文化习俗,在与中国正统的儒学文化、礼教秩序稍有偏离的地方,巴蜀孕育着自己别具一格的敢于创新的品格,某种程度的反传统成了传

---

[1] 廖平:《经话甲编》,见《廖平学术论著选集》卷一,巴蜀书社1984年版。
[2] 张之洞:《经话甲编》,见《张文襄公全集》卷二一四。

统,部分的逾越规范成了规范。巴蜀,求新逐异的故乡!无论是自觉还是不自觉,生活在这块土地上的现代四川作家已经浸润在这一种特异的地域习俗与品格之中,这些习俗和品格也就会继续滋养和鼓励他们"敢为天下先"的先锋行为。

第二节 高远宏阔的气度与圆满完美的美学精神

从司马相如的赋作来看,辞赋创作应该追求高远宏阔、圆满完美的审美境界。这种审美意趣体现在他的创作心理、思维方式和追求目标三大层面上。

一、司马相如的赋作高远宏阔、圆满完美的美学精神首先体现在其追求完满的审美创作心理方面

从作赋心理上看,司马相如认为,赋的创作在审美表达的样态上应该求大,在审美意旨上求全,在审美表现技巧上求尽,在审美气势上求放,在审美风格上求美,简言之,即追求完美心理。从客观上看,这种心理的形成无疑源于大汉帝国激昂奋发、高远宏阔之时代精神的影响。从主观上看,则又与当代文人欲以润色鸿业、建言立名的自觉追求紧相关联。换言之,时代为文人的追求提供了闳肆博发的条件,而以铺张扬厉为体的大赋足以最大限度地表现文人之精神,于是,时代、文人、文体的有机拍合,遂成就了上述大、全、尽、放、美的欲求完满心理。如果说,这种心理在汉兴 70 年中虽已日趋增长,但尚未得到大的表露,那么,到了武帝时代,它便无遮无拦地突发出来并达到了顶点;如果说,在同时代的文人中,董仲舒欲借《春秋繁露》总揽天人,建立庞大的宇宙哲学体系,司马迁欲借《史记》"究天人之际,通古今之变,成一家之言",那么,司马相如便欲借其赋作挟四时、超方域、统万物,构筑"卓绝汉代"的文学殿堂。《西京杂记》卷二载盛览向司马相如问作赋,相如曰:"合綦组以成文,列锦绣而为质,一经一纬,一宫一商,斯乃得之于内,不可得而传。"在这段屡屡为人引用的话中,所谓"赋心"的突出特点便是求大求全,它"得之于内",亦即得之于时代风尚对创作主体内在精神的摇荡感发,从而形成一种博大汹涌的情感激流,向外发越,终致"苞括宇宙,总览人物",尽全尽美,无以复加。与此相比,"合綦组以成文,列锦绣而为质"的形式技巧自然是第二位的。当然,我们无意说司马相如不重视形式技巧,也并非断言他已在明确倡导"赋心",但就创作实际看,他的作品主要是在"赋心"亦即欲求完满心理的支配下完成的。

在《天子游猎赋》中,作者的"赋心"体现得最为明显:篇幅之巨,前无古人,洋洋洒洒几达四千字,内容之丰,亦罕见其匹,飞禽走兽山川草木宫殿楼阁君臣仕女,应有尽有,无所不包;描写之详尽,更是探幽入微,纤毫毕至。如其写欢腾音响,乃是"枞金鼓,吹鸣籁,榜人歌,声流喝,水虫孩,波鸿沸,涌泉起,奔扬会,礧石相击,琅琅磕磕,若雷霆之声,闻乎数百里之外";写奔腾流水,则是"荡荡乎八川分流,相背而异态,东西南北,驰骛往来,出乎椒丘之阙,行乎洲淤之浦,经乎桂林之中,过乎泱莽之野,汩乎混流,顺阿而下,赴隘陿之口"。其中呈现的,分明是一种放浪不羁的精神和昂扬雄丽的气象,所谓"铺采摛文""蔚似雕画"①,"织综比义,以敷其华,惊听回视,资此效绩"②,"丽句与深采并流,偶意共逸韵俱发"③,正是对相如赋作形式特点和艺术表现的最好概括。

显而易见,上述艺术表现与相如欲求激昂奋发、高远宏阔、圆满完美的审美境界的创作心理相关合,没有前者,后者确难表现得如此淋漓尽致,但若无后者,前者便无从谈起。皇甫谧《三都赋序》有言:"逮汉贾谊,颇节之以礼。自时厥后,缀文之士,不率典言,并务恢张其文,博诞空类,大者罩天地之表,细者入毫纤之内。虽充车联驷,不足以载;广厦接橑,不容以居也。"而"其中高者"则首推"相如《上林》"。成公绥《天地赋序》指出:"赋者贵能分赋物理,敷演无方,天地之盛,可以致思矣。"论者谓其意"与长卿宛合"④。刘熙载说得更明确直接:"赋家之心,其小无内,其大无垠,故能随其所值,赋像班形。所谓'推其有之,是以似之'也。"⑤不难看出,这些论述都或隐或显地接触到了作者的创作心理问题,如果与司马相如"苞括宇宙,总览人物"的"赋心"说做一比照,再以此理论对相如赋作的形式特点和艺术表现做一反观,则其中的一致性以及"赋心"的作用就更加清楚了。

二、司马相如的赋作高远宏阔、圆满完美的美学精神还体现在宏放博大、无所不包的审美构思方式上

构思方式与作者的创作心理有着内在联系。司马相如欲求完满的创作心理,必然导致相应的"繁类以成艳"的构思方式。所谓"繁类以成艳"的构思方式,是

---

① 《文心雕龙·诠赋》。
② 《文心雕龙·比兴》。
③ 《文心雕龙·丽辞》。
④ 刘熙载:《艺概·赋概》。
⑤ 刘熙载:《艺概·赋概》。

第六章 "弘丽温雅"：司马相如赋的审美精神

刘勰在《文心雕龙·诠赋》篇中所指出的。在刘勰看来，最能代表司马相如创作构思特色的就是《上林赋》所体现出的"繁类以成艳"这种审美创作方式。刘永济在《文心雕龙校释》中解释"繁类以成艳"，说司马相如"下篇言天子之上林，文尤闳博。其中写上林所在一段，先写水势、水族、水中珍异、水鸟，次写山之林木、阜陵、香草、走兽，已包含极富，而写上林之宫室、美玉、嘉果、茂木，以及林中之兽，其奇瑰又与前异；其写天子之出猎之事一段，中间如所搏之兽、所弋之禽，皆珍奇之类，较前又不同，至其后叙置酒张乐，以及声色之娱，尤极夸张之致，故曰'繁类以成艳'。"程廷祚在《骚赋论》中也指出《子虚》《上林》，总众类而不厌其繁，会群芳而不流于靡，岂宋玉之流亚乎？""繁类以成艳"与"总众类而不厌其繁"，是指创作主体在创作过程中，将构思的触角由一点扩散开来，依类推衍，尽力捕捉所能把握到的事物、意象，从而在更广阔的范围和新的层次进行艺术创造。即如刘勰所指出的，"铺采摛文"与"体物写志"是赋的主要叙事方式，"繁类""总类"这种构思方式在司马相如之前即已被广泛运用，如战国时代的策士在游说诸侯时，无不纵横驰说，大肆铺排；枚乘之《七发》亦借吴客之口，大力张扬奇声、奇味、骑射、游宴、校猎、观涛诸事，皆属此类情形。然而，这种构思的"繁类""总类"还是有限度的，而且不时向中心聚拢，让人明显感觉到，它是围绕某一主旨在进行。只是到了司马相如这里，"繁类以成艳"的构思才达到"不厌其繁"的程度，得到了最大限度的使用。一篇《天子游猎赋》，无处不总类，无处不类推，尽管其中还贯穿着一条游猎的线索，但在很大程度上，这条线索已被繁杂的物象和一味的铺陈所淡化，它似乎只是创作主体借以运思的一个出发点而已。

进一步说，创作主体力图构筑的，乃是一个宏放博大无所不包的空间世界，一幅缤纷繁丽奇异绝妙的艺术画卷，因此，他便不能将视线局限在一点上，而只能由此一点扩展开来，由点及面、由小及大、由近及远、由实及虚，大凡他能想到的东西，便一股脑地铺排出来，只恨其少，不嫌其多。似乎也只有这样，赋的篇幅才能延长，包容量才能增大，雕画才能详尽。换一个角度说，要达到这一点，想象力就必须丰富，而使想象力丰富的最简便途径莫过于由此及彼，连类繁举。所谓"赋欲纵横自在，系乎知类……司马相如《封禅书》曰：'依类托寓'，枚乘《七发》曰：'离辞连类'，皇甫士安叙《三都赋》曰：'触类而长之'"[①]。可谓深得个中三昧之言。如司马相如《上林赋》中描写云梦的一段，就充分体现了"繁类以成艳"这种创作

[①] 《艺概·赋概》。

构思方式的基本精神:"云梦者方九百里,其中有山焉。其山则盘纡茀郁,隆崇嵂崒,岑崟参差,日月蔽亏。交错纠纷,上干青云。罢池陂陀,下属江河。其土则丹青赭垩,雌黄白坿,锡碧金银,众色炫耀,照烂龙鳞;其石则赤玉玫瑰,琳珉琨吾,瑊玏玄厉,碝石碔砆……其东则有……;其南则有……;其高燥则生……;其卑湿则生……;其西则有……;其中则有……;其北则有……;其上则有……。"这里,创作主体先采用顺序推移的"写物图貌"手法,由山而土而石,逐层详加描写,再以并列铺排的方式,将东、南、西、北诸方位一一罗列,而在此诸方位中,又兼顾到高燥、卑湿、中、上、下诸项,进行散点透视。同时,在每一项内,作者无不"穷搜博访,精心致思"①,按类编排,"字必鱼贯"②,举凡山石、河流、禽兽、草木,皆纷纭繁杂,聚于一途,正如刘勰所指出的"繁类以成艳"③和程廷祚所指出的"总众类而不厌其繁"。

当然,司马相如辞赋创作的"繁类以成艳"并不限于此,为了将大、全、尽、放、美的旨趣表现得更充分,他还架虚构危,想落天外,凭虚构像。在他的笔下,"奔星至于闺闼,宛虹拖于楯轩。青虬蚴蟉于东箱,象舆婉蝉于西清,灵圉燕于间观,偓佺之伦暴于南荣,醴泉涌于清室,通川过乎中庭。盘石裖崖,嵚岩倚倾,嵯峨磈䃁",真正是一派惊奇、怪异、缥缈、空灵气象!从这些"连类繁举"中,可以看到,创作主体在尽力将其构思思路伸向每一个角落,力图要在这篇赋中穷尽宇宙万物。固然,司马相如这种构思方法曾遭到后人的非议,被斥为"洞入夸艳"④"诡滥愈甚"⑤,"假象过大,则与类相远,逸辞过壮,则与事相违"⑥,但若仅就艺术构思来说,这些指责倒反证了相如由实及虚、虚实互用的创造精神。刘熙载说得好:"赋之妙用,莫过于'设'字诀,看古作家无中生有处可见。""赋以象物,按实肖象易,凭虚构象难。能构象,象乃生生不穷矣。"⑦联系到司马相如的赋作,可以认为,无中生有、凭虚构象,乃是创作主体"繁类""总类"构思方式发展的极致,惟其"连类繁举"之构思极度展开,故其赋作得以"苞括宇宙,总览人物",并使其赋作充分表现出高远宏阔、圆满完美的美学精神。

---

① 袁枚:《历代赋话序》。
② 《文心雕龙·物色》。
③ 《文心雕龙·诠赋》。
④ 《文心雕龙·扬色》。
⑤ 《文心雕龙·诠赋》。
⑥ 挚虞:《文章流别论》。
⑦ 《艺概·赋概》。

第六章 "弘丽温雅"：司马相如赋的审美精神

三、司马相如的赋作高远宏阔、圆满完美的美学精神还体现在主文谲谏、娱耳目而乐心意的审美效应方面

司马迁在《史记·司马相如列传》中指出："相如虽多虚辞滥说，然其要归引之节俭，此与《诗》之风谏何异？"同时，从司马相如"未尝肯与公卿国家事""不慕官爵"①，作赋"控引天地，错综古今""苞括宇宙，总览人物""忽然如睡，焕然而兴，几百日而后成"的表现过程中，可以看出，司马相如的作赋的目的有二，一是为了讽刺，一是为了娱人和娱己。

追溯起来，这两种审美创作目的各有其历史渊源和现实成因：一方面，自孔子提倡诗可以"兴、观、群、怨"以来，以讽刺为正统的儒家诗教便逐渐形成，中经屈原楚骚之愤怼怨刺风格的发张扬励，《毛诗序》对"下以风刺上，主文而谲谏"教化精神的大力倡导，这一诗教传统遂日益深入人心。到了武帝时代，儒学定于一尊，更助长了传统诗教的力量，在这种情况下，司马相如很难不受其影响。但另一方面，司马相如又是现实中人，特殊的社会地位和自身的功利需求对他的制约力更大。从社会地位看，西汉赋家大都为文学侍从之士，与战国策士相比，其自由度明显减小，依附性则大大增加，至被人与俳优等量齐观。《汉书·东方朔传》云："朔尝至太中大夫，后常为郎，与枚皋、郭舍人俱在左右，诙啁而已。"《枚乘传》谓枚皋"不通经术，诙笑类俳倡，为赋颂，好嫚戏，以故得媟黩贵幸⋯⋯自言为赋不如相如；又言为赋乃俳，见视如倡"。《扬雄传》则明言辞赋"颇似俳优淳于髡、优孟之徒，非法度所存"。低下的社会地位，决定了这些赋家特殊的心理结构：既不满于现实的处境，又须在此处境中扮演文学侍从的角色；既可以像淳于髡、优孟之徒那样做有限度的隐蔽巧妙的规讽，又要收敛起自己的个性，投人主之所好，"兴废继绝，润色鸿业"。于是，其赋作势必大都为进御而作，时主之好尚，也自然直接左右着这些作品的基本倾向。据《西京杂记》载，梁孝王游于忘忧之馆，令从游者各为赋，以助雅游之兴。枚乘之《柳赋》、路乔之《鹤赋》、公孙诡之《文鹿赋》、邹阳之《酒赋》、公孙乘之《月赋》等就是这样创作出来的。从这些赋的创作背景和题目看，就不难想象其审美意旨、审美取向和审美意趣。

这点还可以从司马相如的经历看出。据《史记·司马相如列传》载，司马相如曾"以赀为郎，事孝景帝，为武骑常侍"。"会景帝不好辞赋"，他的辞赋创作才能

---

① 《史记·司马相如列传》。

无所施展,官职难以升迁,于是称病辞官,客游于梁,与邹阳、枚乘、庄忌等游说之士和赋家朝夕相处,"居数岁",完成了《子虚赋》的创作。这篇赋显然与《文选》所载《子虚赋》亦即《史记》中《天子游猎赋》的前半部分不是一回事,但二者在大肆夸耀游猎之事上则大体相似。因而,好大喜功、附庸风雅的汉武帝读竟此赋,不仅"善之",而且发为"朕独不得与此人同时哉"的慨叹。由于狗监蜀人杨得意的推荐和武帝的赏识,司马相如才得以再次进入中央朝廷,并向武帝进言:"此乃诸侯之事,未足观也,请为《天子游猎赋》。"从这里可以看出,司马相如的态度是至为明显的:《子虚赋》描写的只是诸侯之事,场面未免小了些,对天子来说,则应以更宏大的场面和气派来表现,只有这样,才能赢得武帝更大的欢心。果然,"赋奏","天子大悦","以为郎"。这以后,武帝又多次派遣司马相如入蜀"责唐蒙""喻告巴蜀民",并拜为中郎将,"建节往使",对他表示了极大的信任,这不能不说与善于作赋,并且其赋作颇受武帝喜爱有关。作赋既可赢得君主欢心,又可得到官职升迁,现实的功利要求势必刺激赋家作赋的热情,使其"忽然如睡,焕然而兴",如痴如醉地投入到赋的创作中去。

  与此同时,儒家诗教的讽谏传统也在发挥作用。如果一篇赋作纯是歌功颂德,讨人主欢悦,社会舆论怕难以放过,而作者本人也未必甘心,对那些不甘以俳优自居的文人来说则尤其如此。司马相如少有志节,后"进仕宦,未尝肯与公卿国家之事"①,并非全无品格者可比。当时武帝得朱买臣、吾丘寿王、司马相如、主父偃、徐乐、严安、东方朔、枚皋、胶仓、终军、严葱奇等,并在左右,"其尤亲幸者,东方朔、枚皋、严助、吾丘寿王、司马相如。相如常称疾避事,朔、皋不根持论,上颇俳优畜之。"②由此可见,虽同为文学侍从,同受天子赏识,但相如与东方朔、校皋之为人处世还是有差别的。这种差别,既隐然传递出相如对现实乃至武帝不满而欲保持自我人格的信息,也旁证了他确实具有借赋"以风谏"③的意图。可是,作赋讽谏又谈何容易?汉武帝性严急,不贷小过,刑杀法令,殊为峻刻,稍有不慎,即有触怒龙颜的可能。作为文学侍从之臣,相如深知"抗之则在青云之上,抑之则在深泉之下"④的道理,为赋非但不能进身,反而招灾惹祸,这是绝然不可行的。面对严峻的现实,他只能选择一条既可曲折表现讽谏意旨,又不至于得罪帝王的道路。

---

  ① 《史记·司马相如列传》。
  ② 《汉书·严助传》。
  ③ 《史记·司马相如列传》。
  ④ 《史记·司马相如列传》。

第六章 "弘丽温雅":司马相如赋的审美精神

换言之,即以赋的绝大部分篇幅进行颂赞,以很小的一部分表达讽谏,而且即令讽谏,也不直言,而是借"天子芒然而思,似若有亡,曰:'嗟乎,此泰奢侈!'"的自悔语气出之。这种在篇幅比重和表达手法上的巧妙安排,既给赋作添加了一层为世俗所认可的"主文而谲谏"的亮色,又无疑会达到取悦帝王的娱人目的。所以,当相如另一篇本欲有所讽谏的赋作——《大人赋》进献后,反使得"天子大悦,飘飘有凌云之气,似游天地之间意"[1]。产生这种结果的原因很清楚,那就是相如在作赋前既对赋的内容和所要达到的目的有过精心的安排和预测,在创作过程中又对讽谏意旨和歌颂对象各作了有意识的抑扬。《史记·司马相如列传》载:"天子既美《子虚》之事,相如见上好仙道,因曰:'上林之事未足美也,尚有靡者。臣尝为《大人赋》未就,请具而奏之。'"从这段记述看,相如之迎合武帝好仙道并欲美其事的主观意图不是再明显不过了吗?否则,他何以从作《天子游猎赋》到作《大人赋》一再声言"未足观也""未足美也",以对前赋的否定,导引着武帝向更高的追求层次发展?固然,相如在《大人赋》中欲以借贬抑神仙而抬高"大人"(亦即武帝)的意图容或有之,可是,这种意图又怎能起到讽谏的作用?相比之下,"悲世俗之迫隘兮,揭轻举而远游。垂绛幡之素蜺兮,载云气而上浮"的类仙游过程,却显得是那样神奇美妙、飘渺空灵,它不仅可以使武帝读后获得精神上的巨大愉悦和满足——这样,相如作赋娱人的目的也就达到了,而且难免不刺激武帝由此而进行现实中的"远游"追求——如此,则恰与相如的讽谏意图背道而驰。如果回过头来,再看一下《天子游猎赋》,即可发现,尽管相如于赋的结尾处巧妙地表达了戒奢求佐的意旨,但他的真正用力处却全在对游猎盛况的铺陈,而尤为关键的,乃是他对游猎过程中天子心态和欢腾场面的几次描写:"然后扬节而上浮,凌惊风,历骇飙,乘虚无,与神俱……于是乎游戏懈怠,置酒乎颢天之台,张乐乎胶葛之寓,撞千石之钟,立万石之虡,建翠华之旗,树灵鼍之鼓,奏陶唐氏之舞,听葛天氏之歌。千人唱,万人和,山陵为之震动,川谷为之荡波……所以娱耳目而乐心意者,丽靡烂漫于前,靡曼美色于后。"这里,天子的志得意满之状,神游虚无之态,无不活灵活现,毕呈于前,而"所以娱耳目而乐心意者",更是应有尽有,令人目不暇接。试想,武帝看到这种场面,体味着天子的乐趣,怎能不目动神摇,心向往之?进一步说,此赋之所以被后人视为"欲讽反劝",与其说是武帝因耽溺于感官的享乐而忽略了讽谏,不如说是相如本即未期望他的讽谏能产生效果。

---

[1] 《史记·司马相如列传》。

体现司马相如赋作高远宏阔、圆满完美美学精神的篇章还可以举出一些,但主要的乃是上述三个方面。这三大特征是紧密关联、相互包容的:欲求完满的创作心理直接制约着作者的构思方式向"繁类以成艳""连类繁举"之方向发展,而作者以娱人为主的目的追求又是导致其创作心理欲求完满倾向的关键所在。从目的追求到创作心理再到思维方式,形成了一个层级递进的逻辑发展过程,而当它以艺术形式加以表现并定型以后,即构成极具影响力的赋作模式。

综观两汉赋史,司马相如之后,大赋作者接踵而起,名篇佳作所在多有,"子渊《洞箫》,穷变于声貌;孟坚《两都》,明绚以雅瞻;张衡《二京》,迅发以宏富;子云《甘泉》,构深玮之风;延寿《灵光》,含飞动之势。"[1]百余年间,云蒸滔蔚,洋洋可观。然而,若从整体来看,这些作者作品大都在司马相如模式的包笼之中,"盖造父已导夫先路,后有良御,终不能出其驰驱"[2],此之谓也。

就创作心理而言,这些赋家无不表现出强烈的欲求完满倾向。扬雄所谓"赋者……必推类而言,极丽靡之辞,闳侈巨衍,竟于使人不能加也"[3],可算作代表性观点。若仅以扬、班、张三大赋家作品的篇幅论,则呈明显的递进趋势:扬雄《甘泉》《羽猎》《长扬》诸赋均在2000字以内,班固的《两都赋》长达4000余字,而张衡的《二京赋》则几达8000字,篇幅延长,含量亦相应扩大。而其所以欲求完满的原因,盖与司马相如类同,借用班固的话说,就是"兴废继绝,润色鸿业"[4]"光扬大汉,轶声前代",以期"死而不朽"[5]。

就构思方式而言,则其"繁类以成艳""连类繁举"的倾向更为严重。且不说扬、班、张诸家欲于煌煌大赋中力求高远宏阔、圆满完美而必然要推类极言,将构思之思路尽力扩展,即以一般作者论,要想扩大赋的篇幅,也须这类繁举,广搜遐想。如姚铉令夏竦为《水赋》限以万字。竦作3000字,铉怒而不视,曰:"汝何不于水之前后左右广言之?"结果竦益得6000字。论者有鉴于此而指出:"可知赋须当有者尽有,更须难有者能有也。"由此看来,"繁类以成艳""连类繁举"构思已成为大赋作家普遍遵循的构思定式。

就追求目的而言,尽管在日益强化的传统诗教的影响下,后期赋家的讽谏意

---

[1] 《文心雕龙·诠赋》。
[2] 刘永济:《十四朝文学要略》,黑龙江人民出版社1984年版,第83、85页。
[3] 《汉书·扬雄传》。
[4] 班固:《两都赋》。
[5] 班固:《典引序》。

识明显增长,但以赋娱人仍是众多作者自觉不自觉的追求目标。扬雄是比较注意讽谏的,这在几篇赋的序言里都有表露,可是到了中年以后,他却认为自己那些作品是"童子雕虫篆刻","不免于劝"①,并断然表示"辍不复为"②。这种悔悟本身即说明了他此前赋作以娱人为主的性质。作为正统儒士,班固曾明确宣扬赋"抒下情而通谕"的功能,然而其《两都赋》中的"雍容揄扬"之处却比谁都多,甚至将光武帝之功业比作伏羲氏、轩辕氏和商汤周武的功德皇业。《后汉书》本传谓班固"自为郎后,遂见亲近,时京师修起宫室,浚缮城隍,而关中耆老犹望朝廷西顾。固感前世相如、寿王、东方之徒,造构文辞,终以讽劝,乃上《两都赋》,盛称洛邑制度之美,以折西宾淫侈之论。"表面看来,此赋乃有为而作,包含政治目的,但从深层看,作者无非想借"盛称洛邑制度之美"以报"遂见亲近"之皇恩,而其"盛称"本身亦不过娱人惯伎的抽象表达而已。与扬、班相比,张衡具有更为自觉的讽谏意识,在《东京赋》中他即明言:"相如壮上林之观,扬雄骋羽猎之辞,虽系以颓墙填堑,乱以收置解罘,卒无补于风规,只以昭其衍尤。"以此为出发点,他在赋中确实表现出了一定的批判倾向,联系到作者《思玄赋》《归田赋》等以自我为中心抒情言志抨击现实的小赋创作,可以认为,张衡正处在一个转折点上,在某种意义上,他甚至成了汉大赋的殿军。然而,他既然创作了大赋,而且其篇幅竟长近 8000 字,则娱人的目的便难以排除。至于其赋中对"百戏"场面的大肆铺陈,对"井干"高危形状的极度夸张,对汉帝国"惠风广被"的一再颂扬,在主客观上均具有显而易见的娱人目的和娱人作用。

之所以会出现这种情况,这与司马相如赋的模式性影响紧相关联,也就是说,这是后期赋家在"模式爱好"心理支配下对相如强作自觉仿效的结果。班固在《汉书·扬雄传》中说:"蜀有司马相如,作赋甚弘丽温雅,雄心壮之,每作赋,常拟之以为式。"在传的赞语中又说:"辞莫丽于相如,(雄)作四赋,皆斟酌其本,相与仿依而驰骋云。"如果说,这里的"常拟之以为式""相与仿依"云云毫不客气地道出了扬雄作赋的方便法门,那么,此一方便法门到了班固、张衡那里则以略加改装的形态呈露出来。固然,班、张二人赋作的描写重点已由田猎转向了都城,这似乎只能视作是对扬雄《蜀都赋》的承袭,但从精神实质上看,二人与司马相如又何尝有二致?且不说他们的作品存在着如上所述的主体特征的相同,仅以其结构安排、出

---

① 《艺概·诠赋》。
② 扬雄:《法言·吾子》。

场人物论,则由司马相如笔下的子虚、乌有、亡是公到班固笔下的西都宾和东都主人,再到张衡笔下的凭虚公子和安处先生,其间的开场顺游、对话语言、结束情形,不也是如出一辙吗?皇甫谧《三都赋序》在指出司马相如及其后继者皆"不率典言,博诞空类,并务恢张其文"之后,认为"其中高者,至如相如《上林》、扬雄《甘泉》、班固《两都》、张衡《二京》"等"皆近代辞赋之伟也",这说明扬、班、张诸人于模仿之中尚能自出手眼,不时新变,其赋均具独特价值。可是,如果将其作品置于文学发展的长河中加以俯视,这种变化和价值的独特性不又显得太少了点吗?如果联系到扬雄《太玄》《法言》对《易经》《论语》的仿效,其《解嘲》和班固《答宾戏》对东方朔《答客难》的仿效,张衡《七辩》等对枚乘《七发》的仿效,便可对当时的社会风习一目了然了。是的,在这百余年的文学历史中,我们感触最明显、最强烈的,无过于那几已定型僵滞了的"模式爱好"心理和陈陈相因的"完满"形式,论者所谓"大氐西京多开创之才,东京具依放之性;西京气体高古,殊有远致,东京才力富赡,弥以整练;西京如天马之行空,东京则王良之揽辔"①,实在是切中要害的笃论。

更进一步,上述"模式爱好"心理又是何以形成的呢?我们认为:这除了相如已将模式发展到极限,后人于此很少超越余地,以及甚嚣尘上的尊经习尚对人创造能力的桎梏外,还在于作者的文学侍从地位和赋体的娱人性质。这两方面是紧密结合在一起的:前者直接决定了后者的娱人性质,后者又强化了前者的文学侍从地位,并将作者予以角色化、专业化的定位。二者的相辅相成,导致了众多赋家很难摆脱既定角色、既定文体的限制而另辟路径。固然,从司马相如到扬雄、班固、张衡,作者的职业、官职和实际地位已有所不同,可是,由于他们皆染指于赋作,故无论是后世还是当时,又均被人目为文学之士;而从西汉到东汉,大部分辞赋都是为进御而作,进御的主要目的乃是为了娱人,这样,文学之士与侍从之臣之间便很自然地画上了等号(需要注意,在武、宣、元、成之世,除赋家之外较少有其他文体的作者)。班固《两都赋序》说得非常清楚:"至于武、宣之世,乃崇礼官,考文章,内设金马石渠之署,外兴乐府协律之事,以兴废继绝,润色鸿业……故言语侍从之臣,若司马相如、虞丘寿王、东方朔、枚皋、王褒、刘向之属,朝夕论思,日月献纳,而公卿大臣御史大夫倪宽、太常孔臧、太中大夫董仲舒、宗正刘德、太子太傅萧望之等,时时间作……故孝成之世,论而录之,盖奏御者千有余篇。而后大汉之文

---

① 刘永济:《十四朝文学要略》,第83、85页。

章,炳焉与三代同风。"这里,"兴废继绝,润色鸿业"是武、宣倡导辞赋的目的,也是文学侍从之臣得以存在并扩展的前提条件;"奏御者千有余篇"则点明了辞赋的现实功用和发展盛况;而"言语侍从之臣"与"公卿大臣"亦有着明显区别:前者"朝夕论思,日月献纳",是职业作者,后者则"时时间作",只能算作业余作者,前者即使做了官也改不了他文学侍从的身份,后者虽然偶作辞赋仍不失其为公卿大臣。于是,在一种强大的惯性力量推动下,在辞赋"奏御"亦即娱人目标的导引下,作者们在一个狭小的创作范围内便很难不受前人既定模式的影响,很难走出新的路子。由此反观扬雄的中道改辙,转攻经学,班固的倡导讽谏并热衷文学,似均含有摆脱文学侍从或借此提高现实地位的自觉努力;至于从扬雄《解嘲》到张衡《思玄》《归田》等抒情小赋的创作,直至赵壹《刺世疾邪赋》等言志抒怀作品的批量产生,则已或隐或显地透露出煌煌大赋趋于式微、侍从之臣向独立文士过渡的信息了①。

总之,司马相如赋作的高远宏阔、圆满完美美学精神影响了整整一代作家,对汉大赋的繁荣具有不可抹杀的功绩。

---

① 霍松林、尚永亮:《司马相如赋的主体特征和模式作用》,载《陕西师范大学学报》,1992年第1期。

第七章

"曲终奏雅"：审美价值论

司马相如的《天子游猎赋》在盛夸云梦之事后，借乌有先生之口直接批评朝廷当政者："奢言淫乐而显侈靡"，"章君之恶伤私义"。措辞严厉、锋芒毕露，这样的言辞出自一个身为诸侯游士的文人身上，真有石破天惊之感。同时，也表明司马相如的创作意图是"规谏"统治者，即所谓的"曲终奏雅"。汉初行分封之制，战国纵横余风犹存。其时，辞赋作家或为天子文学侍臣，或为诸侯幕僚宾客，他们辗转于朝廷和藩国之间，不仅帮闲，也要捧场，所以讽谏只可委婉，颂扬必须夸张，不仅是战国文章的论辩方式和论辩技巧为他们广为借鉴，即或是欲抑故扬，卒章显志、曲终奏雅的讽谏手法，亦自然顺理成章地被他们吸取过来。司马相如《天子游猎赋》以子虚先生盛称楚国云梦，乌有先生肆意渲染齐地方物，最后以无是公力排二公之说，正面批评他们"不务明君臣之义，而正诸侯之礼，徒事游戏之乐，苑囿之大"，然后以更加宏丽的词句描绘天子的上林苑，终归到讽劝天子要与民同乐、去奢求俭、归乎仁义。故其辞"是以能委折而入情，微婉而善讽也"。然而必须注意的是，卒章显志与曲终奏雅，两者间仍有很大的不同。司马相如作赋，具有很强烈的审美创作意识，因而更重视事物的描绘和词彩的铺衍，以至讽谏的内容倒放在其次。兼之战国的群雄并峙与汉代的政治大一统，给文人提供的是并不相同的社会环境，战国策士之文的卒章显志，尚可包裹进尖锐的批评，而在司马相如那里，曲终奏雅却往往只能是委婉的劝讽，以至逐渐外化为散体赋的一种文体构成形式。

第一节 "讽一而劝百"

西汉时期，财富的积累，疆土的扩展，中外文化的交流，大大开阔了人们的眼界。人们从西域的贡物中认识了苜蓿、葡萄、石榴、汗血宝马,从精良的手工制作中见到了薄如蝉翼的素纱禅衣、价值万钱的陈宝光绫,精美绝伦的冰纨、铜镜、文杯、漆屏也进入了人们的生活。正因为如此,人们在审视自己面对的世界、面对的生活时,才有了极强的开放性、并蓄性、包容性,有了一种傲视天下的激情,从极度满足之中产生出一种夸诞的心态。在这种心态支配下,以司马相如为首的汉代赋家自然喜爱用铺张扬厉的方式来表现自己生存的环境,正像刘勰说的,在雕画现实时,"莫不因夸而以状,言饰而得奇也"。① 以司马相如为首的赋家也把审美创作中追求巨丽,描写弘博,张扬宏伟雅正认为是极为自然的。如扬雄就认为:"赋者,将以风之,必推类而言,极丽靡之辞,闳侈钜衍,竟于使人不能加也。"②赋家在辞赋创作中应该"极丽靡之辞,闳侈钜衍",要"使人不能加"。并且,汉大赋的"讽一而劝百"的"劝",既反对奢侈,对朝廷最高统治者有所讽谏,又歌颂了统一大帝国无可比拟的声威,"以玮奇之意,饰以绮丽之辞"③,来达到讽谏的目的,情致蕴藉,意旨深沉,警策凝练,委婉含蓄。汉赋的张扬,是时代使然,是不得不如此的。只有汉代人才能深刻理解他们生存的时代,也只有汉代人才能深刻理解他们身边的作家,理解作家追求大美的合理性。眼光极为犀利、极为挑剔的王充,在《论衡·定贤篇》中,也以司马相如、扬雄为代表,肯定他们的创作是"文丽而务巨"。同时,又在《超奇》篇中从社会与时代精神着眼指出了赋追求巨丽——也就是大美的原因与合理性:"汉氏治定久矣,土广民众,义兴事起,华叶之言,安得不繁?"④可以说,以司马相如为首的汉代赋家从一开始就把赋和讽谏相连,并开创了汉大赋劝百讽一、曲终奏雅、卒章显志的基本主旨,也正由于此,赋应当具有讽谏功能才成为后来最流行的看法。在迄今为止最早评论汉赋的文字中,司马迁的观点就很有代表性,《史记·司马相如列传》云:"相如虽多虚辞滥说,然其要归引之节俭,此与《诗》之风谏何异。"就把赋的讽谏价值与"《诗》之风谏"等同起来,强调了司马相如赋作的审美教化作用。后来汉宣帝的见解也与此相差无几,他认为:"今世俗犹皆以此虞说耳目,辞赋比之,尚有仁义讽谕。"⑤这种把赋的讽谏效用与"诗六义"所规定的教化作用相连的理论根基是建立在《诗》学的基础之上,当时的统治

---

① 《文心雕龙·夸饰》。
② 《汉书·扬雄传》。
③ 《艺概·赋概》。
④ 《论衡·超奇》。
⑤ 《汉书·严助传》。

者把《诗》立为经。作为一门经学，《诗经》所遭受的批评，往往和政治相联系，其极端的例子是把《诗》当谏书使用，所谓"以三百五篇谏"①，即把《诗经》当谏书。受此影响，其他批评的许多理念大都是根据经学而来。最后，甚至发展到依经立义，并成为当时一种解读《诗经》的时髦方法。

赋的讽谏就是《诗》之"美刺"。受这种"讽谏"理论的影响，班固在《汉书·艺文志》中说："《传》曰：'不歌而诵谓之赋，登高能赋，可以为大夫。'言感物造谣，材知深美，可与图事，故可以为列大夫也。古者诸侯卿大夫交接邻国，以微言相感，当辑让之时，必称《诗》以谕其志，盖以别贤不肖而观盛衰焉。故孔子曰：'不学《诗》，无以言'也。春秋之后，周道浸坏，聘问歌咏，不行于列国，学《诗》之士，逸在布衣，而贤人失志之赋作矣。大儒孙卿及楚臣屈原，离谗忧国，皆作赋以风，咸有侧隐古诗之义。其后宋玉、唐勒，汉兴枚乘、司马相如，下及扬子云，竞为侈丽闳衍之词，没其讽谕之义。"在这段文字里，班固将赋的发展分为三个阶段：第一阶段是古诗阶段，以《诗经》为代表；第二个阶段是赋的产生阶段，以荀子和屈原为代表；第三个阶段自宋玉以下至西汉末的扬雄为赋的发展阶段。在班固看来，赋的发展可以说是一代不如一代。之所以最后得出这样的结论，是因为班固以赋的讽谏就是《诗》之"美刺"的讽谕观念为批评的出发点。所以到了西汉，赋发展为"侈丽闳衍之词，没其讽谕之义"时，也就是遭批判的时候了。

但是，如果把汉人依经立义的观点放置一边，那么，班固这段批评则给人另外一种启示，即为什么赋发展到"侈丽闳衍"后，会招致"没其讽谕之义"的结局呢？其实，西汉时期，这一现象就已经引起人们的注意。赋发展到武帝之时，大赋占据了主导地位，以司马相如为代表的一批大赋作家们在结构的铺衍以及文字的夸饰方面都超越了以前的赋家，但是人们对赋的看法始终是以《诗》的讽谏功能为其指归的。因此，除了像汉宣帝那样对赋进行一般性的概括外，更需要在理论上对赋的特征进行探讨，以便论证赋和讽谏之间的必然联系。我们可以在扬雄的例子中看到这种理论的自觉："雄以为赋者，将以风也……既乃归之于正，然览者已过矣。往时武帝好神仙，相如上《大人赋》欲以风，帝反缥缥有凌云之志。由是言之，赋劝而不止，明矣。"②扬雄对赋的看法也是立足于讽谏说，可是已涉及到对赋的特征的讨论。他认为，因为赋铺叙的"推类"，文辞的"丽靡"以及结构上的"闳钜"使得

---

① 《汉书·儒林传》。
② 《汉书·扬雄传》。

讽谏的目的归于泡影。在扬雄看来,"侈丽闳衍之词"就会导致"没其讽谕之义"。

追求赋作审美价值的观念是由司马相如标举出来的。司马相如以为"合綦组以成文,列锦绣而为质,一经一纬,一宫一商"是赋之迹,极大地彰显了文学的自主性与独立性。其要旨是突出赋的艳丽品质,将赋视为一种披锦列绣的美文,同时还强调作者应具备囊括万象涵纳众有的赋家之心。"合綦组""列锦绣"则具体在司马相如的作品里表现为"弘丽温雅"①"繁类以成艳"。确实如此,赋家们以不避繁缛堆砌的辞藻描摹游猎之豪、都市之盛、山川之美、馆阁之艳,便具备了双重的目的性:既满足了赋的颂赞公例,又发挥了赋家特有的私心,即"赋家之心"。

可以说,汉代300余年间的文士们拼却智慧耗尽才华作赋,就是为了彰显赋的美艳品质。司马相如倡扬的审美主义赋论是司马相如个人对具有新异美学气韵的赋体的自觉追求,并成为文人族群的一种基本态度与抱负的中间环节。"雄以为赋者,将以风也,必推类而言,极靡丽之辞,闳侈巨衍,竞于使不能加也……"②这里规约了大赋的两个必具要素,一是讽谕君王的现实意愿,一是极靡丽之辞的审美追求。前者虽然不见于司马相如的赋论,但"将以风也"的提出,显然是将司马相如常用的曲终奏雅的文章格局定型化理论化而已。扬雄与司马相如的区别在于,他清醒地觉察到了审美追求与实用意愿的抒格抵触:"既乃归之正,然览者已过矣。"不能复加的靡丽之辞集束而持续的出现,导致读者往往忽略文末的讽谕企图。大赋的这种尖锐冲突是宿命地存在着的,司马相如专注于感受大赋状貌的美丽,以及因制造这种美丽而引出的襟抱舒张、神采飞扬,对作品的冲突便不甚在意。后来者扬雄是真真切切地体会到了。

扬雄在他后期的著作《法言》里,似乎表示了对大赋"丽"的品质的排斥态度。他说"雾縠之组丽"是"女工之蠹",还称司马相如"文丽用寡"。但是,扬雄显然是将"丽"视为赋之所以为赋的核心质素。同样是在《法言》里,他把赋分作诗人之赋与词人之赋两类,认为前者"丽以则",后者"丽以淫"。无论是他倾心的诗人之赋,还是他鄙薄的词人之赋,都不能缺失"丽"的成分。接下去他还说:"如孔氏之门用赋也,则贾谊升堂,相如入室矣。"文章不甚淫丽的贾谊只能升堂,入室的倒是"文丽用寡"的司马相如,这又表露了他对赋之靡丽质素的偏重与珍视。因而扬雄是不会为了赋的讽上意愿而放弃其靡丽品质的,正如前文所说,他干脆辍而不复

---

① 《汉书·扬雄传》。
② 《汉书·扬雄传》。

作赋了。此一选择显示了他审美主义文学思想与实用主义文学观念的尖锐对立，以及他在矛盾对立面前进退维谷手足无措的窘境。可是，为什么不能放弃大赋的功利意愿呢？

汉赋作者都有强烈的参政热情，且大多为帝王的近臣。创制赋文与谏书几乎可说是他们的生命常态。他们参政的机缘多因辞赋受到知赏，参政的主要方式则是谏议，其日常职司即为"朝觐奏事，因言国家便宜"①。在《汉书》里，司马相如、扬雄诸人的传记满纸都是他们自作的辞赋与谏书。在这样的情境中，定然会有许多因素触发文人将讽谏寄存于大赋之中的念想。

此外，扬雄等人将新异的审美主义赋学思想贯注于写作过程之中，使赋旧有的歌功颂德表现为对一种弘博美艳图景的营造本身，赋的写作由此获得了空前的超越性与独立性，成为一种较为纯粹的文学创造。其特点是在很大程度上，既可以不与人间现实相关联，又可以不与作者自己的过往相沟通，只是专注于以联翩的靡丽之辞呈现某种特定的景致。显然，赋家们尚不习惯在这个方向走得太远，因为这种娱人耳目而不具功利与道义效能的追求，很容易让他们滋生出自卑的俳优感。枚皋就曾明言："为赋乃俳，见视如倡。"②扬雄也以为失去了讽谕意义，作赋便"颇似淳于髡、优孟之徒，非法度所存，贤人君子之正"③。汉武帝也确曾视东方朔、枚皋如俳优。《汉书·严助传》载："朔、皋不根持论，上颇俳优蓄之。"况且，赋家们不免铺张扬厉踵事增华，有许多过甚与夸饰的描绘。这客观上是对一种豪华奢侈生活的赞赏和鼓励。

由是种种，赋的曲终奏雅便就十分自然而且必要了。它既是赋家们新异的审美主义观念对实用主义思想的有限度的妥协，更是靡丽之赋在草创期间的生存屏障。《汉书·王褒传》载，王褒、张子侨等人的作品，"议者多以为淫靡不急"，汉宣帝替他们申辩道："'不有博弈乎，为之犹贤乎已！'辞赋大者与古诗同义，小者辩丽可喜。辟如女工有绮縠，音乐有郑卫，今世俗皆以此虞说耳目。辞赋比之，尚有仁义风谕，鸟兽草木多闻之观，贤于倡优博弈远矣。"实际上宣帝已经很看重赋"虞悦耳目"的一面，但因它还不够理直气壮，故仍旧要举出"仁义风谕"以做进一步的护卫。

---

① 《汉书·严助传》。
② 《汉书·贾邹枚路传》。
③ 《汉书·扬雄传》。

扬雄诸人对汉大赋的失望,是缘于"风"在作品中被遮蔽被掩埋,在现实中遭碰壁受冷落。只要我们超越实用主义的文学视角,便完全可以摆脱这种悲观情绪的缠绕。那么,如果不顾及大赋的讽谏因素,我们该在怎样的区段与水平上估衡大赋的地位和贡献呢?

以司马相如、扬雄为代表的汉代赋家有意识地向读者展露出具有审美品格的作品,它满足了文学自身发展的必要性与必然性。鲁迅先生说先民在生产劳动过程中,口中哼吟的号子"杭育杭育",便是我们最早的文学。此后《诗经》的作者们"饥者歌其食,劳者歌其事",汉乐府的作者则"感于哀乐,缘事而发",它们的共通之处是对心声不事雕饰的直达抒出的忠实记录。赋家们则大异其趣,把热情更多地倾注在了作品的形式方面。大赋的题材范围十分逼仄,往往给人以似曾相识之感。赋家们还经常同题共作,先已有了班固的《两都赋》,张衡仍旧要写《二京赋》。在形式方面,赋家们也不甚在意作品的体制规模,因而总是不避模拟仿效、袭沿陈式。他们的独创性集中地表现在铸造连篇累牍的锦绣之文靡丽之词以描摹外在的场景与物象。可见大赋确实有形式主义与唯美主义倾向,但这恰好是汉赋的意义所在。它在特定的时空背景下显示了文学在抒情言志之外的另一种风范另一种品性,呈现了文学发展本应具备的丰富多彩的风貌。其新异品质带给读者的欣赏娱悦,除前文所述外,还有更极端的例子。扬雄初始阅览了司马相如的文章,竟慨然兴叹道:"长卿赋不似从人间来,其神仙所至邪!"[①]枚乘的大赋《七发》假托楚太子病笃,楚客以华艳的辞藻铺陈音乐、饮食、车马、游观、田猎、观涛、道术的怪异方式替他解除了病状。殊不知此种以铺陈辞藻的手段疗疾祛病的案例,在现实中果有其事。《汉书·王褒传》记载,太子身体欠安,"诏使王褒等皆之太子宫虞侍太子,朝夕诵读奇文及所自造作。疾平复,乃归。太子喜褒所为《甘泉》及《洞箫颂》,令后宫贵人左右皆诵读之"。

后世不时地有人起而倡扬简易平淡的文风,以抗衡文坛上彩丽竞繁浮华雕饰的极端倾向,由此体现他们上乘的艺术觉悟。但在草创时期,文学由质朴的"杭育杭育"过渡到锦绣之文,则显然是一次十分重要并且值得珍视的飞跃。

---

① 《扬子云集·答桓谭》。

第二节 失意与幽怨

　　作为一代"辞宗",司马相如所创立的赋体文学、树立的审美风范,以及在其影响下的赋家所创作的一大批作品,成为西汉盛世的重要组成部分,奠定了汉代文学繁荣局面的基础。但在司马相如那些代表盛世气象的黄钟大调之歌吟中,仍可看到在气势浩荡、流光溢彩的华丽言辞之后,蕴藏着一种士人普遍具有的幽怨和失意之叹。揭开那层厚重光艳的外衣,我们看到的是一个满腹幽怨的失意文士浓郁的感伤情怀。这种通过赋作以表达创作主体怨情的审美指向与楚辞的影响相关。汉代的赋体文学与以屈原为代表的楚辞有着密切的渊源。屈原的作品可以说充满了满腔的怨愤和失意之悲,情绪极为激切、鲜明。他在《离骚》中直抒失志之悲:"怨灵修之浩荡兮,终不察夫民心。""惟党人之偷乐兮,路幽昧以险隘。""椒专佞以慢慆兮,榝又欲充夫佩帏。既干进而务入兮,又何芳之能祗。"奸佞小人受到宠幸,高洁之士遭受冷落,一腔忠奋无以伸展,屈原的苦闷和哀伤不可遏止地反复迸发。一腔的郁闷和哀怨、千般的失落和伤感倾泻无余,全篇读来令人情致摇荡。司马迁明确指出屈原作品中强烈的哀怨和失意之悲:"屈平正道直行,竭忠尽智以事其君,谗人间之,可谓穷矣。信而见疑,忠而被谤,能无怨乎?"在《天问》中,我们同样可以感受到屈原的失望和愤懑。在一声声追问中,我们仿佛看到茫茫宇宙天地间诗人孤独失意、伤心长叹的身影。屈原之后的赋体作家也继承了抒发情志的传统。辞赋这种传统情感的抒怀机制是很容易触动文人那颗敏感而多情的心灵的。司马相如自然免不了受到这种情感取向的影响,并在其创作中加以展现和抒写。在其宏大壮美的《天子游猎赋》中,我们可以明显地看到,在绚丽耀眼的外衣之下掩藏着一双幽怨之眼、一个失意之魂。赋作中满是子虚、乌有、亡(即无)是公之言(即所云乃空洞虚无之词)。既然光彩的言辞是虚空的,那么真实的存在是什么呢?当然是作者深隐的那一腔幽怨和怀才不遇的失志之悲了。值得注意的是,在《天子游猎赋》中,这种真实的意绪被司马相如以一种烂漫的彩笔加以表达,一定程度上掩盖了他的怨情和忧伤。他的言辞太过华美和繁富,使人们还来不及细察其中的滋味就已经迷失在炫目的光艳之中了。可以说,司马相如以其斑斓多彩的才华成功地掩饰了他的悲叹而迎合了帝王之心。然而,只要顺着传统辞赋的情感抒发脉络细细品读,我们便不难臆测司马相如幽深的情怀。如此解读,司马相如的怨愤和失意也就不可抑制地从他的潜意识中、从他的笔下无声地淌了出来。

众所周知,在汉代,诵读辞赋蔚然成风。朱买臣即因向武帝讲解《春秋》和楚辞而得到提拔。汉武帝曾令淮南王刘安为《离骚》做注解。汉代的文人皆以作赋为能。《后汉书》记载,连贵族妇女也主动参与到这种社会风气中来。汉人为何对辞赋一往情深?帝王的喜好姑且不究,诵读辞赋除了可以带来实际的利益外,还能培养高雅的情趣,更为重要的一点,就是汉代士子可以借助赋体的铺排渲染来痛快淋漓地抒写才情与志趣。传统辞赋的情感取向使他们的人生情怀有了一种依归。汉初的社会经济并不活跃繁华,统治者不能有足够的财力来支持物质享乐,其兴趣也并不在文化事业方面,刘邦曾一度鄙薄与轻侮文人,后来的汉景帝也不好文学。在此种情况之下,文人充分展现的机会可谓大大减少,这于文人而言是很大的失落,即便有汉武帝那样喜好文学的帝王,使一部分文人可以凭借文学才能而得到任用,可幸运儿毕竟是少数,何况进入仕途,其志未必便可实现。他们当中更多的是沉沦下僚,穷愁一生。于是,楚辞中那些抒发失意情感的文字自然能够引起士人的情感共鸣,引发出对自身遭际的感喟,心中的抑郁和悲怨亦可在辞赋的吟诵与创作中得到缓释。在这种心态中进行创作,作家岂能不倾吐或明或暗的心中隐痛?说汉人的赋作只是为润色鸿业而作,似不太可信。

司马相如生活在一个"楚风"浓郁的社会之中。楚辞那种迷离彷徨、幽怨哀思的情调,岂能使一生颇多坎坷的司马相如无动于衷呢?他又怎能完全游离于屈原、宋玉、贾谊浓重的失志之悲而毫不动容?时代的普遍审美心理、士子们普遍的不遇遭际,岂能让相如熟视无睹?与他同时代的司马迁、董仲舒、班固也多愤懑郁结,志向、才能不得施展,纷纷以赋宣泄失意之叹。董仲舒有《士不遇赋》,司马迁有《悲士不遇赋》等。敏感而多情的相如,自身就具备了浪漫多情的禀性。他生于"天府之国"四川,那里优越的自然条件,富足的社会经济,较少受到儒家规范的约束,养成了他注重审美的直觉感受和天马行空的奇情异想以及热情奔放的浪漫个性。性情的毕露,社会的因素以及文人的普遍遭际,使司马相如感而多怨的意绪不可能不在其文学作品中有所抒发。《长门赋》中那股浓浓的失意和哀伤显得如此婉转而又缠绵,令人为之黯然神伤!

以《天子游猎赋》论,子虚所炫耀的宫廷奢华之美,乌有所宣扬的君德之厚,都不是司马相如所赞成的,而是一种普遍的社会习尚。司马相如发挥的是一种理想的社会蓝图,而这一点是汉代的君主们无法识之、赏之并进而实践之的。在司马相如看来，大汉天子上林苑的富庶、靡丽虽然压倒了齐、楚二国游猎之盛，但一切奢华享乐都会成为虚幻，国家的强盛与君主的道德精神不足以表达他的理想政治。这样看来，相如的失意和哀怨则是很正常的。至于天子读此赋"大悦"，可能是赋作从某种角度迎合了他的享乐和颂美期待的心理罢了。

同时，从自身的遭际而言，司马相如可谓饱尝了"士不遇"的失意滋味。有那么长一段时间，司马相如都是郁郁不得志的，得到天子之召，虽因感激而多溢美颂赞之词，但长期不得志的怨愤也难免有所流露。也许相如自己都没有觉察到，但这种深隐的潜意识仍不自觉地在赋作中有所显露。司马相如虽一度得到信任出使西南夷，但不久便受到弹劾而失官，后作《哀二世赋》。其文通过咏史抒发对历史兴亡的感慨，其中的感伤更是不言而喻。他作《大人赋》以讽汉武帝好仙之意，文中有云："必长生若此而不死兮，虽济万世不足以喜"，"乘虚亡而上遐兮，超无友而独存"。虽有长生，却无益于世，又有何喜呢？自己活得太久，往日朋友已逝，孤独无友，唯有自己独存，长生又有什么意思呢？委曲婉转地表达了自己的抱负不得施展的失意感和孤独无友的哀怨之情。

中国文人历来就有自比弃妇的传统，他们往往通过自拟弃妇来抒写失意之悲与幽怨之情。司马相如的《长门赋》正可如此解读。他假托一位失宠嫔妃的口吻直抒幽怨情怀。美人容妍而被弃与文士有才而不见用何其相似，那位佳人盛装以待君王，却迟迟不见君王的车辇幸临，她登兰台以望其行踪，却只见浮云四塞，天日窈冥。她绝望了，于是援雅琴以寄愁思，琴声宛转凄凉，令闻之者悲伤流泪。据《文选》载，赋前有序云："孝武皇帝陈皇后……别在长门宫，愁闷悲思。闻蜀郡成都司马相如天下工为文，奉黄金百斤……因于解悲愁之辞。"不管此赋是否为陈皇后而作，其中的悲愁之情都是显而易见的。试想，如果没有作者的真情实感，何以能够写得如此摇荡人心、动人魂魄？相如晚年一直闲居茂陵，未被起用。他的一生虽有显达荣耀之时，但总的说来失意的时候居多。这样的人生际遇，怎能不让他发出悲怨之音？司马相如把辞赋创作视为一种生命的寄托，表现出强烈的生命意识和追求个体人生价值的实现，把辞赋创作视为一种人生寄托，以精美的辞章去实现表达情感的目的，达到词美情真的效果。可以说，司马相如大半生的失意遭际奠定了其辞赋作品悲怨的情感基调。

和同时代的东方朔、枚乘等一批辞赋作家不同，司马相如谏说、论事，宗旨严正，具有强烈的社会责任感，"垂空文以自见"。所谓"空文"是指一种隐约的批评和批判，它在很大程度上是司马相如借以实现自我的方式。司马相如怀有一种高远的理想,而这种理想在现实中却不得伸展,于是失意与幽怨油然而生。司马相如身上兼具了明显的战国策士的遗风,他对社会现实的关注,对君主的时时进谏,意不自得便免官他就,均表现出了很强的独立精神。因此,他的失意与忧愤就会如屈原的怨愤一样不可遏止地爆发出来。由于社会、政治、文化以及其他方面条件的变化,文人的志向、才能难以施展,愤懑感伤郁结于心,纷纷以赋宣泄胸中的不平。这就构成了司马相如式的幽怨。这种情怀的抒发到了两汉时期更是汹涌奔腾,蔚为大观。在极端铺张的辞赋创作中,在巨丽宏肆的文风中,司马相如让一股不可遏止的失意与幽怨如地下泉水悄然流荡。读其赋作,透过他那华美的字里行间,我们能够在不知觉的状态中感受到他的失落与孤独,倾听到他在洪钟大吕乐声中那一丝幽深的叹息,看到他那划过纸张流出颂扬之歌的笔尖上的一缕愤激的震颤和顿滞!司马相如这种"意有所郁结,不得通其道"而"欲遂其志之思"的主体精神,就是一种反作用于社会压抑的主体精神。在司马相如涵盖历史而又超越现实的思想和言语的世界里,自由与真理互相支撑着塑造出不朽的精神个体。作为独立的言语者和思想者,司马相如留给后人的不仅是辞赋作品,更是人格。从司马相如创作的华美乐章中,我们可以看到:独立的思想者,就在于敢于用大于现实的思维方式去思考历史和现实。"大于现实",就是在价值的选择上不随同于现实,也不屈从于现实,当然,也不因个人意气而嫉恨于现实。司马相如并不是一个单纯依附统治者的、完全失去自身独立性的文人。他在赋作中表现了作赋的良苦用心:一方面力图以炫人眼目的宏丽文辞极力夸饰雄阔宏大的场景,以博取好大喜功的汉武帝的欢心;另一面又在无以复加的夸饰中寄寓委婉含蓄的讽谏意图和深沉的情感隐衷。所以,读相如赋作,除了欣赏其中展现的西汉盛世气概的壮阔之音,更应该聆听到千百年里封建社会文人们细长的叹息。

古代士人的宦达是和统治者的权力联系在一起的。汉代辞赋对历史机遇和个人命运的关系作了形象的展示和精辟的注解。成功者固然有成功的喜悦,失败者难免有落魄的感慨。在抒发人生的失意和抑郁之情时,虽然表达了创作主体的幽怨和不满,但罕有悲观失望的没落情调。司马相如的赋作正体现了历史上升时期的这种创作特点和风貌。同时,我们在解读司马相如一类文人的作品时,还应看到其中所保留的某些儒家精神的内核,尤其是关注现实的政治热情和批判现实的清醒意识。司马相如的代表赋作皆是针对帝王的奢侈靡费等有感而发的,虽"广陈虚事,多构伪辞",但仍是"欲以为法戒","以著述当谏书",充满了浓重的现实性和批评精神。这种精神到了东汉文人的诗赋中日益强烈,而且更具有深度、广度和力度。

第三节 "显侈靡"与"彰君恶"

司马相如在《子虚赋》中,将批判的矛头直指王侯君主,赋文先是极力铺陈楚王游猎云梦泽的盛况:云梦之富有,无物不备;车驾之精美,雕玉饰珠;声势之浩荡,雷动星流;捕获之众多,鸟兽蔽地;美女之艳丽,神仙仿佛;歌舞之欢乐,惊天动地。之后以乌有先生之口,道出铺陈的用心乃是"显侈靡""彰君恶",有力地揭露了贵族阶级"以奢侈相胜,荒淫相越"的腐朽生活。其赋作对社会的上层大胆地暴露,其思想价值是乐府民歌不可替代的。

旧时代压在社会最下层的是妇女,对于她们不幸命运的描写,汉乐府民歌从广阔的社会画面表现得最为充分,写民间女子随时遭到贵族调戏侮辱的有《陌上桑》《羽林郎》,写女子随时被丈夫抛弃的有《怨歌行》《上山采蘼芜》,写封建制度下女子以死殉情的有《孔雀东南飞》。然而,宫廷深院中的宫女生活是乐府民歌所不能涉及到的。封建帝王为满足淫侈生活的需求,入选大量的女子进宫,禁锢深院,冷落终身。司马相如的《长门赋》开后代赋作表现宫怨意旨的先河,尤其是班婕妤,她是第一位描写宫女生活的女作家,班婕妤自身就是一位不幸的宫女,汉成帝时被选入宫,因遭赵飞燕的进谗而失宠,于是作有《自悼赋》,以抒写失宠的哀怨之情:"共洒扫于帷幄兮,永终死以为期……玄宫兮幽以清,应门闭兮禁闼扃……俯视兮丹墀,思君兮履綦;仰视兮云屋,双涕兮横流。"班婕妤又是一位后宫女官,对宫女的生活,既有亲身的体验,又耳闻目睹,因而她的《捣素赋》真切地倾诉了宫女共同的哀怨,赋文先写宫女"胜云霞之迩日,似桃李之向春"的花容玉貌,接着将宫女置于愁云、寒风、冷月、桂露的悲愁氛围之中,强烈地衬托了宫女内心的冷落凄凉;进而写宫女捣素发出"清寡鸾之命群,哀离鹤之归晚"的哀婉动人的杵声,以声传情,透视出宫女凄楚无限的心声;最后直写宫女的无边愁苦:"怀百忧之盈抱,空千里兮饮泪。"如泣如诉,令人心碎。以司马相如为首的汉代赋家所创作的汉赋与汉乐府民歌从不同社会侧面反映了旧时代女子不幸的命运。

司马相如这种卒章显志、曲终奏雅的赋"讽谏"说重视和弘扬社会的政治伦理和政治理性,继承中国重要的优良的人伦和人文教化传统。在中国古代,无论是接受者还是创作主体都具有厚重的历史积淀下来的能得到现实支撑并永远挥之不去的政治伦理的情操和政治伦理情结;从需要来说,政治体制改革已经成为社会进步和历史发展的关键,成为人心所向的社会心理,成为生活和话语中的重要语境。创作主体应当具有政治责任感和历史使命感,自觉地为民主的开明的政治服务,为呼吁和促进政治体制改革和民主体制完善服务。讳谈和躲避政治,一味地宣扬"非功利,纯审美",这种观点和态度显然是不妥当的。

中国古代的士大夫大多奉行孔子所创立的修身、齐家、治国、平天下的入世志向,而在旧时代,他们总是厄运横行。春秋战国,天下纷争,诸子士人奔忙于列国之间,被逐与受害是常有的事;两汉时期,天下一统,但统治者对待文士仍如倡优,因此,失志者大有人在。以司马相如为首的汉代赋家所创作的汉赋以大量的篇幅描写了文人的遭遇,这是汉乐府民歌所缺少的内容。乐府民歌虽有抨击时政对人才的摧残,如汉顺帝时的歌谣:"直如弦,死道边;曲如钩,反封侯。"但没有表现文人的身世,缺少个性描写。以司马相如为首的汉代赋家所创作的汉赋是文人的创作,赋家运用手中的笔,抒写自己的身世,已成为他们表现的主要意旨之一。有的直抒身世的冤屈,如严忌的《哀时命》、董仲舒的《士不遇赋》、司马迁的《悲士不遇赋》、息夫躬的《绝命辞》、崔篆的《慰志赋》、冯衍的《显志赋》等。这些赋共同的特点是直接抒写作者生不逢时的悲哀、受害的遭遇、有志难骋的悲苦。最有代表性的是司马迁,这位千古奇才却成了千古悲剧人物,只因李陵一事而枉受宫刑,因而他在《悲士不遇赋》中强烈地抨击现实的黑暗:"悲夫士生之不辰,愧顾影而独存……虽有形而不彰,徒有能而不陈。何穷达之易惑,信美恶之难分。时悠悠而荡荡,遂将屈而不伸。"有的咏古讽今,如贾谊的《吊屈原赋》、东方朔的《七谏》、刘向的《九叹》、王褒的《九怀》、王逸的《九思》,这些赋作描写屈原含冤投江的不幸身世,因以自谕,借以讽世。贾谊年少,才气超群,却惨遭诽谤,贬谪长沙,命同屈原,因而过湘水而赋《吊屈原》,怀古伤今,愤世嫉俗;还有的则咏物托情,以表现自己心中的愤怨,如扬雄的《酒赋》、张衡的《鸿赋》、祢衡的《鹦鹉赋》、赵壹的《穷鸟赋》等,这些赋作都善于巧借咏物,以曲折地控诉时政对文人的迫害。

以司马相如为首的汉代赋家还创作有一类赋作,设为主客争辩,从正反两面对社会进行冷嘲热讽。如东方朔凭着滑稽多智的奇才侍从汉武帝,却始终被视为倡优,政治上得不到重用,他在《答客难》中先以宾客之口,从正面叙述现实的遭遇:"悉力尽忠,以事圣帝,旷日持久,积数十年,官不过侍郎,位不过执戟。"继以主人"东方先生"的正话反说,点明命不由己的原因:"绥之则安,动之则苦;尊之则为将,卑之则为虏;抗之则在青云之上,抑之则在深渊之下;用之则为虎,不用则为

185

鼠。虽欲尽节效情，安知前后？"文人的命运，不是取决于才能，而是取决于统治者的好恶，这就是时代的悲剧。扬雄的《解嘲》也用同样的方式，正面借助"客嘲"来叙述"位不过侍郎"的卑下地位，再以主人责客，揭示"当今县令不请士，郡守不迎师"的社会原因。这些赋作都生动地表明以司马相如为首的汉代赋家所创作的对现实社会批判的尖锐性和深刻性。

从描写社会现实的各个层面来看，以司马相如为首的赋家所创作的汉赋与乐府民歌的思想价值是难分高下的。它们的区别不是价值的高低，而是反映社会侧面的不同；它们不是对立互斥，而是互补互济。但是，就思想的深度来看，汉赋要高于民歌。概括地说，汉乐府民歌出于下层人物之手，对社会现实的描写只限于摆现象，诉苦难；而出于文人之手的汉赋，则注重于揭根源，提措施，试图从政治上来解除社会的苦难。

汉乐府民歌对现实罪恶的控诉是强烈的，而缺乏对现存制度的理性批判。汉赋显然不同，既有激情的控诉，又有理性的批判。以司马相如为首的汉代赋家多为政治思想家，他们往往站在治国安民的高度，冷静地审视社会，透过现象寻求本质。贾谊《旱云赋》在描写"惜稚稼之旱夭兮，离天灾而不遂"的旱灾后，尖锐地指出不能抵御旱灾带来的苦难，根本原因是社会政治制度的过失："怀怨心而不能已兮，窃托咎于在位。独不闻唐虞之积烈兮，与三代之风气；时俗殊而不还兮，恐功久而坏败。何操行之不得兮，政治失中而违节。"天灾是不可避免的，而人治则可以解除灾害，所以贾谊归罪于统治者的失政违节，很有政治见解。贾谊能看得如此深邃，全出于政治家的眼光，他在《无蓄》一文中总结历史上曾经发生过严重的天灾，由于政治清明，积粮备患，免于饥饿之苦："禹有十年之蓄，故免九年之水；汤有十年之积，故胜七岁之旱。"又在《论积贮疏》中告诫汉文帝若不积贮粮食，就会出现"失时不雨，民且狼顾；岁恶不入，请卖爵子"的危难。汉武帝时身为太常的孔臧在《谏格虎赋》中具体地指出统治者的纵情田猎造成了民众的三大灾难：围地为苑，"犯之者其罪死"；驱民入山林，"妨害农业"；格虎于其庭，"残夭民命"。对社会混乱根源的揭示最为深刻的是东汉的赵壹，他的《刺世疾邪赋》可谓集社会批判之大成。

以司马相如为首的汉代赋家思想的深刻性还表现在他们在赋作中提出了一系列变革的具体主张。乐府民歌也涉及到解除苦难的方式，如《东门行》的拔剑反抗，《战城南》的渴求和平，游仙诗中的避开现实，《孔雀东南飞》的告诫家长，《陌上桑》的以智压邪等，这些方式只是从主体方面所表达的一种愿望和理想。汉赋的认识高出一层,它着眼于社会客体的变革,力争通过统治者的权力来达到变革社会的目的,因而能够从思想上、政治上、经济上,较全面地提出治国安民的方案。思想上,以司马相如为首的汉代赋家提出了"与民同乐"的主张。上层统治者在满足于物质生活的同时,尽情地追求精神生活的享乐,当时最突出的是田猎游乐。他们为尽田猎之欢,不恤国政,浪费大量的人力物力,严重地损害了民众的利益。司马相如献《上林赋》直指独乐的危害:"务在独乐,不顾众庶,忘国家之政,贪雉兔之获,则仁者不由也……夫以诸侯之细,而乐万乘之侈,仆恐百姓被其尤也。"这里批评贵族的"独乐",含有提倡与民同乐的思想。孔臧直承孟子"与民同乐"的民本思想,告诫统治者"乐之至也者,与百姓同之谓"(《谏格虎赋》)。张衡又从巩固皇权的高度剖析独乐会导致国政覆灭:"今公子苟好剿民以娱乐,忘民怨之为仇也。好殚物以穷宠,忽下叛而生忧也。夫水所以载舟,亦所以覆舟。"(《东京赋》)

政治上,以司马相如为首的汉代赋家提倡德治仁政,减轻刑罚。司马相如在《上林赋》中指出,帝王贵族要改变淫侈的生活,必须"驰骛于仁义之涂",这样才能实现"天下大悦,乡风而听,随流而化"的太平盛世,并提出了"省刑罚,改制度"的主张。治国施仁,是以司马相如为首的汉赋作家的一贯思想主张,扬雄《羽猎赋》说:"创道德之囿,弘仁惠之虞……立君臣之节,崇贤圣之业。"杜笃《论都赋》主张"躬修道德,吐惠含仁"。这种思想极有时代的现实意义。

以司马相如为首的汉代赋家所创作的赋作,其最富有价值的思想是在经济上提出了一系列为民利民的措施,一为励农。由于贵族的霸占,造成了"富者田连阡陌,贫者无立锥之地"①;又因战争、劳役等原因而大量地夺去农时,"扰于农民",田荒地芜,"不得收敛"。针对这种现实,赋家提出开放田林、励农垦荒的主张。司马相如在《上林赋》中说:"地可垦辟,悉为农郊,以赡萌隶。隤墙填堑,使山泽之人得至焉。实陂池而勿禁,虚宫馆而勿仞。"给农民提供最基本的生存条件;扬雄在《羽猎赋》中劝谏汉成帝要鼓励农民从事农业生产,"丞民乎农桑,劝之以弗怠";班固在《东都赋》中说得更为具体:"抑工商之淫业,兴农桑之盛务……女修织纴,男务耕耘。"二为济民。对于失去谋生能力者及贫困者,赋家又提出了开仓济民的主张。司马相如提出"发仓廪以救贫穷,补不足,恤鳏寡,存孤独"(《上林赋》)。扬雄《羽猎赋》说:"恐贫穷者不徧被洋溢之饶,开禁苑,散公馆,放雉兔,收置罘,麋

---

① 《汉书·食货志》。

鹿刍荛,与百姓共之。"张衡的《东京赋》也有同样的主张:"乐输其财,百姓同于饶衍,上下共有雍熙。"三为节俭。汉代赋家对上层贵族的奢侈生活是深恶痛绝的,枚乘、司马相如、班固、张衡在他们的叙事赋中无不痛斥贵族的"穷泰极侈",并提出了"改奢即俭"的措施,如《上林赋》的"解酒罢猎",《羽猎赋》的"罕徂离宫而辍游观,土事不饬,石功不雕",《东京赋》的"班宪度,昭节俭,示太素,去后宫之丽饰,损乘舆之服御"。扬雄在《长扬赋》中还以先王高祖"介胄被露汗"、文帝"木器无文"的节俭兴国来讽谕时君。这些制约贵族奢侈的措施,虽然只停留于作家的良好愿望,但无疑是利国利民的良策。

以司马相如为首的汉代赋家提出了不少具体的治国安民的措施,这是乐府民歌所不具备的。以司马相如为首的赋家虽是出于维护封建社会的长治久安,而在社会处于上升时期的汉代提出这些措施的,但这些措施的进步性应当肯定,客观上对于减轻民众的政治压迫和经济剥削,也起到了促进作用。汉代赋家俸禄朝廷,侍从王族,为什么又能批判上层社会,提出根治的措施?道理很简单,因为他们中不少杰出的政治思想家继承发展了儒家的民本思想。贾谊在他的政论文中提出了一整套以农为本、以民为本的思想理论和政治主张;为朝廷出色地完成出使巴蜀任务的司马相如在《谏猎书》中鲜明地反对帝王的淫猎;张衡又是一位"称为理政"的政治实践家。强烈的政治责任感,渴求太平盛世的理想,促使着赋家正视社会的现实,关注国家的命运,同情人民的苦难。

总之,由于汉代特殊的历史条件,造成了文人赋作的繁荣、民间乐府诗的发达,出现了反映社会现实的特殊方式。以司马相如为首的汉代赋家所创作的汉赋立足于政治,从社会的上层、宫廷的内部、文人的自身来描写现实;而乐府民歌则立足于生活,从社会的下层、朝廷外部、民众的自身来描写现实。

第四节 "风力遒劲"

司马相如这种卒章显志、曲终奏雅的赋"讽谏"说也受到了刘勰的推崇。刘勰不论是评人还是评文,都重在全面圆通不落一端、折中于自然情理的思想方法特点。凡是表现出了作者义正辞严的人格力量的文章,他都认为是有骨力的作品。司马相如的《大人赋》,今载《史记·司马相如传》,是一篇意在讽谏汉武帝"好仙道"的作品,据司马迁所记载:"相如以为列仙之传居山泽间,形容甚臞,此非帝王之仙意也,乃遂就《大人赋》。"在这篇赋中,相如以"大人"喻天子,而写其游仙之状,指挥众神,气度恢宏,目的在说明这种游仙实际上是不可能的,然而结果却正好相反:"相如既奏大人之颂,天子大说,飘飘有凌云之气,似游天地之间意。"(《史记·司马相如传》)从《大人赋》本身来看,它是模仿骚体的作品,颇有屈原《离骚》翱翔九天的壮阔气势,体现了鄙弃世俗的高洁情操,故刘勰说它是"气号凌云,蔚为辞宗",因而其赋作呈现出一种包举宇宙、气势磅礴、"风力遒劲"的审美特色。所谓"风力",原本是指风的力量、气势与魄力;这里是指辞赋创作文辞的风格与笔力。

关于汉代赋家注重"风力",追求包举宇宙、气势磅礴、"风力遒劲"的现象,前人早就注意到了。刘勰《文心雕龙·通变》中说:"楚汉侈而艳。"这里所谓的"侈",就包含有极力夸大、时空无限、"风力"强劲的意思。正是由于看出了赋家的以包举宇宙、"风力遒劲"、气势磅礴,注重整体气质,以"大"为美、有气势,语言艳丽奇瑰,为权利、能力的符号,追求气势如虹,推崇崇高雄伟、广大且有光辉的意象。刘勰指出《七发》的整体风格为"独拔而伟丽",而《洞箫》则呈现出一种"穷变于声貌"的风格特征,《两都》"雅赡"、《二京》"宏富"、《甘泉》"深玮",都能够揭示出以司马相如为首的汉代赋家的审美诉求,其崇尚的审美风貌都具有包举宇宙、"风力遒劲"、气势磅礴的特点。大汉帝国的大疆域、大功业、大尊荣、大城池、大殿堂、大排场、大奢侈、大娱乐,给辞赋家们提供了新的歌颂对象。土地的辽阔、生民的众庶、山川的宏伟、都市的繁华、宫殿的巍峨、林苑的宽广、物产的丰饶、文教的昌隆、出猎的壮观、典礼的隆盛、歌舞的奢丽、宴饮的侈靡,外在物质的丰盈、生活的丰富,去向人们展示数量众多、体积宏伟、场面广阔、力量巨大、威势无比的"风力遒劲"之美。对汉赋所呈现出的这种审美特点,班固认识得也非常清楚。他在《汉书·艺文志》中就指出,以司马相如为首的汉代赋家继承并发挥了宋玉、唐勒等楚辞作家追求"风力",以"大"为美的创作特点,"竞为侈丽宏衍之词"。因此,在他们笔下,就不断出现长篇大赋。如司马相如的《子虚赋》和《上林赋》就下笔洋洋洒洒,几乎不可收拾,极尽夸耀之能事,以写汉天子在上林苑校猎的壮观,繁盛、富丽,手法铺陈夸张,以写田猎、祭祀、朝会、饮宴的盛况,无一不显示出篇幅的巨大,场面的壮观;遣词造句上则多用富于夸张色彩的字词和排比句法。在《史记》《汉书》的《司马相如传》中,都是合为一篇的,萧统编《文选》时,嫌其太长,才分为两篇。班固的《两都赋》,有近5000言,张衡的《二京赋》,更是有8000余字。汉代赋家的这种追求,后世多受非议。连讲究"通变"的刘勰,也指出:"《七发》以下,作者继踵……莫不高谈宫馆,壮语田猎,穷瑰奇之服馔,极蛊媚之声色。甘意摇骨体,艳词动魂识。虽始之以淫侈,而终之以居正。然讽一劝百,势不自反。"①认为"楚艳汉侈,流弊不还"②。到了现代,汉大赋这种特性受非议更多,甚至被有些人请出了汉代文学的殿堂。其实这样做,实在是忽视了汉赋包举宇宙、气势磅礴,追求风力遒劲、以"大"为美的合理性,忘记了汉大赋是为了充分适应汉代的社会而产生与存在的,是为了满足汉代人的审美追求而存在的。应该说,这种追求风力、以"大"为美的风格特色,与其时社会审美诉求是相应的。因为"文变染乎世情,兴废系乎时序"③,"每一时代的美都是而且也应该是为那一时代而存在,它毫不破坏和谐,毫不违反那一时代的美的要求。"④汉代,作为秦以后又一个大一统的时代,它的疆域比秦时更加广阔,"东西九千三百余里,南北一万三千余里,有户一千二百多万,口五千九百五十多万。"⑤临御这个大帝国的统治者,一开始就是踌躇满志的。据《史记·高祖本纪》载:高祖七年,韩信叛乱未平,平城大败,时局动荡,国力维艰。而此时萧何建未央宫,"周回二十二里九十五步五尺,街道周回七十里,台殿四十三,池十三,山六,门闼凡九十五。"⑥"上见其壮丽,甚怒,谓何曰:'天下匈匈,劳苦数岁,成败未可知,是何治宫室过度也!'何曰:'天下方未定,故可因以就宫室。且夫天子以四海为家,非壮丽无以重威,且无令后世有以加也。'上说,自栎阳徙都长安。"⑦"无令后世有以加",就是汉代人建筑上追求的标准。历文景至武帝,汉之国力达到了鼎盛,此时的统治者,"累廊台恐其不高,弋猎之处恐其不广。"⑧甘泉宫与建章宫,其雄峻壮丽,力压未央。上林苑扩建后的规模之大,更是令人惊诧。上林本秦旧苑,扩建后,南傍终南,北滨渭水,周回300里。内有离宫70,能容千乘万骑。这位皇帝不但在建筑上张扬大的气派,而且行动上也是这样。他的一次择兵耀武的巡边,竟动用了18万骑兵,行程1万余里,旌旗飘扬1000余里。正是因为他喜爱大的东西,大的气魄,所以他读了《子虚赋》后,大加赏叹,恨不与司马相如同时。读了《大人赋》,竟觉得飘飘有凌云之气,甚

---

① 《文心雕龙·杂文》。
② 《文心雕龙·宗经》。
③ 《文心雕龙·时序》。
④ 车尔尼雪夫斯基:《生活与美学》。
⑤ 《汉书·地理志》。
⑥ 《西京杂记》。
⑦ 《汉书·高帝记上》。
⑧ 《汉书·东方朔传》。

至还特意让人为他讲"大言"①。从以上的事实中可以看出,以司马相如为首的汉代赋家追求包举宇宙、气势磅礴、"风力遒劲"、以"大"为美的审美诉求,可称得上波振于上,风流于下了。

第五节　传统政治教化观的当代意义

一种文学价值观念对于后世持同类价值主张的理论学说,具有顺向的理论贯穿作用。我们截取文学思想发展历程中的每一个阶段来看,都可发现,每一种理论思潮及流派的产生,都受到了前人理论观念的启发和影响,并在发表自己的理论主张时,以前人的有关言论为自己的观点张本,可以说,文学观念同方位的传承和递接,是文艺思想发展的基本规律之一。在这种传承演进当中,每一种价值观念都处于"上源下流"的中间环节位置上面,它首尾两端都呈现出开放型的结构,对前人吸收和转化,对后人传递和启发。同一种文学价值指向,是联结各个不同时期相同或相近的文学理论主张的纽带,从而使不同历史时期内的人们也能隔代相亲,以各自不同的形式,演奏相同主旋律的理论调子。譬如在古代文学思想发展中占主体地位的文学的政教伦理价值主张,自孔子提出"诗无邪"的评诗标准和"放郑声"的价值选择之后,历代阐发文学的政教价值统领艺术审美价值的观点比比皆是,诸如荀子提出的"明道、宗经、征圣"的正统文学观念;《毛诗序》对文学提出的"发乎情,止乎礼义"的道德要求;虽然同祖于一种文学价值观念,然而彼此之间又有不同程度的差异。这是由于每一种文学思潮都要受到既有的文学现实的规定和制约,这就会造成它们对所宗祖的理论观念在不同的侧面上各有倚重,乃至于权变发挥,注入新质的现象。这种现象的存在,并不表明它们的文学价值取向发生了背离,而是表现在同一价值指向下面,从不同的角度,不同的途径去认识和实现该种价值的分野。

显然,司马相如的这种重视讽谏的赋学思想就是对儒家传统的政治教化学说的吸收与递接。在中国文学理论史上,以孔子为首的儒家学者主张政治教化说。孔子的文学批评是以对《诗经》的评论为主而展开的,其理论核心是"诗教",强调修身必先学诗,文学要为政治教化服务。在他看来,文学是使人心臻于仁的境界

---

① 《史记·封禅书》。

的一种手段,是调节个体与社会、情感与道德规范的一种事物。他的批评标准便是"诗无邪",即文学的思想与情感应纯正无邪,不悖越礼度。对于诗的德育功能(兴)、认识作用(观)、协作功能(群)、干政功能(怨)以及明人伦(迩之事父,远之事君)、学知识(多识于草木鸟兽之名)等作用,给予了充分的肯定。而对于那些任性自然、放纵感情的艺术如"郑声"者,则深恶痛绝,他要"放郑声,远佞人"。孔子关于诗有两处著名的也是相关的话,一为:"子曰:'诗'三百,一言以蔽之,曰'思无邪'。"(《论语·为政》)一为:"子曰:'《关雎》乐而不淫,哀而不伤。'"(《论语·八佾》)。先说"思无邪"。"邪"一般是"正"的反面。那么孔子的话就是说《诗经》中没有不正当的思想观念、行为动作等。对此,就出现了两种解说的角度。一种角度是从诗的内容上说,邢昺《论语注疏》认为:"诗之为体,论功颂德,止僻防邪,大抵皆归于正。"另一种角度则从诗的效用方面说,如朱熹说:"凡诗之言,善者可以感发人之善心,恶者可以惩创人之逸志,其用使人得其性情之正而已。"(《论语集注》)不管从内容上说,还是从效用上讲,他们都不是单一认为"无邪",而是认为"以正克邪"而达到"无邪"。换言之,诗中是有邪的,只是作为反面教材而已。而"正"的标准就是"礼",其依据就是孔子所说的"兴于诗,立于礼,成于乐"(《论语·泰伯》)。鉴于这样的理解,后世就产生了以封建社会的礼为准则来解说《诗经》,并尽其所能向"无邪"靠拢。

总的来看,孔子的文学观中的核心就是文学应为政治教化服务,把文学作为实现伦理教化的手段和工具。这在封建社会中有其消极作用,但因儒家的仁政思想,也使文学具有针砭封建社会弊端的积极意义。孔子立足于教化的目的,重道轻文、重善轻美,形成了历史上长期贯穿的文以明道、文以载道,甚至有认为作文害道的传统。一方面以体现儒家仁义道德和政治教化的"道"支配文学创作与鉴赏,促使历代作家注重作品的思想性,推崇其政治教化功能,发挥过积极作用。同时,孔子的文学批评理论,虽多有创发,但却并不是从文学艺术的角度来理解文学的,其目的是维护他所谓的礼教,极具功利主义色彩。这种理论,到了汉儒时,被发挥到了极致。成书于西汉初年的《毛诗序》就说,诗歌必须起到"经夫妇、成孝敬、厚人伦、美教化、移风俗"的作用。《毛诗序》虽然也提倡诗歌要"吟咏情志",却又强调"发乎情,止乎礼义",这就重又湮灭了文学情感生动的美学意蕴。汉武帝后,儒家思想定于一尊,在文学领域自然也要以儒家思想为最高衡量标准,从而完成了从"诗教"到维护和宣扬儒家正统的文学批评标准的转移。

在中国这块古老而文明的土地上,漫长的封建宗法制度的统治,造就了典型的政治伦理型文化。以修身、齐家、治国、平天下为内涵的政治道德精神,成为涵盖着一切艺术思想价值的主导精神,以"求善"为目标的道德伦理取向和以"求治"为目标的政治取向,在古代文学理论中形成了思想合力,强有力地占据了文学观念的主体地位,展示着中国文学鲜明的政教伦理型的文化特质。

中国古代文学价值观这一理论系统,是与政治、伦理、哲学等社会意识关涉得最紧密直接的文学观念,因而在它的理论蕴含中,也最能体现出中国古代文学理论的主体价值取向——浓重的政治教化属性。

中国古代的文学价值理论,之所以从总体上显现出如此鲜明的政治伦理型的文化特征,其主要的原因并不仅仅在于有关文学的"经邦纬世""道德风教"等价值学说历来被人们论述得最多,强调得最为重要,更值得注意的还在于:古人在阐说文学的多种功用和价值理论时,其最终的价值取向,也都不同程度地指向政治伦理。这样就使得政治伦理精神深入到各种文学价值观念之中,形成为贯穿各个历史时期的各种不同价值主张的共通性特点,由此给古代文学价值理论罩上了浓厚的政治伦理化的光环。从积极方面来说,它导引着文学走在与社会的国计民生及个人的政治理想息息相关的创作道路上面,去完成文学的"裨补时政""劝善惩恶"等政治伦理意义上的社会使命。

在中国古代文学价值理论体系中,不仅关于政治伦理教化的言论占据主体地位,而且政教伦理观念作为文学价值的主体观念,也渗透到各种理论系统当中并形成实际的价值指向。儒家的"诗教"传统,代表着古代文学教化价值的主体观念,也反映出政治与教化合一的价值取向。再如中国古代的"文章不朽说",揭示了文学传世不朽的人生价值。在这个价值观念中,文学究竟凭靠什么来传于后世呢?古人的回答有两种,一种认为文学作品本身的艺术美,就是扬名后世的载体,凭借艺术本身的魅力,就可以将作家的文名带入永恒的时空以传世不朽。然而这种观点不但未能在理论批评中占有主导地位,相反,它所表现出来的重形式、轻内容的唯美倾向,倒往往成为人们批判的靶子。因而在"文章不朽"的观念中,普遍地还是以儒家积极入世的"三不朽"人生观作为文学价值取向,将"立言"的价值准拟于"立德""立功"的价值,将文章事业视为在精神领域中的建功立业。这也正如桓谭《政要论·序作》所论述的那样:"夫著作书论者,乃欲阐弘大道,述明圣教,推演事义,尽极情类,记是贬非,以为法式,当时可行,后世可修……夫奋名于百代之前,而流誉于千载之后,以其览之者益,闻之者有觉故也。"桓谭在此虽不是针对文学而发的言论,但他对"文章不朽"的理解与文学相通。他认为,流传后世的作品,必须表现"阐弘大道,述明圣教"等思想内容,文章中不朽的乃是作品的政治意义及道德精神,而不是艺术形式。从这一角度来看,古代文论中所普遍推重的"立言"的价值,同样表现出鲜明的政治教化的思想精神。

总之,中国古代文学价值观的政治教化特征,不仅在有关"诗教""正教"的理论阐述中直接地表现出来,而且政治伦理观念作为中国古代伦理型文化的本质属性,也贯穿在文学价值观念的各种理论主张之中,并形成或隐或显的思想指向,从总体上展示着古代文学价值观的政治教化特征。

值得指出的是,从文学思想发展的角度看,一个时期文学思潮及流派的理论论争,一般来说总为后一时期的理论成熟奠定了基础。这也为体现在文学思潮及流派当中的价值观念互动、互补的矛盾运动关系所致,是不同的文学价值取向之间相互渗透和综合作用的结果。文艺的历史精神和人文精神、社会理性和人文情感是辩证统一的。既反对用历史精神和社会理性压抑人文精神和人文情感的倾向,也排拒以人文精神和人文情感取代历史精神和社会理性的倾向,那种非历史的人文精神、人文情感和人文关爱纯属一种虚假的人文观念。应当消除各式各样的阻碍历史发展和社会进步的狭隘的鄙俗的人文惰性。那种违背时代潮流、历史逻辑、社会理性的人文精神和人文关爱是不足取的。只有经过变革现实的伟大的历史实践和历史过程,才能推动社会的全面进步和人的全面自由发展,逐步实现改革开放时代的社会理性和人文情感的统一。而文艺家则应当站在时代的前沿,倡导顺应和推动有助于历史转折和社会的人文精神和人文关爱,追求社会理性和人文情感相和谐的理想境界。

第六节 "好文""刺讥",自成机杼

司马相如这种卒章显志、曲终奏雅,重视赋的"讽谏"作用的思想与巴蜀地域文化的影响分不开。自古以来,蜀人就"好文""刺讥",并自成机杼。

峨眉之秀,青城之幽,剑门之雄,三峡之险,独特的自然条件,孕育了独特的巴蜀文化。在古代,巴、蜀分指四川的东部和西部两个地区,实际上部落林立,多"国"并存,直到开明时代才逐步归于统一,这就是史书上说的"蜀王据有巴蜀之地"。当时,巴蜀仍然是多民族杂居,汉族属于少数。因而被汉族占绝对优势的中原诸国视为"蛮荒"之地,成了一个流放罪犯之所。如周显王三十二年,协助商鞅

实行变法的著名学者尸佼,在商鞅被刑后,"恐被诛,乃亡蜀","秦始皇徙吕不韦舍人万家于房陵,以其地隘也。汉时宗族大臣有罪,亦多徙此县。"①秦灭六国,徙其豪侠于蜀。司马相如、扬雄、卓文君、李白、苏轼等一大批文苑精英的祖先均非蜀人。由于这些被流放者中大多是豪门富贾、王亲显宦和他们的家属、幕僚、食客、卫士,不但有很强的经济实力,而且还有很高的文化素养,他们在带来大量财产、大批典籍和先进生产技术、丰富管理经验的同时,更带来了对封建统治者强烈的批判意识,致使蜀地的民族、经济和文化结构在深刻的演化过程中,不断地注入了新鲜的"反叛"血液。从春秋战国到魏晋南北朝的1000多年间,正当中原大地群雄逐鹿、战祸频仍之际,巴蜀以其特殊的地理环境而相对稳定,农业生产和市场经济都得到长足的发展。城市的空前繁荣,助长了市民意识,从而养成注重缘情审美的风气,特别强调文学艺术的审美功能。《汉书·地理志》说:巴蜀"土地肥美,有江水沃野,山林竹木疏食果实之饶","民食稻鱼,亡凶年忧,俗不愁苦,而轻易淫佚。"何谓"淫佚"?即所谓"不能笃信道德,反以好文刺讥也"。"好文刺讥"正是缘情审美与批判意识的高度结合,是对怨而不怒、温柔敦厚的儒家诗教的反叛。这是巴蜀文化的精髓,它集中表现在文学领域而独树一帜。"如果说以《诗经》为代表的中原文学以质朴的写实为特征,以《楚辞》为代表的江南文学以浪漫的抒情为特征的话,那么,巴蜀文学则以它绚丽的辞采和刺讥的锋芒自成机杼。"②

巴蜀文化特点的形成,除了独特的自然条件和社会原因之外,从我国古代的五行学、天文学中,也可以得到印证。巴蜀地处西南,"西南者,坤之都也,堕山峻山巚之区也",③"其卦值坤,故多斑采文章……星应舆鬼,故君子精致,小人鬼黠"④。《易·说卦》:"坤(之卦象)……为文。""文"者,"会众采以成锦绣,会众字以成词谊,如文绣然也"。"舆鬼",二十八宿之一,乃蜀地分野。"鬼黠",聪慧而且富于机趣。《华阳国志》把这个特点概括为:"俗好文刻,少儒学,多朴野,盖天性也。"这种"天性",不仅在民谣中有充分的体现,而且在历代四川的文苑精英的作品中亦表现得淋漓尽致。

司马相如的《子虚》《上林》二赋,虽然"列锦绣而为质",极尽铺陈夸饰,但"其

---

① 常璩:《华阳国志》,巴蜀书社1984年版,第138页。
② 刘真伦:《好文—巴蜀文风的华丽倾向》,载《龙门阵》,1990年第4期。
③ 王夫之:《周易外传》,中华书局1973年版,第11页。
④ 常璩:《华阳国志》,第180页。

卒章归之于节俭,因以讽谏"①。扬雄也明确主张:"赋者,将以风也。"当然,"风"从来就是中国文学的重要内容之一。孔颖达在《毛诗正义》中指出:"风、雅、颂者,《诗》篇之异体;赋、比、兴者,《诗》文之异辞耳。"《毛诗序》:"风者,风也、教也;风以动之,教以化之……上以风化下,下以风刺上,主文而谲谏,言之者无罪,闻之者足戒,故曰风。""谲谏"——委婉含蓄地规劝,即《礼记·经解》所说的"温柔敦厚,诗教也"。"其所表现的情感应有适中之好,其所表现的思想应无过激或保守之病,至于表现什么样的思想感情,并无任何限制。总之,温柔敦厚的儒家诗教,只是一种'度'的规范,而不是'质'的规范。"②这种"温柔敦厚"的"规范"与"俗好文刻"的"天性"相比较,显然不只是"度"的差异,而是有着"质"的区别。比如:出生在梓州射洪的陈子昂,"其诗多指斥时弊,风格高昂清峻","散文亦多指陈时政之作,见解颇为深刻"③。其《麈尾赋》通过对麈尾的吟咏,不仅引发了关于生命问题的思考,而且巧妙地谴责了统治者制造冤狱的罪行。如果说《麈尾赋》采用的是"言微而旨远"的隐蔽手法的话,那么,他那著名的《感遇》38首,就相当露骨地讥刺了以武则天为代表的武氏集团的骄奢淫逸、草菅人命和腐败无能。唐代大诗人李白倜傥任侠,笑傲王侯,"天子呼来不上船","安能摧眉折腰事权贵",尤其在《古风》59首的不少诗篇中,表现出了对最高统治者和达官显贵的强烈愤懑。如第46首:"斗鸡金宫里,蹴鞠瑶台边。举动摇白日,指挥回青天。""斗鸡"者谁?《唐书·五行志》称:"玄宗好斗鸡,贵臣外戚皆尚之。"矛头所指,一清二楚。才华盖世、博学多能的苏轼,以其在文学领域里的卓越成就而雄视百代。他的作品往往于冷峻中透露出对现实生活丑恶现象的嘲讽与鞭笞,以致被一群肖小所利用而酿成中国文明史上的千古奇冤——乌台诗案。如《山村五绝》就是御史们以"愚弄朝廷,妄自尊大"弹劾作者的"罪状"之一。《荔枝叹》一诗虽作于晚年,但仍"天性"不改,对从汉到唐直至本朝的皇帝、大臣指名斥责,敢笑敢骂,这在当时的文学家中是绝无仅有的。被称为"反骨嶙峋的骨鲠之士"的杨慎,也是一位敢于直接指斥皇帝、大臣的巴蜀文苑精英。正因为这种刚正不阿的"直臣"性格,使杨慎37岁便被贬充军,在遥远而荒僻的云南永昌度过了后半生的35个春秋。不过,他没有为此而消沉,《永诀李张唐三公》一诗,表现出了同邪恶势力永不妥协的不屈气节。

---

① 《史记·司马相如列传》。
② 韩经太:《中国诗学与传统文化精神》,四川人民出版社,1990年版。
③ 杨世明等:《巴蜀艺文五种》,巴蜀书社1992年版,第85页。

到了清代中叶,随着四川城乡经济的迅速发展,为了适应和满足广大人民群众对文化生活的多样化需求,在文学艺术方面出现了雅俗共荣的大好局面:诗歌、散文有了新的开拓,涌现出一批颇有成就的诗人、作家;民间戏剧亦如雨后春笋,百花竞开,争香斗艳,以五大声腔为特点的川剧,逐步从幼稚走向成熟。同杨慎的诗文创作风貌有着惊人相似的李调元,就是这个时期的代表人物,既是"文章魁首",又是"戏剧班头","敢于正视(社会)矛盾,针砭时弊","辛辣地嘲讽了清代官场中弄虚作假的腐败现象","矛头直指豪门权贵,笔锋犀利而无所顾忌,充分显示了他在诗歌创作中的人民性和战斗性";他创办戏班,编写剧本,著有戏曲理论《雨村剧话》等,为川剧艺术的形成和勃兴做出了重要贡献。

不可否认,从司马相如到李调元,作为封建社会的知识分子,必然对封建统治者存在过幻想,甚至于身体力行地为之出谋划策。但是,他们也有一个共同的特点:对苦难人民的深切同情与对腐败政治的深恶痛绝,当其遭到挫折时,则转化为同封建统治者及其追随者(特别是御用文人们)的尖锐对立,突现了"未尝肯与公卿国家之事","不慕官爵"(《史记·司马相如列传》),宁折不弯的巴蜀风骨。

第八章

中国地域文化与司马相如辞赋的艺术精神

司马相如赋作所表现出的文化个性与地域文化、地域文学的影响分不开。所谓地域文化,就是文化场。每个作家都生长在一个文化场之中。这种地域文化或谓文化场,是指在特定的时空里汇聚着多种形态的文化,这些文化相互碰撞,交汇和融合,形成特定的文化氛围,从而引导、制约着人的思想观念、思维方式和生活方式。对于作家来说,则受地域与场的文化合力的作用,影响及创作风貌。

与文化赖以存在和发展的民族经济形态以及其他生存环境相适应,每个民族的文化都有着许多各个相异的特殊性质,展示着各自文化的民族人文品格。异质文化,是孕育、生成与发展其美学思想审美特性的土壤。因时而异,因人而异,因民族文化而异,中西方美学各有自己的文化精神和审美范式、审美特色,作为中国辞赋家、美学家个体的司马相如,其辞赋美学思想也不例外,故而,研究司马相如赋作美学思想,需要深入地探讨其赖以生存的文化背景和文化异质性,由文化异质性到美学生成演化的整体结构,再到源流趋向,即美学的具体问题。

所谓"山林皋壤,实文思之奥府"①。"人之心与天地山川流通。发于声,见于辞,莫不系水土之风而属三光五岳之气"②。以中国文化为例,南北地理我们知道,中西文化是中西民族在不同的人文与生态环境条件下创造的,表现出中西民族特有的生存方式,具有各自不同的特色。从宇宙论看,早期的西方哲人认为,宇宙是空间的存在,是可分的、孤立的、对立的;人也是孤立的个体的存在。由此而形成的实证分析哲学,则把宇宙间事物的存在都看成是独立的,人与自然万物是对立的,人要探索、认识并征服自然。因此,西方文化的基本特征便表现在对个体与自由的追求,并以实证分析的科学精神为文化异向。中国哲人则认为,宇宙自

---

① 《文心雕龙·物色》。
② 王应麟:《诗地理考》,商务印书馆1936年影印本。

然是和谐统一的,天地间的万事万物包括人与社会都是有机联系不可分割的,"万物同宇而异体","万物各得其和以生",宇宙天地间的自然万物是丰富的、开放与活跃的,而不是单一的、保守和僵化的。单个的物不能孤立存在,单个的人不能独自生存。正如《淮南子·精神训》所指出的:"夫天地运而相通,万物总而为一。"宇宙间的自然万物雷动风行,运化万变,不断地运动、变化,同时又处于一个和谐的统一体之中,阴阳的交替,动静的变化,万物的生灭,都必须"致中和"。只要遵循"中和"这种原则,才能使"天地位","万物育",以构成宇宙自然和谐协调的秩序。"和"既是天道,也是人道。

民族的文化与文学,包括审美意识、审美趣味、文化心态,离不开民族的地域文化的作用与影响,作为中国辞赋家、美学家个体的司马相如,其辞赋美学思想就更离不开地域文化的作用与影响。

第一节　地域文化与审美意识、艺术精神

作为人的生命运动的一种表征,文化与美学差异现象,特别是审美意识上的差异是由文化场,即地域文化,包括历史的和自然的因素所造成,忽视其中的任何一方,都不可能使我们的研究得出科学的结论。

从一个方面看,自人类社会产生以来,作为文化场,即地域文化因素之一的自然就已不再是原初的自然,而是历史的自然;历史也从此不会是单一的历史,而是自然的历史。历史和自然的这种必然而然的关系集中体现在"人地关系",即人类社会与地理环境的关系上。换句话说,审美文化的差异与审美意识上的差异是由构成地域文化因素的自然地理环境和人文地理环境综合作用的结果。

从另一方面看,意识首先不是现实的,而是理想的,是"自我"或言生命的现在形态,是当下,即如德里达所指出的:"这是当下,或者毋宁说是活生生的现在在场……是活生生的现在,是先验的生命的自我在场。"[1]按照德里达的差异论观点,"自我"中包含着非自我,它的在场中包含着不在场。这种不可还原的非在场"有一种建构价值,与它相伴的是一种活生生的现在的非生命、非在场或非自我从

---

[1] Jacques Derrida, speech and phenomena, trans, by David B. Allison Northwest University Press 1973. p.6.

属,是一种不可还原的非原初性"①。这也就是说,"自我"在根本上就是相对的、差异的。"自我"不是统一的、一体的,而是差异的、开裂的。既然知识和世界都给予"自我"之上,而这种"自我"本身是差异的、开裂的,那么知识和世界当然不可能是统一的、一体的、封闭的,而只能是差异的、多元的、开放的。作为一个具有生命力的"地域文化场"或"地域文学场",就是这种差异的、多元的、开放的表征。

　　审美文化是多元的、有差异的、开放的。世界上第一个表达环境对人类气质的影响这一概念的人是公元前五世纪古希腊的医生希波克拉底。他在《关于空气、水和地》一书中提出了如下的看法:"(居住在酷热气候里的)人们比较北方人活泼些和健壮些,他们的声音较清明,性格较温和,智慧较敏锐;同时,热带所有的物产比寒冷的地方要好一些……在这样温度里居住的人们,他们的心灵未受过生气蓬勃的刺激,身体也不遭受急剧的变化,自然而然的使人更为野蛮,性格更为激烈和不易驯服。因为从一种状态到另一种状态的迅速转变能焕发人们的精神,把他们从无所作为的状态中拯救出来。"②中国古代也有类似的论述。《管子·水地篇》说:"地者,万物之本原,诸生之根菀也,美恶、贤不肖、愚俊之所生也。水者,地之血气,如筋脉之通流者也……故水一,则人心正;水清,则民心易。"《管子·地员》篇说:"地者,政之本也,辨于土而民可富。"孟子则把"经界"作为仁政之始。《礼记·王制》说得更明确:"凡居民材,必因天地寒暖燥湿。广谷大川异制,民生其间者异俗,刚柔轻重,迟速异齐,五味异和,器械异制,衣服异宜。修其教不易其俗,齐其政不易其宜。"《考工记》说:"橘逾淮而北为枳,鸜鹆不逾济,貉逾汶则死,此地气然也。郑之刀、宋之斤、鲁之削、吴粤之剑,迁乎其地而弗能为良,地气然也。"这就是说,作为文化场构成的气候、空气、山水等自然环境的不同导致了不同的性格气质、好恶情感和服饰饮食。至于从地域文化来解释具体的文化差异现象,就更为常见。如唐代赵耶利就通过不同地理环境的比较来解释川派与吴派琴乐风格的差异,他说:"吴声清婉,如长江广流,绵延徐逝,有国士之风。蜀声躁急,如急浪奔雷,亦一时之俊杰。"③现代琴家徐立荪也说:"音由心生,心随环境而别。北方气候凛冽,崇山峻岭,燕赵多慷慨之士;发为语言,亦爽直可喜。南方气候和煦,山水清嘉,人文温雅,发为音乐亦北刚而南柔也。古琴本为我国普通乐器,历

---

① Jacques Derrida, speech and phenomena, trans, by David B. Allison Northwest University Press 1973. p. 6 – 7。
② 波德纳尔斯基:《古代的地理学》,商务印书馆1986年版,第60页。
③ 朱长文:《琴史》卷四载。

代知音者多有曲操流传,初无所谓派也。既因气候习尚,所得乎天者不同,各相流衍而成派,乃势所必然。"①可见,从自然环境考察审美文化,在中国也有一个极为深远的传统。并且,比希波克拉底分析得更为深入,如《王制》还谈到了人们的生产工具和衣食住行与自然环境的联系。

但是,正如德国地理学家阿尔夫雷德·赫特纳所说,希波克拉底的考察,他对气候和季节变换对于人类肉体和心灵的影响的研究,相应于生理学的不大成熟的状态,在有时和个别地方这样分析会发生错误。不过,从原则上看,希波克拉底在认识上却开拓了一条重要的途径,不只是亚里士多德和上古末期的一些研究者,而且近代人物如波当和孟德斯鸠等,都承袭着希波克拉底的见解②,其中以孟德斯鸠的影响为最大。

孟德斯鸠曾到北欧和南欧进行过实地考察,他从反宗教神学出发,站在启蒙思想家的立场,对地理因素在人类社会发展中的作用作了肯定。他认为,地理环境,特别是气候、土壤和居住地纬度的高低、地域的大小,对于一个民族的性格、气质、风俗、道德,精神面貌、法律性质和政治制度有着决定性的影响。作为启蒙思想家、法国大革命的思想先驱,孟德斯鸠的地理环境决定论对史达尔夫人"自然环境决定文学风格"③的观点和丹纳"精神文明的产物和动植物界的产物一样,只能用各自的环境来解释"的"种族、环境、时代三大原则"④的确立有着直接的影响。

普列汉诺夫在关于历史的起点和动力的研究中,也表现出地理环境决定论的倾向。据统计,在将近20年的文稿中,普列汉诺夫有15次之多地阐述了他的地理环境决定论思想⑤。他在1893年底完成的《唯物主义史论丛》一书中所指出的"周围自然环境的性质,决定着人的生产活动、生产资料的性质。生产资料则决定着人们在生产过程中的相互关系……人与人之间的相互关系,则在社会生产过程中决定着整个社会结构。自然环境对社会结构的影响是无可争辩的。自然环境的性质决定社会环境的性质"是其这种理论的代表。

普列汉诺夫虽然分析了自然环境对人类社会发展所产生的影响,但他犯了一

---

① 《论琴派》,载《今虞琴刊》,第45页。
② 阿尔夫雷德·赫特纳:《地理学——它的历史、性质和方法》,商务印书馆1983年版,第20页。
③ 史达尔:《论文学》,《西方文论选》下卷,第125页。
④ 丹纳:《艺术哲学》,当代世界出版社2009年版,第9页。
⑤ 徐咏祥:《论导致普列汉诺夫地理环境决定论倾向的理论根源》,载《中国社会科学》,1986年第1期。

个类似费尔巴哈的错误:忽略了人地关系中的中介。也就是说,他没有看到人与自然界之间的互动关系。普列汉诺夫"之所以认定人类历史的初始点和发展的根本动力为自然地理环境,其根本原因就在于他对实践、对生产活动的本质和作用做了片面的、非科学的理解"①。在这一点上,他甚至还不如黑格尔。黑格尔一方面认为地理环境与"生长在土地上的人民的类型和性格有着密切的联系"。另一方面又以他的辩证法眼光指出:"我们不应该把自然界估计得太高或者太低;爱奥尼亚的明媚的天空固然大大地有助于荷马诗的优美,但是这个明媚的天空不能单独产生荷马。"②

真正对人地关系及地理环境在人类社会发展中的作用进行科学分析的是马克思和恩格斯。马克思和恩格斯是把自然地理环境作为人的对象和条件纳入人的实践范围内来考察的,从主体与客体的结合、主观与客观的关系上研究人与自然环境之间的物质变换规律和精神生产现象。在《德意志意识形态》中,马克思在分析人类物质生活资料的生产是人类社会的"第一个历史活动"时,特意加了一条注解:"黑格尔。地质学,水文学等等的条件。人体、需要、劳动。"这说明马克思并没有否定自然地理环境在人类社会历史发展中的重要作用。在同一著作中,马克思和恩格斯又指出:"任何人类历史的第一个前提无疑是有生命的个人的存在。因此第一个需要确定的具体事实就是这些个人的肉体组织,以及受肉体组织制约的他们与自然界的关系。当然,我们在这里既不能深入研究人们自身的生理特性,也不能深入研究人们所遇到的各种自然条件——地质条件、地理条件、气候条件以及其他条件。任何历史记载都应当从这些自然基础以及它们在历史进程中由于人们的活动而发生的变更出发。"③在这个基本思想的作用下,马克思在分析人类社会的起源和发展、人类社会生产方式的差别、人类自然需要,特别是人类审美需要的差异时,都对自然地理环境的作用给予高度的重视。恩格斯在《家庭、私有制和国家的起源》中指出,自然环境在人类社会发展阶段中所起的作用是随社会发展而产生的。他说,"随着野蛮时代的到来,我们达到了这样一个阶段,这时两大陆的自然条件上的差异,就有了意义。野蛮时代特有的标志,是动物的驯养、繁殖和植物的种植。东大陆,即所谓旧大陆,差不多有着一切适于驯养动物和除

---

① 徐咏祥:《论导致普列汉诺夫地理环境决定论倾向的理论根源》,载《中国社会科学》,1986年第1期。
② 黑格尔:《历史哲学》,商务印书馆1983年版,第123页。
③ 《马克思恩格斯选集》第1卷,人民出版社2012年版,第24页。

第八章 中国地域文化与司马相如辞赋的艺术精神

一种以外一切适于种植的谷物;而西大陆,即美洲,在一切适于驯养的哺乳动物中,只有羊驼一种,并且只是在南部某些地方才有;而在一切可种植的谷物中,也只有一种,但是最好的一种,即玉蜀黍。由于自然条件的这些差异,两个半球上的居民,从此以后,便各自循着自己独特的道路发展,而表示各个阶段的界标在两个半球也就各不相同了"①。这里,恩格斯肯定了"自然条件"的差异,与人类文明进程的不同之间有很大关系。

从以上所引述的材料和马克思恩格斯一贯的观点来看,马克思恩格斯关于地理环境与人类社会发展之关系的分析,至少包括下面这两个方面的内容:一是承认和重视地理环境在人类社会发展中的一定作用,而这个作用是通过地理环境对生产方式的决定和制约来发挥的。地理环境对人类社会的这种影响既通过生产方式的先进与否表现在推进或阻碍社会历史的发展方面,也通过对人们心理气质和性格特征的某种制约表现在审美意识的差异上。但是,地理环境对人类社会历史的影响是随着人们认识自然、改造自然的能力的增强而逐渐减弱的。"因为他们不仅变更了植物和动物的位置,而且也改变了所居住的地方的面貌、气候,他们甚至还改变了植物和动物本身,使他们活动的结果只能和地球的普遍死亡一起消失"②。再就是把地理环境作为人类社会发展必不可少的精神生产的对象来看待,即把植物、动物、石头、空气、光等等,作为艺术的对象,把它们看成"人的意识的一部分,是人的精神的无机界,是人必须事先进行加工以便享用和消化的精神食粮"③。前一个方面揭示了审美主体心理结构差异的根源,后一个方面揭示了审美对象的形态差异的根源,二者构成了审美意识的差异。我们所说的审美文化差异的历史因素和自然因素正是就这个意义而言。

所谓地域文化特征,是指人类活动与地形、气候、水文、土壤等自然环境的关系,以及在这种关系影响下人类行为的表现方式,包括特定地理环境中人们的生活方式、居室、服饰、食物、生活习俗、性格、信仰、观念、价值等。

地域文化不同于自然地理环境。也就是说,它已具备了促使自然地理环境决定人们审美意识的可能性向现实性转化的种种因素,比如政治、经济、风俗、性格、信仰等,在这些因素中,生产力的制约是最重要的因素。因为,自然地理环境影响

---

① 《马克思恩格斯选集》第4卷,人民出版社2012年版,第19-20页。
② 《马克思恩格斯全集》第20卷,人民出版社2006年版,第517页。
③ 《1844年经济学哲学手稿》,人民出版社1985年版,第52页。

人类物质生活和精神生活的程度与生产力的高低成反比。生产力水平越低,人类对气候、土壤、河流、湖泽、森林的依赖就越多。而"过于富饶的自然,'使人离不开自然的手,就像小孩子离不开引带一样',它不能使人的发展成为一种自然必然性,因而妨碍人的发展"①。人的劳动创造性和自然属性在恶劣的自然环境中能够得到更多的施展机会和磨炼实践,审美需要和审美能力也因此得到发展,创造出反映特定地域文化精神的艺术作品。

第二节　地域文化与文学艺术、审美特色

　　同时,作为一个区域性的概念,"地域"必须具有相对明确而稳定的空间形态和政治的、经济的、军事的、文化的意义。因此,所谓地域文化,必须具有相对明确与稳定的文化形态。这就涉及到地域文化的时间和传统。因为任何一种形态都是一定时间段中积累的结果,对于文化形态而言,更是如此,所以没有传统,也就不可能有相对明确和稳当的文化形态。并且,"地域"又是立体的,其表层是自然地理或自然经济地理一类东西,再深一些,则是风俗礼仪、典章制度、性情禀赋等,最深处才是文化心理、集体无意识和价值观念、审美意识、审美意趣等。各个层面相辅相成,互为关联,互相影响,互相制约,共同作用,以形成一个有机的整体,影响并规定着人的审美意识和文化心态。此外,"地域文化"还有可比性、对照性,有一个可资比较、对照的参照物。也正由于此,"地域文化"的特征才有可能彰显。

　　文学与地域文化关系密切,从一定的程度上看,文学的发展与地域文化的丰富性和多样性的作用分不开。

　　众所周知,中国传统文化是由早期多元分立而又相互联系的多种文化因素,经过较长时间的相互吸取和综合发展,然后逐步凝聚形成的一种具有中华民族共同心理特征的文化结构整体。如果把历史追溯到中国古代原始的氏族社会,结合现代考古的重大发现和多数学者的一致看法,可知中国古代史前曾经存在着三大比较强大的民族集团,即河洛地区的华夏民族集团、海岱地区的东夷民族集团和江汉地区的苗蛮民族集团,从而形成由这三个民族集团所在地区的氏族文化共同组合的多源头、多根系的汉文化。到了先秦时期,这种初具规模的汉文化又发展

---

①　《资本论》,中国社会科学出版社 1982 年版,第 528 页。

派生为邹鲁、秦蜀、荆楚、三晋、燕齐、吴越等不同地域的区域文化。在区域文化的基础上,经过春秋战国"百家争鸣"文化热潮的激荡磨炼,转而又出现了诸如阴阳、儒、道、墨、法、名、兵等众多不同的思想文化。这是中国历史上首次出现的文化高潮时期,它为传统文化的构成与发展准备了充足的条件。

地域文化总是在一定的空间中展开的。时间和空间,是地域文化的两种最基本的运动形式。"地理是历史的舞台,历史即地理之骨相。读历史如忽略地理,便失去其中许多精彩的真实的意义。"[1]地域文化的发达与否,与地区的经济有关。但经济对文学的作用不是直接的。在富庶的经济和繁荣的文学之间,还有一个重要的中介,这便是教育。中国古代的教育分私学和官学两种。官学到处都有,私学则以经济发达地区为多。以两汉时期为例,当时经济最发达的地区在关中、中原、齐鲁和巴蜀等地,而当时的私学教育,也以这些地方最为兴盛。自宋代开始,中国的私学教育发生重大变化,这就是书院教育的蓬勃兴起。宋代及以后的元、明、清各代,中国的经济重心稳定在南方,中国的书院也以南方为最多。一个地方的官私教育发达,与教育有密切关系的刻书、藏书事业也随之发达,这一切,为文学人才的成长提供了重要的条件。

经济发达的区域不仅官私学校发达,图书事业兴旺,而且交通比较方便。这里的文学人才除了受到良好的教育之外,还有条件外出漫游。这一点对文学家的成长也是非常重要的。中国古代的文学家,真正意义上的穷人很少。这些人要么是官僚,要么是地主,要么是商人,要么是官僚、地主和商人的子弟。他们并不以文学为专业,做官才是本行。孟浩然、顾炎武以及后期的陶渊明不做官,但是他们都有田庄,都有可观的经济收入。所以所谓"诗穷而后工"这个"穷"字,是穷通的穷,是指政治上的不得志,不显达,不是指经济上的贫寒。要有钱,才能应得起考,"行万里路"。人生的目的不外两点:一是求生存,一是求发展。读书、交游、写作,都是求发展的行为,只有生存问题解决了,才能谈发展的事。文明程度高的区域对文学的影响是非常显著的。所谓文明程度高的区域,是指那些文化传统悠久、文化根基深厚的地区。

文明程度高的区域的形成需要相当长的时间,一旦形成,就有相当的稳定性,不会因政治、经济等外在条件的改变而立刻改变。文明程度高的区域即便不是国家的政治和经济重心之所在,只要不发生剧烈的社会动荡和经济萧条,仍然可以

---

[1] 王恢:《中国历史地理·编著大意》,台湾世界书局1975年版。

开放出灿烂的现实文明之花。文明程度高的区域是文学家的一个渊薮。中国古代的文明之域,在北方首推曲阜、临淄、济南及其附近地区,其次是太原、西安、北京、开封、洛阳等地;在南方首推苏州、南京、扬州、杭州、绍兴、福州,其次是常州、宣州、徽州、嘉兴、湖州、泉州、荆州、南昌、吉安、长沙、广州、成都等地。

司马相如出生与养育之地成都,就属于巴蜀地区的文明之域。应该说,西汉时期的巴蜀地区,其文明程度是非常高的。当时,由于地理环境、居民族属以及战略地位不同,汉王朝对巴蜀地区相应地采取了不同的治理政策和开发措施。和北部边郡突出战略防御不同,对包括巴蜀地区在内的西南边郡则重在政治治理,在经济开发上,为渐进式发展,投资规模小,发展也很缓慢,但稳定而持久。

属于巴蜀地区的益州,是以秦以来的"巴蜀四郡"(汉中、巴郡、广汉、蜀郡)为基地逐步经营完善的,其大规模拓展是在汉武帝时期。当时,武帝分别派唐蒙、司马相如等人对西南夷进行经营,先后建立了犍为、牂牁、越巂、沈黎、文山、武都、益州等七郡。东汉以后,又别出"治民比郡"之蜀郡属国、犍为属国、广汉属国,同时增设永昌郡,最终形成12个郡国,完善了西南边郡(国)体系。

西南边郡,地处高原,崇山峻岭,河谷纵横,居民族属众多。据《史记·西南夷列传》记载:"西南夷君长以什数,夜郎自大;其西靡莫之数以什数,滇最大;自滇以北君长以什数,邛都最大;此皆魋结、耕田、有邑聚。其外西自同师以东,北至楪榆,名为嶲、昆明,皆编发,随畜迁徙,毋长处、毋君长、地方可数千里。自嶲以北,君长以什数,徙、筰都最大;自筰以北,君长以什数……其俗或土著、或移徙,在蜀之西……此皆巴蜀西南外蛮夷也。"从司马迁这段论述中我们可知:西南夷种族群落较多,规模较小。其经济形式有农耕者,有半农半牧,有游牧者。然其为患,却远不及北部游牧民族。《后汉书·西南夷列传》云:"其凶勇狡算,薄于羌狄,故陵暴之害不能深也。西南之徼,尤为劣焉。"西南边郡,由于居民种族群落较小,"其凶勇狡算,薄于羌狄,陵暴之害不能深也"。汉王朝对其统治有异于北部边郡,而以政治治理为主,采取了灵活变通的统治政策,实行郡县、土长并重的双轨制统治方式。既设郡县,任命太守、令、长执行大政方针,又任命大小部落首领为王、侯、邑长,"以其故俗而治"。郡县守令治其土,王、侯、邑长治其民。

在经济开发方面,实行"初郡无赋"的优惠政策。《汉书·食货志》:"汉连出兵三岁,诛羌,灭两粤,番禺以西至蜀西者置初郡十七,且以其故俗治,无赋税。""以其故俗治",其经济上的意义是承认边郡民族的特殊性,在不强行改变边郡民族社会结构、生产方式及生活方式的前提下,对边郡民族实行相对宽松的经济政策。

"无赋税",即对边郡民族实行免征或少征赋税的政策。它是由于边郡民族地区生产力水平低下,生产方式各异且发展极不平衡所决定的。两汉在西南设治之初,一度做到了免征或少征赋税。如西汉平南越、西南夷,于其地置十七初郡,郡县吏卒的给养和车马,均由旁郡供给。即使在有些地区征税,也因民族之差异,不与内郡一样按田亩交纳租税,而只象征性地交纳土贡。如东汉永昌郡,太守郑纯与哀牢人相约,"邑豪岁输布贯头衣之领、盐一斛以为常赋,夷俗安之"①。

封建统治者强调统治方式和治理措施的灵活性适应了西南边郡地区所存在的民族复杂性、多样性和发展不平衡的特点,对边疆地区的经济发展是有利的。

同时,因地制宜,发展农业和畜牧业。西南边郡民族,生产方式多样,大体分为"雠结,耕田,有邑聚"的农耕文化型;"编发,随畜迁徙,毋常处"的游牧型文化;还有"或土著,或迁徙"的半农半牧文化型。两汉政府在"以其故俗"的前提下,因势利导地进行了适度开发。如西汉末年,"以广汉文齐为(益州)太守,造起坡地,开通灌溉,垦田二千余顷";益州如此,西南边郡其他宜耕地区也多有用于灌溉的水利工程。《太平御览》卷七九一引《永昌郡传》说到犍为南部今云南昭通一带,云:"川中纵广五六十里,有大泉池水,楚名千顷池。又有龙池,以灌溉种稻。"《后汉书·郡国志》犍为条注引《南中志》曰:"(朱提)县有大渊池水,名千顷池。"此外,在今四川西昌、云南呈贡、大理等地,都出土了东汉时期的陂池和水田模型,陂池与水田间有沟槽相连,足证内地农田灌溉技术已传入西南边郡地区。一些地区粮食丰裕,以致"米一斗八钱"②。

在宜牧地区,东汉时也设立了牧马苑。安帝永初六年:"诏越巂置长利、高望、始昌三苑,又令益州郡置万岁苑,犍为置汉平苑。"③在西南地区开辟了新的牧区养马。和当地畜牧业相互促进,并举发展。因此,西南边郡畜牧业量动辄几万几十万头④,亦说明当时畜牧业发展之状况。

并且,注重发展当地矿产业和特色手工业。西南地区矿产资源丰富。据查《汉书·地理志》和《续汉书·郡国志》可以发现,该地不仅采冶金属种类多,而且生产工场分布广泛:益州郡的滇池县产铁,俞元县出铜,律高县出锡、银铅,贲古县

---

① 《后汉书·南蛮西南夷列传》。
② 《华阳国志·南中志》。
③ 《后汉书·安帝纪》。
④ 《汉书·昭帝纪》。

产铜、锡、银、铅,来唯县出铜,双柏县出银,羊山出银和铅;犍为属国的朱提县产银、铜,堂琅县出银、铅、白铜,武阳县和南安县出铁;永昌郡的不韦县出铁,博南县产金和光珠(宝石);越巂郡的邛都县产铜,台登县和会无县出铁,蜀郡临邛出铁。汉王朝通过对该地区丰富矿产资源的渐次开发,使得中原金属冶炼和铁器制造技术传入西南边郡广大地区。西汉前期,西南夷地区还不会冶铁,使用的少数的铁器均来自蜀地。东汉时期,滇池、不韦、台登、会无诸县均有产铁记载。

不仅矿冶业得到很大发展,巴蜀地区其他手工业产品亦得到较快发展。《后汉书·西南夷列传》说:永昌郡"知染彩文绣,有兰干细布"。《华阳国志·南中志》亦说:永昌郡"有梧桐木,其华柔如丝,民绩为布,幅广五尺以还;洁白不受污,俗名曰桐华布,以覆亡人,然后服之卖与人",牂柯郡也出产梧桐布①。此外,光珠、琥珀、水精(水晶)、琉璃、轲虫、蚌珠、翡翠等特色产品也通过朝贡、纳赋以及商业交流流入中原。班固说,汉武以后"明珠、文甲、通犀、翠羽之珍盈于后宫"②。《后汉书·南蛮西南夷列传》亦称:"藏山隐海之灵物,沉沙栖木之玮宝,莫不呈表怪丽,雕被宫闱焉。"可知西南夷与汉朝之间贡纳、馈赠往来之盛;同时也说明汉代以来,巴蜀地区特色手工业发展的基本状况。

与此同时,发展交通,加强交流。汉朝为加强对巴蜀地区的经营,在武帝时期相继开凿了三条道路:一是南夷道,亦称夜郎道。元光五年(公元前130年),汉廷"发巴蜀卒治通,自楚道指牂柯江"③,此道由今宜宾通北盘江。二为西夷道,又称零关道。《史记·司马相如列传》云:"除边关,关益斥,西至沫、若水,南至牂柯为徼,通零关道,桥孙水,以通邛都。"此道由今成都至西昌。三则是西南夷道,《华阳国志·南中志·永昌郡》载:"孝武时通博南山,渡兰沧水、溪,置唐、不韦二县。"联通今云南永平、保山和施甸。

道路的修通,既是郡县设置的基础;也是经济文化交流的重要工具。它以郡县治所为中心,以邮亭、驿站为网络,深入民族聚居地,通过"交往效应",把西南边郡连为一体。同时,又通过经济较为发达的巴蜀,北上关中联系中原;东通汉水,连接江南之荆、扬地区;南向以南方丝绸之路为纽带沟通岭南、缅甸、印度等地。使西南边郡和全国乃至域外联系起来。由此,带动人流、物流、资金流的交往,促

---

① 《太平御览》卷九五六,木部第五。
② 《汉书·西域传》。
③ 《汉书·西南夷传》。

进西南边郡地区经济文化的发展。《史记·货殖列传》云:"巴蜀亦沃野,……南御滇楚、楚僮。西近邛笮,笮马、旄牛……栈道千里,无所不通。"《盐铁论·通有篇》载:"徙邛笮之货致之东海"。学者研究表明,汉朝"建立益州等郡后,四川盆地和云贵高原的交通基本畅通,中原先进的冶铁技术传入和四川盆地铁器大量运入,云贵高原才开始使用铁器"①。也使云南地区具有和内地相同的文化面貌。

总的说来,两汉对西南地区近三个世纪的渐进式开发,使西南社会经济得到缓慢而长足的发展,到东汉末年,西南边郡的社会情形已经发生了明显的变化。

首先,在郡县治所及其周围地区,汉族移民的影响明显增强,形成了以汉族为主体的大姓地方势力。《后汉书·西南夷列传》载:"公孙述时,功曹谢暹与郡中大姓龙、傅、尹、董氏,与郡功曹谢暹保境为汉,乃遣使从番禺江奉贡。"另据《华阳国志·南中志》载:朱提郡有"大姓朱、鲁、雷兴、仇、递、高、李、亦有部曲";永昌郡有"大姓陈、赵、谢、杨氏"。这些大姓主要来自汉族移民,他们成为受官府支持的势力,是东汉以来汉族移民在南中影响进一步扩大的反映;同时说明,他们在传播中原文化方面起到了积极的作用。

其次,巴蜀地区人口不断增加。西汉元始二年,益州刺史部户口为972783户、4608654口,到东汉永和五年增至1525257户、7242028口,分别增长了56.79%和57.14%;而且,从同期所占全国人口比例来看,增长尤为明显。西汉平帝元始二年全国共有人口为59594978,益州刺史部占7.73%,而到东汉永和五年全国人口49150220,益州刺史部占14.73%,翻了近一番。

其三,巴蜀地区也成为蜀汉政权巨大的财富来源之地。《三国志·诸葛亮传》说:"亮率众南征,其秋悉平。军资所出,国以富饶。"《三国志·李恢传》云:南征之后,蜀汉"赋出叟濮,耕牛、战马、金银、犀革,充继军资,于是费用不乏";《华阳国志·南中志》也载:南中诸侯"出其金、银、丹、漆、耕牛、战马,以给军国之用"。出产于汉嘉的金,朱提的银,在当时享有盛名。刘禅时,南中开采的银窟有数十座,"岁常纳贡"。

由于西南边郡巴蜀地区,尤其是西南夷地区社会经济的长足进步,到东汉末年,它已经成为全国重要经济区之一,与中原、江南经济区三分天下而有其一,文明程度极高。

文明程度高的区域有这样几个优势。

---

① 汪宁生:《云南考古》,云南人民出版社1988年版,第94页。

一是文化传统的悠久。文化传统一旦形成，便有一种坚韧的力量，具有一种历久而弥新的品格。传统和现实是一个动态的关系，传统之所以成其为传统，就在于它对现实发挥着作用；而现实，则是从自己的这一端来解释、承续和利用着传统。文化传统是不易被瓦解、被割裂的。例如秦汉之际，齐鲁地区的社会经济遭受巨大的摧残，然儒学传统仍不绝如缕。秦朝刚刚灭亡，鲁国便在楚汉纷争之中兴起礼乐。刘邦兵临城下时，"鲁中诸儒尚讲诵习礼乐，弦歌之声不绝"[1]，齐鲁地区再次成为著名的文化发达区。可见文化传统是一种精神的力量。这种力量可以突破时间的限制而把历史和现实衔接起来，把古人和今人联系起来。哪个地方的文化传统得以形成，并且得到弘扬，那个地方的文化便能保持发达的状态。

二是文化积累的丰厚。文化传统是一种观念形态，文化积累则是种种物质载体，例如学校、图书、碑刻、器具，等等。前者是软件，后者是硬件；前者可以承传，后者更可以承传。

三是文化领袖的激励。文明之邦的主体，是对本地区的人才或潜人才的思想与行为产生直接的激励作用的文化领袖。

文化领袖有本地人，也有在本地流寓、做官和讲学的外地人；有古人，也有时贤。譬如汉时的蜀郡，在西汉前期，其文化仍比较落后，至"景武间，文翁为蜀守，教民读书法令"，这里才出现了一些文化气象。洎至"司马相如游宦京师诸侯，以文辞显于世"，这里的读书人受到很大的震动和激励，于是"慕循其迹，后有王褒、严遵、扬雄之徒，文章冠天下"。司马迁尝云：蜀地文化的发达，究其因，乃系"文翁倡其教，而相如为之师也"[2]。可见文化领袖的启蒙和激励作用是非常重要的。

第三节 地域文化与司马相如赋作的美学精神

司马相如赋作所表现出的美学精神与地域文化的影响分不开。

一、异质文化与司马相如独特的审美心态

马克思认为，人创造了环境，环境也创造了人。人与自然、文化之间相互创造

---

[1] 《史记·儒林列传》。
[2] 《汉书·地理志》。

第八章 中国地域文化与司马相如辞赋的艺术精神

和被创造的事实表明,一定自然文化圈内形成的某种地域文化生存形态,以"集体无意识"不自觉地规囿着人们的生活和思维程式,使生存其中的人们逐渐形成具有特定价值观念的文化心理结构,地域文化积淀以隐性传承的方式影响人们的文化个性和审美创造。显然,作家、艺术家较之一般人,个性气质与其所在地域的民族文化背景有更直接更深刻的联系。古希腊自然气候四季温热,人们常年赤身露体,颇爱角斗、拳击、掷铁饼等健美性质的竞技,进而成为希腊雕塑家对健壮人体美的长期直观印象。丹纳认为,地域文化背景是雕塑成为古希腊中心艺术并获得空间繁荣的原因。当然,丹纳环境论的单因逻辑有失偏颇,自然环境和社会结构都深深地影响着区域文化的形成和发展。古希腊雕塑与爱琴海岸的自然环境、古希腊城邦政治孕育的重理智、思辨的科学文化和外向性格有直接联系,裸体雕塑用逻辑的雕像(去掉个性)表现了普遍性、理性的精神,理性天才——亚里士多德正产生于此地域文化背景。海明威作品中的"硬汉子精神"也源于北美洲大陆移民国家的杂交文化,形成了美利坚民族独特个体本位文化和富于创新精神的文化。福克纳认为,美国南方密西西比州一切文化的流泻,都是那棵深深扎入这一块邮票大小地方生活的民族精神大树的结晶。福尔斯作品深处对于维多利亚、马尔克斯、加勒比,都充溢着本土文化的深层结构。同样,司马相如的思想性格、个性气质及其审美创造也当然地植根于中华文化的土壤中,浸润着中华的历史文化传统。

在所植根的丰厚而独特的地域文化的作用,尤其是和在特定的民族文化背景、思维模式、生存方式、哲学观念以及感知方式等等的多方面因素的影响、制约下,产生、形成和发展起来的中华民族文化心理结构,即异质文化的作用和影响,作为中国美学个体的司马相如美学从而形成其独特的品格和特征。

所谓民族文化心理,在黑格尔看来就是"民族精神"。他强调指出,这种"民族精神""构成了一个民族意识的其他种种形式的基础和内容"[1],"表现出每个民族的意识和意志的所有方面,表现出它的整个现实;这种特性在该民族的宗教、政治制度、道德、法律、风俗习惯、科学、艺术和技术上都打上了烙印"[2]。"民族精神"与"世界精神"是辩证统一的并体现在普遍性与特殊性之中,"世界精神"只能存在于"民族精神"之中,而不是相反。"民族精神",或谓民族文化心理结构,就是

---

[1] 黑格尔:《历史哲学》,商务印书馆1961年版,第93页。
[2] 《普列汉诺夫哲学著作选集》第3卷,人民出版社1995年版,第734页。

文化的异质性之所在。

中国传统美学及其审美观念的确立,必然受中华民族文化心理结构的制约和导向,从而形成其独特的品格和特征。故而,研究作为中国传统美学个体的司马相如的赋作美学思想,绕不开中华民族文化心理结构,也即绕不开异质文化的影响。

基于此,着重探讨异质文化对中国传统美学"天人合一"的审美观念的确立和"以天合天"的审美体验方式的形成的作用,并通过此来看异质文化对司马相如赋作美学思想的影响与制约的问题,就显得极为重要。

二、厚德载物、中和圆融的文化性格与司马相如博大求同的审美心态

中华民族文化心理结构和审美观念的内在层次,就跟孕育和滋养它的中国大地同样深厚。对中华民族文化心理结构和中国传统审美观念作总体反观,就不难发现,它的美学思想的导向和价值观念的凝结,全是在一个参合天地的时空框架中进行大半封闭的观察、体认、思考和实践的结果。这个"框架"就是中华民族生息繁衍的自然地理环境,以及由此作用和影响之下所生成的物质文化、制度文化和精神文化,特别是由此而形成的特别稳定的中国古代宗法血缘纽带与强大的农业社会,和它所创造的典型的农业文明;其所以"大半封闭",就因为华夏文明是在没有广泛吸收西方异质文化信息的特殊历史条件下,在自身的内环境中依靠多因子、多层次的重叠互补,而逐步生成、衍化和成熟定型的。因此,我们只有切实地对形成中华民族文化心理结构的中国古代自然环境、地域条件、古代社会的物质生活条件和文化衍生传统做还原似的考察,才可能对中华民族文化心理,及其受此影响而生成的中国美学思想、审美观念和特殊性质与成因得出正确的认识。

从地理环境来看,中华民族生息繁衍在欧亚大陆东部,其东面、南面濒临大海,西面紧接雪山,北面是荒漠和严寒地带,在地理形势上则属于"内陆外海"型。《尚书·禹贡》说:"东渐于海,西被于流沙,朔南暨声教,讫于四海。"中国的北方是蒙古大草原和千里戈壁,戈壁滩以北,是茂密阴冷的西伯利亚原始针叶林。西北方是比蒙古戈壁更为干燥的沙漠、盆地,"上无飞鸟,下无走兽。遍望极目,欲求度外,则莫知所拟,唯以死人枯骨为标识耳"[①]。这样的沙漠、盆地也是难以征服的。在西南方,耸立着地球上最为高大险峻的青藏高原,平均海拔4000米,其上

---

① 《法显传校注》,上海古籍出版社1986年版。

横亘着喜马拉雅山、唐古拉山、冈底斯山、可可西里山、昆仑山等山脉,全世界海拔8000米以上的高峰共有14座,有8座就屹立在这里,是名副其实的世界屋脊,要想翻越它,更是不可能。虽然中国也有很长的海岸线,在它的东、南方,是一望无际的太平洋。但是,中国人所面对的海洋形势与希腊完全不同。它既不像欧洲大陆,海洋是伸入陆地内部的,也不像希腊所濒临的地中海那么宁静安详。中国所面临的海洋一望无涯,波涌际天,一旦乘船离开陆地,你便会即刻产生投身无边浩海的陌生和恐惧。早在公元前4世纪,庄子曾经描写过大海,大海在他的眼中是"千里之远,不足以举其大;千仞之高,不足以极其深"。它那"万川归之,不知何时止而不盈;尾闾泄之,不知何时已而不虚"①的浩瀚无穷,在中国人看来永远是一个想也无法想、碰也不敢碰的神秘的未知世界。甚至在此后的1000多年中,中国人对大海仍然是只有无尽的感叹和疑问,永远是一筹莫展的无奈。从屈原"东流不溢,孰知其故"②的诘问,到柳宗元的"东穷归墟,又环西盈"③的回答,都仍未超出庄子的认识水平。东亚大陆所濒临的海洋因辽阔无际而增添了神秘性和征服的难度。因此,除了在一些较为容易的方面(如渔业、盐业)向大海作极为有限的索取之外,中国人不可能在海上开辟远程航线,不可能展开对大海的征服。因此,虽然同样是濒临大海,但像古希腊那样以航海为基础的海洋文明,在中国始终没有出现。结果是,海洋在希腊是一条通往外界的通道,而在中国则是与世界隔绝的又一个天然屏障,成就了中国在地理上近似封闭的格局。

中华民族的主体汉民族是以黄河流域为生存中心逐渐融合四周的少数民族而形成的。这些少数民族被统治者分别指称为"东夷""南蛮""西戎""北狄"。在这样的地理环境和历史背景中,中国人很早就形成一种尚"中"意识,认为自己就处于天下的中心。相传中华民族的建构,最早为炎、黄两族。在氏族部落之战中黄族胜而炎族败,黄族据胜之地就被尊崇为天下之"中"。随着"中"的区域的扩展,尚"中"的意识也不断超拔升华,并被最终奠定为中华民族主体意识的基础。中国古代很早就有"中土""中州""中原""中国"之说,商代已经有"中央"之说。《周书》曰:"王来绍上帝,自服于土中。""土中"即"天下土地中央"④的意思。司马相如《大人赋》云:"世有大人兮,在于中州。"注云:"中州,中国也。"这种尚"中"

---

① 《庄子·秋水》。
② 屈原:《天问》。
③ 柳宗元:《天对》。
④ 贺业钜:《考工记营园制度研究》,中国建筑工业出版社1985年版,第56页。

意识,正是华夏自我中心意识的表露,即如宋代石介所言:"天处乎上,地处乎下,居天地之中者曰中国。"(《徂莱石先生文集》卷十《中国论》)华夏民族对自己民族的人种、地域(山河大地)、文化历史传统、制度文化、精神文化的审美与自我肯定之情溢于言表:"中国者,聪明睿知之所居也,万物财用之所聚也,贤圣之所教也,仁义之所施也,诗书礼乐之所用也,异敏技艺之所试也,远方之所观赴也,蛮夷之所义行也。"(《战国策·赵策》)"中国"是一个涉及"聪明睿知""万物财用""圣教仁义""诗书礼乐""异敏技艺"等诸方面的共名。正是受这种尚"中"意识的影响,自古以来,中华民族就非常推崇"中和"境界与审美理想。这是一种独立持中而不偏、悦乐和美而亲仁的理想境界,它"刚健、笃实、辉光,日新其德"[1],圆融和煦,表现出天地人相合的"中和"之美。

　　从其社会条件来看,中国文明发祥很早,生活于得天独厚的温带黄河流域,自然地理环境条件相对美好,以农业为基本生产形式的周氏族战胜了农牧混合型的殷商,其后,虽然较早地中断了奴隶制的发展而进入封建社会,但氏族的宗法血缘关系却形成异常顽固的纽带并且长期延续。因此,中国古代社会实际上是血缘关系极浓的氏族宗法制度与封建农业生产方式相结合的社会。侯外庐说得好:"如果我们用'家族、私有、国家'三项作为文明路径的指标,那么'古典的古代'是从家族到私有再到国家,国家取代了家族;'亚细亚的古代',是由家族到国家,国家混合在家族里面,叫作'社稷'。"[2]在中国西周时代,诸侯称国。"国"者,繁体写作"國",从"或";"或"者,"域"也。在欧亚大陆东方大地的方域之中,世代生息繁衍着尚中不移、以血缘及血缘观念为纽带的华夏氏族,这便是由中华民族文化心理结构所认同的"中国"与"中和"。"中"为"国",血亲则为"和"。国之外,大夫称家,亦有"天子建国,诸侯立家"(《左传》桓公二年)的说法。废除封建制度以后,国家二字仍然联用,如瓜瓞绵绵。实际情况,是以家庭作为组成国家的"基本单元",家庭与国家同构,这便是"中和",也就是"礼"(所谓"周礼",无非是周初确定的一整套典章、制度、规矩、仪式等);用意识形态的力量将"礼"巩固下来,这便是儒家力倡的"仁",也即儒家所推崇的礼乐合一,或谓"中和"。"礼"是"中",是人在物质生活资料生产过程与生活实践中的人伦协调关系;"乐"是"和",所谓"乐者,天地之和也"(《礼记·乐记》)。"仁"的伦理学与美学实质,是将礼看作人内

---

[1] 《周易·大畜·象传》
[2] 侯外庐:《中国思想通史》第1卷,人民出版社1957年版,第11页。

心的自觉欲求而非外力所强制。就其伦理学的角度看,是中庸而不走极端,执中而不偏。这里的"中",是在一定社会中人与人之间关系的规范和表率。就其美学角度看,所谓"中"则是追求和衡量人与人、人与社会之间关系的和谐、人格的完美的审美标准和审美理想。在这里,我们既可以看出中华民族文化心理结构的特点,也已经能够从中发现作为中国美学个体的天人合一、美善合一、情性与理性合一直观体悟审美境界构筑方式的基本特征。

首先,司马相如赋作美学思想所体现出的"天人合一"的追求就极为生动地体现出这种中和圆融、厚德载物的审美心态。这种"天人合一"的审美追求既是中华民族文化心理结构的体现,也是大陆型农业经济眼光的极高人生境界与审美境界。同时,天地人同构也是汉代作家的普遍共识,是他们重要的思维模式和根深蒂固的观念。他们在文学创作中往往自觉不自觉地展现天地人同构的场景,尤其那些具有较好哲学素养的作家,他们作品所显露的天地人同构趋向更为明显。司马相如是一位全面发展的作家,他的作品所表现出的天地人同构意念,和其他作家相比尤为突出。

如司马相如的《上林赋》就是顺着东西南北的次序进行描绘的。受此影响,汉大赋的思维及写作方式都是按照四面八方的方位和顺序展开穷形尽相的描绘。同时,司马相如竭力描述山水之美,运用"登巘岩而下望""中陂遥望""登高远望""仰视山巅"的描写,似聚天下山水胜景如一处,实多想象夸张之辞,以收到惊心动魄效果的夸饰手法写《子虚赋》和《上林赋》,前赋以楚子虚向齐王夸耀楚国九百里云梦之广阔富饶,高山之险峻,江河之奔涌,皆从大处下笔;后赋亦是描写帝王花园上林苑之巨丽,描写苑中之水曰:"丹水更其南,紫渊经其北。终始灞浐,出入泾渭。邦镐潦潏,纡余委蛇,经营乎其内。荡荡乎八川纷流,相背而异态……"竭力夸饰山水之美。刘勰在《文心雕龙·通变》中指出五位汉赋大家描写日月出入景象之雷同:"夫夸张声貌,则汉初已极;自兹厥后,循环相因……枚乘《七发》云:'通望兮东海,虹洞兮苍天。'相如《上林》云:'视之无端,察之无涯,日出东沼,月生西陂。'马融《广成》云:'天地虹洞,固无端涯,大明出东,月生西陂。'扬雄《校猎》云:'出入日月,天与地沓。'张衡《西京》云:'日月于是乎出入,象扶桑于濛汜。'此并广寓极状,而五家如一。"他们用细腻笔触,刻画山水、人情,犹如一幅幅工笔山水画,达到了出神入化、浑然一体的境界,写出了人与大自然之间的相互依存、密不可分的关系,深化了传统的"天人合一"的文化观念。而出现在这些赋中的大自然还具有不同于后来诗文中的自然风景的美学风貌,特别是有别于唐诗宋词里的婉约娇媚而又优美和谐的自然山水,而表现出大自然的野性、蛮荒、神秘和不驯服,气概恢弘,呈现出的是力的美,是野蛮的美,大自然透露出其雄性气势和阳刚的壮美。在他的笔下,大自然被人格化了,仿佛有了自己的生命和灵魂。仿佛都燃烧着生命的火焰,秉有了生命的灵性和活力。大自然在那里或奔腾跳跃或呻吟呼号,或喃喃细语或咆哮暴虐,或汹涌澎湃或狂放不羁,显示出一种久违的野性雄风,一种大自然本身的强力和自由蓬勃的生命活力,同时也写出了人对自然的亲近和热爱,体现出较强的生态意识。在这些赋中,不仅描绘了一种新的自然景观,展示了一幅幅壮美的图画,更主要的是深入探讨了人与自然环境的关系,或者说重新思考了人与自然的关系。司马相如的这些大赋还以山川走向、江河湖泊分布、山岛洞穴等地理方位,作为全书的结构方式,并以此总领起千奇百怪的奇异幻想,将它们纳入一个整体框架。这成了汉赋的空间描写、世界视野和空间思维方式的滥觞。在《天子游猎赋》中,他"周览泛观",神游东、南、西、上、下五方,其所思所想、所作所为,其情感体验和奉翼所说的"五方之情"①完全一致,情感与空间方位所建立的对应关系,也和奉翼描述的天地人同构模式相契。

  显然,司马相如赋作所表现出的天人合一美学思想与地域文化的作用分不开。中国在地理上和气候上都有着极为广阔的空间。它地域宽广,方圆近千万平方公里;地形多样,有高原、有丘陵、有平原、有草原,还有大片的热带雨林和原始森林;水资源丰富,江、河、湖、海,遍布各地。这种地域特征,为中国人对它的应战提供多样化的渠道和广阔的发展空间。与地理相应,中国的气候环境也是丰富多样的。按照气候学的分类,人类居住的地区可以分为寒带、温带和热带三大类型。中国大部分地区处于最适合于生产、生活的温带,但是亚热带区域也不小,其最南部已伸入热带,而最北部又进入了亚寒带。这样,农作物便品种繁多,形成以水稻、小麦为主,玉米、高粱、谷子、甘薯等为辅的农产品格局。但是,由于大部分地区(北方地区)的年温差大,平均达40℃以上,尤其是作为中国文化发祥地的黄河流域,其气候以干寒为主,故而人的活动不像希腊那样以室外为主,而是以室内为主。而且,这些活动通常都是以家庭为单位的,社会的、公众的活动极不发达。林语堂说中国人没有社会意识,甚至中国很晚时还没有相当于"社会"这个词。而且,黄河流域的土地并不很肥沃,气候干寒,所以要想生存,就必须立足现实,面对

---

① 地域空间既塑造了人的体质,也铸造了人们的性情。《礼记·王制》云:"中国戎夷,五方之民,皆有其性情,不可推移。"

现实,时刻准备解决现实中所遇到的各种问题,辛勤劳作。加上封闭的地理格局所带来的有限的视野和思维空间,使得超功利的思辨和幻想的领域难以正常的发展。

由此,在中国,农业经济是一种典型的自然经济,劳动对象是土地、庄稼等自然物,由于年复一年,春种秋收,披星戴月,餐风饮露,人与大自然在感情上休戚相关,贴得最近。加之古代全是靠天吃饭,每年收成的丰歉多寡,在很大程度上是以水土、风雨、阳光等自然条件是否调顺为决定因素,人的心情取决于老天爷的脸色。因此,"天有风雨寒暑,人亦有取予喜怒"[1]。可以说,正是基于起码的生存条件与生存需要,经过长期的农业劳动的熏陶,在古代中国,人与天才会形成如此合拍的感应叩和的关系。况且,上古时期,黄河流域温润的气候、肥沃的土壤和良好的生态环境(远比现代优越),使先民凭借粗陋的石器即可取得较高的劳动生产率,从而给黄河流域的先民们造成了"不求知天"的思维惰性,使他们缺乏探求外部世界的好奇心。据考证,"从孔子的时代到20世纪末,中国思想家没有一个人有过到公海冒险的经历"[2]。黑格尔认为大陆平原型的人和海洋型的人在思想情调上很不相同,因为大陆"平原流域把人束缚在土壤里,把他们卷入无穷的依赖性里边,但是大海却挟着人类超越那些思想和行为的有限圈子"[3]。我们不难想象,一个几乎没有在大海中戏过水的民族,世世代代匍匐在穹庐似的天幕下,"日出而作,日入而息。凿井而饮,耕田而食"[4];生活全是"采采苤苢"和"桑者闲闲"那样慢吞吞的田园牧歌式的节奏,人很容易对大自然产生一种亲切怀归的认同感。人与天、心与物、情与景的界限因此而泯灭殆尽,人的心境也因此而显得出奇的宁静、平衡、和谐。孔子说:"智者乐水,仁者乐山;智者动,仁者静;智者乐,仁者寿。"这句话正好说出了由大海所淘养出来的西方人和由大地所哺育出来的中国人之间的不同。

故而,正如我们所看到的,在中国传统的审美观念中,承认差异而使之互补,承认变化并使之不逾常,承认多样性而终归使"多"统一于"一",推崇"以天合天""意象合一""情景相生""中和之美"、博大求同、敦厚谦和,而作为中国美学个体的司马相如的辞赋美学思想之所以崇尚"天人合一"的审美观念,则正是基于这种

---

[1]《淮南子·精神训》
[2] 冯克兰:《中国哲学简史》,北京大学出版社1985年版。第22页。
[3] 黑格尔:《历史哲学》,商务印书馆1986年版,第154页。
[4]《击壤歌》

特定的异质文化的制导与影响。

其次,司马相如赋作美学思想所体现出的"美善合一"审美旨趣也很好地体现出中国美学传统的厚德载物、中和圆融审美心态。"美善和一"是宗法关系与简单再生产相结合的中华异质文化作用于中国传统审美观念的结果。宗法血缘纽带是中国社会关系的中心轴,也是中国文化结构的中心轴。垦荒、务农,农业的收获如何往往不在耕种者自己,而是听天由命,依赖老天。人的意志无论如何强大,也总不能阻止干旱、洪水、风暴的到来。所以,成功的缰绳便由人这一方拱手转让给天(自然),从而产生出浓厚的宿命思想和憨厚性格。另外,农业一般是一年一收,见效慢,而人又无法改变它,无法加快作物的成熟与收获。所以,中国人就常常生活在无尽的等待、盼望之中,难以施展出人的能动性,因而缺乏进取、冒险的锐气,形成中国人的突出的忍耐力。正如林语堂所说:"中国人使自己适应了这样一种需要耐力、反抗力、被动力的社会与文化环境。他已经失去了一大部分征服与冒险的智力和体力,而这些都是他们原始丛林中祖先的特征。"[①]若再进一层,我们就会发现,不同的经济方式也必然会反映在社会结构上。在商业经济中,人们与之打交道的对象是不断变动的。为了自身的利益,他们不得不准备同许许多多无论是熟悉还是不熟悉的人交往,从而大大扩大了人际交往的范围,打破了原有的固定的生活圈子,封闭转为开放。这样,原始氏族社会的以血缘为纽带的人际关系便迅速解体,代之而起的是新型的利益关系。这种利益关系后来以一种固定的形式确定下来,那就是"契约"。而中国正好相反。在农业经济中,人们与之打交道的对象几乎是完全固定的,那就是土地,而土地的所有权又仅在一个家庭或家族的整体手中。在农业生产和产品交换过程中,生产者所要与之发生联系的对象一般也是较为固定的,它不需要与更多的、经常变化的人群打交道,因而没有形成像古希腊那样一种对氏族血缘关系的冲击力量。相反,农业文明对土地的依赖又加强了个人对家庭的依赖,使血缘关系得到进一步的巩固。中国文明没有能够像西方那样彻底干净地割断同氏族血缘关系的联系,相反,它把氏族社会的血缘关系继承、延续下来,直接带入奴隶社会和封建社会,从而建立了更加稳固的形式和更为完善的功能。

建立契约关系,便意味着在这关系之中人人平等,因为契约只有在平等的基础上建立起来才能真正发挥作用,才能真正保护商业经济的正常秩序,使商业真

[①] 林语堂:《中国人》,浙江人民出版社1988年版,第9页。

正按照经济规律运转。换个角度说，正是由于人人平等，没有特权，没有居高临下的力量统治、支配、调节人与人之间的交往，才需要制造出一个东西来制约人的行为，规范人的交往。这个东西就是"契约"。契约就是现在的"法"的前身，它是法治文明的开端。而建立在血缘关系上的文明则不同。血缘关系有两个特点：先验性和等级性。由血缘关系所结成的集体（家族）是一种立体状的等级结构。父对子，长对幼均有着绝对的支配权，在他们之间是不存在平等的。加之血缘是一种先验的、超个体的、超意愿的关系，任何人都无法改变它，也无法摆脱和超越它。个人只有认可、服从、顺应这种关系，才能获得自己的位置和利益。中国的家庭本位制就是建立在这个基础之上的。

这样，在中国，通过氏族血缘关系的作用，天人、君臣、官民、父子、师生等所有这些人与自然、人与社会、人与人的关系全都可以纳入父子关系的模式而得到相应的解释。比如，君临一切的是"天"，而坐金銮殿的皇帝则是"天子"（即天之子），万民百姓又是皇帝的"子民"；地方官员通常被称为"父母官"，他们在大堂正中挂的匾上横书："爱民如子。""一日为师，终身为父"的观念曾经非常流行，不仅老师是"师父"，连老师的亲属也被相应地称为"师母""师兄""师弟""师姐""师妹"等。按照美籍华裔学者许烺光的说法，亲属体系有"夫妻型"与"父子型"之分，"夫妻型"表现为不连续性、独占性和选择性，而"父子型"则表现为连续性、包含性和权威性[1]。中国传统的"父子型"宗法血缘纽带维系着各种复杂的结构和机制，注定了"尚齿"和唯尊、唯上的价值取向。不仅如此，我们还可以看到，中国人不爱标新立异，不爱自作主张，不爱打破砂锅问到底（从孔子与学生的问答看，所谓"入太庙，每事问"，主要是问"怎么样"，而很少问"为什么"）的传统习惯，还由于简单再生产对民族文化心理结构的影响，刻板的、模式化的操作程序周而复始地重演，前人、师父把一切都安排好了，只需照此办理，不需劳神费力去做探求，也不可越雷池半步。"为学日益，为道日损"[2]，"是非之彰也，道之所以亏也"[3]。显然老、庄都不赞成求知；孔子虽赞成求知，但要求"知"为"仁"服务。在中国古代美学中，"温柔敦厚"的"诗教"，"尽善尽美"的审美标准，"言志""缘情""文为世用"的理论，以及重经验真实而不重本质真实，重群体感情而不重个体感情，重

---

[1] 张猛等：《人的创世纪》，四川人民出版社1987年版，第137页。
[2] 《老子》四十八章。
[3] 《庄子·齐物论》。

现实干预而不重现实超越等诸种价值观念与审美心态,都可以从"隆礼""重恕""求仁""向善"的伦理观念中找到根源。

再次,司马相如赋作美学思想所体现出的情性与理性合一直观体悟审美境界构筑方式正是中华民族厚德载物、圆融中和文化心理思维方式的突出体现。这种情理合一直观体悟审美境界构筑方式是由特定的农业劳动对象与技能传承方式相结合而生成的。由于封闭的地理格局、土地栽种的生产方式、山区交通的艰难和家庭化的活动方式,则只能因地制宜地发展起农业经济,创造了世界最古老的"农业＋伦理"的文明模式和"经验＋实用"的文化精神。农业劳动的对象,无非是山川河流、土壤肥料、黍稷重穋、禾麻菽麦。即如冯友兰在《中国哲学简史》中所指出的:"农所要对付的,例如土地和庄稼,一切都是他们直接领悟的。他们纯朴而天真,珍贵他们如此直接领悟的东西。"因此,重直觉领悟而不假形式逻辑,就成为中国哲学与审美运思的一个出发点了。马克思在《政治经济学批判导言》中说:"生产不仅为主体生产对象,也为对象生产主体。"长期作为人类劳动对象的自然物,包括自然地理环境条件所提供的草木禾稼、鸟兽鱼虫在内的种种活泼多样的生命形态,也逐渐创造出一个能够充分地、整体地感受它们的审美主体。此外,农业小生产的技能传承历来是采取师徒授受的方式,这种活动方式的重叠积累,必然产生某种集体无意识。中国的学术文化不像西方那样是在自由论争的空气里发展起来的,而是受宗法观念的制约,在师徒相授、口耳相传的条件下发展起来的。因此,心解意会、直觉了悟便形成蔚为壮观的学风。所谓"读书百遍,其义自见","熟读唐诗三百首,不会作诗亦会吟"。这种直觉了悟不一定遵照逻辑的规则,但思路大幅度转折腾挪,有时可以达到相当精彩的地步。先秦时就有好例:"子夏问曰:'巧笑倩兮,美目盼兮,素以为绚兮,何谓也?'子曰:'绘事后素。'曰:'后礼乎?'子曰:'起予者商也,始可与言《诗》也矣。'"①到南宗禅学,直觉顿悟更是登峰造极。禅宗机锋峻烈,讲究活参,最讨厌老实巴交、亦步亦趋地死啃字面意义。比如,僧问"如何是祖师西来意",禅师们著名的回答有:"日里看山"(云门文偃)、"麻三斤"(洞山良价)、"庭前柏树子"(赵州从谂)等。这是因为,"祖师西来意"就是"禅",此乃宗门极则事,它是无言说、超思维的。禅师们的回答,就是要把问者的心思挡回去,告诉他"你问得不对",由此截断意根,引起返照。活参则是超理性的瞬间顿悟,它如电光石火,来去无踪,稍纵即逝。如《五灯会元》卷七:"外面

---

① 《论语·八佾》。

黑,潭点纸烛度与师。师拟接,潭复吹灭。师于此大悟,便礼拜。"又,同书卷九:"(智闲)一日芟除草木,偶抛瓦砾,击竹作声,忽然省悟。"这些所谓"悟",在我们看来,都不是思辨和知性认识,而是个体在某种偶然机缘触发下产生的直觉体悟,是在感性自身中获得的超越。这种状态,禅宗典籍描写为:"智与理冥,境与神会。如人饮水,冷暖自知。"①中国古代美学中所谓"玩味""体味",所谓"学诗如参禅""陶钧文思,贵在虚静"与司马相如的"意思萧散""不与外事相关","忽焉如睡,焕然而兴"等审美构思心态,都是这种情性与理性合一直观体悟审美境界构筑方式所造成的传统审美观念。

① 《古尊宿语录》卷三十二

第九章

巴蜀地域文化与司马相如辞赋的艺术精神

巴蜀文化是中华民族传统文化中的一株灿烂奇葩。先秦时期,当中原大地上正群雄逐鹿、百家争鸣的时候,偏安一隅的巴山蜀水却显得那样沉静,巴蜀人民的欢笑与喜悦、哀伤与痛苦几乎没有在文学上留下什么痕迹。然而也正是在这个时期,远离中原战场的巴蜀大盆地正一步步走向繁荣,逐渐发展成真正的"天府之国"。

同时,在不断采撷中原文化精华的过程中,巴蜀文化孕育了无数贤俊奇才,而司马相如无疑是其中一颗耀眼的明星,他像一声惊雷,打破了巴蜀文学沉寂的局面,也震惊了中国文坛。同时,其人格的建构与其艺术精神的建立,既离不开他对理想和抱负的执着追求,更是中国几千年优秀传统文化,尤其是生于斯养于斯的巴蜀文化孕育和熏陶的结果。应该说,巴蜀文化传统的熏陶是司马相如个性品格构成与艺术精神生成的文化原点。

第一节 巴蜀地域文化性格

中华文化呈一体多元交叉发展,黄河流域和长江流域同为中华民族的摇篮,孕育了中华民族文化的两大元文化——黄河流域的中原文化(邹鲁文化、三晋文化、燕齐文化等)和长江流域的荆楚文化(上游的巴蜀文化、下游的吴越文化)。建立在粟麦农业基础上的北方中原文化——儒家文化,与建立在水稻农业基础上的南方巫鬼文化——包括巴蜀文化在内的荆楚文化特点迥异。前者标榜儒学,儒在钟鼎,注重人与社会的协调,滋生伦理规范和内省模式;后者以道学著称;道在山林,注重人与自然的和谐,崇尚自然、耽于幻想。因此,中华文化北有孔子儒学及其所编朴实无华的《诗经》,南有老、庄与屈、宋奇幻瑰丽的《楚辞》以及扬、马侈丽闳衍的大赋,南北交相辉映。北方朴实的理性光华与南方奇丽的浪漫色彩共同构成中华文化的两大源头。由于中国传统文化的主干——儒学植根于北方,因而中国的政治文化中心多在北方,在长期的南北文化相互影响、渗透融合之中,北方文化占有总体优势。因此,在几千年的历史进程中,包括巴蜀文化在内的荆楚文化已融汇于中原文化之繁衍大观的儒家文化。但是,中国地域广袤辽阔,无论山川水土自然地理环境还是语言风俗政治经济文化,各地之间的人文环境往往迥异,地域文化特征始终以隐性传承的方式存在。明代屠隆认为:"周风美盛,则《关雎》《大雅》;郑卫风淫,则《桑中》《溱洧》;秦风雄动,则《车邻》《驷驖》;陈、曹风奢,则《宛丘》《蜉蝣》;燕、赵尚气,则荆离悲歌;楚人多怨,则屈骚凄愤。斯声以俗移。"[①]近代梁启超论及南北文学风格时指出:"燕赵多慷慨悲歌之士,吴楚多放诞纤丽之文,自古然矣,自唐以前,于诗于文于赋,皆南北各为家数。长城饮马,河梁携手,北人之气概也;江南草长,洞庭始波,南人之情怀也。散文之长江大河一泻千里者,北人为优;骈文之镂云刻月善移我情者,南人为优。盖文章根于性灵,其受四周社会之影响特甚焉。"[②]"古今沿革,有时代性;山川浑厚,有民族性"(黄宾虹《九十杂述》)。"斯声以俗移",地域内的山川、土壤、气候、语言、信仰、习俗、生活方式以至文化心态等,形成了地域特有的历史文化传统,影响和塑造了区域的文学风格,及其作家、艺术家的气质人格与美学风格。

考察司马相如与中国传统文化的联系,不能不认为司马相如深受长江流域楚文化和巴蜀文化的影响。

司马相如故乡为天府之国的巴蜀。远古时,蜀与楚"从文化上说是同一类型"[③]。巴蜀奇丽的山川也酝酿了神话和巫风,在此背景下人们演唱着热烈婉转的歌谣,舞动着激情迸发的诸神,助长了巴蜀文化的浪漫主义气质。

巴、蜀是四川地区的古代称谓,既是族名,又是地名、国名。最早,甲骨文中就有"蜀"的记录,古代文献中亦有巴人、蜀人的记载。如《尚书·牧誓》中所记叙的参加武王伐纣的西方八国,其中就有蜀国。巴,据《山海经》记载:"西南有巴国,……后照是始为巴人。""是司神于巴。"《山海经》中还记载有"巴蛇吞象"的故事。故许慎《说文》云:"巴,虫也,或曰食象蛇。"就解释"巴"字为"蛇"的象形。有学者

---

① 屠隆:《鸿苞集》卷十八。
② 梁启超:《中国地理大论》,《饮冰室文集》第四册。
③ 《巴蜀论丛·论巴蜀文化》。

认为"巴",最早应是一古老民族的族名,因其族群集居地嘉陵江的弯曲之状而被赋之为"巴",再衍为地名。也有学者认为"巴",本是壮傣语系的一支,他们沿水而居,以船为家,以捕鱼为主要生活来源,在生活中与鱼的关系密切,故称。这些说法既呈现出原始图腾崇拜的意味,又呈现着文化地理学的色彩,至今尚难有定论。所谓"蜀",从殷墟甲骨文和周原甲骨文的记载看,在殷周时期,"蜀"已是一个方国或一片地域的名称。从字源意看,"蜀"为"蚕"虫象形。《说文》云:"蜀,葵中蚕也,从虫,上目象蜀头形,中象其身蜎蜎。"有学者又解释"蜀"为"纵目"的图式,有学者说为"竹"的谐音和"竹虫"的合体……嫘祖养蚕神话,"纵目人"传说,遍布巴蜀的"竹王庙"等,都为这些解释提供着可作参考的文献资料。

　　四川盆地是巴蜀文化得以形成和发展主要地理环境。在中国疆域中,四川盆地处于一个交汇点,"西番东汉,北秦南广",一方面,东南西北各种文化因素交汇,使其形成一种内涵极为丰富的既能汇纳百川、兼容并收又能融会创新、变通发展的文化特色;另一方面,四川盆地又"其地四塞,山川重阻",四周高山阻隔,内外交通不便,音讯难通,对外交通不便。但在战乱频繁的年代,"蜀道难"的自然险阻使外界入侵减弱,巨大的盆地内腹有广阔的回旋余地,加上封闭的地形内部文化结构相对稳定,能自成系统,境内相当于两个法国的辽阔面积,几大水系纵横交错的良好灌溉状况和温湿宜人的气候,从而形成了得天独厚的优裕自然生存条件和地方色彩,世之谓"天府之国"。而境内平原、浅丘、高山、低谷等各种地貌兼具和与之相应的生产方式以及在此基础上形成的各种文化形态(如多民族存留、杂合),就在大盆地中自成体系地运行、发展,较少受外界影响而表现出自己的独异性。文化学家钱穆先生指出:"人类文化的最先开始,他们的居地,均赖有河水灌溉,好使农业易于产生。而此灌溉区域,又须不很广大,四周有天然的屏障,好让这区域里的居民,一则易于集中而达到相当的密度,一则易于安居乐业而不受外围敌人的侵扰,在此环境下,人类文化始易萌芽。"[①]巴蜀大盆地正是这样的典型区域:"资阳龙""合川龙"尤其是自贡大山铺恐龙化石的出土,都证明着巴蜀区域生命史的久远;"大溪文化"遗址的发掘,属于旧石器早期的"巫山人"和旧石器晚期的"资阳人""筠连人"的发现,甚至为"人类起源于亚洲"的学说提供了新论据。大量考古学材料证明,至少在5000多年前,巴蜀地区就已完成了从野蛮到文明的过渡,成为当时全世界农耕技术发达的"八大中心之首,列为世界上最大也是最早的

---

① 钱穆:《中国文化史导论》,上海三联书店1988年版,第1页。

农业中心"①。广汉"三星堆遗址"、成都"金沙遗址"的发现与成都十二桥建筑群、成都"羊子山巨型祭祀用土台"的发掘,都确证着古蜀城市文明的规模巨大。"三星堆青铜文明"的出土,更是震惊着世界,其中青铜器的冶铸技术和工艺的先进,造型的独异,种类和数量的浩瀚,还有"巴剑蜀戈"上留下的"巴蜀图语"文字,都标示着巴蜀文化的辉煌和文明发达的高度成就②。

秦并巴蜀,为巴蜀地区与中原文明的经济文化交流敞开了大门。生活在巴蜀大盆地中的先民,吸收中原地区的先进生产技术,修建水利工程,发展生产,使巴蜀地区成为当时全国最为富庶的地方。同时,他们又保持强烈的地方特色,在特定的地理地貌、水土气候中认识和改造客观世界,其思想意识必然地被烙印着所在环境的鲜明印记,他们的生产劳作和生存方式,就正是所形成的意识观念和价值标准的外化和物化。这种物化形态就是"第二自然",它通过反馈于后代创造者的意识又继续固化、强化着人们的创造特征,并不断地积聚、沉淀、繁衍壮大成为后代巴蜀人的文化生存环境。也就是说,巴蜀大盆地独异的客观自然以及在此基础上原始先民创造物化的"第二自然",还有在此基础上形成的风俗习惯、道德意识和思维方式、文学艺术,就不断地生成衍化、繁衍传递,逐渐积淀为特定的行为规范和心理模式,成为根植于世代人群内心深处的"集体无意识"。后代子民的行为举止和思维方式,都在意识和无意识中体现着这种思维方式,都在意识和无意识中体现着这种区域文化特征。而相对闭塞的地理阻碍使外界异质文化的入侵和影响减弱,辽阔的疆域和数量极大的人群,又使区域文化有充裕的运行流布的空间,"天府之国"优裕的经济条件,也为巴蜀文化的发展繁荣提供着坚实的物质基础,多样的地貌景况和自然风物的缤纷多彩,"天下之山水在蜀"所提供的丰蕴多姿的审美观照物,又冶铸着巴蜀人的审美敏感机能。人类与生俱来的创造和审美天性,就在巴蜀大盆地所提供的得天独厚的诸种优裕条件中得到了尽情发挥。综览中国文学史,每个阶段都活跃着巴蜀精英的创造雄姿,且大多是开一代见气的文坛巨擘。这种鲜明而强烈的规律性特征,都离不开"巴蜀"地域文化的影响,离不开悠久而丰蕴的巴蜀文化厚实积淀。这些,就是文化创造主体人文性格形成的物质客观前提。

---

① 林向:《论古蜀文化区》,见《三星堆与巴蜀文化》,巴蜀书社1993年版。
② 《巴蜀文化与四川旅游资源开发》,四川人民出版社2000年版,第692页。

第二节　巴蜀地域文化特征

　　从根本上说,巴蜀文化是本土文化不断容纳和吸收外来文化,从而逐步构成的一种很有地方特色的区域文化。巴蜀文化的构成过程,就是其自身不断吐旧纳新、弃旧图新的自我完善过程。综观巴蜀文化的历史地位,它具有以下特征:

　　首先,巴蜀文化具有强烈的纳新、开发性。孕育巴蜀文化的巴山蜀水,百川交流,形成巴蜀文化汇纳百川的态势,因此,巴蜀文化的构成,是多元文化的融合。早在巴蜀文明的初生时期,它就是一个善于容纳和集结的开放性体系。如巴蜀和荆楚的交流融合就源远流长。研究表明,楚民出自颛顼,来自西南蜀中[1],长期遭殷人、周人的歧视和侵伐,他们依靠不屈不挠的奋斗,由小到大,由弱变强,终成雄踞南方的强大民族。从文献资料考察,巴蜀先民的一支开明氏又从荆楚西行川西[2]。考古发掘也可发现巴蜀与荆楚先民之间的迁移交流融合,带着"巴蜀图语"的典型巴蜀铜器如铜矛、虎钮镦等曾在汉中出土[3],新都马家乡的木椁大墓及大量器物亦清楚地表明了楚文化的强烈影响,其中一器物盖上有"邵之食鼎"四字,与其时的楚国文字同出一辙[4]。秦统一天下,许多楚地之人行徙川东,以至有"江州以东,滨江山险,其人半楚"的记载(《华阳国志·巴志》)。荆楚人入川必然带来荆楚文化。荆楚文化、巴蜀文化不仅与中原文化交流融合,也在与周邻文化相互渗透、联系、融合中发展壮大。唐宋巴蜀天府之藏,经济发达,不仅成为帝王避祸战乱之地,而且各地移民大量入川,骚人墨客云集蜀中,巴蜀文化汇纳百川,与各地文化交流融合。至明末清初,"湖广填四川"带来了巴楚人口与文化的大融合。这种融合并未使巴蜀与荆楚、巴与楚、荆与楚及各地域文化失去地区和民族特点,在数千年的互相交流与渗透的历史进程中,"从文化上说是同一类型"的巴蜀荆楚文化圈的文化共同性仍很鲜明,即道文化因素和浪漫色彩。

　　从客观性进程看,巴蜀地区的若干考古发现已经证实,秦汉以前,巴蜀文化的主体,是具有地域民族特色的独立型文化。巴和蜀既是地域的概念,又是特定地

---

[1]　应邵《风俗通义·六国》云:"楚之先出自颛顼,其裔孙曰陆终.娶于鬼方氏……"
[2]　袁庭栋:《巴蜀文化》,辽宁教育出版社1995年版,第60页。
[3]　王建辉,刘森淼:《荆楚文化》,辽宁教育出版社1995年版。
[4]　王建辉,刘森淼:《荆楚文化》,辽宁教育出版社1995年版。

域内生活的众多民族或部族的复合概念。战国后期,秦国灭蜀以后,巴与蜀的主体最先融入秦文化。后来它又融入中原文化,成为汉文化的一部分。西汉以后,巴蜀文化就其主体而论,已不再具有地域和民族的双重独立性,而是汉文化体系中具有地方特色的一支子文化,巴人与蜀人的称谓,不再具有民族性,而只是地域或地望的称号。巴蜀文化与汉文化的融合,不是巴蜀文化的消失,而是一种质的蜕变,它在西汉以后仍在以新的形式和内涵继续变化发展。"禹兴于西羌",夏禹文化兴于西蜀而流播于中原及至东部吴越。三星堆文化一二期出土的铜牌饰与二里头夏文化相同,表明夏禹文化的西兴东渐是个历史过程。三星堆和金沙遗址的玉琮、牙璋与东方的良渚文化相似,表明东西部不同区域文化的特征交流和集结很早。三星堆青铜文明的诡异特色,主要表现在具有地方性的礼器和神器上,而其尊、罍等酒器和食器则和中原殷墟是一致的,这说明它善于在创造自己地方性特色的基础上,特别是在创造体现蜀人精神和心灵世界的神器的基础上,吸纳中原文化并与之交流。良渚文化与三星堆文化均以精美玉器为其特征,表明长江文化很早就具有一致性,这是彼此开放交流的结果。从历史的进程看,巴蜀文化北与中原文化相融会,西与秦陇文化交融,南与荆楚文化相遇,并影响及于滇黔文化。正如四川的地形一样,崇山峻岭屏蔽盆地,使之易于形成相对独立、自具特色的文化区域;同时,盆地又犹如聚宝盆,使巴蜀文化易于成为南北文化特征交汇和集结的多层次、多维度的文化复合体。它的开放性还体现在很早就与外域文化相交流。它是著名的"南方丝绸之路"传输的集散中心,三星堆遗址的海贝、金杖,表明与中亚、西亚及海洋文明有联系;新都画像砖上的翼形兽、雅安高颐阙前有翼的石狮形象,明显受安息艺术的影响。欧洲的洛可可艺术,同唐宋时期巴蜀的瓷器艺术也有着一定的关系。汉代的蜀郡漆器曾在蒙古的诺音乌拉和朝鲜的乐浪郡出土。唐代不少印度和日本僧人流寓西蜀,带来佛教文化。早期雕版书"西川印子"和宋代印刷精品"龙爪蜀刻"曾流播于日本、高句丽。五代前后蜀时期,波斯人李珣家族世居成都,五代前蜀词人,祖先为波斯人,工诗词,事蜀主王衍,国亡不复仕。其妹(李舜绞)为蜀主昭仪,亦能词,有"鸳鸯瓦上忽然声"之句。李珣的诗词,《花间集》收入37首,《全唐诗》录收其诗54首。人谑称"李波斯"。这类文化交流例证可谓数不胜数。

  作为农耕文明的典型,巴蜀文化自然有其封闭板结和落后保守的一面,这是自然经济带来的必然的特征;但它确实又含有渊源于古典工商城市生活方式的极具开拓、开放、兼容性因素的另一面。巴蜀虽为盆地,虽为"内陆大省",但它有很早就发达的"货贿山积"的工商业城市和充满向外扩张活力的水文化,努力冲破盆地的束缚,尝试突破传统、变异自我、超越自我。正是这种静态的农业社会的小农生活方式与动态的工商社会的古典城市生活方式的矛盾运动,构成了巴蜀文化既善于交流和开放,又善于长期保持稳定和安定的多彩画面,引起了思想领域和思维方式的相应变化。

　　古巴蜀文化入秦汉文化这一性质根本蜕变的客体性进程,必然对蜀人认识论的主体性进程产生振荡和影响,这绝不是自然而然、自觉自愿接受转变的过程。从广汉三星堆、成都十二桥、成都方池街、青羊宫、羊子山、彭州市竹瓦街、新都马家墓等古文化遗存看,蜀人在被秦亡以前是有策有典、文化很高的。秦人灭蜀以后,从商鞅燔诗书的遗策到始皇的焚坑政策,受振荡最大,受害最深的是巴蜀大地上巴人和蜀人的文化。土著蜀人大部被赶南迁,巴蜀典册和文化受到摧毁性的破坏,巴蜀祖先的历史被从记忆和口头流传里加以扫荡[1]。

　　从文化学角度看,这些措施带有文化融合的强制性。它加速了巴蜀文化融入秦文化的自然历史进程,在一定程度上是历史的进步。但从蜀人思维的立场看,毁策毁典,弃国弃鼎,毕竟是难以自觉接受的事实。所以,从两汉到南北朝,特别是蜀汉时期,我们看到了蜀人抵制坑灰同化,力图保持巴蜀文化独立性的尝试和努力。从司马相如、扬雄、郑伯邑到谯周、来敏、秦宓纷纷"各集传说以作(蜀)本纪"。当时著《蜀王本纪》《蜀记》《蜀志》《巴蜀异物志》的多达20多家[2]。秦宓对巴蜀古史肇于人皇作了极度的夸张,谯周从正统政治宣传的需要出发,致力于蜀记、三巴记的改作。晋人常璩则从历史实证学角度,为巴蜀文化史的进程作了总结,成就了蜀人第一部巴蜀地方文化史的系统著作。无论是尘封的记忆,还是口头的流传,只要是有关蜀人祖先的,他们都努力搜采,网罗摭拾,旧闻遗说,在所不弃,形成了巴蜀文化史上第一次著作高潮,"故其见于记载,形于歌咏者,自扬雄蜀王本记、谯周三巴记、李膺益州记以下,图籍最多,遗事佚闻,皆足资采摭"[3]。我们今天所能看到的《蜀王本纪》等古朴型的蜀史著作,所能知的蚕丛、鱼凫、杜宇和开明的祖先序列及其故事,就是这一时代著作高潮的产物。如果再深一层从认识论角度分析,我们还会发现蜀人的思维活动与方式,同这个时代巴蜀文化独立性

---

[1] 谭继和:《巴蜀文化辨思集》,四川人民出版社2004年版,第7页。
[2] 《华阳国志·蜀志》。
[3] 《四库全书总目·史部·地理类·益部谈资》。

<<< 第九章　巴蜀地域文化与司马相如辞赋的艺术精神

正在消融的实践进程是相悖逆的。《汉书·地理志》说:"教民读书法令,未能笃信道德,反以好文刺讥,贵慕权势。及司马相如游宦京师诸侯,以文辞显于世,乡党慕循其迹。后有王褒、严遵、扬雄之徒,文章冠天下。"这里显然标志着中原汉文化与巴蜀文化两种趋向在融会中相互冲突。中原重经学,蜀人重文学。蜀人读书学习,未能学到"笃信道德"的精髓,反而学到好文辞,慕权势。这正是当时巴蜀文化独立性正在消融的客体性实践进程,同蜀人力图恢复和重建这种独立性的主体性思维进程相悖的一个证明。从汉至三国蜀汉时代,对巴蜀古史的搜集、加工和整理,正是经历了这样一个过程。他们带着言旋轩辚、高车驷马回归的梦幻和文献不足征、"开国何茫然"的遗憾,力图以恢复和重建巴蜀古史的新体系和巴蜀文化的独立性的尝试,与正在消融其独立性的巴蜀文化实践的进程相抗争。我们可以把这段时间视为文化史上巴蜀古史再构成的时代。

从区域文化学角度来研究,巴蜀文化应是具有悠久而独立的始源、并具有从古及今的历史延续性和连续表现形式的区域性文化。巴蜀文化的文明化,就是同中华整体大文化达到最广泛的文化认同的历史实现过程。

巴蜀文化的始源既具有独立性,同时其始源也是同中华整体文化实现最广泛认同的历史过程的开端。它的始源可追溯到旧石器时代乃至人类起源时代,"蜀之为国,肇于人皇也殊未可知"[①]。但这个时代,四川虽有考古发现,却很薄弱,阙环很多,状况茫昧。就新石器时代晚期由广泛的文化,升华和诞生出区域性文明的时期看,其代表性遗存是成都平原出现古城文明的宝墩文化。它为四川境内的新石器时代的文化谱系的建立确定了一个可靠的基点。其上源可能源于四川的细石器时代,下限的流向则与三星堆文化、金沙遗址、十二桥遗址、黄忠遗址相衔接。这支文化下传到战国早期的商业街船棺葬遗址以及较晚的什邡市城关、广元昭化宝轮院、荥经县同心村、蒲江县、大邑县等地的船棺葬,因是自成始源自成序列的一支新文化,有学者定名为"早期巴蜀文化"[②]。这支文化与中原二里头夏文化、二里岗商文化、湖南湖北的楚文化交流和相互播化很密切,如多节形玉琮、陶瓮、牙璋、铜牌饰、青铜尊罍就分别同良渚文化、二里头文化、二里岗文化、楚文化有相似点[③]。从中可以看出,早期巴蜀文化形成和发展的过程,就是同一大统的

[①] 李学勤:《蜀文化神秘面纱的揭开》,载《寻根》,1997年第4期。
[②] 赵殿增:《四川原始文化类型初探》,见《中国考古学会第三次年会论文集》,文物出版社1984年版。
[③] 李学勤:《当代学者自选文库·李学勤卷》,安徽教育出版社1999年版,第169—185页。

中原华夏文化实现最广泛的文化认同的历史进程。秦汉以后，巴蜀文化的特质和内涵则发展为融入汉文化，同汉文化实现最广泛的文化认同的历史过程。这一过程一直发展到现代，仍在延续，以主流文化为核心，在保持和发展本土区域性特色的基础上，由区域性文化向主流文化紧紧围绕和凝聚，并共同为增强和发展向心力和凝聚力而达到更高层次的文化认同①。

同时，巴蜀文化具有从古及今的历史延续性，从未中断，更不是秦汉融入汉文化以后就消失了。巴蜀文化早期是认同和融入华夏文化的，这一过程在秦汉时期发生了结构性的突变。众所周知，所谓文化或文明，实际上是指一定民族的全面的生活方式。早期巴蜀文化是从采集渔猎时代到定居农业时代，逐步积累文明因素，逐步形成和发展出文明并融入华夏生活方式的过程。而秦汉以后，巴蜀则以得天独厚的自然条件和优越鼎盛的农耕文明的生活方式融入汉文化。但它虽为汉文化的一部分，却一直延续着自身生活方式的区域性特色，成为整体文化中的一种特殊形式，并以阶段变化显示出历史的延续性来。

并且，巴蜀文化还具有连续的表现形式，有历代巴蜀人认可传承并被赋予了特殊重要性的思维模式。从三星堆诡异的人面到成汉墓陶俑、汉朝司马相如"铺张扬厉"的大赋，到李白、苏轼一直传承到郭沫若。同时，还承袭着今文经学重文学重视实政治与利禄的传统。蜀人"贵慕权势"的特征被历代传承，形成蜀"尚侈好文"的文化性格和"以文辞显于世，文章冠天下"的文化创造力，这就是蜀文化的思维模式所决定的连续表现形式。至于巴人"刚悍生其方，风谣尚其武"的性格也是由其特有的思维模式形成的，这里不再分析。巴人和蜀人虽然文化性格有所不同，但因它们亲缘相近，演变的动力机制相近，在历史发展的长河中，二者能将迥不相同的价值取向和审美情趣整合在一起，形成具有共同性的生活结构体系和内隐的心态价值系统②。

其次，巴蜀文化具有强烈的兼容、融会性。巴蜀文化从其诞生时期开始，即开始了向大一统的中原文化凝聚和集结，实现"最广泛的文化认同"（美国学者亨廷顿语）的历史进程。一方面，从文化认同角度看，其特质和内涵从秦汉以后即融入中原文化之中，成为汉族文化的一部分；另一方面，从区域特色的延续性角度看，

---

① 谭继和：《巴蜀文化辨思集》，四川人民出版社2004年版，第50页。
② 谭继和：《成都城市文化的性质及其特征》，见郭付人、谭继和：《成都城市研究》，四川大学出版社1989年版。

它又在新的时代条件下,以蜀人自身的思维方式,努力实践其区域性文化个性的更新与崛起。从数千年的历史进程看,巴蜀文化始源独立发展的时期相对甚短,而其与汉文化融合融会的时期则较长,表明巴蜀人历代对于母体文化体系有最广泛的文化认同的中和观念和圆融观念。

在巴蜀文化体系下,巴文化和蜀文化本是两支各具个性特色的文化。古语说:"巴人出将,蜀人出相。"四川所出四大元帅,三个是巴人;而四川的著名文人则多数出于西蜀,这表明巴人和蜀人的文化性格是不同的。蜀人自古即柔弱褊诡,狡黠多智,而巴人则历来强悍劲勇,朴直率真。但在历史发展的进程中,巴人和蜀人都能将迥不相同的价值观念和文化品位整合、熔铸在一起,相异而又相和,相反而又相成,形成巴蜀文化的价值取向和审美情趣的整体性,整合为有别于其他区域性文化的巴蜀文明统一性。而同时又在一定程度上保持着各自地方特色的价值体系和行为模式。我们仍然可以细致区分出:重庆人开拓进取性强,成都人思维细腻、追求完美。重庆人善于创业,成都人善于守业,二者又常常在生产、生活各方面能融洽地加以整合,显出四川人共同的个性来。这种融会特征产生的社会根基在于巴文化和蜀文化虽是两支始源独立(一起源于岷江流域,一起源于汉水清江流域)的文化,但它们又是亲缘相近、演变的动力机制相近、具有共同性的生活结构体系的文化。所以,从西晋裴度的《九州图经》到唐代杜甫的蜀中纪行诗,直到19世纪末法国人古德尔孟的《四川游记》都一致认为巴蜀是"异俗嗟可怪"的"别一世界",表明其文化心理结构,包括内隐的心态和价值系统具有巴蜀的个性。虽有巴和蜀各自的特性,但均可被整合为以"巴蜀"连称的统一的"个性",即巴蜀文化的融会性。

这种融会性的文化内涵说明巴蜀人善于将不同因素加以融会出新,善于恰当地将相互矛盾的因素融会整合为突破传统、锲而不舍、奋发进取的积极力量,这对我们当前调整经济结构,融会不同心态,将是一种有益的启示。

巴蜀文化的这种融会性与其悠久的农业文明的作用分不开。在巴蜀文化从古及今的诸发展阶段中,以农业文明史最长。"天府之国"的丰庶自然条件形成了巴蜀农业文明独有的特征,"士民之庶,物力之饶,甲乎天下"和蜀人"俗不愁苦,人多工巧"的生活方式。这种农业生产方式和生活方式的特征,因其历史之悠长,而成为巴蜀文化性质及其展现面貌的决定性因素。直到近现代进入工业社会后,这一决定性因素对于蜀人的心理状态、思维方式、社会习俗和人情世态,还起着相当大的作用,究其历史文脉传承还得从这里去探寻。所以,我们可以说,巴蜀农业文明的特征,就是巴蜀文化的基本性质和特征。巴蜀文化的基本性质与历时最长、直到现在还有主要影响的巴蜀农业社会有关。不认识这一特质,我们很难对巴蜀文化的基本性质做出判断。

这种思维模式所发挥的文化想象力,对比其他地域有不同的特点。中原文化重礼,以诗教为特征。荆楚重巫,以楚辞为圭臬。巴人"尚鬼信巫"[1],以巫教为特征,蜀人重仙,以司马相如的"大人赋"和道教的羽化为特征。三星堆遗址和金沙遗址出土的诡异金、石人面相、战国蜀地青铜器上的仙人羽化形象,直到汉画像砖石上刻画的仙化形象,充分展示了蜀人对于仙化的想象力。《华阳国志》说:鱼凫仙化,随王化去,化民往往复出。这就是蜀人仙化想象力的真实记载。前文曾经论及,司马相如《大人赋》云:"僊僊有凌云之气。"清代黄生认为:"此盖借僊僊字轩音为先",通仙人之仙。仙化就是僊化。僊僊、舞袖飞扬之意。"僊"同"仙",也就是迁,二字同源。迁徙变化被称为"仙",后来道教就借用了这个"仙"字,构成了"神仙"一词,仍含有迁徙变化的含义,但被提升为升仙羽化。鱼凫民本生长在平原上,受杜宇氏的压迫被迁到了山上,这个迁的过程就被想象为仙。后来仙化之民又回到平原,故"化民往往复出"。这里的鱼凫"化民"就是文献记载的具有仙化想象力思维的第一代蜀民。这一思维特征在道教里得到传承。蜀地能够成为道教的起源地,同这一思维是有渊源的。

由此可见,相比较而言,中原重礼化,楚重巫化,巴重鬼化,蜀重仙化,这是两种不同的文化想象力,由此而将巴蜀文化与其他地域文化相区别开来。仙化思维特征体现在技巧、技术和物质的因素上,也体现在价值、思想、艺术性和道德性等因素上,构成巴蜀文化一个重要特征,就是"神"。神奇的自然世界、神秘的文化世界、神妙的心灵世界,这就是巴蜀文化两千年积累、变异和发展留下来的历史传统和历史遗产,构成了巴蜀文化的独特性。难怪西晋裴秀《图经》称巴蜀为"别一世界";唐代杜甫称巴蜀为"异俗嗟可怪";近代法国人古德尔孟游历四川,惊叹发现了一个可称为"东方的巴黎"的新世界;茅盾在抗战时期入蜀,赞其为"民族形式的大都会"……这些感叹正表明中原人及其他地域人的文化心理,对于神秘的巴蜀的特殊感受。直到今天,这种神秘性对于初入蜀的国内外人士还有着特殊的魅力。[2]

---

[1] 《大明一统志》,重庆府、夔州府。
[2] 谭继和:《巴蜀文化研究的现状和未来》,载《四川文物》,2002年第2期。

再次,巴蜀文化具有强烈的开创性与进取精神。巴蜀人杰地灵,人才辈出,且皆具有强烈的前瞻意识,善于顺应社会结构转型,富有更新的超前性、冒险性精神。

这一精神的形成与巴蜀文化的"英雄崇拜"心态有关。巴蜀自来就不乏英雄,武王伐纣时,得到"巴蜀之师"的加盟,为正义之战赢得了决定性胜利。可以说,从蚕丛、鱼凫到杜宇、开明,就是古蜀文化史上的"英雄时代"。这一时代的物质文化成就的最高代表有三:一是都江堰水利工程,这是孕育光辉的古蜀文化的肥壤沃土和2000年来蜀文化发展的源泉,"蜀山川及其图纪能雄于九丘者,实乘水利以蓄殖其国"(张愈:《丛帝庙碑》)。都江堰工程实是当时世界农业文化的一个结晶。二是成都十二桥遗址的竹木结构建筑——"干栏"式技术的发展,这是巴蜀绵远的巢居文化在当时发展的顶峰,此后绵延2000多年而不衰。巢居、笮桥和栈道,是巴蜀巢居文化的三大特色,盛行于岷江上游的横断山脉中。而古代的成都恰恰是这三种物质文化发展的中心。三是广汉三星堆遗址、彭州市竹瓦街遗址、成都百花潭考古发现、新都战国木椁墓为代表的青铜文明。其中巨型青铜偶像及金杖、金面罩,以额鼻、纵目、夸张为特征,富于奇特想象。如果我们上与鱼凫仙化、"化民复出"的传说相联想,下与今日土家族傩舞面具相比较,再看看以夸张为特点的汉大赋滥觞于西蜀,不难明白这种发散型思维,是古蜀民的一个重要特征。这些特征体现在西蜀的苏东坡到杨升庵、李调元等大家的身上,是蜀人精神形态上一个重要的文化特点。古蜀时期,还不是成都城市正式出现的时期,因而城市文化还没有真正出现,但文化中心正处在由高山丛林转移到西蜀的平原和河流的过程中。成都平原成为古蜀农业文化的中心,经历了漫长的时期。

这一时期成都平原超过了关中。原来富庶的关中,这时反而向成都平原看齐,称为"近蜀"。农业的高度发展,是成都城市经济发展和文化形成的基础。但对于成都古典城市文化形成,具有重大影响的物质条件,却是城市工商业的发展。《盐铁论·通有》说:"求蛮貊之物以眩中国,徙邛筰之货致之东海。"这说明西蜀边陲已与中原和东海地区有了发达的商品交换关系。而这种商品交换的重要集散地中心,正是成都。成都市场是这一时期西南的经济中心,是国内甚至南亚市场和商业网络的一个部分。它对于促进成都有城市意义的文化的形成和发展,有着重要作用。

这一时期,成都城市文化成就的最高代表有三个方面。

一是成都城市结构和布局的古典定型化。秦城和汉城都是大小城相并连的格局。古人称为"层城"或"重城"。这一格局或显或晦地承续了两千多年，成为中国古代城市格局定式的一种类型。

二是有地方特色的独特的手工技艺，特别是丝织和漆器的发展。如：成都城内自产的蜀布、蜀簿（粗布）、蜀缚（蜀细布）、蜀"织成"锦（宫廷用品）、锦缎等，以锦水濯漂，鲜润细腻。除成都锦外，市场上还有西南边陲夷人的产品：拚（氐人殊缕布）、哀牢夷的阑干、帛叠（绵布）、厨认（毛织品）、西南夷的幢华布（木棉布）、黄润布（白纡布）等，皆具地方民族特色。此时的织锦技术已与齐纨鲁素相匹敌，故《隋书·地理志》说成都"绫锦雕镂之妙，殆牟于上国"。城内不仅有官府工匠聚集的"锦官城"，而且织机遍于家常人户，"百室离房，机杼相和"，"女工之业，覆衣天下"。由此可以想见城市丝织技术文化发展的盛况。漆器则以"金错蜀杯""蜀汉铂器"为漆器工艺的最高代表，远销于青川、荥经、长沙、江陵、贵州清远镇、朝鲜平壤、蒙古诺音乌拉。至于蜀布、邛竹杖、枸酱，则是南方海外商路开辟的先驱，而它的大本营正在成都。

三是城市精神文化的飞跃。先秦时期"蜀左言，无文字"，"蜀无姓"，仅有口耳相传的祖先神话和巫术式的巴蜀图语，其精神形态并没有发展到理性化程度，尚处于原始幼稚阶段。但汉初文翁兴学，则使蜀地精神文化发生了质的飞跃。它不仅具有首创地方官学的意义，而且更重要的作用在于：它引进了中原学术文化，并按蜀人特有的思维方式接受了中原文化的熏陶。唐卢照邻把文翁石室比喻为"岷山稷下亭"是精到的，它确实起了稷下学的作用。

所谓"文翁倡其教，相如为之师"，"其学比于齐鲁"，正说明了蜀文化体系接受中原文化影响的过程。班固说文翁兴学的效果，不是使界人"笃信道德"，反而使界人"好文刺讥，贵慕权势"（《汉书·地理志》）。这说的正是文化形态的区别。以汉文学的蜀四大家司马相如、王褒、扬雄、严遵为例，他们不是走传统经学道德的路，而是"以文辞显于世"，"文章冠天下"（《汉书·地理志》）。他们达到了汉文学的代表体裁——汉赋成就的顶峰。司马相如尤其是汉赋定型化的奠基者，代表了汉大赋鼎盛时期的最高成就。文景武帝之世，统治者为了选择一种适合全社会的统治思想，正在黄老和儒法之间游弋，最后才选择了独尊儒术，作为正统思想。司马相如等人没有去赶这个时髦，而是着眼于文字学和文学一类雕虫小技，这不能不说是因为蜀文化的独特性的影响的缘故。他们的赋善于虚构夸张，语言富丽，用字新奇，不师故辙。其艺术构思主张"赋家之心，苞括宇宙，总览人物，斯乃得之于内，不可得而传"，这正是古蜀人"发散式"思维方式的生动体现，它在文学上形成浪漫主义的倾向,富于文采和想象力,这对后世富于激情、奇纪的文化心理有一定启示作用。严遵则是蜀学术的代表,其《老子指归》直接影响于张道陵入蜀创立天师道所著的《想尔注》,是他们把《老子》一书从人学变为神学,为道教符一派的创立奠定了理论基础①。这说明蜀学术思想已与中原宗儒思想有了很大的不同。古代还有"天数在蜀"的说法,这是蜀人发散式思维向天文学、哲学的发展。

还必须指出的是,秦人灭蜀以后,执行商鞅燔诗书的遗策,古蜀祖先的历史事迹被扫荡殆尽,典册散失,留在后人记忆中的只是一鳞半爪的传说。在这种情况下,从汉以来,不少蜀人对古蜀历史的探究,特别有浓厚的兴趣。从司马相如、扬雄、郑伯邑到谯周、来敏、秦宓,曾"各集传说以作本纪",对巴蜀古史做了一次再构成的工作。尤其是蜀汉和两晋时期,作《蜀记》《蜀志》的达二十多家,秦宓则更善于对蜀古史传说作极度的夸张和想象。常璩则从历史实证学的角度,对巴蜀历史作了全盘整理和总结,成就了巴蜀文化历史大成的第一部系统地方史著作《华阳国志》。这一事实表明,两汉到魏晋时期蜀人虽然在中原文化的影响下但仍力图保持蜀文化的独立体系的尝试。应该说,两汉时期是成都古典城市文化在城市工商业和蜀地农业基础上迅速形成并充满生机活力的时期。这一生气勃勃的发展,不仅使成都成为古代西南的经济中心,而且成为古代西南的文化中心。并且,作为汉大赋的故乡,成都是道教的滥觞,是古天文学界的一个中心。在古典城市文化发展上,成都占有独特的历史地位。"虽兼诸夏之富有,犹未若兹都之无量也"(左思:《蜀都赋》)。

可以说,正是在这种生气勃勃、活力四溅的心态作用之下,蜀人始具有一种反叛心理。在历史上一个突出的文化特征是先乱后治的精神。"天下未乱蜀先乱,天下已治蜀后治"是句古话,最早见于明末清初人欧阳直公的《蜀警录》,而更早的渊源则可追溯到《北周书》上蜀人"贪乱乐祸"的说法。这一说法带有一定的贬义,好像四川人好乱,难治,刁顽。但如从文化学角度看,它说明巴蜀人的先乱后治精神是一种建设性的竞争思想。郭沫若认为"能够先乱是说革命性丰富,必须后治是说建设性彻底",这两方面结合起来就是"先天下之忧而忧,后天下之乐而乐"的精神。他还认为"四川人的丰富的革命性和彻底的建设性是由李冰启发出的",是"李冰的建设,文翁的教化,诸葛武侯的治绩,杜工部的创作"感化和启迪的结果,这是很有见地的。先乱后治的精神,表明巴蜀人的开创性、超前性和风险性

---

① 谢祥荣:《〈想尔注〉怎样解老子为神学?》,载《中国文化》,第四辑。

意识强。它的社会根基正同巴人的冒险进取性、超前性与蜀人的追求完美性、稳定性的结合有密切关系①。

第三节 司马相如赋作的艺术精神与巴蜀地域文化心态

作为一种精神创造活动现象,文学首先呈现为创造者的人文性格特征。汉代,中国文化大一统局面刚刚完全定型,司马相如就凭借其大胆冲决的创造进取精神,对辞赋创作特征的准确体认和对大汉声威时代精神的表现,以汉大赋的艺术方式,成为汉代时代精神的艺术代言人。司马相如以后,有扬雄、王褒,这以后,历经魏晋李密,唐之陈子昂、李白、薛涛,五代西蜀花间词人,宋代三苏,元明清的虞集、杨慎、李调元,到20世纪的郭沫若、何其芳和20世纪末的"巴蜀新生代诗"群体,莫不因其大胆冲决、反叛、创新和强烈的个性情感表现而体验而积淀为中国文学的范式精品。因此,对司马相如赋作艺术精神的探讨,应首先从巴蜀地域文化心态对其人文性格特征的形成和影响着手。

一、司马相如大胆冲决的创造进取精神与巴、蜀地区喜好标新立异,敢于大胆反叛权威和勇于自作主张,不乏偏激骄狂之心等地域文化心态

司马相如出生于天府之国的四川,荆楚文化和巴蜀文化的渗透融合及故乡历史文化积淀给予司马相如文化品格、精神气质以很大影响。不为主体意识觉察的无意渗透和诱导,使司马相如从小就具有浪漫主义气质——敏感的艺术型少年感悟和认同巴楚文化的浪漫色彩。

地域文化是历史范畴,既带有传统的继承性,又具有现实的具体性,特别是受社会历史和现实环境,更主要的是受个人主客观因素的制约。司马相如青少年时代的家族文化背景和早年生活氛围、文化教育及故乡的民俗风情给予了他较多道家文化的影响。其深层文化心理结构中的巴楚文化因子因主体意识的参与而激活,以破坏偶像、崇拜自然、尊重个人、独立自由的精神及以奔放不羁的文化个性反抗专制黑暗、发展"一任自己的冲动在那里奔驰"的叛逆性格和浪漫心性。

传统文化中的道家原本是最富有文学气质的一派,它存在不少消极面,但在

---

① 谭继和:《巴蜀文化辨思集》,四川人民出版社2004年版,第67、92页。

>>> 第九章 巴蜀地域文化与司马相如辞赋的艺术精神

严肃典重的儒家礼乐体制之旁给人们腾出一条开阔新鲜的自由想象之路,赐福于中国文学者甚多。然而,道家与其他传统文化一样,在中国文化、文学由古典向现代转型中遇到了严峻的挑战,其盛衰浮沉取决于本身素质,它所蕴含的自然哲学、人生哲学、社会哲学在现代的重新解读,与西方文化的接触点沟通程度,与人类心性的本质联系,使其在中西文化的冲突中仍具有调适和融合的活性。在新旧嬗变的时代,巴楚文化的浪漫不羁以炽热的情感鼓励中华民族追求美好理想,同样具有适时性,于多种文化成分融合过程中颇具现代文化不可缺少的因素[1]。老庄"破坏偶像崇拜自然、尊重个人独立自由"的精神深刻地影响了司马相如的思想,引发了他不羁礼法、张扬个性、独抒性灵的浪漫精神,也激发了他反抗封建藩篱的文化意识。同时,他亦认同孔子务实的品格和人文精神。

其一,司马相如的作品体现了崇尚自然、独抒性灵、主观外向的特点,洋溢着乐观向上的精神。他礼赞自然,借自然景色酣畅淋漓地抒写性灵,飞扬凌厉,通过赋的创作抒发出其效法造化的精神,他自由创造,他创造尊严的山岳,宏伟的海洋,创造日月星辰,他驰骋风云雷电,萃之虽仅限于我一身,放之则可泛滥乎宇宙。

其二,司马相如的创作与庄子"法无贵真"和"原天地之美"的思想追求一脉相承。其热情奔放、神思飙发、自由不羁、个性张扬等又可见其神髓;其纵横的才气、豪放的气势、宏大的气魄又颇得庄周的神韵;那瑰丽奇幻的抒写也受着屈原的浸润;他的诗作虽接受了多种外来文化的影响,但故乡传统文化的渊源仍显而易见。他对自然的礼赞与崇尚大自然原始活力的楚文化、巴蜀文化紧密相通,荆楚——巴蜀文化因子赋予他诗歌内在的生命力。他的赋作的主要意象——太阳、月亮,树神,贯穿着荆楚文化光明崇拜的原型,象征着青春、生命、力量及自由、和谐、宁静、积淀着民族文化的深层结构。

对于西汉初的中国文坛和当时整个的赋作领域,司马相如的确是劈空而来的一位天才作家。相如之前,巴蜀文坛一片蛮荒景象,虽有所谓"巴渝舞曲"不仅受到汉高祖刘邦的喜爱,后来还被"建安七子"之一的王粲改编成颂体的《俞儿舞歌》,但其实质不过是一种原始歌舞,类似今天某些少数民族的"锅庄"。而相如青年出川,客游梁时,即写下浩荡之文《子虚赋》,令爱好文艺的汉武帝见而慨叹"朕独不得与此人同时哉!"司马相如受召到长安后,又相继写出《上林赋》《大人赋》《长门赋》等名赋,后代论汉赋,多推司马相如为第一大家。司马相如的出现使巴

---

[1] 杨义:《道德文化和中国现代文学》,载《中国社会科学》,1997 年第 2 期,第 148 页。

蜀文学的发展首次震惊世人,司马相如于巴蜀文学,不啻混沌初开时最亮的那颗星。扬雄的话也许可以代表当时人的看法,他说:"长卿赋不似从人间来,其神化所至耶?"当时人们认为司马相如作赋是得到了神助。相如的赋华美艳丽、汪洋恣肆、气势宏大,后世赋家鲜有与之比肩者。

从文学史看,司马相如大赋曾数受批评,甚至被讥为"字林",然而他的大赋却又令后代无法企及,司马相如为汉赋大家也是不争的事实,人们对司马相如的喜爱揭示了什么问题?……对司马相如和相如赋的分析总给人隔靴搔痒的感觉,这反而使问题更显神秘和迷离。因而剖析和揭示司马相如的个性品格与其赋作的审美精神,对揭示巴蜀文学特征将大有裨益。

(一)放诞风流的个性与张狂不羁的审美精神

如前所说,司马相如从事辞赋创作的目的既有献赋求仕的意愿,还有"自娱"的要求。这点使他与扬雄不同。献赋后只不过博得君王一笑而已。扬雄并非专门的辞赋家,辞赋只是他晋身和讽谏的工具,他不能像司马相如那样热爱它并从中得到愉快和满足;扬雄是要辞赋一定达到讽谏目的、一定要有用处。然而汉赋的价值其实并不讽谏,而在司马相如所主张的那种"赋家之心,苞括宇宙,总览人物"的盛大气势中,在"一经一纬"所形成的五色生辉宫商弥漫的华丽之美中。刘熙载有这样一句话:"司马长卿文虽乏实用,然举止矜贵,扬雄典硕。"[1]这句话道出了汉赋的美学价值之所在。而扬雄却摒弃美学价值追求实用价值,或通过美学价值来实现实用价值。这是两汉经学家辞曲理论的内在矛盾,扬雄未能脱此窠臼。而在元延三年过后扬雄反思的结论是通过美学价值不能实现实用价值,"讽乎?讽则已;不已,吾恐不免于劝矣"。于是扬雄决定放弃汉大赋的写作。《法言》中记载,有人问扬雄对赋的看法,扬雄的回答是"童子雕虫篆刻""壮夫不为也"。他进一步解释道:"诗人之赋丽以则,辞人之赋丽以淫。"对此,200年后扬雄的一位同宗,以聪明敏捷才思过人出名的杨修曾有过如此评价:"修家子云,老不晓事,强著一书,悔其少作。"[2]

因此,可以说,在司马相如身上,更多地体现了古巴蜀人"精敏、鬼黠"的文化个性。我们知道,虽然蜀地占尽天时,但其地理环境对蜀文化的发达也有一定程度的挟制作用。蜀地呈一盆地状分布,因此它与中原文化的交流为困难,故而在

---

[1] 《艺概·赋概》。
[2] 严可均:《全三国文》。

文化的发展上稍显闭塞。杜甫《东西川说》所录云:"近者,交其乡村而已;远者,漂寓诸州县而已。实不离蜀也。大抵只与兼并家力田耳。"或许正是因蜀人生活的富足与自然环境的舒适,从而形成蜀地自得意满的文化心态。

的确,相对中原地区而言,蜀地仍然属于政治文化中心之外的边缘之地,因而在文明尚不发达的蜀中大多数地方,本土之人常表现出一种桀骜不驯服的文化心态。且巴蜀地处西南,故而兼有南方文化的绚丽多情和西部文化的雄健坚韧。这些文化心态在司马相如的身上都有突出的体现。由于大一统的国家格局的作用,因政治因素带来的中原文化冲击的一次次加强,使得巴蜀地区的义化消化、吸收了中原文化的质素,同时也使得巴蜀文化缘着长江而出,与吴楚文化、中原文化、齐鲁文化交流、融会,以构成新的文化特色。

据历史资料记载,秦汉时期巴蜀地区曾有过两次大的人口迁徙。第一次大移民发生在秦灭巴蜀与秦灭六国之后。公元前314年,秦以张若为太守,"移秦民万家实之"。秦灭六国后,秦始皇又迁六国豪富入蜀,如徙赵国卓氏、齐国程郑等。公元前238年,秦始皇平息嫪毐之乱后,又将其舍人"夺爵迁蜀者四千余家"。第二次大移民,则发生在东汉末年。这样,巴蜀地区与中原之地发生了频繁的人口迁徙和商业交往。显然,这种人口迁徙和商业的交往,使得四川盆地成为一个开放系统,带来了四川盆地与外部物质、能量与信息流的输入和输出。中原文化缘长江而上传入蜀地;蜀地文化也缘长江而出,与中原及各地文化产生融汇。身处西蜀繁华之都的蜀中文人也不例外。当时由成都经乐山缘江而出,水路畅通,往东可达长江入海口。蜀中人多由此路出川,往政治经济文化中心的中原地带去寻求功名,成就一番伟业。从而形成巴蜀地区开放的文化心态。

加之巴蜀的远离儒家正统文化权威使儒家理性压力很小,而感情的生长显得十分严峻和赤裸,特别是这种傲情与某种巴蜀作家恃才傲物的叛逆意识一相配合,更加势不可挡,无所顾忌。在众多踌躇满志的出川士人中,司马相如堪称"出川第一人"。他一生孤高猖狂,后来虽遭朝廷闲置,也决不与邪俊为伍。他洁身自好,在官场受挫后、经过几度的徘徊和痛苦的思想斗争,怀着对现实的失望,做出了最后的决定:称病闲居。

青少年时在蜀中的任侠生活所带来的司马相如性格中的率性自然、慷慨仗义,影响了司马相如一生的作为。他热烈向往侠者的非同凡响的生活,挥金如土,自由超脱地调笔笑谈。司马相如一生总是自命不凡,带着一腔豪情壮志出蜀去,到暮年却辞荣"闲居"归隐,与尘世隔绝。官场上走一遭后,他更加怀念起蜀中生活的闲适,"病免""家居"对仕途的厌倦,使他更加傲然于世。

司马相如在离蜀做官之时,均留下了较好的名声。西汉鼎盛时期的繁荣气象,有包容万邦、海纳百川之宏大气概,而此时的巴蜀虽受上千年中原文明浸润滋养,然终因僻居西隅,封闭而又物华天宝,士人多自视雄长、恃才傲物,却又有浓烈的浪漫与几分天真。一旦出蜀融入主流文化之中,往往以狂放不羁、锐意进取之姿态,特立独行,终落得"木秀于林"的结果,为治国者所难容,仅能在风骚领域流芳百世,在自由人格上为人景仰,在传统文化中成为独放异彩之奇葩。

从另一方面来看,巴蜀大盆地的天然屏障,蜀中得天独厚的自然气候和物产条件,以及朝廷所实施的一系列发展农耕、鼓励生产的政策而迅速提高着自己的实力,使当时的巴蜀大盆地成为社会稳定安宁、经济繁荣的一方乐土。也就是说,巴蜀大盆地那相对稳定安宁的区域环境,相对丰裕的物质经济基础,都为一个新的精神文化创造高潮的出现,准备了良好的前提条件。而"蜀之位坤也,焕为英采必斓","天下之山水在蜀"的美丽自然风貌,色彩缤纷繁花似锦的繁复多样自然美之观照物,又陶冶铸造着巴蜀人的美感心理机制和审美价值取向,形成着巴蜀文艺美学对形式美偏好的特征。

时代精神的表现需要,社会环境的稳定和物质经济基础的优越,都为西汉时期司马相如的辞赋创作准备着极好的前提条件,而大盆地中美丽的自然山水等"客观存在"对他审美创造心理意识的模塑,而他对华美艳稚和形式精美的区域文化美学的规范导引,都决定着一种新的文学创作高潮的格局规模。从而使他以自己的辞赋创作和表现形式特点,以及数量众多的赋作作品,尽情赞美世俗人生享乐的思想内容和对文学创作艳稚华丽形式美的大胆建构,为中国文学的发展树立了一种全新的范式,从而成为漫长的中国文学发展史上一种独异的绽放奇葩。

所以说,司马相如独特的地域文化心态便是巴蜀文化的特殊情蕴与中原主流文化的碰撞激发,加上他个人的天纵才情,从而成就了他独特的个性。这种独特的地域文化心态,概略地说,就是兼容并包的大家气度,特立高标的独创精神,入世而又超越的人生态度,既深情婉媚又雄浑阔大的艺术境界以及诙诡谐谑、化俗为雅的幽默风趣。

要深入研究司马相如,必须注意这样一个事实,即巴蜀文化事业在汉代的发展,起于汉景帝末年蜀守文翁在蜀立学。所谓"风雅英伟之士命世挺生"是文翁之后的事。而文翁兴学成都时,相如已经从梁国归来,并与临邛巨富卓王孙之女卓文君成婚。也就是说,相如个性特征的形成是在文翁大量引入中原文化之后的事,这使得相如在文学上的崛起颇富传奇意味。任何一种文学体裁总是有一个渐渐发展到高峰的过程,然而相如一出场便为汉赋树起一座高峰。巴蜀文学的魅力,由此可见一斑。

有学者把这归因于相如类似于战国纵横家的气质,的确有这一方面。武帝罢黜百家独尊儒术之前,战国余风犹在,凭三寸不烂之舌或生花妙笔轻取富贵是许多士人的梦想。秦始皇焚书坑儒并未能阻断百家思想传播到西蜀这样的地方。秦灭巴蜀,移民万家实之;秦末战乱,人们多有避乱蜀中,他们带来了中国第一个文化高峰期即春秋战国时期的思想文化以及诸子典籍中众多光芒四射的人物形象。相如"少时好读书",这些书显然是诸子之书而非仅仅的儒家经典。他学击剑,这也符合一个受战国余风影响、富雄心壮志的士人的特征。他还仰慕被司马迁称赞为"名重泰山,其处智勇,可谓兼之"的赵人蔺相如,因为崇拜他,相如才将自己由"犬子"改名为"相如",立场要做一个智勇双全的人。而在后来奉命出使西南以及力劝武帝通西南夷并最终西南夷内服的一系列事件中,相如也显露了自己的政治才华。然而这些都不是相如的本质特征,在贾谊、邹阳、司马迁等人的身上,战国之风的影响都是很明显的。由于时代的变化,他们都被迫把才情转移到文学上,在东方朔的《答客难》中,我们可以清楚地看到这一痕迹。

当我们把司马相如和贾谊放在一起比较的时候,其个性特征尤为突显。贾谊人称"洛阳才子",非常年轻就受到文帝器重,"召以为之位",21岁就"超迁至太中在夫",文帝甚至还准备让他就"公卿之位"。后来受到老臣们的嫉妒,被调去任长沙王太傅,其政治才华是相当出众的。贾谊论说文和赋写得非常好,代表作有《过秦论》《论积贮疏》《治安策》及《吊屈原赋》《鹏鸟赋》等。有人将贾谊与屈、宋并提,是有其道理的。在贾谊的赋中,我们看到是严谨的论证、深刻的哲理、旷达的思想、深刻的历史感,看到的是战国末期以来百家思想融汇而成的先秦理性,经过与贾谊的才情结合而展现出的光彩与魅力。而在司马相如的赋中,我们看到的是雄浑的气势、华丽的文辞、天马行空般狂放不羁的想象,神话、历史、现实相融无间文学意象,看到的是感性生命的极大张扬。这显然是两种世界观和审美观、审美观念的差异,源于两种不同的文化土壤。

贾谊生长的洛阳,公元前8世纪就成为东周的都城。洛阳所在的伊、洛地区长期以来是华夏族的文化中心,河南、山西一带,春秋时是列国交争和会盟的主要场所,战国时的兼并战争和外交活动也主要在这里进行。各国发愤图强,是改革较早的地区。故这一地区多法家、纵横家,其文章和说辞气势凌厉,富于雄辩色彩，又生动犀利，富于文学性。到西汉制礼作乐，处士横议之风减，士人的热情投入到维护一个新兴的统一的封建大王朝中去。这就形成了贾谊的文风，说理绵密、富有气势、娓娓道来、曲折生动，其忠于国家之良苦用心历历可见。

此外，如果说三代的钟鼎还让人窥见巫术时代的痕迹的话，那么到春秋时经过孔子对"怪力乱神"的扫荡，在《诗经》中人们看到的是雅颂各得其所，看到的是文质彬彬、中庸与克制。通过对神话的历史化，孔子确立了先秦实践理性精神，这在当时是对思想的极大解放，体现了人文主义精神。它和诸侯争霸的形势一起推动了实用文风的发展，这就是散发着理性思辨光芒的诸子散文。这显然是社会的进步。然而进步是有代价的，这就是对审美追求的放弃，对原创力与想象力的扼杀。到了秦汉，先秦实践理性精神进一步发展为工具理性，诸子对宇宙自然和人类的热烈探讨已成往事，哲学和理性的任务到此只剩下如何为帝国的存在与统治建立合情合理的理论，以及如何使统治更有效的问题了。董仲舒完成了封建国家的哲学建构；司马迁完成了历史理性的最高成就；而贾谊，则成为这种理性精神在文学上的代表。

而司马相如是不理会这些的。尽管他初次出川时在城门发下"不乘赤车驷马，不过此门"的豪言壮语，尽管他后来奉使通西南夷取得成功，但他并不刻意于功利。他没有东方朔的满腹牢骚和强烈的士不遇感，没有司马迁那种震撼人心的悲剧感，也不像贾谊那样随时随地竭忠尽智为国家出谋划策。他的最高官位是任中郎将出使西南夷。史载他"与卓氏婚，饶于财，故其事宦，未尝肯与公卿国家事，常称疾闲居，不慕官爵"[①]。这就是司马相如。

相如是自由而不受约束的。他出生于中等资财的家庭，其家庭大概在西南商业中心成都经营工商业，后来为了他们的"犬子"（相如少时名）的前途，他们孤注一掷地将资财全部用来为儿子置办车骑服饰，让他也上长安去做郎官。相如游梁归来，生计无着，只得投奔好友临邛令王吉，演出一场"凤求凰"的"窃资于卓氏"的喜剧。临邛巨富卓王孙，"富至僮千人，田池射猎之乐，拟于人君"，时才貌双全的文君正新寡在家，相如于是和王吉合谋演了一出双簧戏。卓王孙听说县令来了贵客，就设宴相邀，相如故意"谢病不能往"，而王吉在席上则"不敢尝食，自往迎相如"，在几百宾客的引颈盼望中相如姗姗而来，雍容闲雅，风流倜傥，"一座尽倾"。席间王吉捧琴上前，相如奏了一曲《凤求凰》以挑文君之心。文君本慕相如大名，

[①]《史记·司马相如列传》。

此时从门偷窥,更是心向往之。相如又贿赂文君的侍女,向文君表白心迹,文君"夜亡奔相如,相如乃驰归成都"。到了成都,文君才发现相如"家徒四壁",后来二人又回到临邛,卖掉车骑开了酒店,文君当垆卖酒,相如"身著犊鼻裈,与保庸杂作,涤器于市中"。卓王孙羞愤交加,闭门不出,后经人劝说,勉强分给文君"僮百人,钱百万,乃其嫁时衣被财物","文君与相如归成都,买田宅,为富人"。

这件事在当时传为美谈,司马迁修《史记》,将它记录在司马相如传中,作为相如"鬼黠"的证据。相如本人或其他人,也对此津津乐道。然而后来有人据此骂相如"窃赀无操"(《颜氏家训·文章》),简直是历史的误会。其实相如并非"无操",而是他根本没有所谓"操守"的概念,他的本性就是"放诞风流"。他的家庭没有教他节操的观念,他所读之书则教他应随机应变抓住一切机会。此时的巴蜀大地,还没有什么文明与礼制的观念能够束缚的他思想的自由,反倒哺育了他狂放自在的个性和奇伟的想象力。相如当然不是标准的"士",他身上少上一些"士"应有的历史沉重感,然而古今人们对他的认可与喜爱恰恰反映了当时的巴蜀与中原不同的文化特征。

(二)骄狂大胆的个性和标新立异的文化精神

由于大盆地的地理、历史和文化常处"边缘",司马相如身上时常带着巴蜀人文性格特有的骄狂大胆和惯有的标新立异文化精神,为自由天性的正常发展提供着坚实的保证。"大丈夫不坐驷马,不过此桥下"的骄狂大胆性格就这样形成是崇尚自我表现、张扬个性,强调真情自然流露的"直觉",将文艺视为经作家情感浸润的对世界本质的形象化表现方式,要求以美的体味去透视万物并力求表现自我个性和主观情感。一方面他主张从大自然的郁勃生机和美丽秀色中去汲取灵感,另一方面要求表现"万物之灵长"的人类强悍生命意识。文艺是作家的一种生命存在方式,文艺创造的关键是作家内心冲动的生命意识力度,在于生命活力的激荡程度和对自我本体沉醉、感悟的程度。只有保持"动的精神",才能使文艺创作真正做到"形式上绝端的自由,绝端的自主",那长短随意、杂错不羁的诗行,悠肆狂浪的口语,恢宏巨制与精致短章等多种诗体的创新实践,有韵与无韵并行不悖的自然,都正是其冲决一切羁绊的创造豪情的呈现方式。还有那浓郁的巴蜀民俗场面和大量巴蜀方言的使用,都使司马相如的赋作在强烈的时代内容和鲜明独特的艺术形象中,呈现着浓郁的民族本土化和巴蜀区域文化色彩。蜀人惯有的聪慧狡黠,以各种恶谐的方式蒙混极左路线获取自己生存权利的描写,都在对生活的真实描述中流露出作者特有的幽默风趣,从而体现着强烈的时代反思特点。司马相如的人文性格还可以概括为"胆大",巴蜀区域精神传统对权威的蔑视嘲弄,"未能笃信道德,反以好文讥刺"的文化品格,"巴蛇吞象,三岁而出其骨"的骄狂执着的进取搏击精神,都通过其赋作得以体现。司马相如的赋作处处表现了大胆反抗叛逆的个性解放精神和强烈的自我表现意识。其赋作"摆脱一切羁绊"的抒情主人公,冲决一切藩篱,并借古老神话所创造的意象表现对礼教的彻底否定和反叛。司马相如的赋作大胆反抗叛逆的精神深深地受着楚文化代表人物庄子"独志"(《天地篇》)、"独有之人""独与天地精神往来"(《天下篇》)、"汪洋恣肆以适己,秕糠皆可为尧舜"及庄子行为所表现的反权威、反偶像崇拜思想的浸润,承传着巴蜀文化不拘礼法、个性张扬的传统,洋溢着强烈的"自我"表现意识。其苞括宇宙、日月、星辰和总览人物、社会、时机的疯狂的自我扩张和自我实现与屈原《离骚》《问天》淋漓尽致表现"自我"的梦想与追求、身世、遭遇何其相同。屈原的"自我"所表现的意识不是"个体"意识,而是蕴含了极其深切的国家和民族意识。同样,司马相如的"自我"也不仅是"小我",不仅是一己的个性解放,而是以强烈的自我情感抒发蕴含仰观俯察、上下求索、追求光明、渴望新生的情愫,挖掘了深藏于自我心底的内在能量,让受压抑的主体个性自然伸张,通过自我的能量辐射创造温热、创造新的审美境界。

(三)个性的张扬与豪放、轩昂和超凡脱俗的艺术精神

司马相如赋作具有巨大的气魄、奇幻的意象,充溢着浓烈的张扬的个性,其表现手法承继了楚辞诗人的艺术思维方式,以诗人式的直观想象气质,遨游于神话幻想之中,追忆于历史传说之中。以狂幻的激情,凭虚架危,创造许多奇幻的意象,如雪朝、光海、雾月、风、雷、电等,颇具时代特征和现代意识。与楚文化奇幻的想象一脉相承,其巨大的气魄、丰富的想象和夸张的手法可溯源于《庄子》浩荡之奇言,瑰丽生动的文风,浩瀚恣肆的文思和广含深蕴的意气;溯源于屈原《离骚》飘风云霓的神奇缥缈;溯源于庄子大胆的夸张、奇丽惊人的幻想、排山倒海的气势,豪放、轩昂和超凡脱俗,如此浓烈的浪漫主义激情无疑是荆楚——巴蜀文化潜质受现代文化意识的导引并使之升华,并于其赋作的显现。物质的富饶使古蜀国在西南地区各部族中具有绝对的优势地位,也造就了蜀人的自负。"周失纲纪,蜀先称王","七国称王,杜宇称帝,号曰望帝……自以为功德高诸王,乃以褒斜为前门,熊耳、灵关为后户,玉垒、峨眉为城郭,江、潜、绵、洛为池泽,以汶山为畜牧,南中为

苑囿"①。对于秦国这样一位日渐强大的邻居,蜀人竟轻蔑地称之为"东方牧犊儿"。公元前4世纪蜀国被灭后,秦在蜀地实行强硬的同化政策,镇压蜀人的反抗和对先王的怀念,使巴蜀成为秦统一全国的后方基地。后来又采取统一文字度量衡等措施,随着时间的流逝,后代难以再睹古蜀文化的风采。然而物质生活的富饶所造成的自负,却成为一种心理的积淀,成为蜀人的人文特征之一。即使在杜宇开明之后3000多年的今天,我们仍可以在成都平原上处处发现这种心理的影响。这种自负是建立于地理而非文化上的。自负可以使人狭隘,也可使人自信。"以我为上"的骄狂可产生夜郎自大,却也可能在文学上导致一种狂放的风格。物质的丰富可以使人耽于世俗生活的安乐,却也可以因感性世界的丰富而产生文学风格的富丽。司马相如赋中感性的张扬、"巨丽"的风格,是有脉络可寻的。以法术治国的秦国没有也无意对蜀地文化发展做出贡献,实行黄老无为之治的汉朝高祖、文、景也未曾对西蜀提出改造性意见。司马相如就这样无拘无束地生活在这样一片自由而富饶的土地上,一面瞻仰蜀地先祖们留下的遗迹,一面浏览他所能获得的书籍,除了练习击剑外,他还斗鸡走马,观看奇妙无穷的杂技……成都是西南各部族经济、文化的辐辏之地,城市中往来的有川西高原、川南甚至云贵高原上来的各部族,偶尔还会有印度、东南亚的异国商人。当地富人习惯买少数民族人作童仆,卓王孙就有许多"滇、僚、僰、蜒"的童仆。世界在司马相如的眼中是神秘的、灵性的、生动的和充满感性的,这给了他无穷无尽的想象的空间,发挥于赋中,就出现了这样的文字:"于是乎游戏懈怠,置酒乎昊天之台,张乐乎轇輵之宇,撞千石之钟,立万石之钜;建翠华之旗,树灵鼍之鼓。奏陶唐氏之舞,听葛天氏之歌,千人唱,万人和,山陵为之震动,山谷为之荡波。""岩突洞房,俯杳渺而无见,仰攀橑而扪天,奔星更于闺闼,宛虹拖于楯轩。"②这样的意象,在贾谊笔下是不可能出现的。常璩写作《华阳国志》时,正是意识到古蜀国人文地理对蜀人个性的影响,在《华阳国志·蜀志》中写道:"其卦值坤,故多斑采文章;其辰值未,故尚滋味;德在少昊,故好辛香;星应舆鬼,故君子精敏,小人鬼黠。"虽有附会之处,但其对蜀地民俗的把握却是非常敏锐的。蜀人对感性事物的敏锐捕捉,对色彩的感受和喜爱,对万物灵性的认同,一方面极易流于对世俗生活的狂热追求,流于以生活世俗为本质的风尚;另一方面又使蜀文化始终处于边缘地位因而具有对主流文化的冲击

---

① 《华阳国志·蜀志》。
② 《天子游猎赋》,见《史记·司马相如列传》。

力,一旦天才型人物出现,这种冲击力便爆发出来。但是巴蜀文化对巴蜀作家的影响始终以潜意识的方式存在,不经训练和激发,就会始终处于原始状态。感性过度或理智过度,都不足以产生伟大的文学,感情散漫流溢而不以理智整束之,必将流于混乱无序。司马相如出川是非常重要的一步,这是克服自身文化缺陷,吸收其他有益成分,寻找文学创作灵感的重要举措。这一点只需要我们注意到这样一个事实,即相如传世作品都是出川后所作即可明白其重要性。西蜀虽好,却有其致命的缺陷,除了交通闭塞难以与其他文化交流外,蜀文明的发祥地成都平原规模不大,虽然物产丰富,若供一族一国进入文明社会当然绰绰有余,而要兼并全区形成大国则底气不足,所以蜀文明相对柔弱,文化辐射力不强。若与秦据关中八百里秦川,楚处江汉四达之国相比较,确有劣势,特别是缺乏经济文化的后续实力。蜀文化赋予司马相如一种原始的活力和冲击力,然而蜀地的狭隘性和文化的封闭性难以给它这种活力以适当释放形式。于是相如带着天赋的文学才华和激情来到长安,"会景帝不好辞赋",相如无处展其才。正当相如进退两难之际,"梁孝王来朝,从游说之士齐人邹阳、淮阴枚乘、吴庄忌夫子之徒,相如见而悦之,因病免,客游梁"①。梁国当时是纵横游说之士和文学之士聚集的中心,邹阳、枚乘、庄忌都是当时驰名的辞赋家。能够与大批一流的辞赋家互相切磋砥砺,这对相如文学天分的激活、文学技巧的提高无疑是非常重要的。相如在梁国,眼界大开,更重要的是激发了他的创作灵感,"相如得与诸生游士居,数岁,乃著《子虚之赋》"②。几年后相如被武帝召到长安,相如的创作才情在大汉声威的刺激下终于迸发出来,相继写出一系列优秀作品。中外历史多次证明,艺术家创造的才情是与时代精神成正比的。伟大的历史学家司马迁不是也曾受到与相如类似的激发吗?游士经历无疑使相如的文学才能和思想水平得到提高。相如有着澎湃的创作激情,然而激情若无深厚的感情为后援,则散漫而无可观。古蜀文化特质与游历生涯的结合,使情感与理智的张力达到最适于文学表达的完善境地,司马相如至此才真正成熟起来。巴蜀地区远离中原而长期处于中央政权和主流统治文化的"边缘"状态,长时期被轻视为"西僻之国",却又因物产丰足、疆域辽阔和人口众多而常居"戎锹之长"地位,其间还常因"扬一益二"的经济优势和"比之齐鲁"的文化繁荣状况而倍增骄狂之态。一方面,因"山高皇帝远"的离心作用与封建中央集权统治

---

① 《史记·司马相如列传》。
② 《史记·司马相如列传》。

及正统文化保持着一定距离,另一方面又由于自给自足、无需外求的经济物产实力而滋生着"夜郎自大"的骄狂意识。在漫长的中国历史进程中,巴蜀地区在各个历史剧变阶段和转折关头总是表现出一种独特状貌,巴蜀民众对之自诩为"世浊则逆,世清则顺"。历代流传的谣谚称"天下未乱蜀先乱,天下已治蜀未治",正是将巴蜀大盆地视为一个孕育危机的险境,即如《隋书·地理志》所说:"蜀人好乱,易动难安。"晋代蜀人常璩的《华阳国志》在追溯巴蜀大盆地人类历史初期时,就特地强调过巴蜀人文性格的表现特征:"周失纲纪,蜀先称王,七国皆王,蜀先称王,七国皆王,蜀又称帝。是以蚕丛自王,杜宇自帝。"①以之说明巴蜀人文精神那喜好标新立异,敢于大胆反叛权威和勇于自作主张,不乏偏激骄狂之态等区域性格表现。应该说,常璩著《华阳国志》的心理动因,正是对秦汉统一中国尤其是思想文化大一统后巴蜀区域文化被遏制的一种忧虑,从而有意识地去整理、重构巴蜀历史文化。正是这种心理动因和"寻根"的价值选择而决定了《华阳国志》的内容和文化学价值,之后的诸如《蜀史》《蜀梼杌》《全蜀艺文志》等史学和文学典籍的问世,都是基于作者对自己区域文化的一种自豪和自觉地认同皈依等价值观作用。有趣的是,似乎只要是蜀人,就具有撒野放泼的话语权力,晚明人张岱在其《自为墓志铭》中,就根据其祖上一点籍贯因而自我体认为蜀人。他是如此为自己画像的:"蜀人张岱,陶庵其号也。少为纨绔子弟,极爱繁华、好精舍、好美婢、好娈童、好鲜衣、好美食、好骏马、好华灯、好烟火、好梨园、好鼓吹、好古董、好花鸟,兼以茶淫杜虐,书蠹诗魔,劳碌半世,皆成梦幻……任人呼之为败子,为废物,为顽民,为钝秀才,为渴睡汉,为死老魅也已矣。"在张岱的潜意识中,巴蜀士人似乎就是封建正统文化和道德伦理价值的天然反叛者,要张扬性灵和解放自我人格,就必须认同于巴蜀区域人文精神,借助于巴蜀区域文化性格。然而,张岱作为一个饱学之士和文学家,既然有意识地认同"蜀人"的性格精神,巴蜀历代文化精英的性格表现和文化精神,如司马相如、卓文君、李白、陈子昂、苏轼、杨慎等的行为举止和创作个性,必然地对他有着厚重影响,价值标准的选择和认同在某种程度上导引、规范着他的创作特色。也就是说,由于张岱的价值认同和模式选择偏爱,巴蜀杰出作家必然要对他产生着一种范式作用,他的性格和行为表现方式,也有意无意地体现着蜀人模式。

这种现象并非绝无仅有,20世纪后半叶兴起的港台新派武侠小说家,在描写

---

① 《华阳国志·蜀志》。

司马相如赋的美学思想与地域文化心态　>>>

蜀中武林门派时，无论是擅长使毒的唐门，还是青城、峨眉剑派，都被赋予阴狠、毒辣和性格怪异、功夫诡异等特征，并且笼罩着浓浓的神秘色彩，这正是外界对巴蜀的一种误读。在外部世界的意识中，巴蜀大盆地和巴蜀人文性格精神，似乎总是充满着神秘、怪异，总是一个有待解释的奇特现象。这个有待解释的奇特现象还表现在，世间公认聪慧敏智的巴蜀士人，常常只是在文学领域纵横驰骋，并且大多都能在历史文化转型阶段大胆创新和勇于变革。就中国文学史而言，我们不难看到，自中华民族完全统一的汉代始，巴蜀作家辈出不穷，都对其所处时代做出了巨大建树，许多人甚至就是其所在时代文学的代表者和成就体现者。这正如袁行霈所指出的："这些文学家都生长于蜀中，而驰骋才能于蜀地之外。他们不出夔门则已，一出夔门则雄踞文坛霸主地位。"①北魏时邢峦也曾赞叹巴蜀地区"文学笺启，往往可观，冠带风流，亦为不少"②。值得关注的是，好像愈是社会及文化震荡剧烈和文学转型风云激荡之际，就愈能激发起巴蜀作家的创造活力，愈能使他们体现出成就。例如大汉声威之于司马相如、扬雄、王褒，盛唐气象之于李白、陈子昂，晚唐夕照之于西蜀花间丽词，两宋睿之于苏轼，狂飙突进"五四"浪潮之于郭沫若、巴金，新时期思想解放运动之于周克芹，20世纪末中国戏剧勃兴之于魏明伦……有趣的是，他们的作品都流传深广，他们的文学成就都雄踞一代，而对他们的为文和为人的指责诟病，也一直伴随着他们。巴蜀区域人文精神的叛逆，对一切既有传统和道德规范进行狂浪地冲击和消解，以自我为中心的汪洋恣肆的情感坦露，自出心裁地创新的艺术话语符号，从严格意义的中国文学形成开始，一直到20世纪末巴蜀新生代诗，莫不如是。这些，当然不符合中国正统文化思想的"中和"之道，却又激发着人们对自由人格、自由人生的热切企盼，因此博得人们的情感共鸣和内心价值认同。这种区域人文精神的形成，却是在一个动态的历程中，受各种因素制约的。自秦始皇横扫六合，建立中央集权以来，巴蜀大盆地就被称为"僻陋""蛮夷"之地，因此秦始皇打击关中豪强和清肃文化思想的具体措施，是将程郑、卓王孙一类经营有术的富豪赶进巴蜀，又将"不遵先王之法，不循孔子之术"的思想家尸佼、吕不韦及其门下知识者，每次上千人地流放进巴蜀。秦始皇的用意当然是希图身边清静，但也不乏让这些人去巴蜀大盆地接受野蛮荒凉之苦折磨的阴狠用心。《史记》载："不韦迁蜀，世传吕览。"既然秦始皇为统一整肃思想而烧

---

① 《中国文学概论》，高等教育出版社1990年版，第45页。
② 《魏书·明峦传》。

248

书,决不会破例让《吕览》独存,吕不韦门客千人被迁徙入蜀,对其学说思想的保存和流传,应为幸事。这些异端邪说正可和巴蜀"蛮夷"文化同声相应。流风所及,又有项羽逼刘邦入蜀受穷……余如扬雄祖上逃罪入蜀、李白父避仇入蜀、苏轼先祖苏味道遭贬入蜀等,都说明着外界对巴蜀大盆地的一种认识误区。这类迫不得已进入巴蜀者,对巴蜀区域文化汲取新养料,对巴蜀生产接受新技术,都有着重要作用。而从生理行为学角度看,这类不安本分,敢于创新,不惜冒险的血型和性格生理特征,也对改善巴蜀土著的遗传基因有一定作用。具有强烈边缘意识的巴蜀文化,就在四周天然屏障而相对辽阔的大盆地中运行流布,又不断化取、汇融新的养分,逐渐形成自己的独异色彩。生活于其中的人,带着不同方面和层次的区域文化印记,受着区域人文精神积淀的影响和规范,去开始个体的新创造,这种个体创造就必然带有区域群体的某种共同特征,这实际上就是一种区域文化积淀的集体无意识作用。只有从这种角度去审视,我们才能把握巴蜀区域人文精神的发生背景及表现特征[①]。

二、司马相如赋作对精美形制和艳秾华美的审美追求与巴蜀地区爱好穷形极相的夸饰、铺张扬厉的铺陈和华美艳丽文风的地域文化心态

一年四季的分明,繁复多姿美景,铸造着巴蜀人对美敏感的心理机制,决定他们的审美创造特色,"广汉三星堆"出土的青铜立人像以"基本上符合中国人的身材比例和一般的艺术表现采用的造像量度",体现着对"人"的真实生存状况的关注。但更重要的是除了对人体各部分甚至脚踝的细节雕塑写真外,还突出地使用了彩绘着色技法,在眉毛、眼眶和颧部涂有青黑色,并在眼眶中间画出很大的圆眼珠,口部、鼻孔以至耳上的穿孔则涂抹着朱色,这正显示着巴蜀先民偏爱艳秾色彩和艺术华美的价值标准。从这些青铜器和人像绘刻的龙纹、异兽纹、云纹和服饰的阴线纹饰中,从其中表现的绚丽多姿的色彩绘涂中,我们不难看到巴蜀文化美学对精美形制和艳秾华美的追求和表现特征。这种美学追求,既是特定存在的产物,与中原"中和之美"和北方"真善"为美迥然不同,同时又在区域风俗习惯中被不断强化和复现着。秦代蜀中"巴寡妇清"三代经营朱砂矿而"富敌祖龙",致使一代雄豪如秦始皇也不得不"筑台怀清"进行笼络。按当时的科技水平程度,朱砂矿最主要的用途应该是印染颜料和化妆品材料,巴寡妇清那宏大的经营规模,实

---

① 《巴蜀文化与四川旅游资源开发》,第696、697页。

际上正是巴蜀民众对色彩和颜料的消费规模而决定,正是巴蜀民众对色彩艳丽华美的消费需求,才有巴寡妇清那富可敌国的生产盛况。"西蜀丹青"成为秦宫贡品,也正说明巴蜀地区在对色彩的研究和颜料生产工艺上所达到的领先水平。汉代漆器无论是数量还是质量皆居全国第一,广汉、成都被汉皇室指定为漆器生产基地并设专门机构进行管理,其基本色调为红、黄、黑、棕、绿等浓烈色调,且"花纹精致,色彩斑斓,华而不浮,缛而不艳,轻灵幻美,悦怡心","奇制诡器,胥有所出,非中原墓中所有者"①,因而受到世人广泛喜爱甚至远销日本、朝鲜等国家。扬雄《蜀都赋》曾极尽繁文丽词地夸耀道:"雕镂器,百质千工……百位千品。"于此,我们就不难理解司马相如等汉代蜀籍赋家那穷形极相的夸饰、铺张扬厉的铺陈和华美艳丽文风的真正原因了。

《西京杂记》载司马相如论及作赋之法,曾以"合綦组以成文,列锦绣而为质"为喻,强调了文学创作的结构艺术、语言艺术的形式美,这也体现着巴蜀美学意识华美艳秾标准对其创作的直接作用。盛行蚕桑之事的蜀中,汉代就以"细密黄润"的蜀布行销全国,甚至远至西亚地区,诸葛亮常以作为外交礼物,致使曹丕感叹"前后每得蜀锦殊不相似"。唐代蜀锦更是以"筒中黄润,一端数金"的细腻艳丽而再次显现着巴蜀人对美的高度把握程度。在此背景下出现的晚唐花间词群体以及其表现的艳秾华美文风,可谓极为自然。即如"忧患苍生"的杜甫,入蜀之后也被俗风所熏染,"入乡随俗"而诗风大变,其"浓郁顿挫"诗风的形成和诗艺的精美化,正有着巴蜀文化的熏染作用。从以上物化形态的器物,我们可以于中发现创造者的审美尺度特征的积淀,因为就生产和消费的关系而言,"没有需要,就没有生产。而消费则把需要再生产出来",正是由于普遍而强烈的审美消费需要,才有对精致华美艳秾形式美的生产和规模的扩大。绵竹、梁平年画以艳丽色彩而行销各地,也正说明着这和睦区域审美价值标准的广泛性和深入性。

在文艺美学意识达到自觉的 20 世纪,郭沫若对"文艺的全与美"的强调和"为艺术而艺术"的追求,何其芳创作思维中浮现的那些"色彩、图案、艳丽"意象,都是这种根深蒂固的地域美学积淀的有意识或无意识的复现。因为"人们自己创造自己的历史,但是他们并不是随心所欲地创造,并不是在他们自己选定的条件下创造,而是在直接碰到的、既定的、从过去随继下来的条件下创造的"②。此外,司

---

① 商承祚:《楚漆器集·考释》,载《文物》,1993 年 11 期。
② 马克思:《路易·波拿巴的雾月十八》,江苏人民出版社 2011 年版。

马相如"临邛窃妻"的敢作敢为和"当垆"的现世生活态度,李白诗中关于酒、女人、仙道的颂赞,苏轼对山间明月、江上清风"耳得之为声,目遇成色"的自慰方式和对"东坡肘子"世俗生活内容的精研,以及"天地万物,嬉笑怒骂,无不鼓舞笔端"的自由审美创作方式,都体现着一种注重生命存在的现世人生观照态度和执着于自我个性自由的坦直真诚。被誉为"天地人间千古之至情文字"的李密《陈情表》流露的,则是尘世的辛苦也远胜于庙堂宫阙纷争的世俗情感。可以说,巴蜀文人常在文学领域驰骋才华,关键原因正在于由区域文化熏染形成的巴蜀人文性格。总之,巴蜀文学是在一个特定的区域空间中发生、运行和繁荣壮大的,上古神话传说,原始歌谣及先民之诗,既是巴蜀大盆地特定气候、自然地理地貌和物产条件等客观存在的结果,又是影响、制约、规范、导引后来巴蜀文学发展运行的种种特征的一种"集体无意识"。存在决定着意识及意识的物化形态——反映的内容和形式,而"反映"的物化就是后代人面临的一种新"存在"——第二自然。如此循环往复就构成一种文化氛围。而大盆地的四周阻隔又使这种文化氛围自成体系地运行流布,并通过作用影响一代代作家而愈益深化,使巴蜀文学的区域特征愈益明显。例如从唐代蜀中"杂剧"到清代"川剧"的发展历程,即是典型体现①。物产的丰裕使巴蜀文化文学发展有着优越的经济基础,使巴蜀人士有充裕的条件去冶铸青铜器物和精雕细刻地创造出漆器、蜀锦等形式精美、色彩艳秾的文化艺术品,这些又与蜀中美丽多姿繁复多样的山水花草景观,共同冶铸着巴蜀文人的审美心理机制,养成着巴蜀文人对文学形式美偏爱和艺术性审美价值取向特片。位居西南隅却经济实力雄厚的自然地理条件,使巴蜀人虽远离北方中原政治文化中心却不甘心常居"边缘"地位,他们总是寻找机会去大展才华,以大胆的冲决、创造的豪气而常常成为中国文学的一代霸主。这种区域人文性格正是巴蜀作家层出不穷且彪炳一代的内在原因。同时也正是基于这种区域文化性格,巴蜀文人才常在历史剧变、文化转型和文学变革转折阶段奔突而出,成为一时俊杰,甚至开创一代新风。可以说,相如的成功就是巴蜀文学的成功,在西汉,是相如为汉赋的发展规定了方向,奠定了基调。正如许多学者所指出,汉文化(尤其是西汉文化)准确地说应称为楚汉文化,汉起于楚,刘邦、项羽的基本队伍和核心成员大都来自楚国地区。项羽被围,"四面皆楚歌";刘邦衣锦还乡唱《大风》;西汉宫廷中始终是楚声作主导,都说明了这一点。楚汉文化一脉相承,在内容和形式上都有其明显

---

① 邓经武:《川剧源流谈》,载《文史》,1998年第2期。

的继承性和连续性,而不同于先秦北国,楚汉浪漫主义是继先秦理性精神之后,并与它相辅相成的中国古代又一伟大艺术传统。它是主宰两汉艺术的美学思潮。不了解这一关键,很难真正阐明两汉艺术的根本特征。但是人们往往有意无意地忽略这一关键。在西汉文化中,各个部分的发展风貌是有差异的,儒家学者强调某一部分而忽略另一部分是想为儒家思想在文艺领域的统治地位找到理由;而在潜意识中,将两汉文化风格归于三代的古拙也比归于南楚的华丽更易于为西汉的正统地位找到合理性的根据。于是人们很容易地就将汉代艺术,如乐府诗、如画像石、如雕塑等的特点归之于质朴、古拙,也很容易就与三代礼乐文化中的"庙堂之音雅而不艳一唱三叹"的美学特点联系起来,也很容易与《诗经》简洁隽永的风格联系起来。然而他们都漠视了这样的事实,即上述汉代艺术中传达的对生命的强烈热爱与礼赞,不仅是后代难有嗣响,即使在三代钟鼎文化中也是找不到。生命力的张扬在画像石这种充分发展了的汉代艺术中可以清楚地看到,其奥秘即在于力量、运动和速度。这里统统没有细节,没有修饰,没有个性表达,也没有主观抒情。相反,突出的是高度夸张的形体姿态,是手舞足蹈的大动作,是异常单纯简洁的整体形象。这是一种粗线条粗轮廓的图景形象,然而,整个汉代艺术生命也就在这里。就在这不事细节修饰的夸张姿态和大型动作中,就在这种粗轮廓的整体形象的扬流动中,表现出力量、运动以及由之而形成的"气势"的美。

尽管在政治、经济、法律等制度方面,"汉承秦制",刘汉王朝基本上是承袭了秦朝体制,但是,在意识形态的某些方面,又特别是在文学艺术领域,汉却依然保持了南楚故地的乡土本色①。

一个蓬勃向上的强盛王朝与富有活力的荆楚文化的结合,造就了这样生动活泼的画像艺术。它对生命的热爱与探索与新王朝对世界的探索与开拓是一致的。但是与文学艺术的这种生气勃勃相对应的却是学术和思想上的自我收缩,先秦理性精神走到汉代已变得非常狭窄,对宇宙和命运的哲学探讨没有了,文字学、训诂学将思想分割得支离破碎,经学中处处是简单的比附,哲学降而成董仲舒的"天人合一"。新制度建立起来了,战乱终于结束,人们充满了热情,急切地要使这制度天长地久。汉代是行政效率最高的朝代,人们的努力是有效的。然而理性却萎缩了。诗歌也萎缩了,衰落了。文学的意义只是"讽谏"。在贾谊的作品中,闪耀着冷静的睿智的光辉,是先秦理性精神最后最亮的光焰。然而即便如此,其实用性

---

① 李泽厚:《美的历程》。

也大大超过审美性。但是在生活中,以刘邦为首的西汉帝王们是无意以实践理性作为文艺的指导精神的,在实践上人们对相如的宠爱有加、群起仿效也说明了这点。古蜀文化与楚文化有许多共通之外,这些共通之外使汉武帝对相如赋喜爱不已。二者的相通之外可从考古学上得到证明。先秦时期,秦国与楚国都与蜀毗邻,然而文化上相亲近的却是蜀楚而不是蜀秦。在川西地区发现的考古学资料上找不到秦文化因素。秦文化质朴无华,因而对蜀人来说秦文化并不具有很大的吸引力,可是在战国时代蜀国文化上很容易找到楚文化要素,可以看出,楚文化对蜀文化影响多么的深。当然,蜀文化也流入了楚地……为了装饰祭祀体系以维持统治权,蜀国不得不积极吸收楚国的华丽先进文化。楚骚的华丽瑰伟与相如的文辞的华丽和风格的扬厉在此有了共同的基础。汉武帝才智过人,性格刚强,喜爱一切美好的东西:美女、珍宝、好马、土地以及文艺。他精力充沛,头脑机敏,他任用儒学和儒生来保持社稷永存,但他决不让这些人来限制他的欲望。对于文艺他有敏锐的直觉并能使之朝着自己喜欢的方向发展。治国,是作为皇帝的职责;文学,则属个人的爱好。西汉建立才几十年,楚文化还未完全消溶于儒家正统文化中,楚人那种强劲的生命力与热爱生活的个性还留在他的血液里。汉武帝并不是儒家理想的圣贤式君王,而是个性色彩非常浓烈的皇帝,是楚汉文化熏陶出来的。蜀、楚文化相通之处使他与司马相如作品相见恨晚达到如此强烈的程度:"朕独不得与此人同时哉!"还有一个条件是不容忽视的,这就是长安文化环境的特殊性。夏商周的统治中心都在河南、山西一带,长安所在的关中在先秦一直处于文化的边缘地区。秦国定都咸阳,秦文化却一直被视为落后的戎狄文化。商鞅变法直至秦朝灭亡,实行法家政治的秦统治者基本上没有在这一地区采取积极的文化措施,这是秦国一直被中原各国贬斥的原因之一,也是秦朝的历史作用一直在奉儒家思想为正统的封建王朝以及众多思想家那里得不到恰当评价的原因之一。汉朝立国至武帝的六七十年间,黄老无为政治兴盛和统治者忙于休养生息,作为藩国的吴、梁、淮南等国反倒成为文士辐辏之地,文化活动异常活跃。武帝即位后,急欲改变这一面貌,既出于政治统治的需要,也出于个人生活的需要。长安的文化特征加上楚汉文化与蜀文化的趋同性,使相如受武帝召到长安时受到热烈欢迎,而要让相如在齐鲁受如此待遇是无法想象的事。这就是后来儒家思想渐居主导地位后,相如大受缙绅夫子批评指斥的原因之一。然而在整个西汉,批评司马相如的情况基本没有出现,相如赋一直受到人们的欢迎,受到人们的模仿。一直到西汉末,扬雄还因仰慕相如,作赋"常拟之以为式",却又每每自叹弗如,除了时代的变化,更有个性气质和文化环境的差异。总之,司马相如的文化个性和审美取向与故乡历史文化传统有着浓厚的联系,荆楚—巴蜀文化赋予了他浪漫主义的文化特质,并显现于创作和审美取向。诚然,作家的文化个性、思想特质和审美取向的形成是复杂的过程,受着多方面的文化影响,特别是司马相如更处在多元复合的世界文化结构之中。如果过分强调外来文化影响,忽视传统文化的继承性和保持自身文化的民族性、地域性则有失偏颇;反之,也不能夸大传统文化的影响。

第四节　司马相如对巴蜀文化的影响

司马相如为西汉文学的发展开辟了新的境界,也为巴蜀文学开启了新窗。相如之后,与巴蜀的开发和经济的发展相伴随的是文化的进步。景帝时文翁任蜀守,在成都"立文学精舍、讲堂,作石室,一作玉室,在城南"①。文翁选吏民子弟入学,优异者选送到京城长安深造,并向中央推荐人才,一时之间,"学徒鳞萃,蜀学比于齐鲁"②。被文翁推荐到长安受业的张叔后来官至侍中、扬州刺史。许多巴蜀子弟即通过这一途径跻身上流社会,还有些例如何武等名臣事迹也被载入史册。巴蜀、汉中由此学风大变。此前巴蜀虽然"世平道治,民物阜康",然而"学校陵夷,俗好文刻",此后巴蜀在意识形态上向主流文化一步步靠近。西汉赋家,以司马相如、王褒、扬雄为代表,西汉大赋的风格,是巴蜀文化特色与大汉声威相结合而成。而随着巴蜀文化与主流主化逐渐由"小同大异"转为"大同小异",在三个赋家身上也有一个主流文化影响逐渐加深、区域特色逐渐减弱的过程。司马相如可以说是古蜀文化熏陶浸染出来的,王褒是文翁及其后继者培养出来的,扬雄则是在百家合流的大趋势和独尊儒术的时代潮流共同影响下形成,在他身上兼有秦汉朴素辩证思想、儒家及黄老思想。三位赋家都是生长于蜀地,然后成名于京城,后半生皆在京城度过。除王褒病死于出使途中外,司马相如、扬雄皆卒于长安。大体说来,以司马相如为首的巴蜀文化与巴蜀文学有以下特色:首先显示为一种大胆创造,勇于开拓和艺术上自成一格的胆识。中国传统美学的这种厚德载物,中和圆融的民族特色在司马相如赋作的美学思想中有充分的显现。司马相如

---

① 《华阳国志·蜀志》。
② 《华阳国志·蜀志》。

是蜀中地域文化的典型,是中国传统文化中文人理想人格的典型体现,是中国传统文化中文人理想人格的表征。他胸襟博大,可以"苞括宇宙,总览人物";他"自摅妙才"、聪明敏锐而又豪放旷达,重灵感、富才气,随意挥洒;崇自然、爱生活、以俗为雅;既执着耿介,坦率直爽,又随缘自适,处逆若顺;其幽默风趣每每令人解颐开怀,其正气凛然又常使人羞赧汗下。他大胆创造,勇于开拓,自成一格。在政治思想方面,司马相如先于董仲舒提出以儒学为治国理论,以儒家圣人为效仿的榜样。董仲舒于公元前134年(武帝元光元年)建议武帝推行仁政德教、追躅儒家圣人。他在《举贤良对策》里提出"任德教而不任刑""以教化为大务","立大学""设庠序",修"五常之道","亲耕籍田",求养"贤士",以获致"三王之盛"和"尧舜之名"(《汉书·董仲舒传》),这些政治主张是回答武帝"何行而可以章先帝之洪业休德,上参尧舜,下配三王"等问题的(《汉书·武帝纪》)。而武帝所以提出上述问题,还是受了司马相如的启发。约在公元前136年(武帝建元五年),武帝读《子虚赋》而善之,以不遇其作者为憾事。及至招来司马相如,"给笔札"又为作《天子游猎赋》之后,竟使"天子大说"。从该赋结尾两段文字"天子芒然而思……恐后世靡丽,遂往而不返,非所以为继嗣创业垂统也。于是乃解酒罢猎,而命有司曰:'地可以垦辟,悉为农郊,以赡氓隶,隤墙填堑,使山泽之民得至焉。实陂池而勿禁,虚宫观而勿仞。发仓廪以振贫穷,补不足,恤鳏寡,存孤独。出德号,省刑罚,改制度,易服色,革正朔,与天下为更始。'于是历吉日以斋戒……游于六艺之囿,驰骛乎仁义之涂,览观《春秋》之林,射《鹍首》,兼《骓虞》……修容乎《礼》园,翱翔乎《书》圃,述《易》道,放怪兽,登明堂,坐清庙……天下大说,乡风而听,随流而化,喟然兴道而迁义,刑错而不用,德隆于三皇,功羡于五帝"[①]来看,在这里,司马相如以辞赋特有的讽喻手法提出许多政治建议,其要点,不过是反对帝王奢侈靡丽,要求最高统治者注重创业垂统,通过关心民瘼,推行德政,讲修"六艺",张扬仁义,达到古代圣王(三皇五帝)的至治之境。也即他在《难蜀父老》中提出的"创道德之涂,垂仁义之统""上登三,下咸五"的政治理想。其后董仲舒所建言者,率不出此范围。可见司马相如实为推动汉皇实行仁政德教,以儒学教义治理国家,追躅儒家先圣的首倡者和第一个成功的建言者。这导致自孔子张扬仁、礼而不被诸侯接纳,孟子倡说"王道""仁政"而屡被敷衍以来,儒家政教理论第一次付诸实践。它对封建社会的历史发展和政治思想的演变产生了十分深刻的影响。在学

[①] 《史记·司马相如列传》。

术思想方面,司马相如对汉代尊崇儒术有奠基之功。尊崇儒术,在古代学术思想史上一项十分重大的举措,它不仅为当时,而且为其后许多朝代提供了系统而有效的思想理论,成为长时期内的统治思想。一般认为,其倡始者是董仲舒。但是,认真细致地研究汉代的思想史料,会发现,在董仲舒于元光元年倡言尊崇儒术之前数年,司马相如在《天子游猎赋》里表述的同一思想已使汉武帝受到很大的震动和启发。在此,我们先看董氏的思想:春秋大一统者,天地之常经,古今之通谊也……臣愚以为,诸不在"六艺"之科,孔子之术者,皆绝其道,勿使并进。邪辟之说灭息,然后统纪可一而法度可明,民知所从矣①。所谓"大一统",本自《春秋公羊传》,该传隐公元年注曰:"统者,始也。"谓"王者始受命改制,布政施教"。《礼记·坊记》曰,大一统即"从一治之",其所谓"一",盖一尊之王也。董氏引《公羊传》的受命改制思想,颂扬汉王朝的一统天下。而此种思想司马相如在《天子游猎赋》里已有表述:"改制度,易服色,革正朔,与天下为更始。"《天子游猎赋》所述"游于六艺之囿,驰骛乎仁义之涂,览观《春秋》之林"的思想,与董氏倡扬"六艺"又特重《春秋》完全一致并早于后者。但是,司马相如不像董氏那样要求禁绝儒学之外的各派"邪说",而是要求吸收各学派思想中有利于中央集权的"略术",用以丰富和改造先秦儒学,有矫正董氏偏激之长。他的要汉家成就第七部经典,以与"六艺"并列的论说(俱见《封禅文》),也与董仲舒一样特重《春秋》,此说虽不一定早于董氏,但同属一个思想体系。因此,尊崇儒术的始作俑者不是董仲舒,而是司马相如。他以别人鲜有的政治敏感,体察到了社会形势的变化,把汉初的尊奉黄老扭转到尊奉儒术的轨道上。之后,董仲舒又将这种思想与春秋公羊学结合起来,使之系统化、理论化。司马相如以儒学治国的思想散见于其所著《天子游猎赋》《吊秦二世》等赋和《难蜀父老》《封禅文》等文中,主要观点是:以《诗》《书》《易》《春秋》等经典为思想蓝本,以儒者为贤才,实现治国方略;以仁义谨孝为伦理准则,注重道德名义,用以教化民众、淳化世风;以秦二世为借鉴,禁荒淫、薄赋敛,取得民心;以理想化的古代君王为榜样,实现"登三咸五","继嗣传业垂统";以汉代的经济、军事实力为依托,实现"兼容并包""参天贰地",建立空前强大的统一国家。另外,作为春秋公羊学思想核心的天人感应,也在司马相如先后于董氏而发的著作里有所表述,因而董氏并不是此种思想在汉代的唯一开发者。司马相如的《封禅文》大肆铺陈武帝时代的种种"符瑞",如"一茎六穗"之谷、灵龟黄龙

---

① 《汉书·董仲舒传》。

之兽等,并特作"颂诗"三首,作为"天人之际已交"的证据。他并联系阴阳五行之学,鼓吹和敦促汉皇封禅,张大儒学经典作为统治理论的崇高价值,对汉代经学的形成和立博士、设弟子员等文化制度的创设起了重大的推动作用。在文学方面,司马相如是汉代代表文学——汉大赋的卓越奠基人。汉大赋那种光扬大汉精神,歌颂先进历史力量、进步事业和杰出人物功业的鸿文格局;以委婉谏诤的方法表述政见,影响政治决策的讽喻方法;以儒家思想为创作灵魂,为完善封建政教而服务的创作思想;全方位铺陈、极尽夸张渲染能事,从而表现恢宏气势、博大视野的叙写方法;以及写景状物渲染环境气氛,表现主人公情绪的抒情手法等,主要是司马相如在其《子虚》《上林》《长门》等赋作里创造出来的。自后,汉代的主要赋家如扬雄、班固、张衡等,一以司马相如及其文章规模格局为范式,形成了汉代文学特有的风貌。因而,说司马相如是有汉一代文学风气的开创者,毫不过分。在美学思想方面,司马相如是汉代主流美学思想——"巨丽"之美的首倡者,也是"楚汉浪漫精神"的重要体现者,对汉文化审美自觉的形成有不可低估的重大贡献。"巨丽"一词,首见于《上林赋》,指汉代皇家大宫观、大功烈、大苑囿、大铺张、大气魄、大格局之类恢宏博大、无与伦比的雄阔富丽之美。它是处于上升阶段的中国封建社会地主阶级代表人物所创设、所矜伐的一种审美理想和审美标准,盛行于西汉中朝至东汉中期。它丰富了中国古代的美学内容。"楚汉浪漫精神"是李泽厚在《美的历程》里归纳出的一种时代文化——审美形态,在楚辞和汉赋里有充分的表现,司马相如的赋作即充分体现了这种精神,故鲁迅先生评司马相如曰:"广博宏丽,卓绝汉代。""巴蛇吞象"的神话原型正是巴蜀之士狂傲气度的绝妙隐喻,而这一特性在司马相如身上也获得了极其鲜明的表现。他常常是杂取各家,为我所用,并能将其相融相通之处锻铸成自家之思想,体现了一种兼容并包的大家风范。在政治态度上,他多取儒家积极用世的思想;其澄清天下的自信溢于笔端;有了兼容并包的大家气度,才能有高标特立的独创精神。在文学艺术的各个领域,司马相如都能够兼采前人之所长,随性而施,又能不泥古人,自出新意,表现出"天才"的独创品质。在文艺观上,他既承续了儒家重道致用、寓物托讽的传统,又不胶柱鼓瑟、泥古不化。常能任真率性,凭一己之意气所到,随意取舍。其《天子游猎赋》则写得高下抑扬,极尽龙蛇之变幻,驾空行文,以无为有,唯意所到;气势磅礴,纤徐委备,无不尽集于一身而又随性独衍。真可谓魁伟宏博,气高力雄,特立高标,自成一家。司马相如的大赋更是这种兼容并包、特立高标创新精神的集中体现。使人如登高望远,举首高歌,逸怀豪气,浩荡磊落。写情,则深挚婉媚,抒怀,则雄浑豪宕。其疏狂超拔,飘逸潇洒,乐观开朗,通脱豁达,叫人读其赋,慕其风,想见其为人,不由心向往之。或许,司马相如身上最有魅力,也是最为人所称道的,还是他那极率真、极耿介、极执着而又极随缘、极通脱、极放达的独特性格。后来,历代文人的入蜀,除了依赖于诸多政治因素(如杜甫为躲避政治动乱,高适、陆游等因宦游而入蜀)的推动外,受以司马相如为首的历代巴蜀文人所熔铸的巴蜀文化的独特魅力的影响,不能说不是一个重要原因。入蜀者带着自身的乡籍文化,浸润于巴蜀式的生存环境中,感受着她的丰饶的物产,奇丽的山川,积淀甚厚而又多姿多彩的精神气质以及社会政治的积弊,民众生活的疾苦艰辛。所有这些,在他们的心灵深处,势必造成一次多重文化的相遇、冲撞、激荡和交融,于是,巴蜀文化的深厚积淀激发出来。入蜀文人的精神气质、心灵境界也得到丰富和提升,文学创作风格常会出现很大变化。唐代陕西人白居易宦游川东,浸淫于川东竹枝词的愁怨凄苦之气,诗风顿显凄怆;五代文人避乱西蜀,锦城的繁华富丽、酣歌曼舞与江南文化的雅致清丽,孕育出了花间派绮丽柔靡的词风。

另外,以司马相如为首的四川文人的文风还表现为不拘礼法,性喜游历,生性疏放。通过游历开阔了他们的胸襟,使他们能包揽天地,融贯百家。四川人的反叛意识历来已久。生于这块土地,长于这块土地,就不能不在无意识中受其熏染。正因此,他们才能敢于标新立异,敢于大胆锐利的进取开拓。他们力主"性灵",一方面否定因循抄袭,另一方面,则主张创新。在他们眼中,无师无法,只有自我的真情实感。不受礼教之缚,只醉心于夫妻恩爱,香仓诗好。如司马相如与卓文君只要夫妻同车,哪怕年年月月在路上颠簸,都甘之如饴。这种对夫妻之爱的狂热追求,这种对内心情感的坦率表露,在古代文人中是罕见的。

参考文献

《史记》,司马迁撰,中华书局1975年版。
《汉书》,班固撰,中华书局1962年版。
《后汉纪》,袁宏撰,商务印书馆1922年版。
《后汉书》,范晔撰,中华书局1965年版。
《老子集释》,朱谦之撰,中华书局1984年版。
《周易正义》,王弼、韩康伯注,孔颖达疏,《十三经注疏》本,中华书局1980年影印。
《庄子集释》,郭庆藩撰,中华书局1991年版。
《司马相如集校注》,金国永撰,上海古籍出版社1993年版。
《四六丛话》,孙梅撰,商务印书馆1937年版。
《四书章句集注》,朱熹撰,中华书局1983年版。
《隋书》,魏征等撰,中华书局1973年版。
《司马相如文选译》,费振刚、仇仲谦译注,巴蜀书社1991年版。
《司马相如集校注》,金国永校注,上海古籍出版社1993年版。
《司马相如集校注》,朱一清、孙以昭校注,人民文学出版社1996年版。
《司马相如集校注》,李孝中校注,巴蜀书社2000年版。
《司马相如集编年笺注》,张连科笺注,辽海出版社2003年版。
《司马相如考释》,刘南平、班秀萍,天津古籍出版社2007年版。
《司马相如作品注译》,李孝中、侯柯芳注译,四川人民出版社2007年版。
《司马相如与巴蜀文化研究论集》,邓郁章编,四川人民出版社2007年版。
《秦汉史》,钱穆,生活·读书·新知三联书店,2004年版。
《秦汉思想简议》,李泽厚,安徽文艺出版社1994年版。

《汉代思想史》，金春峰，中国社会科学出版社 2006 年版。
《相如故里故事集》，赵正铭编，四川人民出版社 2007 年版。
《蜀中汉赋三大家》，万光治，巴蜀书社 2004 年版。
《太平御览》，李昉等编，中华书局 1960 年版。
《通典》，杜佑撰，浙江古籍出版社 1988 年版。
《通志》，郑樵撰，浙江古籍出版社 1988 年版。
《王国维遗书》，王国维撰，山海古籍书店 1983 年版。
《魏晋南北朝赋史》，程章灿撰，江苏古籍出版社 2001 年版。
《文史通义》，章学诚撰，中华书局 1956 年版。
《文献通考》，马端临撰，浙江古籍出版社 1988 年版。
《文心雕龙注》，范文澜撰，人民文学出版社 1962 年版。
《文选注》，李善撰，中华书局 1977 年版。
《白虎通疏证》，陈立撰，中华书局 1994 年版。
《楚辞章句》，王逸撰，尊经书院，光绪丙戌年版。
《春秋繁露义证》，苏舆撰，中华书局 1992 年版。
《春秋左传集解》，杜预撰，上海人民出版社 1977 年版。
《春秋左传正义》，杜预注，孔颖达疏，《十三经注疏》本，中华书局 1980 年影印。
《辞赋大辞典》，霍松林等撰，江苏古籍出版社 1996 年版。
《辞赋流变史》，李曰刚撰，台北文津出版社 1987 年版。
《辞赋通论》，叶幼明撰，湖南教育出版社 1991 年版。
《辞赋文体研究》，郭建勋撰，中华书局 2007 年版。
《辞赋文学论集》，南京大学中文系编，江苏教育出版社 1999 年版。
《辞赋研究论文集》，漳州师范学院中文系编，中国文史出版社 2003 年版。
《大戴礼记解诂》，王聘珍撰，中华书局 1983 年版。
《读赋卮言》，王芑孙撰，何沛雄编《赋话六种》本，香港三联书店 1982 年版。
《独断》，蔡邕撰，商务印书馆 1936 年版。
《法言义疏》，汪荣宝撰，中华书局 1987 年版。
《凡将斋金石丛稿》，马衡撰，中华书局 1977 年版。
《风俗通义校注》，王利器撰，中华书局 1981 年版。
《赋》，袁济喜撰，人民文学出版社 1994 年版。

《赋话》,李调元撰,商务印书馆1922年版。
《赋史》,马积高撰,上海古籍出版社1987年版。
《赋史述略》,高光复撰,东北师范大学出版社1987年版。
《赋体文学的文化阐释》,许结撰,中华书局2005年版。
《赋学概论》,曹明纲撰,上海古籍出版社1998年版。
《赋学论丛》,程章灿撰,中华书局2005年版。
《赋学正鹄》,李元度撰,清光绪十七年经纶书局刊本。
《观堂集林》,王国维撰,中华书局1959年版。
《广校雠略汉书艺文志通释》,张舜徽撰,华中师范大学出版社2004年版。
《国故论衡》,章太炎撰,上海古籍出版社2003年版。
《国语集解》,徐元诰撰,中华书局2002年版。
《汉朝典章制度》,苏俊良撰,吉林文史出版社2001年版。
《汉代辞赋研究》,孙晶撰,齐鲁书社2007年版。
《汉代风俗制度史》,瞿兑之撰,上海文艺出版社1991年版。
《汉代考选制度》,陈蔚松撰,湖北辞书出版社2002年版。
《汉代士风与赋风研究》,王焕然撰,中国社会科学出版社2006年版。
《汉赋唯美文学之潮》,刘斯翰撰,广州文化出版社1989年版。
《汉赋管窥》,程德和撰,中州古籍出版社2003年版。
《汉赋史略新证》,朱晓海撰,陕西人民出版社2004年版。
《汉赋史论》,简宗梧撰,台湾三民书局1993年版。
《汉赋通义》,姜书阁撰,齐鲁书社1989年版。
《汉赋研究》,龚克昌撰,山东文艺出版社1984年版。
《汉赋艺术论》,阮忠撰,华中师范大学出版社1993年版。
《汉赋与汉代政治——以都城、校猎、礼仪为例》,曹胜高撰,北京大学出版社2006年版。
《汉赋之史的研究》,陶秋英撰,浙江古籍出版社1986年版。
《汉赋综论》,曲德来撰,辽宁人民出版社1993年版。
《汉赋纵横》,康金声撰,山西人民出版社1992年版。
《汉官仪》,应劭撰,商务印书馆1939年版。
《汉简缀述》,陈梦家撰,中华书局1980年版。
《汉书艺文志讲疏》,顾实撰,上海古籍出版社1987年版。

《汉唐艺术赋研究》,余江撰,学苑出版社2005年版。
《汉魏六朝百三家集题辞注》,张溥撰,人民文学出版社1960年版。
《汉魏六朝辞赋》,曹道衡撰,古籍出版社1989年版。
《汉魏六朝赋多维研究》,侯立兵撰,人民出版社2007年版。
《汉魏制度丛考》,杨鸿年撰,武汉大学出版社2005年版。
《汉文学史纲要》,鲁迅撰,人民文学出版社1958年版。
《呼唤民族性中国文学特质多维透视》,王齐洲撰,中国社会科学出版社2000年版。
《湖北文学史》,王齐洲、王泽龙撰,华中理工大学出版社1995年版。
《淮南鸿烈集解》,刘文典撰,中华书局1989年版。
《急就篇》,史游撰,商务印书馆1934年版。
《贾谊集校注》,王洲明撰,人民文学出版社1986年版。
《贾谊评传》,王兴国撰,南京大学出版社1992年版。
《简帛古书与学术源流》,李零撰,生活·读书·新知三联书店2004年版。
《简帛佚籍与学术史》,李学勤撰,江西教育出版社2001年版。
《建安七子集》,俞绍初辑校,中华书局1989年版。
《剑桥中国秦汉史》,[英]崔瑞德、鲁惟一撰,中国社会科学出版社1992年版。
《经学通论》,皮锡瑞撰,中华书局1954年版。
《乐赋诗词论数》,萧涤非撰,齐鲁书社1985年版。
《历代辞赋研究史料概述》,马积高撰,中华书局2001年版。
《历代赋广选新注集评》,曲德来、迟文浚、冷成国撰,辽宁人民出版社2001年版。
《历代赋话校证》,何新文、路成文撰,上海古籍出版社2007年版。
《历代赋汇》,陈元龙撰,江苏古籍出版社1987年版。
《历代赋论辑要》,徐志啸撰,复旦大学出版社1991年版。
《历代诗话》,何文焕编,中华书局1981年版。
《历代诗话续编》,丁福保编,中华书局1983年版。
《两汉经学今古文平议》,钱穆撰,商务印书馆2001年版。
《两汉思想史》,徐复观撰,华东师范大学出版社2001年版。
《刘师培中古文学论集》,刘师培撰,中国社会科学出版社1997年版。
《六朝骈赋研究》,黄水云撰,台湾文津出版社1999年版。

《论衡校释》，黄晖撰，中华书局1990年版。
《毛诗正义》，郑玄笺，孔颖达疏，《十三经注疏》本，中华书局1980年影印。
《墨子间诂》，孙诒让撰，中华书局1986年版。
《廿二史札记》，赵翼撰，中华书局，2001年版。
《奴隶制时代》，郭沫若撰，人民出版社1954年版。
《前汉纪》，荀悦撰，商务印书馆1922年版。
《潜夫论笺校正》，汪继培撰，中华书局1985年版。
《秦汉的方士与儒生》，顾颉刚撰，上海古籍出版社1989年版。
《秦汉礼乐教化论》，苏志宏撰，四川人民出版社1991年版。
《全汉赋》，费振刚等编，北京大学出版社1993年版。
《全上古三代秦汉三国六朝文》，严可均编，中华书局1958年版。
《三辅黄图校释》，何清谷撰，中华书局2005年版。
《三国志》，陈寿撰，中华书局1982年版。
《尚书正义》，孔安国撰，孔颖达疏，《十三经注疏》本，中华书局1980年影印。
《诗赋词曲概论》，丘琼荪撰，北京市中国书店1985年版。
《诗赋合论稿》，邝健行撰，江苏古籍出版社2002年版。
《诗赋文体源流新探》，韩高年撰，四川出版集团、巴蜀书社2004年版。
《诗薮》，胡应麟撰，上海古籍出版社1979年版。
《十七史商榷》，王鸣盛撰，商务印书馆1959年版。
《士与中国文化》，余英时撰，上海人民出版社2003年版。
《世说新语笺疏》，余嘉锡撰，中华书局1983年版。
《说文解字注》，段玉裁撰，上海古籍出版社1981年版。
《文学话语与权力话语——汉赋与两汉政治》，胡学常撰，浙江人民出版社2000年版。
《文苑英华》，李昉等编，中华书局1982年版。
《文章辨体序说》，吴讷撰，人民文学出版社1962年版。
《文体明辨序说》，徐师曾撰，人民文学出版社1962年版。
《西汉会要》，徐天麟撰，中华书局1955年版。
《西京杂记》，葛洪撰，中华书局1985年版。
《先秦汉魏晋南北朝诗》，逯钦立编，中华书局1995年版。
《先秦两汉的制度与文化》，葛志毅、张惟明撰，黑龙江教育出版社1998年版。

《先秦两汉文学史料学》,曹道衡、刘跃进撰,中华书局2005年版。
《先唐辞赋研究》,郭建勋撰,人民出版社2004年版。
《新语校释》,王利器撰,中华书局1986年版。
《荀子集解》,王先谦撰,中华书局1988年版。
《盐铁论校注》,王利器撰,中华书局1992年版。
《艺概》,刘熙载撰,上海古籍出版社1978年版。
《艺文类聚》,欧阳询编,中华书局1865年版。
《战国策》,刘向撰,上海古籍出版社1978年版。
《中国辞赋发展史》,郭维森、许结撰,江苏教育出版社1996年版。
《中国辞赋研究》,龚克昌撰,山东大学出版社2003年版。
《中国辞赋源流综论》,曹虹撰,中华书局2005年版。
《中国赋论史稿》,何新文撰,开明出版社1993年版。
《中国赋学历史与批评》,许结撰,江苏教育出版社2001年版。
《中国散文史》上,郭预衡撰,上海古籍出版社1986年版。
《中国思想史》,葛兆光撰,复旦大学出版社1998年版。
《中国思想通史》,侯外庐等撰,人民出版社1957年版。
《中国文学发展史》,刘大杰撰,中华书局年1962。
《中国文学观念论稿》,王齐洲撰,湖北教育出版社2004年版。
《中国文学批评史》,郭绍虞撰,上海古籍出版社1979年版。
《中华名赋集成》,郭预衡撰,中国工人出版社2000年版。
《中华文化史》,冯天瑜、何晓明、周积明撰,上海人民出版社1990年版。